群青の朝

菊池 次郎

東京図書出版

まえがき

親子とは、親子の絆《きずな》とは何なのであろうか。

映画『そして父になる』が話題になったのは、記憶に新しい。私自身は、観る機会がなかったが、産院での子供の取り違いの話である。信じられないことには、こういった医療ミスが今でも現実に起こっているのである。当事者の事を思うと、想像しただけで涙が出てきて、その結末を尋ねる勇気もない。

DNA鑑定が実用化されるまでは、親子、特に父親と子供の関係を立証する方法は血液型でしかなかった。しかしそれとても、A型とB型の両親からは、A、B、AB、Oの全ての血液型の子供が生まれる可能性があり、決め手とは成り得ないものであった。

そのDNA鑑定の歴史は新しい。一九八四年、ある遺伝学者が科学雑誌『ネイチャー』にDNAで個人の特定が可能という論文を発表して以来、急速に進歩・発展してきたのであるが、実用化されたのは二十一世紀に入ってからである。今や、犯罪捜査において、絶対の証拠であるのは周知の通りである。

最近、ある有名人（男性）とその子供がDNA鑑定の結果、親子でないことが判明し話題になったことがあった。この例を挙げるまでもなく、親子間でのDNA鑑定依頼が急増しているという。しかも、依頼主はほとんどの場合父親だそうである。これは何を意味するのであろうか。

私は若い時分、オランダに住む機会があり、そこで長男が生まれた。大きな病院だったが、当然のように分娩に立ち会わされ、子供が生まれる瞬間は、感動的であり何か神秘的な力の存在すら感じたものである。

子供を取り上げたドクターが「ミスター、この子は間違いなく貴方の子だよ。髪の毛は黒いし、お尻には蒙古斑《もうこはん》がある」。

私達夫婦の周りに日本人はいないし、言われる通りであり、自分の血を分けた子供であることを疑う余地は欠片もなかった。

娘は日本に帰って来てから生まれた。私は、世の亭主の多くがそうであるように、臨月が来て家内を実家に送り届けると、しばしの独身生活を送った。しかも、生まれた知らせを受け、一週間もしてから娘に会いに行くようないい加減な父親だった。それでも、愛する娘であり、嫁いだ今も、掛け替えのない娘であることに変わりはない。自分の子供かどうかなど、夢にも考えたことがないし、妻を疑ったことなど一度もない。それが普通の夫婦であり、親子の絆であると私は思う。

ＤＮＡ鑑定の結果、親子でないことが判明したならどうするのか。それでも今まで通り、夫婦を、親子を続けられるのだろうか。否、不幸な結末が待っているだけであろう。そもそも、パンドラの箱を開けてみようと考えること自体が悲しいことなのである。

私自身、この小説を書くにあたって考えてみた。不運な父親であり夫であった場合のことを。やはり寛容ではいられないであろうと思った。それ以上に、そのような環境の下に生まれた子供の事を思うと、悲しみよりも怒りが込み上げてくるのである。

世の中に、シングルマザーは多い。殆どが貧しく、子育てに苦労しているのが実態である。子供の父親はどうしているのだろうか。理由はどうあれ、親としての義務や責任を考えないのであろうか。

菊池次郎

群青の朝　目次

序　章　黄《き》ばんだ封筒

昭和四十四年六月、梅雨入り前なのに東京は暑かった。

芳江は大きめの旅行鞄を肩に掛け、息を弾ませながら、上野駅の階段を上って行った。広い通路に出ると左手にコインロッカーが目に留まった。旅行鞄を預け入れると急に体が軽くなった気がした。ハンドバッグからハンカチを取り出して額の汗を拭き、急いで十八番ホームへの階段を駆け下りていった。

常磐線仙台行き急行列車が発車するところだった。ボックス席に空いている席を見つけて座ったが、車内はむし暑かった。天井にはビニールカバーの掛かったままの扇風機が、これ見よがしにぶら下がっていた。

三日前、三泊四日の研修で北海道から出てきた芳江には、真夏のように感じられた。

芳江は来る前から、土浦まで足を延ばし、俊也を訪ねようと思って飛行機の切符を手配してあったが、時間はあまり無かった。今日の夕方の便で帰らねばならないのだ。

急行列車は上野駅を出ると北へ向かって街中を走り抜けて行った。幾つかの川を渡る度に家並みが疎《まば》らになり、利根川だろうか、大きな川を越えると窓の外は見渡す限りの田園風景であった。一時間半程で土浦駅に着いた。鄙《ひな》びた駅舎だった。海軍の予科練が観光の目玉なのか、駅前の広場では、ラウンド・スピーカーが『同期の桜』をがなり立てていた。

芳江は、停まっていたタクシーに乗ると「すみません、道が分からないものですから、台東機械までお願いします」と行き先を告げた。

タクシーは街を抜けると霞ヶ浦が左手に見え、二十分程で大きな工場の正門に着いた。『台東機械霞ヶ浦工場』と書かれた正門には、部外者を寄せ付けない、独特の威圧感があった。

芳江は門の前で暫《しば》し躊躇《ためら》った後、意を決し厳《いか》めしい感じの守衛所の窓口に恐る恐る声を掛けた。

「あのーすみませんが、こちらの総務部にお世話になっています、佐々木に面会したいのですが。私、姉です」

「佐々木？　ああ庶務課の佐々木俊也君ね。お姉さんですか、そうですか。ちょっと待ってくださいね」

窓口にいた守衛が年嵩《としかさ》の同僚に話し掛けていた。

「佐々木君にお姉さんの面会だわ。電話で呼んでくれないすか」

年嵩の厳《いか》つい顔をした男が、何処かへ電話をした後、ドアを開けて芳江の前に現れ、中へ入れという仕草をした。

「佐々木君のお姉さんですか。そしたら、北海道から来たんですか。いやー、遠かっぺな。まあ、どうぞどうぞ」

男は丁寧《ていねい》な心算《つもり》だろうが、地声なのか大きな声と語尾が上がる喋り方は、初めての者には耳障りであった。否、守衛の灰色の制服といい、その厳つい顔といい、部外者を威圧するには十分過ぎる装《よそお》いであった。

言われるままに、男に従って守衛所の中に入ると、更に奥の、休憩室にでも使っているのか、畳敷きの小さな部屋に通された。薄暗く湿っぽくて、何だか昔の映画に出てくる警察署の取調室のような感じだった。

「佐々木君、今来るから少しここで待ってもらえっぺか」

「お忙しいのに、有難うございます」

男が置いていったお茶を飲んでいると、人の足音がして、コンコンと小さくノックする音がした。ドアが開くと、立っていたのは俊也だった。

「芳江姉ちゃんか！　如何《どう》したの？」

「俊也！　如何したって、あなたに会いに来たんでしょう……。元気だった？　あなたさっぱり手紙寄越さないから、私心配していたのよ」

芳江は心細かったのか、俊也の顔を見た嬉しさが声に表れていた。

俊也は靴を脱いで部屋に入ると、テーブルを挟んで向かい側に胡坐《あぐら》をかいて座った。

「女の人が面会だって言うから誰かと思ったよ。へえー、まさかわざわざ会いに来たんでないしょ」

「うん、私ちょっと東京で研修があってね、その帰りに寄ってみたの。……顔は元気そうね。大人になったのかな。仕事は如何なの、ちゃんとやっていけそうなの？」

芳江は話しながら、俊也の顔を懐かしげに見つめていた。

「ああ、何とかね……」

コンコンとノックがして、先程の厳つい顔の男がドアの隙間から俊也に話し掛けた。

「佐々木君、午後も守衛所で打ち合わせだって庶務に言っといたかんな。それと、昼飯は吉野家のかつ丼でいかっぺ？」

「ああ泉さん。すいませんが、それでお願いします」

ドアが閉まると、芳江が、

「あなた、お仕事大丈夫なの？　まだお昼休み時間じゃなかったけど」

「ああ大丈夫……。姉ちゃん、今日帰るの？」

「そう、夕方の飛行機でね。だからあんまり長く居られないの、ここには」

「で、姉ちゃんは今何やっているの。何処にいるんだっけ？」

「私はね、小学校の先生、と言っても養護教諭だけどね。美唄に住んでいるのよ。そう、あなたは孝子が結婚したの知っている？　彼女は札幌で派手に洋服屋をやっているのよ。父さんと母さんはまだ山で暮らしているわ……」

芳江には話したいことが山ほどあった。俊也は殆ど喋らずに黙って芳江の話を聞いていた。工場の昼休みを告げるチャイムが鳴った。

かつ丼の出前が届き、お茶を飲みながら二人は食べた。芳江には量が多すぎたし、味もちょっと濃かったが、俊也は旨そうにぺろりと平らげた。

芳江は箸を置いて丼をかたづけると、ハンカチで口元を拭いた。俊也がポットから急須にお湯を注ぎ、湯呑み茶わんにお茶を注いでくれた。部屋の外から、サッカーかバレーボールにでも興じているのか、若やいだ声が聞こえていた。

芳江が、ハンドバッグから何かを取り出し、改まった顔を俊也に向けた。これまで見た事のない真剣な表情だった。

「俊也、よく聞いてね……。本当は、あなたが家を出る前に会って話がしたかったのよ。あなた自身の事についてをね。でもその時間が無かったの。……私ね、母さんから預かった物があるの。これなんだけどね……」

テーブルの上に置いたのは、黄ばんで古びた封筒だった。

「何だい、これ？」

「開けてみてよ」

俊也は汚い物でも触るような手つきで、封筒から一枚の紙を取り出しテーブルの上に広げた。

そこには、紙質の悪い便箋《びんせん》の上に、黒いインクで書かれた力強い文字が並んでいた。

――認知証明書

昭和二十二年二月十日　樺太庁真岡町にて生まれた男児、名前を俊也と名付ける、は浅見純也と佐々木澄江の間に生まれた子供であることを証明する。

昭和二十二年五月二十五日　　　　　　　　浅見純也　印――

俊也は食い入るように見つめ、そして「ふーっ」と大きく息を吐いた。

「俺の事が書いてあるんだ……」

何だか他人事のような、言い種《ぐさ》だった。

「そう、あなたの事よ……」

「……」

「あなたが生まれた樺太でのこと……。母さんはとっても話せないって言うから、私があなたに話さなければいけないの。分かるわね！」

俊也は小さく頷《うなず》いたが、その表情からは、心の中までを見透かすことは出来なかった。芳江は俊也の次の言葉を待ったが、唇は固く結ばれたままであった。

息苦しい沈黙が続いていた。

先に口を開いたのは芳江の方だった。

「あなたは真岡で生まれたのよ。……父さんの子供じゃないの……知っていたでしょう？」

「……！」

俊也の唇が微かに動いたような気がしたが、芳江の耳には何も聞こえてこなかった。

「言っておくけど、母さんを責めないでね。あの場合どうしようもなかったのよ……。母さんはね、私と孝子を連れて海に飛び込んで死のうとしたのよ。私が必死に止めたの。私、四つか五つだったけど、今でもあの暗い海の色覚えている。身震いがするほど怖かった。……」

芳江は、樺太での敗戦から引き揚げまでの出来事を掻《か》い摘《つま》んで話して聞かせた。本当は、芳江の幼い目を通して見てきた全てを、そして母の切ない思いを、俊也に伝えてあげたかった。

しかし、小一時間程の断片的な説明で、どれだけ理解してくれただろうか。その間、俊也は終始無言であった。

その場の沈黙に耐えきれず、芳江が何か言おうとした時に、俊也の重い口がやっと開いた。

「で、この浅見という男は誰なんだい。姉ちゃん知ってるの？」

相変わらず抑揚《よくよう》のない乾いた言い方だった。

「ううん、はっきりは知らないんだけど、何でも当時はね、樺太庁の港湾局のお偉《えら》いさん。つまり、お役人ね。内務省から派遣されていたんじゃないのかな？　歳は確か母さんの三つ上だから、大正三年生まれのはずよ。出身は仙台って聞いたわ。大学は帝大だって言っていたから、東北大よねきっと。勿論《もちろん》当時家族が内地に居たって話よ。……肝心の住所がね、この封筒しかないのよ」

芳江が、テーブルの上に置いてあった封筒を手に持って裏返して見せた。

「仙台市旭町三丁目十二番地と書いてあるわね。切手に仙台の消印があるから本当なんじゃないの」

俊也も古びた封筒を自分の手に持って表返して見ていた。宛名書きは母の名前と酒田の実家の住所だった。封筒を覗《のぞ》いてみても他には何も入っていなかった。

「これしかないのかな。手紙は？」

「多分、手紙も入っていたんだと思うけど、母さんが捨てたのよ。本当は全部捨てたかったのよ、過去の全てをね。でもねえ……これだけは捨てられなかったのよ、あなたの為に。……分かってあげて」

俊也は黙って封筒をテーブルに置いて、腕時計を見た。一時半になっていた。

芳江もそろそろ時間であることに気付いていた。

「俊也、後はあなたの判断よ。これを如何するかはね。……でも何でもいいから困ったことがあったら連絡するのよ。あなたが父さんや母さんの事を如何思おうと構わないけど、私はあなたの実の姉なんだからね。それだけは絶対忘れないでね！」

「……」

俊也の口元が少しほころんだように見えた。それが肯定を意味するのか否定なのかは分からなかった。

芳江が立ち上がる前に、俊也は、封筒を作業着のポケットに仕舞い込んで立ち上がっていた。

芳江は、泉と呼ばれた厳つい顔の守衛に礼を言い、俊也の後について表へ出た。陽射しが強く日傘が必要なほどであった。

正門を出た所で、俊也が立ちどまり、

「芳江姉ちゃん、来てくれて有難う。……じゃあ気を付けて！」

「あなたも元気でね」

俊也の後ろ姿が門の中に消えていくのを見届けてから、芳江は土浦駅行きが来るというバス停に向かって歩き出した。工場の方からは、機械加工独特の金属音の響きやフォークリフトのエンジン音が聞こえていた。

第一章　海　峡

1

昭和十二年八月、夜明け前の空は群青色《ぐんじょういろ》に染まっていた。

やがて、水平線から一条の光が煌《きら》めくと、たちまち無数のカクテル光線となり、オレンジ色をした太陽が顔をのぞかせた。ウミネコなのか、大きな白い翼を広げた数羽の海鳥が、空と海の間を行ったり来たり、低く高く飛び交っていた。夏の海特有の蒼みがかった波間には、数えきれないほどの海鳥たちが、白い頭を見せ浮かんでいた。

朝の稚内港には大小の貨物船が停泊していた。大型船の発する汽笛、ポンポン蒸気の音、タグボートの呻り、働く人々の声が混じり合って、忙しい一日の始まりを告げていた。

桟橋のある埠頭《ふとう》には、外海からの波風を防ぐ為なのか、巨大なドーム型をした防波堤が長城のように聳《そび》え立っていた。林立するその太い円柱は、さながら古代ローマの建築物を見るようであった。内側の岸壁では、三千トン級の貨客船が横付けになっていて、貨物の積み込みに忙しかった。乗船の時間なのだろうか、桟橋の上には乗客の長い列が出来ていた。

真っ黒い船腹には、白いペンキで『興安丸』と書かれた文字が遠くからでも読みとることが出来た。北海道の最北端、稚内と樺太の大泊《おおどまり》とを結ぶ稚泊《ちはく》定期連絡船であった。

乗客は皆、大きなトランクや風呂敷包みを抱え、急ぎ足で桟橋を渡っていた。背広に中折れ帽のハイカラ紳士や、内地で流行りの国民服を着た勤め人風の男達。ハンチングにニッカーボッカー姿の一見して出稼ぎか山師の一旗組に、漁場を渡り歩く漁師姿の男達。勿論、夫婦連れもいたし、怪しげな男に連れられた女達の集団もいた。そう言えば、不思議と、内地ではどこでも見かけるはずの軍人の姿が見えなかった。

昭和天皇が即位されて既に十年が過ぎ、満州国の設立、国際連盟脱退、二・二六事件等、日に日に軍国主義の靴音が日本中に響き渡り、カーキー色、一色に染められていたのである。この間、政府がとった政策といえば、外に対しては、『大日本帝国』を呼称し、内に対しては『国家総動員令』を布《し》くなど、市井《しせい》で暮らす人々にとって、益々閉塞感《へいそくかん》を募らせてゆくものばかりであった。

特に、盧溝橋事件のあとは、日中戦争の泥沼に嵌《は》まり込んでしまって、経済的にも統制令が布かれ、贅沢品と呼ばれるものは、巷《ちまた》では一切手に入らなくなっていた。それどころか、米麦の生活必需品ですら配給制となり、満足に食べられなくなっていた。

国民の生活全てが「この非常時に」の一喝で抑えつけられていたのである。

そんな中、人々は夢を抱いて息の詰まる日本国内から、挙《こぞ》って海外の新天地を目指したのである。その目指す先は、朝鮮半島であり、満州であり、樺太であった。

特に、東北地方の山形、岩手、秋田、青森では度重なる冷害で農村は困窮《こんきゅう》していた。小作農や小規模自作農家の中には、娘を身売りしなければ生きていけない人々が沢山いたのである。そういう貧しい人々にとって、樺太は自分達にも手が届く希望の新天地に思えた。

そもそも樺太は、明治三十八年のポーツマス条約において、日露戦争の勝利の代償としてロシアからその南半分を割譲されたものである。

樺太開発の歴史は、漁師の出稼ぎから始まった。鰊《にしん》、樺太鱒《からふとます》、ホタテ、タラバガニ、昆布などの魚介類は無尽蔵にあった。その為、東北地方の漁師や、多くの漁業関係者が家族を伴って移り住むようになったのが最初であった。

その後、政府の樺太振興政策の後押しを受け、本格的な鉱業、林業、農業の開発が急速に進んでいったのである。

鉱業では、古くから、樺太島の国境を南北に区切った北緯五〇度線近くに、豊富な油田や石炭の鉱脈が存在するのは知られていたし、特に、石炭は良質な無煙炭が採れ、早い段階で実際の商業ベースに乗せられていた。

林業は、それまで殆ど手つかずだった、無尽蔵といっていい程の原生林があり、大正時代から既に、紙・パルプの生産が盛んに行われていたのであった。

豊原市（初期のころは豊原町）には樺太庁が置かれ、港や内陸に続く鉄道・道路が完備され、教育機関や医療設備などの民生もよく整っていた。

当時樺太には、出稼ぎ者も合わせると、四十万人からの日本人が暮らしていたと言われていた。

そういう意味では、日本の内地にあるものは、何だって必要であり、実際にそれらの全てが商売として成り立っていたのである。

当時の樺太で働く人々の賃金は、内地の三割増しか、人によっては五割増し以上であった。多くの人々が、樺太での暮らしから、内地に勝る豊かさを感じていたはずである。それは正に別天地に違いなかった。

二等船室は畳敷きで、窓があったが薄暗かった。

澄江は父の源治と壁に挟まれる形で座っていた。傍には大きな旅行鞄と風呂敷包みが、澄江を周りの男達から隔てる塀のように並べられていた。実際、澄江のようなうら若い女性客は、他に見当たらなかった。

二等船室の料金は三等船室の五割増しのはずであったが、樺太での羽振《はぶ》りの良さをあらわしているのか、次々と乗り込んでくる乗客で混み合っていた。これから先、八時間の長い船旅を思って、皆自分たちの寝場所を確保するのに忙しそうだった。

暫《しばら》くして、ざわめきの収まらない中、銅鑼《どら》の音が響き渡っていた。いよいよ出航の合図である。

澄江が立ち上がり背伸びをしても、外の景色はよく見えなかった。

「澄江、甲板さ出てみてえか。おらが番してるさげ、行ってこいや」

父の源治はポケットから煙草を取り出し、ブリキの煙草盆を前にして火を点け、旨《うま》そうに煙を吐いた。

「おどう、ちょっと行ってくる」

澄江は手に草履《ぞうり》を持ち、通路まで人を掻き分けながら進んだ。

甲板は、別れを惜しむ人たちで溢《あふ》れていた。岸壁も見送る人でごった返していた。やがて船が岸壁を離れると、送る人、送られる人の持つ五色の紙テープが千切れ、風に舞い、そして人々の声と共に海に落ち、海面を漂って行った。宗谷海峡は、内地の島々を隔てる海峡とは違う、外海であった。その先は、樺太はやはり外地であった。別れには、それなりの覚悟が、思いが込められているに違いない。

やがて稚内桟橋が遠く離れて見える頃、船は一路樺太を目指し速度を上げていった。

澄江には、夏の潮風が心地良かった。船には列車と違った解放感があり、この旅の先に待ち受けている何かに、胸が膨らむ思いがした。着物の裾が風に靡《なび》かないように、前を押さえながらデッキに佇んでいた。

実家の在る酒田を出て、汽車と青函連絡船を乗り継いで、稚内まで一日半の長旅であったが、二十一歳になったばかりの澄江は大して疲れも感じなかった。

長い黒髪を結い上げた日本髪のほつれが、ちょっと気になるだけであった。

暫《しばら》くして船室に戻ると、父の源治が隣に座った男達と話をしているところだった。

「旦那さん、娘さんですか。別嬪《べっぴん》さんですね。どちらまで行くんですか？」

ハンチングを被った中年の男が、澄江を横目で見ながら訊いた。それに釣られて、他の男達も源治の隣に座った澄江の方を眩《まぶ》しそうに見詰めていた。

「ああ、儂《わし》らは真岡まで行くんですけどね。兄さんがたは何処まで？」

源治は澄江の事を褒《ほ》められたのが、嬉しそうだった。

「私等は北の敷香《しすか》まで、漁場ですわ」

「ああ、漁場ですか。今からだと、樺太鱒だべか。良い稼ぎになるっしょ」

「まずの、秋口は鱒で春先は鰊だべ。一冬稼げばおかげさんで銭《ぜん》こにはなるわな。……旦那さんは、樺太長いですかね」

「んだなあ、十年以上になるべな。儂は、東海岸で貨物船の船長しているもんでな。小さい船だけどよ」

源治がちょっと自慢げに言った。

「そりゃあ、御見それしました。船長さんだべか」

津軽衆なのか、三人連れの男たちには『やん衆』独特の訛《なま》りがあった。彼ら同士の会話には付いていけなかった。

夏の、宗谷海峡は穏やかだった。乗客は、横になっている者、朝飯に握り飯を頬張る者、本を読む者など思い思いの格好で長い船旅に備えていた。

やん衆達が、日本酒の瓶を取り出し、湯呑み茶わんで酒を飲み始めると、辺りにはするめの匂いが漂った。

「船長さん、一つどうだべ」

年嵩の男が源治に湯呑み茶わんを差し出した。

「これはこれは、恐縮で」

「ところで、娘さんは嫁入りだべか。めんごい娘さんだ、秋田小町みてだの」

「ああ、そうでがんす。儂ら酒田の出だども、真岡で祝言ですわ。相手は大子製紙で働く勤め人でな」

源治は今度も何だか得意そうだった。

「そりゃあ、めでたいこった。まずそんだば、乾杯だべ！」

男達は口々に「おめでとう！」と言って湯呑み茶わんを口に運んでいた。男達の地声に、周りの乗客もそこに場違いな若い女性が座っているのに気が付き、澄江に好奇の目を向けていた。

澄江は恥ずかしくて目を上げられないでいた。

やがて男達の酒盛りも終わり眠ってしまったのか、辺りは静かになっていた。

澄江は着物の裾を気にし、荷物の陰に身を横たえていたが、眠れなかった。内燃機関の響きが床を震わせていた。二等船室の低い天井を眺《なが》めていると、昔、源治に連れられて初めてこの海峡を渡った時の事が思い出された。それは、澄江が十三歳になったばかりの事であった。

2

昭和四年、世の中は不景気だった。『大学は出たけれど』の映画が流行ったほどで、日本中、何処《どこ》にも仕事は無かった。

澄江は、酒田市の隣村に在る尋常小学校を卒業したばかりであった。数年前、母が死に、父の源治は後添《のちぞ》いを貰っていた。その継母の子供も含めて、弟妹が五人もいたが、更にもう一人生まれる予定であった。

澄江は勉強がよくでき、利発な娘であったが、上の学校は望むべくも無かった。口減らしを兼ねて、奉公に出されるのが精々であった。もっとも、当時の田舎では、地主か豪商か、それなりの地位のある役人でもなければ、娘に高等教育を受けさせることなどあり得なかった。女に教育は不要だというのが世の風潮であった。

父親の源治は若いころから漁船の船長をして、北海道や樺太に出稼ぎに行っていた。羽振りの良い時もあったが、御多分に漏《も》れず、飲む打つ買うの遊び人だった。澄江は小さい時から、母がよく人に隠れて泣いているのを見て育った。

不幸にも、源治は今度も何かに失敗し、知人から借金をしていたのだ。

久し振りに源治が樺太から帰って来たのは、澄江をその知人の借金の形に、子守りとして働かせる約束を果たす為であった。

十三歳の澄江は、未だほんのあどけない小娘だった。父源治の言葉に否も応もなく、ただ従うほかなかった。それが、当時の女として生まれた宿命だった。それでも、女衒《ぜげん》に売られ、『からゆきさん』や『慰安婦』にされるよりは数段ましであった。いや、幸せだと思わなくてはいけなかった。現実に、そういった悲しい娘たちが周りには沢山いたのであるから。

父源治に連れられて、澄江は初めて汽車に乗り、船にゆられ、長い長い旅の末に樺太の豊原に着いたのであった。

樺太では、内地の不景気をしり目に、何処もが賑《にぎ》わっていた。

自分の生まれた村と、酒田の街しか見た事のない澄江にとって、見るもの聞くもの全てが新鮮だった。澄江は好奇心の強い娘であった。

豊原には、樺太庁が置かれ、行政の中心地であり、当時既に四、五万の人々が暮らす都会であった。

豊原駅を中心に、東西南北が碁盤の目に区画された近代的な都市であった。内地より遥かにモダンな街であり、異国情緒あふれた洋風の建物が沢山あった。

街には内地にあるものでないものは無かった。加えて樺太独特の、白系ロシア人や中国人、朝鮮半島から来た人等の色々なお店が並んでいた。

汽車から降りて連れて行かれたのは、美容院・髪結いの店であった。

「女将《おかみ》さん、娘の澄江です。したら今日からお世話になるべな」

源治は、帽子を脱いで頭を下げると、後ろに隠れるようにしていた澄江の背中を押した。

「澄江です……」

小さな声でそれだけ言うのがやっとだった。

「めんこい娘だね。澄江、心配しなくていいよ。私の事を、母さんだとおもってね。何でも相談しておくれ」

女将さんは、何だか心配そうに澄江の事を見つめていた。澄江は本当に子供だった。

「せば澄江、よーぐ言いつけ聞いでな。二年の辛抱《しんぼう》ださげ、まめでいろじゃあ」

源治は、心細げな澄江を一人そこに置いて去って行った。

着いたその晩から、奉公人の女達と同じ部屋に寝かされた。勿論、澄江が一番年下だった。

新参者の定位置として、部屋の隅に与えられた、ほんの狭い隙間に布団を敷いて眠った。

澄江の仕事は、女将さんの一歳にならない子供のお守りと、家の中の下働きであった。朝は、家じゅうの掃き掃除と雑巾がけから始まる。それが終わると、その小さな背中に子供を負ぶりながら、食器の後片付けがあり、おしめの洗濯が待っていた。

澄江は一日中休む間もなく働かされた。子供をあやしながら、いつの間にか自分も眠ってしまうことさえあった。

夏が過ぎると、秋があっと言う間に通り過ぎ、そして長い冬がやって来るのだ。

樺太の冬は、何もかもが凍ってしまう。沼や川は雪に覆われ、道も線路も凍てついて、吐く息さえも凍りついてしまうのだ。街中では、家々から吐き出される生活の息吹《いぶき》が、忽《たちま》ちドライアイスのように白い氷となり、一日中靄《もや》が掛かっていた。低い太陽には、鈍いオレンジ色のリングが掛かっているのが見られた。家々の軒先には、太い氷柱《つらら》が簾《すだれ》のように垂れ下がっていた。

澄江は、裏の洗濯場でおしめを洗うのが一番辛かった。小さな体で重いポンプから水を汲みあげるのも大変だったが、盥《たらい》に手を浸していると五分と耐えられなかった。手の感覚が無くなり、必死で息を吹き掛けるのだった。

手も足もあかぎれで真っ赤だった。

奉公人たちは、一番年下の澄江を容赦《ようしゃ》なく使った。澄江は理不尽《りふじん》な事にもよく辛抱した。何時も口数が少なかった。もっとも、澄江は自分の酒田弁の訛りが恥ずかしかったのだ。

意地悪をされても、どんなに叱られても、人の目の前で涙を見せない娘であった。その代わり、夜、布団の中で声を殺して泣くのであった。家に帰りたかった。でも、もう母親は死んでしまっていた。我慢するしかなかった。

そんな澄江を、女将さんは不憫《ふびん》に思ったのか、店の休みには半日の休暇と小遣いをくれた。澄江は豊原の目抜き通りを歩くのが好きだった。ケーキを売る店、大きな本屋、見たこともない物が店先に、ショーウインドーに飾られているのだ。澄江は何時も、大きな洋服屋の前で足を止めて、ガラス越しに中を眺めていた。色とりどりの、刺繍《ししゅう》の付いたドレスが並んでいた。羽飾りのついた大きな帽子が掛けられてあった。

ふと見ると、ガラスに自分の粗末な着物姿が映っていた。急に恥ずかしくなってその場を離れるのだった。

次は呉服屋の店先で足を止めた。きれいな着物が飾られてあった。美しい絹の反物が広げられてあった。

美しいドレスや着物を目にする度に、何時か自分も洋服や着物を縫ってみたいと思っていた。その為の勉強がしたかった。

さらに歩いてゆくと、澄江と同じ年頃の娘たちが学ぶ女学校が目に入ってきた。白い校舎からはピアノの伴奏にのって歌声が聞こえてきた。羨《うらや》ましかった。

澄江にとって、暇な時に、髪結いの待合に置いてあった古い擦り切れた女性向けの雑誌を眺めるのが、唯一の癒《い》やしだった。

お盆が来て、お正月が来て、奉公人もそれぞれの家族のもとへ帰って行くのだが、澄江には帰るところも行く所も無かった。父源治が訪ねてきたのは一度きりだった。

お盆の誰も居ない時は、雑巾を縫った余りを使って、運針の稽古に励んでいた。そして冬の間は、小遣いを貯めて買った毛糸で、手袋や靴下を編むのであった。

幸い、樺太は食糧事情が良かった。

女将さんは、仕事には厳しい人であったが、食べ物だけは気を遣ってくれていた。若い娘たちにとって、食べることは一日の喜びであったし、癒やしでもあった。

澄江の実家では、盆と正月以外は食べたこともない、真っ白なご飯も、肉や魚も毎日食べることが出来たのだ。

澄江の華奢《きゃしゃ》な身体も、やがて童女から娘に変わっていくのである。

或る日、奉公人の部屋を掃除していると、年嵩の髪結い職人に呼び止められた。

「澄江、おまえ幾つだ？」

店の中では怖いお姉さんだった。小言を言われるのかと小さな声で、

「はい、十五です……」

「手を見せてごらん」

おずおずと手を出すと、引っくり返され手の甲を見られて、

「荒れた手だね。それに頬っぺたも真っ赤だ……」

女は自分の物入れから小さな瓶を取り出し、蓋《ふた》をとって中味を見て、

「十五じゃあ年頃だ。このクリームあげるよ。寝る前に手と顔につけな。但し食事の時には洗

い落とすんだよ。匂いが付くからね」

「はい、ありがとうさんです」

風呂から出て、誰も居ないのを見計らって、クリームをちょっとだけ頰《ほほ》に付けてみた。掌《てのひら》で顔全体に引き伸ばすと、良い匂いがした。昔、子供の頃嗅いだ母の匂いだった。

手鏡を覗くと、頰っぺたはやはり赤かったが、それでも、何時もより何だか少し色が白くなったような気がした。

二年の年期があけた日だった。

「澄江、この先どうする。約束の二年は終わったよ。このままここで働いて、髪結いになるかい？　給金はだすよ」

女将さんが優しく訊いてくれた。

「いいや、女将さん。私、実家に帰してください」

「そうかい。お前は、裁縫がしたいんだよね。じゃあ、家に帰って仕立て屋さんにでも奉公に行きな。辛抱すればお前ならきっと成功するよ」

女将さんは、澄江が帰るに当たって、一カ月分の給金を丸々くれて、その上着物まで新調してくれた。

「道中長いんだから、変な男に声を掛けられても、口を聞いちゃあだめだよ。気をつけて帰るんだよ。大きくなったらまた樺太においで」

女将さんは厳しかったが、優しいところもある女だった。

帰りは独り旅であった。鞄と大きな風呂敷包みは片時も離さなかった。宗谷海峡を渡り、津軽海峡を越え、汽車に揺られ、二日がかりで酒田に着いた。

実家には祖母も含め家族が大勢いた。澄江の留守の間に、継母がまた子供を産んでいた。

澄江は裁縫を習いたかったが、何もしないでただ飯を食える環境ではなかった。何処かで働きたかった。

そんな時、遠縁にあたるお寺から、家事手伝いの声が掛かった。住み込みで、近所の洋裁学校に通わせてくれるというのが条件だった。

澄江は二つ返事で働く事に決めた。

お寺は、酒田の市内に在り、檀家も大勢居り、裕福な寺であった。住職は、地元では名士であり、よく出かけて留守がちだった。家族は、奥様と中学で教師をしている長男と、中学校に通う次男がいた。その他に住み込みの若い坊さんが一人いた。

澄江の仕事は、広いお寺の本堂や廊下の拭き掃除と、家族の炊事・洗濯であった。樺太での子守りや下働きに比べれば、楽な物であった。

一カ月が経ち落ち着くと、近所にある洋裁学校へ通わせてくれた。授業は午後の三時間であったが、同じくらいの娘たちで賑やかだった。澄江にとって何より嬉しかったのは、訛りを気にせずに話が出来る事であった。

　澄江は毎日が楽しかった。

　奥様は優しい女性だったし、仕事の合間に礼儀作法や和裁を教えてくれた。

　家中の部屋の掃除が澄江の仕事であった。

　長男の栄一の部屋を掃除していると、机の上に英語なのか横文字の本が置いてあった。手に取って見るとアルファベットが並んでいて、澄江には全く読めなかった。尋常小学校では教えてくれないのである。

　学校が休みの日の朝、部屋の掃除に行くと長男の栄一が本を読んでいるところだった。例の横文字の本だった。

「栄一さん、それって何の本なの。如何して読めるの？」

　箒《ほうき》を持つ手を止めて澄江が訊いた。

「ああ、これかい。英語の小説さ。澄江ちゃんはアルファベット習わなかったのだよね」

　澄江は頷いた。

「興味あるのかい。でも一遍に英語は無理だなあ。先ずローマ字からだな。よし、中学のローマ字の教科書を健二から借りてあげるよ」

　栄一が健二の教科書を借りてくれ、暇を見つけて手解きをしてくれた。

　澄江はアルファベットと日本語の「あいうえお」の組み合わせを一生懸命覚えた。コツを掴《つか》むと案外簡単だった。ローマ字はスラスラ読めるようになっていた。

次は英語だった。健二の中学一年生の教科書を借りて勉強したが、流石《さすが》に独学では無理であった。

栄一は親切に教えてくれたが、時間が足りなかった。澄江は健二に訊ねる事にして、時々部屋へ出かけて行った。

健二は中学五年で、澄江より二つ年上だったが、柔道部員で硬派・蛮《ばん》カラを気取っていた。

「何だ、何の用だ。澄江！」

女如きと話が出来るかとでも言いたげに、澄江の事を何時も呼び捨てにしていた。澄江にはそれが何故《なぜ》だか心地良く、怯《ひる》むことなく話をすることが出来た。

「健二さん、ここの意味を教えて下さいな。過去は分かるけど完了って何よ。そんなの日本語では使わないでしょう」

「難しいことを訊く奴だなあ……。例えば、俺と澄江の関係は終わってしまった。こういうふうに使うんだ」

「あら、健二さん。それを言うなら、未来形でしょう。私達の関係なんて言ったって、何もないじゃない」

「馬鹿野郎。俺が言ったのは例えばの話だ。後は何だ。質問は？」

健二の顔がちょっと赤くなっているのが分かった。そんなところが澄江は好きだった。

朝、掃除の為に入る健二の部屋は、何時も汗の臭いがしていた。しかもその中に何か別な臭いが混ざっている事があった。男の臭いだった。

夕方、洗濯物を畳んで健二の部屋に届けると、

「澄江、お前俺の褌《ふんどし》まで洗うのか。止めろよな。自分で洗うから余計な事をするなよ」

「あら、奥様が洗えって仰《おつしや》るの。何でいけないの。住職様も、栄一さんも皆さんそうしているのに。健二さんだけ変よね。何か付いているの？」

「うるさいんだよ、お前は！」

最後は何時もこうだった。健二の方から一方的に話を打ち切るのだった。

翌年、健二は弘前の高等学校に合格し、家を出て行った。

澄江には、お寺の中が急に静かになった気がした。その分、洋裁に和裁の稽古に集中することが出来た。

奥様はインテリで、女性の為の雑誌や『婦人公論』等を澄江に貸してくれた。世の中は、と言っても都会での話であるが、盛んに女性の自立を説く論評が流行っていた時代であった。

澄江は、早く洋裁でも和裁でもいいから、手に技術を身に付け自立したかった。

夏休みになると、健二が弘前から帰って来た。

柔道部員らしく、一回り身体も大きくなり、朴歯《ほおば》の下駄と白線の入った高校生の帽子が誇らしげだった。

澄江は、会えば何時も憎まれ口を利く健二なのに、何だか嬉しかった。

「健二さん御帰りなさい」

「ああ、澄江か。一カ月いるから、宜しくな」

健二もちょっとは大人になったみたいだった。

健二は、昔の中学生の仲間と酒でも飲んでいたのか、夜遅く帰って来て、朝ごはんに起きて来なかった。

澄江が、奥様に言われて、部屋を覗きに行ったが、外から呼んでも返事が無かった。仕方がないので戸を開けて中へ入って行くと、部屋の中は相変わらず汗臭く、それに酒の臭いがした。

「健二さん、起きてよ。何これ、おー酒臭い。しょうがないわね」

澄江が、窓の障子とガラス戸を開けると、部屋の中は急に明るくなった。健二はそれでも、毛布を被ったまま動かなかった。

「健二さんたら」

澄江が毛布の端を摑もうとした瞬間、健二の足払いに「あっ」という間もなく、健二の上に倒れ込んでいた。毛布越しに澄江の身体は抱きかかえられていた。

「何すんのよ。放してよ！」

澄江の大きな声に、健二は慌てて手を放し、寝床の上に起きあがった。

澄江は、襟元と乱れた裾を直すと立ち上がったが、少し息遣いが荒かった。

「健二さん、奥様に言いつけてやるからね」

「澄江、怒るなよ。冗談だよ！」

「ふーんだ。大嫌い！」

澄江は怒った顔で部屋を出て行った。腰や背中や胸に健二の温もりを感じた。それは今まで感じた事のない、もやもやとした不思議なものであった。身体の中心から湧きあがってくる、自分でも抑えがたい感覚であった。

それからも、澄江は健二と他愛もないことで、よく言い争いをした。

夏休みが終わり、健二が弘前に行ってしまうと、気が抜けたように胸の内に寂しさを感じるのだった。


お寺にはミシンがあった。

澄江は洋服の生地を買ってきて、自分のワンピースを縫ってみた。これまで、着物以外着たことがなかったのだ。

洋裁学校で習った型紙をもとに、裁断した生地を、ミシンで縫い合わせていくのだ。試着してみると、鏡の前の自分が、婦人雑誌のグラビアから抜け出したみたいであった。

やがてまた一年が経ち、夏休みが来て、健二が帰って来た。

少し大人になったとみえて、澄江を活動写真に連れて行ってくれると言うのだった。

澄江は、自分で縫ったワンピースにリボンの付いた帽子を被り、靴を履いていた。

「澄江さん、とっても似合うわよ」

奥様が澄江に日傘を貸してくれた。

「健二、ちゃんと面倒見てあげてね。遅くならないでね」

奥様はにこにこしながら、二人を門まで見送ってくれた。

澄江は、日傘を差して健二の三歩後ろを歩いていた。健二の背中が去年より一段と逞《たくま》しく見えた。

活動写真館を出ると、健二がカフェー（喫茶店）に入ろうと言った。澄江はカフェーに入ったことがなかった。恐る恐る健二の後に付いて行った。

健二は女給が注文を取りに来ると、慣れた感じでコーヒーを頼むと、もじもじしている澄江をみて、あんみつを注文してくれた。

あんみつには氷が入っていて、冷たく甘く美味しかった。

「澄江ちゃんは、今の世の中如何思う？」

今日は「ちゃん」付けで呼んでくれたが、健二の話は難しくて、よく分からない事が多かった。

「貧富の差が大きすぎるんだよ。知っている？　この広い庄内平野だって、殆どが一部の大地主の物なんだ。彼らの子供は例外なく、男の子も女の子も東京の学校へ行って優雅な暮らしをするんだよ。それに比べて、大部分の百姓は小作人さ。幾ら頭が良くたって、中学校へすら行けないんだ。凶作にでもなってごらん、娘を女郎屋に売らなくちゃあならなくなるんだ。……今の世の中は間違っている。そうは思わないかい？」

「そうね。私にはよく分からないけど……でも勉強したいな、もっと」

「そうなんだよ、澄江ちゃん。女性は家という束縛《そくばく》から解放されなければならないのだよ。今の家族制度こそ封建制度そのものなんだ。その為には働く女性、自立する女性になることだな」

「それって、女性解放運動って言うんでしょう。奥様から借りた本に書いてあった。私も、自立したいな。健二さんは高校を卒業したら如何するの？」

「僕はねえ、法律の力をもって世の中を改革していくんだ。だから、大学に行って弁護士になるつもりなんだ」

澄江は健二の熱く思いを語る姿が好きだった。健二の事を思うと、なんだか胸が熱くなった。それは、乙女の胸の中に芽生えた、誰にも見せることのない花の蕾《つぼみ》であった。しかし、十七歳の小娘が、高校生を相手にそれ以上の事を期待するのは所詮無理な話であった。

約束の三年間があっと言う間に過ぎてしまった。

澄江は、奥様の紹介で大きな呉服問屋に勤める事になった。仕立て職人の下で働くお針子であった。

寮があり、同じくらいの若い娘が沢山いて、楽しかった。

普通、一人前になるのに、五年は掛かると言われていたが、澄江は三年で一人前のお針子になっていた。

澄江は、自分の働きで、誰の世話にもならず暮らせることが嬉しかった。それよりも、月々の少ない給金の中から、実の妹や弟たちにお小遣いをあげられるのが、姉として何よりの喜びであった。妹たちが継母に疎《うと》まれているのを知っていた。特に、一番年下の弟、順作が不憫《ふびん》でならなかった。幼い時に、実の母親を亡くし、親の愛情を知らずに育ったのだから。

順作は尋常高等小学校へ通っていた。小学校では勉強がよくできたので、当然、本人は酒田の中学校へ行きたかったはずである。しかし、継母が、家の環境がそれを許さなかった。この後卒業すれば、何処か奉公にでも出されるのは間違いなかった。澄江は、弟の夢を叶《かな》えてあげたかったが、自分の力だけでは如何にもならなかったのである。

年頃の娘は誰もが、自分の将来を夢見るものである。どんな男が目の前に現れるかが興味の対象である。こっくりさんや、占いが好きなのは、何時の時代でも変わらないものであった。

ある日、澄江は仲間に誘われて、占いのおばさんの所へ行くことになった。近隣ではよく当たることで評判で、その日もお客でいっぱいだった。何人か待たされた後、自分の番が来た。

恐る恐る部屋に入ると、髪を長くした白装束のおばあさんが座っていた。

澄江がその前に正座をすると「貴女は何を訊きたいのか？」と訊ねられた。

「はい、自分の将来の相手を知りたくて参りました」

頷《うなず》くと、占いのおばあさんは、長い煙管《きせる》で煙草をゆっくり吸い、そして煙を吐き出した。目を閉じたまま、何かを探し求めるように、頭を巡らすのだった。

「貴女の運気は北の方角だ。それは近づいている。相手の名前に数字が付いているのは良縁だ。相性がいい。辛抱すればきっと幸せになれる」

おばあさんの目は閉じられたまま、その口から低い声のお告げが聞こえてきた。

帰り道、娘たちは口々に「ねえ、如何だった。何を訊いたのよ？」と言い合っていた。澄江は黙っていた。他人に言ってしまえば、夢が消えてしまうような気がして。

澄江はお告げが気に入っていた。何だか胸がわくわくしてくるのだった。


お正月、お寺の奥様の所へ御年始に訪れた。本当は、東京の大学から帰っているはずの、健二に会うのが目的であった。

「奥様、ご無沙汰しております。皆様お元気でしょうか」

「澄江さんも綺麗《きれい》になって、すっかり女性らしくなったわね。お幾つ？」

「はい、もうすぐ二十一になります」

「そう。お嫁さんに行く年頃ね」

澄江には、奥様が本当の母親のような気がしていた。

奥の方から男と女の笑い声が聞こえ、やがて、健二が現れた。

「やあ、澄江ちゃん。暫く！」

澄江を見て驚いたようにそれだけ言うと、「かあさん、ちょっと出かけてくるわ」気恥ずかしそうに、後ろの女性を促しその場を離れて行った。

澄江は、大人になった健二と自分の知らない若い女性の後ろ姿を、羨ましそうに見送っていた。嫉妬と言うよりは諦めだった。所詮叶わぬ恋であるのは、自分が一番よく知っていたのだ。

「健二さんも御帰りだったのですか。健二さん、もうすぐ卒業ですものね」

心の内を気づかれまいと、無理に笑顔を奥様に向けて言った。

「澄江さん、貴女のような女性ならいくらでも嫁ぎ先が見つかるわ。その気になったら、何時でもいらっしゃいね」

「はい、有難うございます」

奥様は澄江の気持ちを一番よく知ってくれていた。澄江の切ない乙女の胸の内を。

父の源治が樺太から帰って来て、澄江を呼んでいるという知らせがあった。

澄江が実家に帰ると、待っていたとばかりに、源治の前に座らせられた。脇には継母がいた。

「澄江、お前に良い話を持ってきたぞ」

父の源治は風呂敷から数枚の写真を取り出し、澄江の前に並べた。訊くまでもなく、見合い写真だった。

一つは、軍服姿が写っていた。他の二枚は背広姿だった。中々の美男子であった。

継母がその写真を見て「良い男でないの」と冷やかし気味に言った。

「佐々木隆三、歳は二十七、真岡の大子製紙で働く勤め人だ。真面目そうだろう」

澄江が答えを躊躇《ためら》っていると、横から継母が口を挿《はさ》んだ。

「澄江、良い話じゃないかい。漁師や百姓は苦労するだけだ。勤め人なんて今時ない話だよ」

澄江はこの継母が自分を煙たがっているのは分かっていた。早く追い出してしまいたいのだ。

正直、澄江は決めかねていた。こういう時、相談に乗ってくれるのは、叔母の春乃しかいなかった。叔母と言っても、五歳しか離れていず、小さい時から姉妹のように育ったのであった。

「春乃さん、如何したらいいのかね？」

「澄江、あんた好きな男でもいるのかい？」

「ううん。そういうわけじゃないけど……」

勿論、健二の事は口にしなかった。

「そうねえ、惚れた好きだと言ったたって、本当のところは分からないからね。澄江、あんたは、ともかく、だらしない父親の源治と継母から離れたいのでしょうよ。だったら、自分の運命だと思ってこの話に乗ってみるかい。それも良いかもしれないよ」

「そうね、運命にね」

澄江も「運命」というその言葉が気に入った。占いのおばさんのお告げを思い出した。隆三の名前には数字の三が付いていたのだ。

話はとんとん拍子に進んでいった。相手は、先に渡してあった、澄江の二十歳の時の記念写真を甚《いた》く気に入ってくれていた。実際、色が白く目鼻立ちが整っていて、誰が見ても美人であった。

祝言は、八月の大安《たいあん》に真岡で行うことに決まった。

嫁入り道具など何もなかった。ただ身一つで行くのが外地へ嫁ぐ花嫁なのであった。

3

澄江は船の揺れで目を覚ました。傍に座っていた父親の源治が、ポケットから懐中時計を取り出し時間を気にしていた。

「起きたか。もう少しで大泊に着くぞ」

自分では、ほんのちょっと微睡《まどろ》んだ心算が、流石に疲れていたのか、三時間近くも眠っていたのである。

着物の裾を気にしながら座り直し、頭に手をやると、丸髷《まるまげ》が少し崩れていた。船を降りる前に化粧を直したかった。

あちらこちらから、さざ波のように乗客のざわめきが聞こえてきた。その中で、船のエンジンの振動が止むと、タグボートに押された船体は大泊港にゆっくりと着岸した。午後の三時であった。

澄江と源治は荷物を持って、樺太鉄道の豊原行きの汽車に乗った。

澄江には六年ぶりの樺太であったが、当時より乗客も多く、乗っている人達の身なりも皆良くなっている気がした。

豊原で豊真線の真岡行きに乗り換え、急勾配《きゅうこうばい》の熊笹峠をループ線で越えると間もなく真岡であった。駅に着いたのは夜の八時を過ぎていたが、緯度の高い樺太では、まだ十分に足もとの見える明るさであった。

その夜は街中にある旅館に泊まった。そこが翌日の結婚式場でもあった。

澄江は、流石に明日の結婚式の事を思うと寝付けなかった。写真でしか見た事のない相手を思うと、不安であったが、心のどこかにときめきも感じていた。もう後戻りの出来ない、自分の運命を託す相手であった。

当日の朝、初めて、夫となる隆三を紹介された。

「澄江です。ふつつかですが宜しくお願いします」

言葉を交わしたのはそれだけであった。恥ずかしさで、相手の顔をまともに見ることができなかったし、隆三が何と返事をしたのかも覚えていなかった。後ろ姿の逞《たくま》しさだけが瞼《まぶた》に焼き付いていた。

長い一日は、文金高島田の澄江と、羽織袴の隆三が並んだ記念写真の撮影から始まった。その後、真岡神社での婚姻の儀式があり、旅館での披露宴へと続くのであった。

花婿・花嫁が解放されたのは、夜の八時過ぎであった。二人は、旅館の離れに部屋を取ってあった。そこが初夜を迎える寝所であった。

澄江は、これまで男と手を繋いだことすらない、全くのおぼこであった。

六つ違いの隆三がひどく年上のように思えた。

布団に横たわり、隆三のなすがままに夫婦の契《ちぎ》りを終えた。朝起きると、シーツには処女の証《あか》しが染みとなって付いていた。

二人の新婚生活が始まった。

隆三は、二十歳の時徴兵され、現役兵として二年間の兵役を終えた後、暫くして人の伝手を頼り、大子製紙真岡工場の雇員に採用されたのであった。

もともと樺太には樺太工業という製紙会社があったが、事業がうまくいかず、大子製紙に吸収合併されたのであった。その結果、当時日本での製紙業界の六割を占める巨大企業になっていたのである。

大子製紙は樺太に、真岡工場の他にも三つの工場を持っていたが、西海岸に位置する真岡は不凍港であったため、一年を通じて日本本土への紙・パルプの積み出しに最適であった。真岡工場には山での材木の切り出し人夫（その多くは、杣不《そまふ》と呼ばれる朝鮮人の日雇い労働者であった）まで含めると、五千人からの人間が働いていたのである。

日本は厳然とした階級社会であった。

当然のように、会社で働く人々にも階級があった。下請会社との契約で働く作業員、季節工のような短期契約の出稼ぎ人夫、臨時員、現地採用の雇員、そしてその上に本社採用の社員が君臨する、ピラミッドであった。

その形は見事なまでに学歴を投影しており、全ての待遇《たいぐう》がそれによって区別されていたのである。

当然俸給も、社宅や休暇等の福利厚生も明らかに違いがあった。

それでも、尋常高等小学校しか出ていない隆三にとって、大子製紙の雇員の肩書は、周りの人間から見れば、羨望《せんぼう》に値するものであった。

二人の住まいは社宅だった。二階建ての集合住宅で、居間と台所に寝室が一つあるだけの狭い間取りであったが、新婚の二人には十分であった。

近くには従業員の為の大きな浴場があり、肉、魚、野菜・雑貨等何でも買える幾つかのお店があった。隣近所には比較的若い家族が多く居て、澄江も話し相手には事欠かなかった。

二人はここの暮らしに次第に慣れていった。

当時内地では、泥沼化した日中戦争により、生活物資は統制され、お金があっても手に入らない状況であった。しかし、樺太では何でも自由に手に入れることが出来た。米も十分にあり、食べ物に困ることは全くなかった。

青空マーケットに行けば、ロシア人や半島から来た人たちの珍しい野菜や、漬物《つけもの》を買うことができた。

澄江にとっては、生まれてこの方味わったことのない、贅沢《ぜいたく》な暮らしに思えた。

冬のしばれは厳しかったが、会社からは石炭が一冬燃やしきれないほど支給されていた。

生活は快適であった。

澄江の和裁の腕は口コミで人から人へ伝わり、着物の仕立て依頼が後を絶たなかった。

隆三はあまり酒を飲まなかったので、何時も帰る時間が決まっていた。何時も二人で夕餉《ゆうげ》の食卓を囲むことが出来るのだ。

隆三の身体は温かだった。その逞しい腕に抱かれる毎に、澄江は女であることの喜びを感じるようになっていくのであった。

澄江はこれが占いのおばさんのお告げにあった、幸せなのだと思った。

一年が過ぎても、二人に子供が出来なかった。

澄江は豊原市に住む、舅《しゅうと》・姑《しゅうとめ》に会いに行くのが苦痛だった。

隆三は、秋田県で由緒ある菊水家の三男として生まれていたが、親の代で家業を失敗し、家は貧しかった。成人してから、子供のいない母方の叔父、佐々木家の養子となっていたのだ。舅は中々商才のある男で、豊原で納豆屋を手広くやっていて、成功者といえた。しかし、若い頃、憲兵軍曹であっただけに気難しい一面も持ち合わせていた。

姑は、若い頃水商売で働いていた所為《せい》か、派手好きで教養の無い無知な女であった。

澄江はそんな姑に、豊原を訪れる度に何かしら嫌味を言われるのだ。それが、最近は子供の出来ない事を露骨に言われ、居たたまれなかったのである。

それでも、二人にとって、平穏な日々が続いていた。


昭和十六年十二月八日、ラジオから臨時ニュースが繰り返し流されていた。太平洋戦争への突入であった。

それまで、比較的戦時体制の影響が少なかった樺太にも、それ以降少しずつその暗い影が落とされていくのだった。

隆三の勤める大子製紙でも、若者だけでなく、補充兵、予備役兵が召集され、さらには三十代の後備役兵にも召集通知が来るようになっていた。

毎日、沿道で、真岡駅で出征兵士を送る姿を見かけるようになった。街角では、千人針を頼まれることが多くなった。

「××君の出征を祝しまして、万歳！　万歳……」

隆三と澄江は真岡駅の人混みの中にいた。社宅で一緒の同僚を見送りに来ていた。見送る人々は、日の丸の小旗を振り、軍歌を歌っていた。

やがて、汽車が走り出し、万歳の叫び声がそこここから聞こえていた。

澄江は、隆三の同僚の妻が、乳飲み子を背に、割烹着の袖で涙を拭いているのを見てしまった。出征兵士の妻は涙を見せてはいけないはずなのに。

それでも、二人にとって、戦争は他人事に過ぎなかった。

三十を過ぎた家族持ちの隆三に、召集令状が来るとは思ってもいなかった。いや、思いたくなかったのである。

樺太の経済全般に影響が出始めたのは、船舶の軍事転用により、内地と樺太を結ぶ貨物船が著しく減ってきたことと、燃料の枯渇に起因する物流の停滞であった。

紙・パルプ、人絹などの工業製品や石炭等の鉱業製品は、もはや内地に運べなかったのである。漁業は油が無く、漁に出ることすら出来なくなっていた。

幸い、樺太全体では、食料や石炭などの燃料の備蓄が十分あり、それほど市民の生活に影響が出てはいなかった。

また、その年の日ソ中立条約の締結により、樺太だけは直接の戦火から避けられる、と樺太の住民は思っていた。

もっとも、初戦における日本軍の怒涛《どとう》の進撃と、連戦連勝のニュースに、日本中の誰もが勝利を信じて疑わなかったのだ。


翌十七年の二月、澄江に待望の子供が生まれた。結婚して五年の歳月が過ぎていた。隆三も澄江も子供の事は半ば諦めかけて、養子を貰う相談をしていた時だけに、嬉しかった。女の子だったので芳江と名付けた。

隆三は見かけによらず子煩悩《こぼんのう》であった。工場から帰ると、必ず、芳江を抱いて浴場に連れて行くのだった。

豊原の舅・姑も芳江の事を可愛がってくれた。子供が出来た事で、澄江への風当たりも少しは弱くなっていた。

澄江はこの幸せが何時までも続いて欲しいと願うのだった。

昭和十八年に入ると、アッツ島玉砕が伝えられ、宗谷海峡に米軍の潜水艦が出没し、樺太にも戦争の直接の影響が目に見えて現れてきた。学徒出陣を始め、日本中の男達が根こそぎ動員されていった。樺太からも多くの男達が、独身だろうと、家族がいようとお構いなしに一銭五厘の兵士として、南方の戦場へ送られていった。

真岡の街中では、家業を畳んで内地へ引き揚げる家族も出始め、人々は集まれば今後の行く末を話し合うのだった。しかし誰も、将来、樺太が戦場になるなどとは考えてもみなかったし、況《ま》して、神国日本が戦争に敗れることなど夢にも思わなかったのである。

そういった意味で、樺太に住む人々の心の中では平安が保たれていたのであった。

昭和十八年の十一月、澄江に二人目の子供が生まれた。孝子であった。

満二歳にならない芳江と孝子を育てるのは大変であったが、幸い食糧事情が良かったため、母乳を与えることが出来た。

隆三は、男手の少ない中、細々と稼働している工場に毎日通っていた。お蔭で、食料も冬を越すための燃料も、十分手に入れることが出来たのであった。

昭和十九年七月、サイパン島が陥落した。米軍の超大型爆撃機による、本格的な本土爆撃が現実のものとなっていた。

そんな時、澄江の父源治が、何年振りかで社宅を訪れていた。

「おやじさん、ご無沙汰しておりました」

「隆三さんも、元気で何よりだ。儂も孫に会えて嬉しいよ。澄江、贅沢言わね心算だども、三人目は男の子にしてけろや。ははは……」

源治は、芳江を膝に乗せ孝子を両手に抱いて上機嫌だった。

「おやじさん、仕事止めて内地に帰るんだって？」

「うんだ。船はもうお終いだ。石油が手に入らんのよ。漁師だって船動かせねえでいるんだからな。恵須取《えすとり》辺りの炭鉱だって、山閉じて九州あたりに鞍替えしたべ。樺太には若い男はどこにも居なくなるのさ」

「そんなに酷《ひど》いのかい。ここで暮らしていると分かんないわ」

「ああ、それでも、樺太はまだましさ。内地はもっと酷いべよ。この間、大型貨物船の船員に聞いたんだがな、軍に徴用された船は殆ど沈められてもう乗る船が無いそうだ。石油も、ゴムも鉄も、米だって外地から入って来ないんだからな。何でも配給だ。それも碌《ろく》なもんでない」

「内地で暮らすのもゆるくないね。ところで、弟の順作は如何しているの。兵隊さ行ったのかい？」

澄江が話に加わった。

「今年の春に、甲種合格でめでたく入隊だ。部隊は最初シナに派遣されたんだがな、今は如何やら南方に遣られたみたいだな。この間、釜山からの軍用郵便が家に届いたって言うからな」

「南方ですか。マリアナ諸島が陥落したって聞いたけど、戦況は如何なんですか？」

「儂らには分かんね。だども、東京では学童疎開《がくどうそかい》が始まったっていうぞ。敵の空襲がくるんだべかな……」

「おどう、妹の静子、嫁に行ったってな？」

「ああ、山形の堀越って男さな。それがな、満蒙開拓団に入って、今は満州に居るよ」

「満州！　静子、開拓農家さ嫁に行ったのかい？」

「しかたねーのさ。亭主が行くって言うんだからな」

「おやじさん、この先、樺太はどうなるべ？」

「樺太だば、まず安心だべよ。……内地より良いべな」

次の日、源治は酒田へ帰って行った。

隆三は、義父の言葉を信じたかった。

しかし、内心不安であった。自分にも召集通知が来ることを恐れていた。そうなったら、この子たちを誰が守ってくれるのだろうか。澄江を内地に帰そうかとも考えるのだったが、決心が付かないままに時間だけが過ぎていくのだった。

実際、日々の暮らしの中からは、危険が目の前に迫っているとはどうしても思えなかったのである。


昭和二十年二月、とうとう隆三にも召集通知が届いた。予備役陸軍騎兵上等兵、三十五歳の老兵であった。出征の挨拶をする暇も無く、任地へ発たねばならなかった。

取り敢えず、澄江にはこの社宅で暮らしていろと言うしかなかった。

送られた先は、北海道の十勝平野の北にある陸軍第六四〇部隊、軍馬補充部であった。

その頃、隆三の原隊である旭川では、召集兵を掻き集めた急造の師団が南方へ送られ、全滅に瀕していたのである。それに比べれば、隆三は戦地に送られないだけ運が良かったのである。

残された澄江達は、そのまま社宅で暮らしていた。兵役従事者の留守家族には少ないながら給料が支給されていた。不安だったが他に行くところもなかった。

本来ならば、豊原にいる舅・姑の処に行くべきだったが、厭《いや》だった。ここにいれば何とか生きていけそうな気がした。

五月になって、漸《ようや》く春らしくなった。

澄江は、子供たちを連れて隆三に面会に行くことにした。

三歳になった芳江の手を引いて、歩き始めたばかりの孝子を背に負い、やっとのことで大泊までの汽車に乗った。宗谷海峡は最早安全ではなくなっていた。

そのころ日本本土では、硫黄島陥落後、マリアナ諸島からB二十九による無差別爆撃があらゆる都市に行われていた。北海道にも米機動部隊による爆撃が行われるのは時間の問題であったし、現実に米軍が飛行機から撒いた機雷や、潜水艦の出没が確認され、稚内行きの船が出港できないでいた。

大泊の桟橋の待合室は乗船を待つ人々でごった返していた。内地へ引き揚げる人達であった。そんな中、三人は身を寄せ合って何時間でも待つしかなかった。

半日待たされてやっと乗船することが出来た。

八時間船に揺られ、漸く稚内に着いても未だ先は長かった。稚内から旭川行きの汽車に乗り、次に網走行きに乗り換え、途中の北見で降り、網走線で池田行きのローカル列車に揺られ、やっと目的地のS駅に降り立つことが出来た。

大泊を出航してから、丸一日以上が経っていた。澄江も子供達もくたくたに疲れていた。

S駅は小さな駅だったが、軍服を着た兵隊が目についた。駅前の広場には何十頭の馬がロープで繋がれていた。これから、専用貨車に積まれて戦地へ送り出されるのであった。

澄江達は駅前で部隊行きのバスを待っていた。現れたバスは木炭車で後ろから黒い煙を出していた。乗客は皆、部隊での面会人であろうか、小さな子供を連れた母親が多かった。バスは橋を渡り、のろのろと急勾配の坂道を登って行った。漸く登り切ると平らな高台であった。

三十分程で、立派な門構えの衛兵所に着いた。陸軍第六四〇部隊と書かれてあった。周りに植えられた蝦夷山桜が満開の花を咲かせていた。

旅館とは名ばかりの粗末な部屋で、隆三と一時を過ごしていた。

芳江は久しぶりの隆三に甘えて、父の背中にしがみついて離れなかった。孝子は、何故だか父には近づかず、澄江の腕の中から離れなかった。坊主頭にした、軍服姿の隆三が怖かったのかも知れなかった。しかも、その軍服も、昔見合い写真に写っていた凛々《りり》しい姿とは違って、随分と草臥《くたび》れて見えた。

「疲れたろう。如何だ真岡の暮らしは？」

隆三は元気そうであった。かつて、現役の騎兵として鍛えられた隆三にとって、新兵の軍事教練でもない限り、軍馬を扱う軍務は慣れたものであった。このまま一年の臨時召集があければ除隊し、家に帰れることを期待していた。今更騎兵である自分の出番が来るとは思わなかった。

「今のところは、何とか暮らしているけど、この先は分からないわ。近所でも旦那さんを兵隊にとられた家族で、内地に引き揚げた人もいるから。……私等、如何したら良いべね……」

澄江は心細かった。心細さが声に顔に表れていた。

「そうか。しかし内地もなあ、何処も空襲でやられているからな……。豊原の納豆屋のおやじとは会っているのか？」

先日も、隆三宛に養父から手紙が届いていた。相変わらず嫁の悪口が書いてあった。

「行きたいんだけど、豊原まで汽車に乗るのも大変なんだわ。この前行ったら、何だか豆も手に入らなくて商売ももう駄目だって。止めて内地に引き揚げようかって言っていたわ」

「しかしなあ、澄江。内地に引き揚げると言ったたって何処へ行くべ。酒田の実家へか？」

澄江は黙ってしまった。

「真岡が一番安全だべ。納豆屋のおやじもいるしな。何かあったら何とかしてくれるよ。俺もそのうち、除隊して帰れるだろうからな」

隆三にも、子供達を樺太へ帰すことには一抹の不安があったが、それ以上の考えは浮かばなかった。自分では如何する事も出来ないもどかしさを感じていた。

しかし最後は、自分自身の心の不安を打ち消すように、きっぱりと、

「真岡の社宅で待っていてくれ。俺の帰りを。必ず迎えに行くからな……。心配するな。もう少しの辛抱《しんぼう》だよ」

それは、隆三にとっても、澄江にとっても辛い決断であった。

澄江達は来た道を戻るしかなかった。長い道程を真岡の社宅に向かって帰るしかなかった。身を寄せる所は何処にもなかったのである。

翌朝、澄江は駅までの長い道程を、芳江の手を引いて、孝子を背負って歩いていた。埃《ほこり》っぽい坂道を、石ころに足を取られながら、一歩一歩下って行った。青空の下、タンポポの花が黄色く道端を彩《いろど》っていた。空からはヒバリのさえずりが聞こえていた。それは正に、北海道の大地が与えてくれる春の恵みだった。

そんな春の恵みも、澄江の目には映らず、耳にも届いていなかった。只別れ際に聞いた隆三の言葉だけが、耳に何時までも消えないで残っていた。

「澄江、子供たちの事、頼むぞ！　何があっても守ってくれよな。やっと授かった子供だもの」

澄江は、自分たちの行く先に、その何かが待っている気がして、言い様のない不安を感じていた。思わず、芳江の小さな手をぎゅっと握り締めるのだった。

七月に入ると、北海道が、米機動部隊から発進した艦載機《かんさいき》によって猛烈な爆撃を受け、同時に、室蘭などの主要港が軍艦による艦砲射撃を受け、壊滅的な打撃を受けた。

愈々《いよいよ》、樺太にも戦火が迫っていた。

それでも、日本政府は、軍部は、ソ連を頼りにしていた。呆《あき》れた事に、この期に及んで、ソ連を仲介に連合国との戦争終結を画策していたのである。しかしそれは、後世歴史を知った人間のいう事であり、当時としては仕方がない事なのかもしれない。

この年の二月、ヤルタで行われた連合国側の会談で、ソ連の対日参戦が約束されていたことなど、日本政府は知る由もなかったのだから。

更に四月には、ソ連から日ソ中立条約の破棄が通告されていた。当然、ソ連の参戦を考えるべき時であった。

樺太には、一個師団と若干の海軍部隊が配備されていたが、ソ連の国境からの南進を視野に入れたものではなかった。これまでは、もっぱら米軍が仮想敵であった。

流石《しすが》に、軍部もソ連の動きを察知し、泥縄的に北緯五〇度の国境付近に防衛ラインを敷くべく、敷香《しすか》と恵須取《えすとり》の間に一個連隊を派遣した。師団主力は、豊原に展開していた。しかし、師団とはいっても、急造の寄せ集めであり、軍備も兵隊の錬度でも、ナチスドイツを撃破したソ連の機甲師団を相手にしたら一溜まりもないものであった。

そもそも、軍には、沖縄の例からも分かるように、国土防衛に当たって民間人の安全を如何確保するかなど、端から考えてもいなかったのである。ただ勇ましく「一億総玉砕」を叫ぶばかりであった。

日本中がそうであるように、真岡でも、防火訓練や竹やりによる挺身攻撃の訓練が行われていた。隣組からの呼び出しが掛かるたびに、澄江は芳江と孝子を社宅に置いて、モンペに鉢巻姿で訓練に出かけるのであった。

樺太の人々は、この時点でもまだ、誰もが杞憂《きゆう》に終わると思っていたのである。


八月九日、突然ソ連政府から日本政府に対し一方的に宣戦布告が通告された。それまでに、ソ連側から日ソ中立条約の破棄が通告されていたのであるから、当然それに対して、備えていなければならなかったのに、日本政府は驚愕《きょうがく》し、只々狼狽《うろた》えるだけであった。

ソ連軍は機甲師団を中心にした圧倒的な軍事力で、怒涛《どとう》の如く満州国へ雪崩《なだ》れ込んできた。それに対し、精強を謳《うた》われたはずの関東軍は、最早張り子の虎にすぎなかった。それまでに、多くの正規師団が南方へ転用され、残っていたのは寄せ集めの急造部隊であり、三八式歩兵銃で、敵の最強戦車と戦わねばならないのである。しかも、高級軍人や満州政府に派遣されていた役人達とその家族はいち早く列車で避難し、後には、罪の無い婦女子や年寄りだけが取り残されていたのである。その結果、多くの非戦闘員が死傷し、婦女子が凌辱《りょうじょく》される等の悲劇が起こった事は歴史が伝える通りである。

樺太では、ソ連軍の進撃が多少遅れていた。八月十一日早朝、ソ連軍は戦車と航空機を使って、国境を越えて攻撃を開始した。

それに対し、国境守備を任された歩兵第一二五連隊はよく戦った。国境地帯がツンドラの湿地帯であり、また濃霧により視界が悪かったこともあり、ソ連軍の侵攻は思うように進まなかった。

それでも、別働隊の迂回上陸もあって、八月十五日の時点では樺太の中央付近まで敵が迫って来ていた。民間人は、軍からも樺太庁からも、何ら情報が与えられない中で、何処へ逃げろと言うのであろうか。彼らは、砲弾の飛び交う中、敵戦闘機による銃・爆撃に曝《さら》され、ただ逃げ惑うだけであった。

その頃、内地ではポツダム宣言の受諾と天皇の終戦の勅が発せられていた。

しかし、ポツダム宣言の受諾が終戦ではなかったのである。それは国際法上、降伏の予告に過ぎなかった。正式に戦闘を終結するためには、各国政府との間で降伏文書に署名しなければならなかったのである。

すべての国の軍隊が停戦に応じてくれるものと、各方面軍には停戦命令が伝えられていた。在樺太の陸・海軍部隊にも停戦の指示がなされ、中には早々北海道に引き揚げる部隊すら出ていた。

しかし、ソ連軍は攻撃の手を緩めなかった。本国政府からの停戦命令が来ない限り、彼らにしてみたら当然であった。その年の二月、米・英国とソ連との間で、対日参戦の見返りとして南樺太と千島列島の領有が約束されていたのだ。後世知るところの、所謂《いわゆる》ヤルタ密約である。従って、ソ連政府の南樺太侵攻作戦は、当初から完全占領が目的であった。否、それ以上に、北海道上陸作戦の足掛かりを摑もうとしていたのかもしれない。スターリンが、北海道まで手に入れようと目論《もくろ》んでいたのは周知の事実である。そこに終戦時の多くの悲劇が生まれたのである。

終戦前の八月九日、混乱の中、一部の住民の内地への避難が始まっていた。そこでも、当然のように、樺太庁の役人や軍人の家族が最初であった。

公式に各自治体より住民へ、内地への避難指示が出されたのは八月十二日であった。人々は、鉄道を、道路を使って大泊へ向かった。大泊は避難民で溢れていた。実際に船による内地への避難が始まったのは八月十三日であった。船腹の確保には限界があり、それに、まだ戦争は終わっていなかったのである。移送は遅々として進まなかった。

そんな中、終戦後の八月二十二日、三隻の避難船が国籍不明の潜水艦により魚雷攻撃を受け（ソ連海軍の潜水艦と言われている）、乗っていた千七百人以上の避難民が命を落としたのだ。それは国際法上も、人道的にも決して許されるはずがないにもかかわらず、今日までその責任が詳《つまび》らかにされることはなかったのである。

避難船の運航は、終戦後の八月二十三日、ソ連の占領軍政府から樺太脱出禁止命令が出されるまで続いたが、最終的に脱出できた人の数は七万人、全住民の二割にも満たなかったのである。

避難指示が出された八月十二日以降も、澄江達は真岡に留まっていた。真岡からも避難船が出るという話が伝わってきていた。既に、北の国境や鉄道の敷かれていない恵須取の方から、続々と避難民が真岡に集結しつつあった。その数は一万人以上に達していた。

それまで、真岡の住民だけでも三万人が暮らしていた。この四万人もの人々をどうやって内地まで運ぼうというのか。中にはいち早く、漁船や小さな貨物船に便乗して逃げ出した人もいた。実際、澄江の知り合いで、金を使って船で逃げた家族がいた。

しかし、澄江には、知り合いも、乗せてもらうためのお金も無かった。ただ、何時来るか分からない避難船を待つしか、他に手段が無かったのである。

八月十六日、真岡に停泊していた貨物船を、内地への避難船として運行することになった。ここでも、乗船できたのは、大子製紙の幹部や、真岡支庁の役人の家族であり、極一部の民間人だけが便乗できたのであった。

大部分の民間人は、何時迎えの船が来るか、沖合を眺めて待つ毎日であった。しかし、その後真岡に迎えの船が来ることは二度となかったのである。

八月二十日未明、ソ連軍船団が真岡に押し寄せ、艦砲射撃を加えながら強行上陸を開始した。その頃既に、日本軍は停戦命令により戦闘態勢を解いていた為、真岡の街中には守備隊はおらず、ソ連軍部隊の上陸を容易に許してしまったのである。

この日、一部の警察官や国民服を着ていた民間人が守備隊と間違われ銃殺されたり、真岡郵便局の電話交換手の女性、九名が服毒自殺するなどの悲劇が起きていた。

民間人は、我先にと豊原方面に避難した。

澄江は孝子を背負い、芳江の手を引いて、逃げる人々の後を必死に付いていった。港のある方角から、黒煙が立ち上り時折地響きが伝わってきた。艦砲射撃であった。空にはソ連の戦闘機が飛び交っていて、時々機銃掃射の音が聞こえていた。飛行機の爆音が聞こえる度、道を逸れて藪の中に身を潜めた。背中の子供が泣くと、「泣かすな。聞こえると銃撃されるぞ」と怒鳴られるのであった。

その夜は、逢坂に向かう途中のF小学校で一夜を明かした。澄江達が辿りついた時には、避難民で溢れていた。どの顔も不安と疲れで蒼白く、目だけがぎょろついていた。避難民の大半は婦女子と年寄りであったが、何故か屈強の男達も交じっていた。多分、八月十五日で除隊・解散した兵隊たちであろう。

そんな中の一人の男が、孝子を背負ってくれた。民間人に成りすました方が安全と思ったのであろうか。

目が覚めて、また山道を豊原に向かって歩き始めると、次第に銃声が後ろから近づいて来た。撤退する日本軍を追いかけるソ連軍であった。誰かが山に入ろうと言うと皆がその後に従った。

その夜は山中で野宿した。

食べる物は、リュックサックに入れてあったおにぎりが少しあるだけだった。芳江と孝子に食べさせると、もうほんの少ししか残っていなかった。芳江が蟻《あり》に刺されたと言って泣いていた。寒さで何度も目を覚ました。

陽が昇って目が覚めても歩き出す者はいなかった。この先どこへ逃げたら良いのか誰も分からないでいた。その時、真岡の方から腕に腕章を巻いた男が現れ、「戦争は終わったから真岡に戻れ」と言って歩いて廻っていた。

男に従って、棒切れに白い布を結わえて、道に出ると、熊笹峠の方から激しい銃撃戦の音が聞こえていた。まだ戦闘は終わってはいなかった。

澄江は、手にハンカチを括りつけた棒を持ち、芳江の手を引きながら真岡への道をとぼとぼと歩いて行った。集団に遅れてしまい、人影が見えなくなって心細かった。

突然、地響きがすると、砂塵を上げた軍用トラックが目の前を通って行った。一瞬の事で、事態をよく呑み込めないでいた。また砂塵が見えてきたので、芳江に白旗の代わりのハンカチを持たせ、通り過ぎるのを待っていた。

軍用トラックに乗っていたのは、紛れもないソ連兵であった。赤鬼のような兵士たちの顔を見て初めて恐怖を感じ、膝が震え、芳江の手を無意識の内に強く握りしめていた。中の一人が、トラックの上から紙包みを投げてよこした。開けてみると、ビスケットのような乾パンが入っていた。朝から何も食べていなかったのだ。

澄江も芳江も、乾パンを齧《かじ》りながら真岡に続く下り坂を歩いて行った。照りつける陽射しの所為か、無性に喉が渇いたが水筒は空だった。

翌八月二十三日、樺太は完全にソ連軍に占領され、その日から全ての行政機関はソ連の軍政の下に置かれた。

もう、内地へ帰る途は完全に遮断されてしまった。その瞬間、三十万人以上の民間人が、樺太に残されたまま、日本政府から見捨てられた棄民となったのである。

4

八月十五日の正午に遡《さかのぼ》る――。

北海道に在る陸軍第六四〇部隊、軍馬補充部では営庭に全員が整列していた。その中に隆三がいた。中央にはラジオが据えられていた。全ての者が頭を垂れ、畏《かしこ》まって玉音放送に聞き入っていたが、本当はよく聞き取れなかった。何を言っているのか理解できないでいた。時々、抑揚のない独特の声音が、高く低く聞こえていたが、それとて、辺りに響き渡る幾千の蟬の鳴き声にかき消されてしまっていた。

解散の後、隊毎に上官より終戦の勅命が伝えられ、初めて戦争に負けた事を知ったのである。

しかし、軍属や実戦に役立たないロートル兵の寄せ集め部隊にとって、戦争に負けた実感は湧いてこなかった。悲憤慷慨《ひふんこうがい》して騒ぎ立てる者もいなかった。本音では、兵達は皆、家族の元へ帰れることを喜んでいた。一日も早く帰りたかったのだ。

隆三は澄江達の事が気がかりだった。部隊本部の顔見知りの人事係准尉を訪ねていた。

「准尉殿、樺太の状況は如何でありますか。ソ連との戦闘は、民間人は如何しているのですか。何か分かりませんですか？」

「佐々木兵長、お前の家族は樺太だったなあ。いや実は、軍でも現地の状況が摑めていないらしいんだ。だけど、知っているだろう。避難船が出ているのを？」

「はあ、……」

「まあ、心配なのは分かるがな。他も当たってみるからな、もう少し待て」

「はい。有難うございます」

引き下がるしかなかった。当時内地では、樺太の切迫した状況を、政府も軍も摑まえ切れていなかったのである。

その後、内地にある実戦部隊は続々と解散し、兵達は皆除隊し家族の元へ帰還していった。兵器は壊せばそれでお終いだったが、軍馬補充部隊には生きている数千頭の軍馬がいた。武器は全て、進駐軍に引き渡す命令だった。少数の軍属だけでは手に負えなかった。

人事係の准尉から隆三に呼び出しがあった。

「佐々木兵長参りました」

「ああ、佐々木兵長か。いや、もう佐々木君だな。家族はどうした。その後の引揚船には乗っていなかったのか？」

「はい。何も連絡がないのであります」

隆三は未だ兵隊の心算であった。

「そうか、心配だな。……実はな、樺太の事だがな、八月二十三日でもって、完全に通信も渡航も禁止されてしまったそうだ。ソ連の一方的な命令でな、軍政下に置かれたってわけだ」

准尉は気の毒そうに言った。

隆三は焦燥《しょうそう》にかられていた。

「それでは、私の家族は、日本人はどうなるのでありますか？」

「うん、ソ連も連合国の一員だからな。それほど無茶はしないだろうよ。落ち着いたら帰って来るよ。それまで辛抱することだ」

隆三には、准尉の言葉が虚しいものにしか聞こえなかった。

「ところで、君は除隊しても帰るところがあるのか？」

「はあ、ありません。取り敢えず秋田の実家に帰るしかありませんです」

「じゃあ丁度いいや。除隊はもう少し待ってもらえるか。もうすぐ、米軍が軍馬の接収に来るんだ。それまで、軍務を続けてもらえんかね」

「はい。承知しました」

軍隊式に踵を合わせ、四十五度の礼をして部屋を出た。

隆三に養父からの手紙が届いた。八月十三日の第一陣の避難船で帰って来て、秋田に居る事しか書かれてなかった。澄江や子供たちの事には一切触れられていなかった。

終戦から一カ月が過ぎても、何の連絡も無かった。

隆三は焦っていた。居ても立ってもいられなかった。しかし、樺太の状況は、誰に訊いても確かな答えは得られなかった。

九月も半ばが過ぎると秋風が吹いてきた。もうすぐ冬が来るのだ。隆三は、澄江や子供たちの事を思っていた。

今頃、何処で如何しているだろうか。三カ月前の面会で、真岡に、社宅に戻れと言ったことが、今更悔やまれてならなかった。

(澄江、無事に帰って来てくれよ。子供たちの事頼むぞ)祈るしかなかった。

5

澄江達の抑留《よくりゅう》生活が始まった。

社宅に戻ると、家の中は荒らされたふうもなく元のままであった。その夜は久しぶりに布団の上で、枕を並べて眠ることが出来た。

翌日、入り口の戸を激しく叩く音がして、開けると、数人のソ連兵がマンドリン型の機関銃を持って立っていた。何事かを叫ぶと、土足のまま押し入ってきて、家探しを始めた。日本軍の兵隊がいないかを探していたのであろうか。澄江は子供達を抱いて、部屋の片隅に蹲《うずくま》っていたが、生きた心地がしなかった。やがて、後から入って来た隊長らしき男の鋭い声で、ソ連兵達は何も盗らずに出て行った。隊長らしき男は、ゴリラのような他のソルダート（兵隊）達とは違って背が高く端正な顔立ちで、服装から見てもカピタン（将校）に違いなかった。

男は澄江に何か言うのだが、通じないと知って、手真似で何か伝えようとしていた。男の仕草は、布団を敷いてここに寝ろと言っているようだった。澄江は、男に犯されることを恐れて激しく頭を振った。

男はちょっと戸惑った様子で、澄江達の前にしゃがみ込み、芳江の頭を撫でながら、飲む真似と食べる真似をし、それから寝る仕草をした。如何やらここで今まで通りに暮らせと言っているのだ。

澄江は頷いて「ダー。スパシーボ（ありがとう）」と言うと、男は微笑んで立ち上がり、「ドスピダーニャ、マダム（さようなら）」と言って出て行った。

間もなく社宅はソ連軍の管轄《かんかつ》下に置かれ、空き家は全て軍人で埋まった。澄江達の上の階も、カピタンと呼ばれていたが、ソ連人夫婦が住むようになった。

漸くして、芳江たちも外で遊べるようになり、時々、その夫人と顔を合わす機会があった。芳江は人見知りしない子であったが、すぐにその夫人に気に入られた。身振りで名前を訊かれたので、「芳江」と答えると、「オオヨシエ、ハラショー」と言って頭を撫でてくれ、何処から手に入れたのか、見たこともないチョコレートをくれるのだった。

そんな彼らも、占領期間が終わると何処かへ転属になり、去って行った。

占領後一カ月が過ぎて、軍政から南サハリン州民生局に統治機関が変わっていた。

大子製紙の会社自身は機能していなかったので、この社宅に何時まで居続けられるかも分からなかった。勿論、給料は出るはずもなかったし、食料や冬に向かって燃料の支給も完全に止まっていた。

澄江は焦っていた。食糧の蓄えも底をついてきたし、何より、ルーブルが無いと、物を買えなくなるのだ。働かなければ食料を手に入れることは出来ないのだ。

もうすぐ厳しい冬がやって来る。

そうしているうちに、最悪の事態がやって来た。

樺太にある全ての工場、土地・建物はソ連民生局により接収されていた。大子製紙工場もその例外ではなかった。ソ連本土から移駐して来るロシア人の為に、社宅を追い払われることになったのだった。

その時まで社宅に居た住人は、皆それぞれ身寄りや知人を頼って出て行ったが、澄江に行く当てはなかった。納豆屋の舅・姑は、内地への避難指示が出ると、いち早く引き揚げてしまっていた。

知り合いと言えば、隆三の親戚が豊原と真岡に居て、一度ならず訪ねて行ったが、良い返事をもらえるどころか、けんもほろろだった。恨むことはできなかった。彼らだって、何時ソ連の民生局に立ち退きを迫られるか分からないのだ。誰もが生きるのに精一杯で、他人の事を思いやる余裕など欠片《かけら》もなかったのだから。

冬がもうそこまで来ていた。社宅には澄江達の他、誰も居なかった。ストーブに燃やす石炭も薪も無くなっていた。食べる物も無く、三人は布団に包まっていた。孝子はお腹が空いたと泣いていた。芳江だってお腹が空いているはずだが、じっと我慢しているのが不憫《ふびん》であった。

澄江は、隆三の言いつけに従い、社宅で夫が帰って来るのを待っていた。何時までも待っていたかった。しかし、隆三が帰って来ることは最早有り得ないのだ。残された途は、ソ連兵か日本人の男性に身をまかせることであった。それだけはどんな事があっても出来なかった。夫の隆三を裏切ることは自分自身、絶対に許される事ではなかった。

頼れる先は何処にもなかった。澄江は絶望を感じていた。万策尽き果てていた。寒さで思考能力も弱っていた。頭に浮かぶのは『死』の一文字であった。

二人の子供に防寒具を着せ外へ出て、海に向かってふらふらと歩き出していた。背中の孝子が何か言っていた。手を繋いだ芳江は黙って歩いていた。あたりは次第に薄暗くなってきていた。

夏、真岡の海に沈む夕日は美しかった。幸せだった。

真冬の今、そこに在るのは絶望だけであった。空も海も黒く染まって境目が無かった。岸壁に押し寄せる波が、野獣《やじゅう》の咆哮《ほうこう》のような叫び声を上げていた。耳元を吹きすさぶ風がヒューヒューと鳴いていたが、寒さの感覚は既に失くしてしまっていた。岸壁から見下ろす海の色は薄墨を流したように黒かった。飛び込めば、あっという間に死ねるだろうと思った。不思議と死の恐怖は湧いてこなかった。

澄江は、じっと海を見つめたままであった。その母の姿に、本能的に死の恐怖を感じたのか、芳江が泣き出した。

「かあさん、……かあさん！」

「……！」

「かあさん、どうしたの。死んじゃうの？」

「……」

無言の母に、必死で叫び続けるのだ。

「かあさん、死ぬの怖い。死ぬの嫌だ。かあさん、お家帰ろう！」

「芳江、一緒に行こう。死ぬのなんかなんも怖くないから。皆一緒だからね……」

言いながら、芳江の手を強く握りしめていた。

「嫌だ！　かあさん、とうさんに会いに行こう。ねえ、かあさん行こう。とうさんの所へ！」

泣きながら芳江は、必死で母の手を引っ張るのだった。

その時、澄江は風の中に隆三の声が聞こえたような気がした。

「子供たちの事、頼むぞ。何があっても守ってくれよな！」

それは確かに、夫隆三の声に違いなかった。

「とうさん！」

澄江は、泣きじゃくる芳江を抱きしめていた。頬を付けて泣いていた。

「御免ね、芳江。母さんが悪かった。もう死なないよ。……皆で父さんのところへ行こうね」

「かあさん、本当！　本当にとうさんに会えるんだよね」

「うん、だからもう泣かないでね」

そういう澄江のまつ毛が涙で凍り付いていた。

澄江が芳江の手を引いて、元来た道をとぼとぼと歩いていた。行く当てがあるわけではなかったが、取り敢えず岸壁から、死の淵から離れたかった。道路に出て街に向かって歩いていると、突然、暗闇の中から声がした。

「ねえさん！　子供に罪は無いんだ。思いとどまってくれて良かったよ」

男は、澄江達を遠くから見ていたのだ。そして小脇に抱えていた新聞紙に包まれた黒パンを、半分に割って芳江の手に渡した。

「ありがとう。おじちゃん」

芳江が母の顔を見て、それから男に言った。

「ねえさん、行くとこないのかい?」

黙って頷く澄江に「この先真っ直ぐ行くと小学校があるから、行ってみな。避難所だから。何とかなるから」それだけ言うと、男は暗闇に消えて行った。

小学校の避難所は人で溢れていた。それでも何とか、寝る所と食べる物を手に入れることが出来た。それは人間が最低限、死なないというだけの代物であった。

澄江達は、その避難所で正月を迎えた。年が変わったからといって、抑留者たちには状況が変わったわけではなかった。日本政府からは、何の知らせもなかった。

誰もが、その日その日を生きていくのに精一杯であった。集まれば、帰還の噂をするのだったが、それは人々の願望に過ぎず、何時も裏切られるのだった。

それでも、街は動いていたし、人々も必死に生きていた。


一九四六(昭和二十一)年二月、ソ連政府の方針が変わった。それまでの、旧樺太庁の行政組織を使った暫定統治が、完全にソ連邦の法律の下、南サハリン州として一地方行政区域となったのである。その意味するところは、クレムリンの指示による、過酷な生産ノルマを達成しなければならないということであった。そのために、既に、ソ連本土から労働力としてロシア人の移駐が始まっていたが、到底足りるものではなかった。当然のように、抑留日本人が労働力として組み込まれていったのである。

ソ連政府の統治方針は明解だった。『働かざる者食うべからず』である。抑留者達でも仕事にありつけた者は幸せだった。ロシア人と同等の対価をもらうことができ、手に入れたルーブルで、食料や燃料を手に入れることが出来たのだから。仕事にあぶれた者や、働くことのできない者達は悲惨だった。老人や乳幼児に支給される配給でかろうじて露命《ろめい》を繋ぐか、バザールで衣類や家財道具と食料を交換する『たけのこ生活』を余儀なくされていたのである。

樺太の二月は一年で一番寒い月だった。何もかもが凍りつくのだ。

澄江は働きに出たかった。避難所で配給される食料では、子供達に満足な食事をさせられなかった。かといって、食料に換えるべき衣類はとっくに無くなっていた。

そんな時、知り合いから、働き口を紹介された。住み込みの賄婦《まかないふ》だったが、子供たちと一緒に暮らせるなら何でもよかった。二つ返事で引き受けた。

教えられた住所を訪ねると、元真岡支庁の官舎であった。中から三十過ぎの日本人の男が出てきて、浅見と名乗った。

その日から、澄江達の新しい暮らしが始まった。

家は、役所の幹部用とみえて、一人で住むには贅沢な広さだった。居間にはペーチカがあり、赤々と石炭が燃えて暖かだった。

澄江達には、一部屋が与えられ、親子三人手足を伸ばしてゆっくり寝ることが出来た。

澄江の仕事は、朝早く起きて、その男の為に朝食を作り、弁当を用意する事と夕食を作る事であった。その他は、家の中の掃除と洗濯であった。

仕事の見返りは、澄江達三人の食事と寝る場所の提供でしかなかったが、満足であった。これで何とか生きていけるのだから。

男が出かけてしまった後は、芳江も孝子も家の中でのびのびと遊ぶことが出来た。食べる物が良くなった所為か、子供たちの顔色も日増しに良くなってきた。

男は、三十三歳、浅見純也という名で、樺太庁に派遣されてきた内務省の役人であった。今は、真岡の港湾管理の日本側責任者として、南サハリン州の行政組織下で働かされていた。

浅見は毎週金曜日になると、澄江に食糧代としてルーブル札をくれた。多分、毎週金曜日にルーブル建ての給料がでていたのであろう。ルーブルがあれば、バザールに行って野菜や魚を買うことが出来、余ったお金で、子供たちにピロシキを買って食べさせることができた。

ソ連軍が真岡に進駐した時、一番先に行ったことは、港にあった備蓄倉庫の接収であった。中には相当の食糧の備蓄があったはずである。

浅見は、時々食料を持ち帰って来た。中身は、内地の米や、味噌・醤油等の調味料、中々手に入らない真っ白な砂糖まであった。

一般の民間人が、生きていくのがやっとなのに、あるところにはあるものであった。

砂糖が手に入るのは有難かった。子供たちに、甘いパンを焼いて食べさせることが出来るのだ。ほんの数カ月前、誰も居ない社宅で、火の無い所で空腹に震えていたころの事を思うと、夢のような暮らしだった。

二カ月が過ぎ、四月になると、やっと暖かくなってきた。子供達も外で遊べるようになっていた。隣近所には、ロシア人が住んでいた。芳江は、時々隣のロシア人の子供たちと遊んでいた。官舎の住人は高級官吏とみえて、中には日本人女性を女中に使っているロシア人夫婦もいた。澄江も時々その女性と買い物途中で顔を合わせることがあった。

澄江は、物々交換でカーテン生地を手に入れてきて、それで、芳江や孝子に服を縫《ぬ》ってやった。いつ帰れるかも知れない抑留生活を、何としても生き抜いて、子供たちを隆三の下へ連れて行かねばならない。澄江は子供たちの嬉しそうな顔を見る度に思うのだった。

浅見は口数の少ない男だったが、芳江や孝子には優しかった。何時も決まった時間に役所から帰って来た。多分、それがソ連式の働き方なのであろうか。

夕食を同じテーブルで食べさせてくれた。時にはどこから手に入れるのか、日本酒やウオッカを夕食時に飲むことがあった。

澄江は全くお酒が飲めなかったので、只、浅見が飲み終わるまでじっと待っていた。浅見はアルコールが入ると、普段よりは少し饒舌《じょうぜつ》になって、自分の事も話すようになった。

「澄江さんは、帰ったら何処で暮らすんだい？」

「そうね、主人が何処に居るのか分からないから、取り敢えず、実家の酒田に戻るしかないっしょねえ」

昨年の八月二十三日にソ連政府の統治下になって以来、日本との通信手段は完全に遮断されていた。夫の隆三が何処に居るのかも分からなかった。それは浅見にとっても同じことだった。樺太に住む三十数万人の抑留者達は、日本政府から見放された、棄民のままであったのだ。

「僕の家族は仙台に居るはずなんだ。僕の実家にね。でも、仙台も空襲があったからなあ、如何しているのか」

「浅見さん、子供さんは？」

「僕は女の子が二人いるんだ。上は芳江ちゃんより二つ上かな。下の子が同じくらいだな。樺太で生まれたんだ」

「じゃあ、奥様も樺太で暮らしていたのですか？」

「そう。昭和十七年にね、内務省から樺太庁に派遣されてきてね。家内も一緒さ。それで、昨年の六月に仙台に帰したんだ。実家が心配だったからね。結果としては良かったよ。あの時家族を帰してね」

浅見はウオッカの入ったグラスを掌《てのひら》で弄《もてあそ》んでいた。

「澄江さんは避難船に乗れなかったのかい？」

乗れなかったから、ここに居るんだと言いたかったが、黙って頷いた。

「そうだよなあ。手配が遅すぎたよな、全く」

「浅見さんは、何で八月十六日の船に乗らなかったの？　お偉いさんは皆逃げて行ったんじゃないの」

澄江がちょっと皮肉を込めて訊いた。

「いや、乗れたんだけどね。真岡支庁でも誰かが残って、後の避難船の受け入れ準備をしなければならなくてさあ、僕が一番若かったし家族も居なかったからねえ。貧乏籤《びんぼうくじ》を引かされたのさ。結局船はあれっきり来なかったけどね」

笑うと愛嬌《あいきょう》のある顔だった。

「浅見さん、私等何時日本に帰れるんですか？」

「そうだなあ、ソ連政府も国際世論を気にしているからなあ。問題は日本政府がその気になって働き掛けてくれるかだな。……」

浅見は霞が関の本省で働いていた役人だけあって、日本政府の内情をある程度は理解していた。

終戦時、日本の内地には八千万人が暮らしていたが、度重なる根こそぎ動員で、農漁村では働き手が極端に減少していた。加えて、地震や天候不良の影響もあり、食料の生産高はその必要量に全く追いつかなかった。食料備蓄はとっくに食い潰しており、内地ですら昭和二十年の冬には、餓死者が出るのではと推測されていたのである。そこへ、樺太も含めた外地から、六百万人以上の軍人・一般市民が一度に引き揚げてくれば何が起こっても不思議はなかったのだ。

それを考えれば、日本政府が終戦後も海外同胞の引き揚げに積極的でなかったのも、止むを得ない事かもしれなかった。最もそれ以上に、ソ連側としては働き手が欲しかったのも事実であった。南樺太の石炭、紙・パルプ、漁業、農業はクレムリンにとっても魅力的なはずであった。そのためには、樺太にあった生産設備や原料と、何よりも生産の担い手を日本側に渡さないことであった。

以前、浅見は樺太のソ連側高官に訊いたことがあった。

「ソ連は何で抑留者を日本に帰さないのですか？　インフラを維持する特定の日本人なら分かるけど、一般の婦女子を留めておく理由が無いでしょう。足手まといになるだけじゃありませんか。三十万もの人間の食糧を確保するのだって大変でしょう。まさか、ソ連政府は彼らを餓死させるとでも言うのですか？」

政府高官は肩を窄《すぼ》めて、

「お前の言う通りだ。ソ連だって、働けない婦女子の面倒は見きれないよ。一般市民は早く帰国してもらいたいのだ」

「では、何で足止めをするのでしょうか？」

「それは、日本政府が迎えの船を寄こさないからさ。我々には船を雇って、燃料を使って送り返す義務はないからな。第一そんな船は無いけどな……。俺は聞いたことがあるんだ。終戦時、日本政府から海外で暮らす日本人は、極力現地に留まり暮らすようにという指示があった事をな」

「えっ、樺太もそうなんですか？」

「それは知らん。しかし、今は日本人だろうがロシア人だろうが、ともかく働いてもらわなくちゃならないのだ。……お前は今の待遇に何か不服か？」

「いえ、そういうわけでは……」

「じゃあいいじゃないか。お前はこのまま州の高級官吏としてここで働けよ。我がソビエト連邦の一員としてな」

「はあ、でも私には日本に妻や子供が居ますので」

「そうか。まあ、そのうちに迎えが来るだろうよ」

労働力としての日本人は留め置く。足手まといな婦女子は帰国させる。勿論、全ての財産は没収する。これがソ連側の本音であった。

浅見だって、いつ帰れるか分からなかった。その後も、時々ソ連側の人間に訊いてみても、「近いうちに、そのうちに帰れるだろうよ」と言うだけであった。

誰もが、離れ離れの家族の事を思っていたが、いつ帰れるかもしれない現実の下では、今を生きていくしか仕方がなかった。

夕方、浅見がいつもの時間に役所から帰ってきた。澄江が玄関まで出迎えると、小脇に抱えていた紙包みを差し出した。中には、真っ白なパンとバターとジャムが入っていた。普通の店やバザールでは絶対に手に入らない代物だった。

浅見がウオッカで顔が赤くなったところで、澄江が訊いた。

「白パンなんてどうやって手に入れたんですか？」

「ああ、時々役所で配給になるんだ。他にも、お酒にパピルス（高級紙巻煙草）だとかもね」

澄江は知っていた。ロシア人の労働者やサルダート（兵隊）は黒パンを常食としていたし、煙草も品質の悪いマホルカしか喫《す》えないのを。

それは昔、酒田のお寺に居る時に、健二から聞かされた平等な社会とは違って見えていた。

「ソ連の共産主義って平等じゃないんですか？」

「ああ、それは僕も訊いてみたんだよ。彼らが言うにはね、大衆に対して指導的立場にある人間は、責任が重いから手当も多く貰うのは当然だとね」

澄江はなんだか腑に落ちなかった。

「日本とあまり変わらないですね……」

「まあ違うのは、地主も社長もいないってことかな。……それと、役所では男女平等なことだね」

「それって、日本の女性解放運動みたいですね」

「ははは！　まあそうだね」

澄江は、暇を見つけては、昔の知り合いや、隆三の親類の家も訪ねていた。もし帰還船の情報があれば、今度こそ、乗り遅れたくはなかった。勿論、誰も確固たる情報を持ってはいなかったが、話をすれば少しは心が安らいだ。

四月も末になると、雪も解け、蕗《ふき》の薹《とう》が現れ、日増しに春らしくなってきた。

官舎には内風呂が付いていていた。

週に数回は風呂を沸かした。浅見が入った後で、子供たちをお風呂に入れて寝かせた。澄江も、後片付けを終わらせ、寝る前にお風呂に入ることが出来た。ゆっくりとお風呂に浸かるのは何カ月振りであろうか。

ここ何カ月かの食べ物の所為か、体重も昔に戻っていた。澄江はまだ三十歳になったばかりの女盛りであった。胸や太もも、お尻にも適度に肉が付き、艶々と輝いていた。

洗い場で髪を洗っていると、ドアの擦りガラス越しに人の気配を感じて、思わず胸を両手で抱え込んでいた。気のせいかと思っていると、厠のドアの閉まる音がして辺りは静かになった。

そんなある夜の事だった。

暖かくなって、澄江と子供たちは別々の布団で寝ていた。

澄江は夢を見ていた。誰かが一緒に寝ていた。夫の隆三のようだが顔が見えなかった。下腹部を愛撫されていて、気持ちが昂り濡れているようだった。

両脚を広げられ、下腹部に重さを感じて思わず目が覚めた。澄江は「あっ」と声にならない声を上げた。

男が覆い被さっていた。必死に男の胸を、腕を押しのけようと抗《あらが》うのだったが、声を出すことが出来なかった。子供たちがそばで寝ているのだ。

男の力が勝って、両腕で首と肩を抱きしめられてしまった。下半身は両脚の間に男の腰が割り込んでいて、秘部には男の強張りが当たっているのが分かった。澄江は腰を振って逃げようとしたが、無駄だった。

次の瞬間、身体の中心を貫かれていた。澄江は抵抗することを止めた。ただ、早く終わってくれと祈るばかりであった。やがて、男の荒い息遣いが耳元でして、腰の動きが止まった。男は身を起こすと、後始末もしないで部屋を出て行った。その間終始無言であった。

男が去った後も、澄江は放心したように、股を広げたまま横たわっていた。やがて股間が濡れているのに気が付いて、手拭いでふき取った。涙が出て止まらなかったが、声を殺して泣いていた。悔しかった。声を出して抗うことが出来なかったのが悔しかった。ここを出ては行く所がない、女の弱さに付け込んだ男の卑劣な行為を許せなかった。

しかし、澄江には耐えるしかなかったのだ。涙を拭いて見つめる先には、子供達が何事もなかったように、寝息を立てて眠っていた。

翌朝、普段通りに起きて、朝ご飯と昼食の弁当を用意して待っていると、浅見は何事もなかったかのように、テーブルに着き、淡々と箸を動かし、澄江の装った味噌汁を啜《すす》っていた。

澄江は顔を上げて男の顔をまともに見ることが出来なかった。

それでも、子供たちの目には、何時もと全く変わりない風景に映っていたはずであった。

それからも何度か、浅見は澄江の寝床へ忍んできた。拒みきれない澄江には、子供たちに気付かれないように、早く終わって欲しかった。良人隆三への操を汚してしまった今は、心だけでも清くいたかった。身体は売っても魂だけは売り渡したくなかった。

男の身体を受け入れている最中も、それだけを念じて木偶人形《でくにんぎょう》のように、心の昂りを押し殺すのであった。

珍しく、浅見が遅く帰って来た。少しお酒を飲んでいるのか顔が赤かった。食事を用意すると機嫌よく食べた。

「子供たちは寝たの？　澄江さんも先にお風呂に入っていいんだよ」

澄江は目を合わさないように下を向いたままであった。

「あのう、お願いがあるのですが」

頭を上げずに、おずおずと言った。

「何、どんなこと？」

「部屋に来るのは止めて欲しいんですが……。その時は、私の方から行きますから」

澄江は恥ずかしさで、顔を上げられなかった。女の自分が言う言葉ではなかったが、子供たちの為には仕方がなかった。

「分かった。じゃあ今夜からね」

澄江の沈黙は受け入れた証しと思ったのか、浅見はその後も機嫌よく話を続けるのだった。

澄江は、風呂から上がり、鏡の前に立つと、裸の自分が映っていた。髪のほつれを無意識に指でかきあげていた。

寝間着に身を包むと、静かにお風呂場を出て、忍び足で浅見の部屋に向かった。

部屋の戸をそうっと開けて中へ入ると、部屋には小さな豆電球が灯っていて、布団の位置が分かった。浅見は待っていたのか、身体を横へずらして、澄江を迎え入れた。

澄江は黙ったまま、その空間に身を横たえ、じっと目を閉じていた。浅見の手が寝間着の胸を広げ、乳房を撫でていた。乳首が堅くなるのが、目を瞑《つむ》っていても分かった。

「澄江さん、正直言って何時日本に帰れるか分からないんだし、お互い家族の事は忘れようよ……」

「……」

浅見の吐く息が耳元を擽り、熟柿の臭いがした。

今度は、寝間着の裾が開かれ、太ももに掌の感触が伝わってきた。思わず脚を閉じようとすると、その手が身体の中心に向かって突き進んできた。その中、指の動きに身体の奥の何かが反応しているのを感じて、唇を噛んでいた。

澄江は自分を抑えようとすればするほど、身体の中心に意識がいってしまうのだった。男の息遣いが更に荒くなるのを聴くと、とうとう堪え切れなくなって、思わず呻き声を上げていた。

忘れようとしていた女を、目覚めさせられてしまったのだ。

浅見は、澄江の身体から降りると、満足そうにふーっと吐息を吐いた。澄江は、手渡された桜紙で股間を拭くと、寝間着の前を合わせ黙って部屋を出た。

「かあさん、何処に行っていたの？　おしっこ」

芳江が布団の上に立っていた。

「おしっこかい。おいで」

芳江を厠から連れ戻すと、

「母さんは、何処にも行かないよ。何時も一緒だからね。さあ、お休み」

芳江ももうすぐ五歳、何かを感ずる年頃であった。

澄江がこれまで生きてきた倫理観から言えば、自分がしていることは、悍《おぞ》ましい『不貞《ふてい》』であり『不倫』に違いなかった。決して許されることではないはずだった。しかしそれも時間とともに、感覚が麻痺し、抵抗なく受け入れていく自分自身が腹立たしかった。

一度、男女の関係になってしまえば、女は、所詮男の所有物に過ぎなかった。元々、男と女が同じ屋根の下で暮らせば、こうなることは十分ありうる事だった。衣食住が足りて、ましていつ帰れるかもしれない境遇の下では、男にとって次に来るのは性欲に違いなかった。否、女だって、もしもこのまま日本に帰れないと思ったら、同じことかもしれなかった。そうでなくても、この抑留生活の中で、澄江が女手一つで子供達を養っていくのは不可能であるのも事実であった。

そんな昼と夜が続いて、澄江の一番恐れていたことが現実となった。

もともと、生理は不順な方だったが、先月も今月も無かった。『妊娠』の二文字が頭を過った。

やがて、吐き気を覚え、体調の変化を感じた。明らかに悪阻《つわり》であった。

澄江は子供が生まれて欲しくなかった。神を呪《のろ》いたかった。とうとう、心も身体も夫を裏切ってしまい、後戻りのできないところまで来てしまったのだ。

澄江は以前、真岡にも『堕し屋』がいるという話を聞いたことがあった。勿論、非合法のもぐりであったが、それを求める女たちがいる証しであった。

相談に行ってみようかと思う一方で、自分のお腹に宿った命を絶つことへの後ろめたさがあった。躊躇いの内に、時間だけが容赦なく過ぎていった。

少しずつ、お腹が大きくなってきているのは、澄江が話さなくても、当然、浅見も気が付いていた。

浅見は、意外にも優しい男だった。澄江の身体の事を気遣って、卵や肉など、普通では手に入らない物も何処からか手に入れてきてくれた。

澄江は、芳江と孝子を家に残し、街の市場へ出かけて行った。日本人の狭い社会であれば、行けば知り合いに会うこともあった。

バザールで野菜を買っていると声を掛けられた。

「澄江さん、久し振りね。住み込みで女中をしているって聞いたけど、如何。子供達も元気？」

隆三の親戚の女だった。

「あら、菊水さんの奥さん。何とか暮らしています。そちらも変わりないですか。何時になったら日本へ帰れるのでしょうね」

女の視線が、自分の下腹に向けられているような気がして、買い物袋で思わず前を隠していた。

「うちも、何とか生きているわ。でも、澄江さん前に会った時より顔色が良いね。それに太ったんじゃない。……ともかく、帰れるまで頑張ろうね」

女は、本当に何かを感じたかのようであった。澄江は急いでその場を離れた。

抑留生活が始まって一年が過ぎても、日本からは何の音沙汰も無かった。

樺太では秋が過ぎると、すぐに冬がやって来る。

人々は皆、冬への備えをしなければならなかった。冬の間のビタミン不足を補うため、漬物を沢山用意するのだ。

澄江は目立ってきたお腹を抱え、バザールに野菜の買い出しに出かけて行った。大根、白菜にキャベツを少しずつ手に入れては家に持ち帰って来た。

「澄江さん。澄江さんじゃないの。元気だった。今の仕事うまくいっている?……」

浅見の家を紹介してくれた知り合いの女だった。女は、言った後で、明らかに澄江の身体に気付いていた。独り者の家を紹介した以上、そこで何が起きたかを想像するのは簡単なはずであった。

澄江は、それが応えであるかのように、無言のまま女に背を向けた。

狭い世界であるだけに、人の口に戸は立てられなかった。実際、澄江が誰かの子を孕《はら》んだという残酷な噂が、瞬く間に広まっていったのである。


昭和二十二年、二度目の正月が来た。

抑留者達は、必死にこの冬を生き抜こうとしていた。昨年の十二月に、待望の引揚船の樺太派遣の話が伝えられてきた。今度こそは本当だった。日本に帰れる日が近づいていた。

誰もが生きて日本へ帰りたかった。

やがて、第一次・第二次の引揚船が真岡を出港したという話が伝えられていた。

二月十日、澄江が産気づいた。

浅見が産婆を呼んできてくれた。産婆は澄江のよく知っている、以前、芳江と孝子を取り上げてくれた女だった。

陣痛が始まって間もなく、子供は生まれた。産婆は手際よく、産湯をつかってくれ、タオルにくるんだ赤子を、澄江の胸の上に預けてくれた。澄江にとって、父親が誰であろうと、紛れもない、自分の腹の中で育った子供であった。

「澄江さん、男の子だよ。事情はどうでも、神様が授けてくれたんだから、大事に育てないと罰が当たるからね。分かるね……」

産婆は全て分かっていると言いたげだった。

とうとう、許されない子供を産んでしまったのだ。これが隆三の子供だったなら、どんなに嬉しかったことか。

「おばさん！　わたし……」

涙で後が続かなかった。

「分かっている。……泣くとお乳が出なくなるんだから」

赤子は本能のまま、無心に乳房にしゃぶりついていた。

「明日も来るからね。ともかく、早く元気になって、皆で日本に帰るんだよ」

産婆が帰って行った。傍には芳江が心配そうに座っていた。

「かあさん、大丈夫。お腹痛くないの？」

「ああ、芳江。心配しなくてもいいよ」

「赤ちゃん、男の子？」

「そう。お前の弟だよ。可愛がってね」

「うん！」

母の気持ちを知ってか知らずか、芳江は小さく頷いた。

澄江の動けない間、浅見は子供たちの面倒を見てくれた。孝子は、父隆三の事を覚えていない所為か、浅見によく懐いていたが、芳江はそうではなかった。子供ながら何かを感じ取っていたのかもしれない。

一週間が過ぎた日、浅見が澄江の目の前に紙切れを広げた。

『俊也』と書かれてあった。

照れたように口元を綻ばせ、

「子供に名前を考えたんだ。如何かな？」

澄江は頷いた。

「それで、この子の出生届なんだけどねえ、受け付けてくれる役所が無いんだよ。ともかく、日本に帰ってからだなあ」

浅見は彼なりに、子供の事を考えてくれていたのだ。

「それからなあ、引揚船だけど、もう少し経たないと無理だな。子供の首がすわってからだ。

五月にしようよ。それまでの辛抱だから、澄江さんも早く元気になってな」

浅見は、傍に居た孝子の頭を撫でていた。

母乳が出るお蔭で、俊也は順調に育っていた。澄江も起きて動けるようになると、元のように浅見の為に食事や洗濯をするようになった。

6

やがて樺太にも春が来て、野山に緑が芽吹いてきた。

浅見がどう手を廻したのか引揚者名簿への登録は一緒だった。いよいよ引き揚げの順番がやってきて、先ず真岡にある引揚者収容所へ移らねばならなかった。澄江にとって、一年半ほどだったが、決して忘れる事が出来ない官舎での生活だった。

澄江は、両手に、まだ生まれて三月の俊也を抱いていた。孝子は浅見に手を引かれて歩いていた。芳江は、その小さな背中に、母の手製のリュックサックを背負い、一人で歩いていた。

芳江はもう五歳になっていた。俊也が如何して生まれたかは、大人の生理を知らなくても、うすうす分かっていた。母とその男の間に何かがあったことを感じとっていた。母が、何だか自分から離れていくような気がして寂しかった。父、隆三が恋しかった。

丘の上にある収容所は、元女学校の校舎だったが人でごった返していた。船に乗るにはまだまだ時間が掛かった。

「澄江さん、澄江さんでしょう？」

女の呼ぶ声がして、振り向くと、豊原に居た、隆三の従妹だった。振り向いた澄江の手に赤子が抱かれているのを目にして、従妹の態度が変わった。見てはいけないものを見てしまったように、慌ててその場から離れて行った。多分、彼女は既に噂を知っていたのであろう。

幾つかの検問所を通り抜け、船着き場に辿り着くと、そこでも四時間近く待たされ、草臥《くたび》れ果てたころに、漸く乗船の順番が回ってきた。船は三千トンクラスの客船『徳寿丸』だった。浅見が如何手配したのか、二等船室に入ることが出来た。三等船室は人で溢れていた。

出航の銅鑼《どら》の音とともに、船内放送が流れてきた。

「皆様、長い間の抑留生活ご苦労様でした。当船はこれより祖国日本に向かって出航します。宗谷海峡を渡り、日本の領海内に入りますと、小樽の沖合を通りまして、函館へ向かいます。函館港着船は明日の朝の予定です。飲み水・食べ物も用意してありますし、医療関係者も乗り合わせています。御用の際は係員までお知らせください……」

本当に日本へ帰れる日が来たのだ。船室には、放心した顔もあれば、満面に笑みを浮かべる顔、まだ不安そうな顔等、それぞれの想いを描いた顔があった。

ボーと低く腹に響く汽笛が鳴った。引揚船は、人々の万感の思いを乗せて、二度と来ることのない樺太を後にし、懐かしの祖国日本へ向かって進んでゆくのであった。

夕方になって遥か遠くに小さな灯りが見えてきた。ノシャップ岬であろうか。

「日本だ。北海道だ！」

誰かが、窓ガラスに取り付き叫んだ。乗客は皆、祖国を一目見ようと窓辺に群がっていた。澄江達が小さな隙間から覗けた時には、もう夕闇が迫っていてよく見えなかった。

澄江にとって、この海峡を渡るのは何度目であろうか。十三の時、父源治に連れられて樺太へ渡ったのが初めてだった。そして次が、まだ見ぬ夫隆三のもとへ嫁ぐ時。最後が、夫隆三への面会からの帰りであった。

澄江は、自分の運命を変えてしまったこの海峡が恨めしかった。どんなに悔やんでも恨んでも、昔に戻ることは出来ないのだ。隆三には、二度と逢えない事を思うと、声を上げて泣きたかった。しかし、浅見には涙を見られたくなかった。それが、澄江の女としての意地であった。

船は順調に進んでいるらしかった。

澄江は俊也のおしめを換え、母乳を与えるのに忙しく、よく眠れなかった。芳江と孝子は寄り添うようにして眠っていた。

乗船した時から、隣に、三歳くらいの女の子と乳飲み子を抱えた女がいた。女は子供に乳房を含ませるのだが、乳がよくでないのか子供が泣きだした。泣き声が狭い船内に響いていた。辺りの迷惑を思ってか、女は必死に子供をあやすのだが泣き止まなかった。

澄江は見かねて声を掛けた。

「ねえさん、良かったら私の乳あげるわ」

まだ、片方の乳房が張っていたのだ。

女は驚いたように顔を上げ、遠慮がちに、

「ええ、お願い出来ますか……」

「どれ、赤ちゃん貸して」

受け取った子供は、生後三カ月くらいだろうか。色の真っ白な、目鼻立ちから見ても明らかにロシア人とのハーフであった。お腹が空いていたと見えて、澄江の乳首に吸い付いていた。

「男の子ですか？」

「はい……」

女は俯きかげんに返事をした。何か曰くがあるだろうことは、聞かないでも推察できた。

子供が満足したのか、女の腕の中で眠っていた。

「有難うございました」

「何処まで行くの？」

「函館です……」

「そう。もうすぐだね。……子供の為に確《しっか》り生きていこうね。……お互いに」

澄江は俊也を見ながら言った。女は硬い表情のまま、黙って頭を下げた。澄江の言葉をどう受け止めたかは分からないが、世の中のあらゆる攻撃から子供を必死に守ろうとする母親の姿に違いなかった。

船室の窓の外が明るくなってきた。

「北海道だ。函館だ！」

今度は本当だった。窓から、北海道の山々が青く、くっきりと見えていた。津軽海峡を越えて、函館湾に入っていたのだ。

「帰って来た。日本に帰って来たんだ！」

誰の目にも涙が溢《あふ》れ、中には大声で泣き出す者もあった。

澄江も泣いていた。芳江も泣いていたが、孝子には何のことか分からないらしかった。

海上で一週間、検疫の為か留めおかれ、上陸したと思ったらいきなり頭からＤＤＴを振りかけられ真っ白になった。

函館には引揚援護局が設置されていて、引揚者の支援に当たっていた。落ち着き先までの汽車の切符と、何がしの一時金を貰うことが出来た。

澄江は行き先を酒田の実家と決めていた。隆三の実家の秋田には、毛頭行くつもりはなかった。

青函連絡船も浅見と一緒だった。夜の津軽海峡は風が出てきて、波が高く、船酔いする者が大勢いた。

やっとの思いで、青森港に着いたが、まだ辺りは暗かった。

桟橋を渡って待合室に入ると、そこには異様な光景が広がっていた。ぼろを纏《まと》い、真っ黒な顔をし、痩せて目だけを光らせた子供たちが、そこここに溢れていたのだ。傍にいる大人たちはそんな子供たちを見ようともせず、ただ、自分たちの荷物を盗まれないように、しっかりと抱え込んでいるのだった。

国鉄のホームまでの長い途を歩いて行った。

浅見は、実家の仙台に行くと言っていたが、澄江達が、羽越線のホームにたどり着くまで一緒だった。新潟行きの鈍行列車が入線してきて、それに乗り込んだ。

「澄江さん、連絡先の住所は？」

澄江が実家の住所を教えると、浅見は手帳に記入した。

「僕も落ち着き次第手紙を書くからね。皆、子供達も達者でね……」

浅見は他にも何か言いたそうだったが、孝子の頭を撫でると急いで降りて行った。列車の出発の時刻であった。動き出す窓に向かって浅見が手を振っていた。孝子も手を振っていた。澄江は複雑な思いで浅見を見送った。兎にも角にも、今日まで、子供達を死なせずに日本へ連れて帰って来れたのは事実だった。だからといって、浅見に対する未練も女としての情もなかった。むしろ、疎ましい存在に過ぎなかった。消せるものなら、すべての過去を消し去ってしまいたかった。

澄江の両腕の中で、俊也がすやすやと眠っていた。祝福されることのない自分の運命を知るはずもなく。

汽車はガタン・ゴトンとリズミカルな音を立て、南へ向かって走っていた。車窓からは、遠くに青い山々が連なり、目の前には田園風景が広がっていた。澄江が幼い日々見慣れた、内地の春の景色であった。

7

函館の引揚援護局から、父源治宛てに打った電報が届いているはずだった。

澄江が子供達と酒田駅に着くと、源治が迎えに来てくれていた。

「おどう！　……」

「澄江、よく帰って来た！」

源治はそれ以上何も言わなかった。

実家では、両手に抱かれた俊也を見ると、誰もが驚き、そして次にお互いの顔を見合わせるのだった。

「おどう、暫く厄介になるよ」

澄江はそれだけ言うと勝手に中へ入っていって、離れの一間に落ち着いた。俊也や子供達の面倒を見なければならないし、自分自身も疲れて、くたくただった。今は、難しい話をしたくなかった。

「澄江、よく生きて帰って来たなあ、お前の事心配していたんだ。何も音沙汰ないしな、死んでしまったかと思ってよ。よかったよかった。子供かあ、男の子か。順作の生まれ変わりかも知んないの。……大事に育てにゃあなんねえぞ」

父源治の母親だった。実の母親を早くに亡くした澄江を、小さい時から可愛がってくれた祖母だった。

「ばばちゃ、元気だったかや。世話になるわ」

「なんも遠慮はいらね。お前はうちの娘だ。源治、いいよな」

祖母の一言で決まった。継母が源治に愚痴を言っているのが聞こえてきたが、澄江は知らないふりをした。

晩御飯を食べ終わって、部屋の片づけをしているところに、源治がやって来た。

「澄江、ともかくよく帰って来た。お前の事は後でゆっくり聞かせてもらうども……。順作の事だけどな、戦死したんだ」

「えっ、順作が戦死！」

「うんだ、フィリピンでな。戦死広報が届いたけど、骨も何にも無かった。……墓だけは建ててある」

「可哀そうに……。嫁も貰わないで……」

澄江は漸く、ばばちゃの言った意味が分かった。幼い時に母を失くし、誰の愛も受けることなく死んでしまった弟が、不憫でならなかった。

「それと、静子だけどな。満州に行ったきり、行方不明だ。旦那の堀越は、現地で召集されたんだべな。ソ連との戦闘で戦死したって連絡があったんだわ。……如何しているのかな、子供達も」

「静子、満州開拓団さ行ったのだっけか。……苦労したろうに……」

異郷にあって、夫に先立たれた女が、子供を抱えて如何して生きていけるだろうか。静子の無事を祈るしかなかった。

静子が病気で死んで、子供達が残留孤児になっていたのを知るのは、それから十数年も後の事である。

内地は何処も食糧事情が悪かった。配給だけでは生きていけないのだ。澄江はすぐにでも働かなくてはならなかった。

十日程して、澄江に手紙が届いた。受け取ると、家族に見られないように、急いで部屋に隠れた。

浅見からの手紙だった。

——澄江さん元気ですか。子供達も皆元気ですか。

私は仙台に着いたのですが、何処も空襲で焼け野原でした。家内や子供たちは、東京に引っ越したとのことで、いませんでした。多分、家内の実家でしょうから、これから東京へ向かいます。

俊也の事ですが、私も責任を感じています。しかし、お互いに家庭のある身、どちらが引き取っても幸せにはならないと思います。

俊也を里子に出しては如何でしょうか。私に、幾つか心当たりがあります。

母親としては辛いでしょうが、それが一番の解決だと思います。

如何かよく考えて、決心が着いたら連絡してください。この住所に手紙をくだされば、私のところへ転送してくれます。

念の為、この子の将来を考えて、俊也の認知証明書を同封します。

如何か、皆が幸せになるように、ご決心ください。

昭和二十二年五月二十五日　　　　浅見純也——


澄江は、手紙を読み終えると、即座に破り捨ててしまった。

己の欲望を満たすために、他人の女を強引に押さえつけ、生身の身体で交接すれば子供が出来るのは当たり前ではないか。その結果出来てしまった己の恥を、里子に出して口を拭おうとする男の身勝手さ、破廉恥《はれんち》さを絶対に許すことは出来なかった。

いや、それ以上に、男を拒みきれなかった自分自身を、許すことが出来なかったのである。父親が誰であろうと、俊也は自分の腹から生まれてきた子供である。たとえ、何があろうと、手放すことなど出来るはずがなかった。

傍で俊也は眠っていた。不憫なだけに尚更愛おしかった。

捨ててしまおうと思った封筒を、思い直して覗いて見ると、中に紙切れが入っていた。俊也の出生を証明する認知証明書であった。それは、俊也が『父無し子』でない事の証しであり、同時に澄江の『不貞』の証しでもあるのだ。

澄江は、暫く考えた後、認知証明書を封筒に戻すと、それを誰の目にも触れない、カバンの奥底に仕舞い込むのだった。

澄江はすぐにでも働かなければならなかった。何時までも、継母と一つ屋根の下で暮らすわけにはいかないのだ。彼女にも、食べ盛りの子供たちが沢山いたのだ。

しかし、乳飲み子を抱えた女に出来る仕事は無かった。精々、近所の知り合いから頼まれる、洋服の仕立て直しの針仕事くらいで、幾らの稼ぎにもならなかった。

芳江や孝子は何時もひもじい思いをしていた。孝子は、露骨に「樺太に居た方が良かった。如何してこんなとこに居るの」と言ってぐずるのであった。

一月ほどした時、継母の不在を見計らって、父の源治が澄江を呼んだ。

「澄江、実はな、お前の亭主から儂あてに手紙が来てたんだ。読んでみるか」

源治は、隆三からの手紙を澄江に渡した。

封筒の表書きは父の源治宛てになっていて、太く力強い隆三の文字に間違いなかった。

――義父上様
ご無沙汰しております事、お許しください。

先般お知らせいたしました通り、北海道での開拓、何とか軌道に乗りつつありますので、ご安心ください。

さて、家内の澄江の事ですが、樺太からの引き揚げが始まって、半年になりますが、当方には何の音沙汰もありません。何もなければ良いがと心配している次第です。何かお心当たりが御座いますればお教えください。

この手紙と行き違いにそちらに着いていたなら、ご一報ください。すぐにでも迎えにまいる所存です。

何卒、宜しくお願い申し上げます。

昭和二十二年六月××日
佐々木隆三――


澄江は読み終わった手紙をもとのように畳んで、なにも言わずに源治に返し、下を向いたままだった。

源治が深く溜息をついた。

「澄江、帰って来ないから心配していたんだ。如何しているかと毎日な。だから儂はお前が子供たちと一緒に帰って来たのを見て、本当に嬉しかったんだ。……女が乳飲み子を抱えて、如何して生きていける。そりゃあ、お前がどれだけ苦労してきたか、儂には分かるんだ。だから、誰もお前を責める事なんか出来ないんだ。儂が許さん」

澄江は、頭を垂れてじっと聞いていた。その表情は飽く迄頑《かたく》なだった。源治が何か言い出そうとした。

「おどう、私は他人の子を産んでしまったんだ。家の父さんには顔向けできない事をしてしまったんだ。取り返しがつかない事を！　……」

澄江はそれだけを、一気に絞り出すように言うと、泣き崩れていた。今まで我慢してきた涙がとめどなく流れ出てきた。

源治がまた溜息をついた。

「わかった、澄江。もう泣くな。俊也の事はもういい。もう何も言うな。……落ち着くまで何時までも家に居たっていいからな」

源治は隆三の手紙を仕舞うと、その場を立った。結局そのままにして、隆三への返事を書かないでしまった。

澄江は、早くこの家を出たかった。近所の引き受ける針仕事ではたかが知れていた。それに、狭い村では噂が広がってしまっていた。引揚者が女一人で、赤子を連れて帰れば何が起こったか、格好の艶話《つやばなし》の材料にされていた。

澄江が、俊也を背負って外へ出ると、出会う女達は好奇の目で俊也を見るし、男達は卑猥《ひわい》な目で澄江の身体を舐《な》めまわすのだ。

この村にも、戦争未亡人が何人か居た。中には、隣村の有力者の世話になっているという噂の女も居た。女手一つで子供を育てていくには仕方のない事であった。

澄江は焦っていた。何とか街に出たかった。そんな苛々が子供たちにも伝わっていた。

「かあさん、何時とうさんに会えるの？　日本に帰ったら会えるって言ったじゃない。芳江、とうさんのところへ行きたい」

普段は駄々をこねない芳江が泣いていた。

「芳江、もう少し我慢してね。そうしたらとうさんが迎えに来るからね」

「本当に。本当に来るのね？」

「ああ、本当だよ。もう少ししたらね」

嘘を言って誤魔化すしかなかった。しかし、何時までもそんな嘘が通じるはずはなかった。芳江も、来年の春には小学校だった。

澄江は隆三の事を思った。

「子供たちの事、頼むぞ」の言葉を決して忘れてはいなかった。

澄江は昔世話になった酒田の呉服屋に、仕事が無いか訊いてみたが、色よい返事をもらえなかった。無理もなかった。世の中は、着る物よりも食べるのが先だった。まして、高級な着物など買う人がいるはずがなかった。

何だか、芳江の顔色が悪かった。来年小学校だというのに身体は小さかった。栄養失調かもしれなかった。

澄江は子供たちに腹いっぱい食べさせてやりたかった。

暫くして、今度は、隆三から澄江宛てに手紙が届いた。懐かしいはずの手紙が、今は開けるのが恐ろしかった。

震える手で、封を切った。

——澄江、子供達も元気か。

お前が日本に帰っているのを、人伝に聞いた。酒田に居るだろうと思って手紙を書いた。

色々噂も聞いた。お前が、子供たちを守って日本に連れて帰って来るのにどれだけ苦労したか。それを思えば、何があったとしても、俺は驚かない。

芳江や、孝子に会いたい。連絡をくれたら何時でも会いに行く。多分内地の食糧事情はここよりも酷いだろう。

一日も早く子供たちに会って、食べさせてやりたい。

如何か手紙を書いてくれ。待っている。

昭和二十二年八月××日

隆三――

読んでいるうちに涙が出てきた。後から後から零れ出て、手紙を濡らした。

澄江は迷っていた。

芳江も孝子も自分の子であった。手放したくはなかった。しかし、このままでは、何れ心中することになるのではと思った。女手一つで、三人の子供を育てていくのは土台無理な話だった。かと言って、他の男に縋《すが》って生きていくのは金輪際嫌《こんりんざいいや》であった。

芳江や孝子は隆三の子供である。納豆屋の舅・姑も芳江たちには優しかった。それを思えば、子供たちを隆三に預けた方が幸せになるのではと思えてきた。

考えあぐねた末に、澄江は隆三に返事を書いた。

――隆三様
とうさん、長い間、手紙を書かなくて申し訳ありません。
何から書いていいのか分かりませんが、芳江も孝子も無事に日本に帰ってきました。

今は、酒田の実家に厄介になっています。

とうさんにはもう会えません。私には七カ月になる男の子がいるのです。

どうか許してください。とうさんとは別れるしかないのです。

芳江と孝子の事が気がかりです。芳江はとうさんに会いたがっています。私も一人で、三人の子供を育てていく自信がありません。

芳江と孝子をとうさんに預けます。その方が幸せになると思います。

それで良かったら、誰かを迎えに寄越してください。

とうさんが来ても私は会いたくありません。合わせる顔がないのです。

どうかこれ以上は訊かないでください。

昭和二十二年十月××日　　澄江――

もう一度読み直してみたが、拙《つたな》い文章であった。自分の苦しい胸の内を、隆三は理解してくれるだろうか。面会に行ったあの時、樺太に戻らずに実家に疎開していたら、今頃は隆三の胸に抱かれていたろうに。子供たちとも、笑顔で暮らせたろうに。

澄江は読み直しているうちに、涙が出てきて止まらなくなっていた。手紙を濡らさないように、傍に置くと、そこには俊也が眠っていた。現実から目を逸らすことは出来ない。

隆三への切ない思いを断ち切るしかなかった。

秋が過ぎれば、暖かい庄内地方にもやがて冬が来る。見渡す限りの田圃も、収穫を終えて枯れ田となり、家の庭先にある柿木もすっかり裸になってしまっていた。

豊作だったはずの米も、子供たちの口には届かなかった。相変わらず、薩摩芋や大根の交じった雑炊だった。熟した渋柿を食べた所為か、芳江がお腹を壊してしまった。真っ白なおかゆを食べさせてあげたかった。

そんなある日、女が訪ねてきた。

「澄江さん、義姉さん、居ますか」

玄関口に立っていたのは、隆三の妹のまつこだった。

「まつちゃん！　まつちゃんじゃないの。暫くだったね、元気？」

澄江には全く思いがけない出会いだった。

「義姉さんこそ元気？　苦労したでしょう、女一人で子供抱えてよく生きて帰って来たね。会えて嬉しいわ」

「懐かしいわ！　まつちゃんとは何時以来かなあ。真岡で孝子のお産の時手伝いに来てくれたよね」

「そうね。芳江ちゃんも孝子ちゃんも元気なの？」

「うん、元気なんだけど、なかなか食べる物が手に入らないんだわ」

「そうそう、北海道の兄さんから食べ物を預かって来たんだ」

まつこは担いできた、大きなリュックサックから、紙包みをいくつか取り出して澄江の前に並べた。

「これはね、今年兄さんの畑で採れた豆だって。大豆に白豆、それとえんどう豆と男爵イモ。これはりんご。子供たちに食べさせて」

「まつちゃん、こんなに。重かったでしょう、有難う、助かるわ」

澄江は嬉しそうに、貴重な食べ物を宝物でも扱うように押しいただいた。

まつこが兄隆三の使いで訪ねて来たのは明らかだったが、澄江の方からは切り出せないでいた。二人は昔の懐かしい時代の話で時間を費やしていた。

澄江が冷えたお茶を取り替えに立っている間に、俊也が目覚めて寝床から這い出してきた。

まつこが俊也を抱き上げあやすと、機嫌よく笑った。

「おおよしよし。可愛い子だね」

澄江が戻って来ても抱いたままだった。

「義姉さん、めんこい子だねえ。名前は？」

「俊也って言うの」

澄江が俊也を受け取って、おしめを換えにその場を立った。そうしている間に、芳江と孝子が帰って来た。

「芳江ちゃん。こっちは孝子ちゃんかい。叔母さんだよ。覚えているかい」

芳江はこっくりと頷いたが、孝子は芳江の後ろに隠れてしまった。

「芳江ちゃん、大きくなったね。幾つになったの？」

「五つ」

「えっ、じゃあ小学校かい？」

「うん、来年から」

芳江は痩せて背も小さく、ほんの子供に見えた。

「さあおいで。いい物をあげる」

まつこがポケットからキャラメルを取り出し、二人の手に載せてやった。

「有難う、おばちゃん」

芳江は頭を下げて礼を言ったが、孝子は恥ずかしそうに黙ったままだった。

その夜、まつこは澄江達の部屋に泊まることになった。

「義姉さん……。実は、兄さんが秋田まで来ているんだ。それで、義姉さんの手紙読ましてもらったの。芳江や孝子を兄さんが引き取って北海道に連れて行く話ね、ここよりは確かに良いだろうけどね。……でもねえ、男手一つで、育てられる。開拓地だよ。だからといって、四十過ぎの男やもめに嫁さんが来ると思う？　どうせ、子連れの後家さんか変な女しか来ないっしょ。それで、皆が幸せになる？」

まつこがとつとつと話すのを黙って聞くだけであった。澄江もそのことは分かっていた。しかし、他に方法が無かったのである。

「俊也ちゃん、めんこい子でないの。他人には話したくない事だろうけど、如何、私に話してみない。少しは気が休まるかもしれないしょ」

真岡に居た頃、まつことは歳も近かった所為もあり、気が合ってよく話をした。お互いに気心が分かっていた。父にも話せなかった俊也の事を、まつこにだけは打ち明ける気になった。

「……父さんに面会に行った後、真岡に戻って終戦。その後、頼る人もいなくてねえ、如何にもならなかったのよ。それで人に紹介されて、独り者の家で女中をしていたのよ。その時なの、逃げられなかったの……」

澄江はそこまで話すと泣き伏していた。まつこは澄江の背中を優しく撫で、

「義姉さん、苦労したね。もういい、もういいわ。分かったから泣かないで。義姉さんの所為じゃないんだから。戦争が悪いのよ。……戦争の所為なのよ！」

澄江も、これまで誰にも話す事のなかった胸の痞《つか》えを、一気に吐き出した思いがした。

まつこは、澄江が落ち着くのを待って、静かに話し出した。

「義姉さん、如何だろうね、元の鞘に戻すっていうのは。義姉さんの気性は一番知っているつもりだから、分かるんだ。自分を許せないのはね。……でもねえ、芳江ちゃんや孝子ちゃんの事も考えてあげて」

「元の鞘《さや》って、とうさんとかい？　……まつちゃん、私には出来ないわ！」

取り付く島もない言い方だった。

「……義姉さんの気持ちは分かるけど、子供達の為に……如何？」

「もう決めたの。別れるって！」

頑なな澄江の表情は変わらなかった。

翌朝、まつこが秋田に帰る支度をしていた。

「まつちゃん、本当に来てくれて嬉しかった。有難うね」

「澄江義姉さん、昨夜の言ったこともう一度よく考えてみてね。兄さんにもよく伝えるからね。また、連絡するから」

まつこは、本当は子供たちを連れに来たのであろうか。それとも隆三から頼まれて、澄江の本心を訊きに来たのであろうか。澄江は良人隆三の気持ちを量りかねていた。


昭和二十三年、新しい年が明けた。

澄江にとっては、隆三に嫁いで以来の内地での正月だった。

源治に貰った餅を焼いて食べた。子供たちは、火の無い炬燵《こたつ》に首まで潜って、何処にも出て歩かなかった。着る物が無かったのだ。

澄江に手紙が届いた。隆三からであった。

――澄江、子供達も元気でいるか。

北海道の冬は寒い。樺太よりしばれる。昨年初めて畑で採れた豆、食べてくれたか。まつこから話は聞いた。お前がどんなに苦労したかは俺にも分かる。それも、俺があの時、樺太に帰れと言った所為だ。

芳江と孝子を引き取ると言っても、男手一つで育てて行けるわけがないのは、その通りだ。俺が、後添いを貰えば、子供たちが苦労するのは目に見えている。

お前が男の子を大事に思う気持ちはよく分かる。しかし、芳江や孝子の事も考えてくれ。

澄江、過去の事は忘れてくれ。俺も訊かない。

皆で一緒に暮らそう。俊也も一緒に育てよう。

北海道の開拓は大変だ。だけど皆で働けば食っていける。

如何か俺の言うことをよく考えてくれ。そして返事をくれ。待っている。

昭和二十三年一月××日
隆三――


澄江は、隆三の手紙を何度も読み返していた。そこには、男としての苦悩と子供達に対する愛情の狭間で、悩み抜いた跡が滲《にじ》み出ていた。

澄江だって母親である。芳江や孝子の事を思わないわけはなかったが、俊也には自分しかいないのだ。だからといって、隆三が後添いを貰ったら、芳江も孝子も自分が味わったように、不幸になるのは目に見えていた。

次第に心を動かされていった。

残るのは、夫婦の間の心の蟠《わだかま》りであった。しかし、それこそ夫婦にとっては一番重大な問題に違いなかった。

隆三は本当に自分を許してくれるのだろうか。穢《けが》れた子供の俊也を、家族の一員として、受け入れてくれるのだろうか。

考えても考えても、答えは見いだせなかった。

隆三を信じるしかなかった。たとえ裏切られても、自分が我慢をすれば良い。額を地べたに擦りつけても、縋り付いて行けばいい。

澄江は漸く決心がついた。皆で、隆三のもとへ行こうと。

——隆三様
とうさん、手紙読みました。
よく考えてみました。
父さんの言葉は嬉しいですが、私自身、自分を許すことは出来ません。しかし、子供たちの事を考えると、一緒に暮らすのが一番だと言うのもよく分かりました。

私自身はどんな償《つぐな》いでもいたします。言葉に甘えさせてください。
俊也を一緒に育てさせてください。お願いします。
昭和二十三年二月××日
澄江──

俊也は漸く掴まり立ちが出来るようになっていた。もうすぐ満一歳であった。

芳江と孝子に澄江は言った。

「芳江、孝子、とうさんの所へ行くよ。北海道、分かるかい」

「えっ、本当！　とうさんに会えるの。嬉しいな。で、何時行くの？」

「もうすぐだから、行く準備をしようね」

芳江は本当に嬉しそうにはしゃぎまわっていた。

「北海道って、何処。孝子、ここがいいな」

孝子は父の事を覚えていなかったのだ。

手紙が隆三のもとへ届いてからすぐに、澄江に電報が来た。

──スベテリョウカイ　チャクヒシラセ　リュウゾウ──

澄江にもう迷いはなかった。

澄江は受け取った電報を源治に見せ、

「おどう、皆で北海道へ、父さんの所へ行くわ」

「そうか、亭主の所に行くか。決心したか。それがいい。それが一番だ……」

源治は幾度も目を瞬いて、独り言のように呟いた。

大粒の牡丹雪《ぼたんゆき》が、音も無く降っていた。芳江と孝子が、買ってもらったばかりのゴム長靴を履いて、雪の中を走り回っていた。二人のほっぺは真っ赤だった。庄内地方の春は未だ遠かった。

第二章　黒い大地

1

昭和二十三年二月、津軽海峡は荒れていた。

青函連絡船の三等船室は乗客で溢れ、畳の上に自分達の寝場所を確保するのも覚束《おぼつか》なかった。それでも、薩摩芋を並べたように何とか互い違いに収まることが出来た。

壁の丸窓からは、波の砕ける様が嫌でも目に飛び込んできた。船が大きく揺れる度、乗客は転がるまいと手足を踏ん張っていた。青森港を出て一時間、そろそろ海峡に差し掛かるころであった。揺れは益々激しくなり、あたりでは船酔いに耐え切れず吐く者もいた。

澄江にとって、何度目の青函連絡船であろうか。乗るたびに何時も時化《しけ》ていた。そしてその先には何時も試練が待っていた。

澄江は、一歳になったばかりの俊也を膝にのせ、大きな手製のリュックサックと風呂敷包みを背中にして寄り掛かっていた。壁際までの狭い隙間には、六歳になる長女の芳江と四歳の孝子が寄り添って眠っていた。二人とも、最上川の河口にある酒田駅から十時間の汽車の旅にすっかり疲れてしまったのであろうか。そういう澄江自身も疲れていた。函館に着いてから、また更に十数時間の夜汽車の旅を思うと、少しでも眠らなくてはと思うのだが眠れなかった。これからの事を思うと気持ちが暗くなった。

膝の上で眠る俊也が重たかった。大きな重荷である故、尚更《なおさら》愛しかった。この子の為にはどんな試練でも甘んじて受けるつもりであった。それが母としての贖罪《しょくざい》だと思うのであった。

それでも少し微睡《まどろ》んだであろうか、俊也の泣く声に目を覚まさせられた。案の定俊也のおむつは濡れていた。風呂敷包みから、乾いたおむつを取り出し取り替えると、人目から隠すように襟元を開いて母乳を与えた。喉が渇いていたのか、俊也は口を鳴らして飲んでいた。

丸窓の外は真っ暗だった。函館湾に入ったのであろうか、船の揺れも静かになり、気の早い乗客は降り支度を始め、周りが少しざわついてきた。

連絡船の接岸と同時に、人々は我先にと出口へ急いだ。その先、長い桟橋を渡り、長いホームを歩いて、次の函館からの夜行列車に己の座席を確保しなければならないのだ。その為には、他人を顧みる余裕など誰も持ち合わせていなかった。

そこかしこに、戦争孤児であろうか、一見して分かる浮浪児が目を光らせていた。隙あらば手提げやバッグを盗もうと狙っているのであった。

何処かで「泥棒」の叫び声がし、ばたばたと走り去る足音が聞こえてきた。誰もが自分の荷物を盗られまいと小脇にしっかりと抱え、必死に歩いていた。

澄江は、リュックサックを胸に掛け俊也を背負い、右手に大きな風呂敷包みを下げ、左手で次女の孝子の手を引き、人ごみに遅れまいと歩いていた。遅れそうになる長女の芳江を促《うなが》しながら、縺《もつ》れるように三人で歩いていた。

吹きさらしのホームは、彼女らの手も顔も容赦なく凍えさせ、吐く息を白くさせた。やっとの思いでたどり着いた客車の座席は、ほぼ埋まってしまっていた。途方に暮れる澄江に、中年の夫婦であろうか、自分たちの荷物で占領していた片方の座席を開けてくれた。澄江は礼を言い、二人分の座席に、俊也を膝に抱えて三人で何とか腰かけることが出来た。

向かいに座った中年の女が、気さくに子供たちの頭を撫でながら澄江に話し掛けてきた。

「姉さん、乳飲み子を抱えてゆるくないしょ。何処まで行くのさ」

「はい、この汽車で帯広の先まで行って、乗り換えるんです。多分明日の夕方ですかね、向こうに着くのは」

澄江は敢えて最終目的地の駅名は言わなかった。

「そりゃーゆるくないわ。まだ一日掛かるべさ。わたしらは札幌だから、それでも着くのは明日の朝でないかい」

汽車はなかなか出発しなかった。その間にも乗客は増え続け、通路もデッキも人で溢れていた。澄江はともかく座ることが出来たことをありがたいと思った。

函館本線、札幌経由釧路行きの夜行列車がようやく動き出した。駅を出るとほどなく窓の外は真っ暗な闇となった。何処までも続く闇だった。

中年の男が、自分の大きなリュックサックから新聞紙に包んだ物を取り出し、女に渡した。二人は中から大きな握り飯を取り出し黙って食べ始めた。真っ白なおにぎりだった。

子供たちは物欲しそうに見つめていた。お昼に小さなおにぎりを三人で分けて食べたきりだった。芳江は目を逸らすだけの分別を既に備えていたが、孝子は母にお腹が空いた不満を直接態度で示していた。

澄江はリュックサックの中から干し薯をいくつか取り出し、子供たちに与え、自分も食べ始めた。澄江の父源治が、家を出る前に継母に隠れてこっそりくれた物だった。満足に食べていない澄江には、干し薯が羊羹《ようかん》のように甘く感じられた。子供達も満足げにむしゃむしゃと食べていた。

中年の男が、新聞紙の中にあった身欠き鰊の一本を、三つに裂いて子供たちと澄江にくれた。澄江はお礼を言い、芳江も「ありがとう」と言って頭を下げた。孝子ははにかんで母の顔を見上げるだけだった。

芳江は身欠き鰊を初めて食べた時の事を思い出した。樺太の真岡の家であった。三歳の子供には、ただ魚臭くて苦いだけの味だった。それが今、口に入れてゆっくり噛んでいると、魚の旨さが広がってきた。小さな欠片《かけら》を大事に大事に噛んでいた。

汽車は真っ暗闇の中を走っていた。薄暗い車内灯の下で皆眠っていた。通路でもデッキでも床に座り込んで眠っていた。

澄江も微睡《まどろ》んでいたが、流石に俊也の重さで尻が痛くなって目を覚ました。尿意も催《もよお》していたし、俊也のお尻も濡れていた。意を決し俊也を抱きかかえ、おむつを持って通路を便所へ向かった。人の座る間をかき分け、起きている人間には露骨に嫌な顔をされながら、やっと便所に入ることが出来た。おむつを取り替えると気持ちが良いのか眠り始めた俊也を背中に、澄江もやっとの思いで放尿することが出来た。

子供達は肩を寄せ合って眠っていた。俊也も膝の上で眠っていた。澄江は尻の痛さと腰の痛さで眠れないでいた。やがて窓の外が群青色に変わると、少し明るくなってきたような気がした。実際に夜明けだった。

間もなく汽車は駅に着いた。汽車の窓から大きな、聳《そび》え立つ煙突が何本か見えていた。苫小牧大子製紙工場の煙突だった。澄江にとって忘れられない真岡の製紙工場の煙突と同じだった。

澄江は、やがて今日中に来る、良人隆三との再会を思うと、胸が締め付けられるようで苦しくなった。窓の外に昇る太陽を見ながら、自分には日が昇る朝が来るのだろうかと不安だけが頭を過っていた。

眠り続けているこの三人の子供たちの為にも、強くならねばと思うのだった。

札幌駅に着くと流石に降りる人が多く、中年の夫婦も「気を付けてね」と言い置いて降りて行った。車内には少し空間が出来ていた。

澄江は汽車の窓から、ゆで卵とお茶を買って子供たちに与え、自分も一緒に食べた。皆お腹が空いて喉が渇いていた。

目覚めたばかりの俊也に母乳を飲ませている間に、汽車は再び釧路に向かって動き出した。まだまだ続く長い旅だった。子供たちにとっては、退屈で辛いはずなのに黙って座っていた。この旅が、母にとって何か重大な意味を持っていることを、子供心にも感じ取っていたのかも知れなかった。

やがて汽車は狩勝峠に差し掛かった。二重連の蒸気機関車が喘《あえ》ぎ喘ぎ真っ黒い煙を吐きながら上っていた。その先には、真っ白な雪に覆われた山々が続いていた。

トンネルに入る度に、石炭の燃え滓臭い煙が車内に充満し、目や鼻を容赦なく襲った。最後の長いトンネルを抜けると急に視界が広がった。真っ青な空、見渡す限りの白い平原、十勝平野だった。目的地はもうすぐだった。

澄江と子供たちが網走線のS駅に降り立ったのは、西の山に日が落ちるころであった。そこは、紛《まぎ》れもない三年前の春、隆三を面会に訪れた駅舎に違いなかった。とうとうここまで来てしまった。もう後戻りは出来ないのだ。ホームに降りた数人の後ろを、改札に向かって歩いて行った。

捜すまでもなく、隆三の大きな姿が目に飛び込んできた。芳江には父であることがすぐに分かったが、孝子は怯えたように澄江の後ろに隠れるのだった。澄江も身体を硬くして、背負った俊也を庇《かば》うように隆三の前に進み出た。

「とうさん、子供達を連れてきました。お世話になります。……どうかお願いします」

澄江は頭を下げたまま、震える声で懇願するように言った。暫く頭をあげることが出来なかった。

隆三は黙って聞いていたが、つと手を伸ばし澄江のリュックサックと風呂敷包みを奪い取ると、低い声で言った。

「さあ、暗くなるから行くべ」

夫婦としての会話はそれだけだった。そんな二人を芳江が不安そうに見比べていた。

隆三は、駅前に停めてあった馬橇《ばそり》に荷物を積み込み、孝子を抱きかかえてその空いたスペースに座らせた。澄江と芳江もその隣に座った。

隆三が馭者《ぎょしゃ》席に座って、手綱を一振りすると馬橇は急に走り出した。その反動で子供達は後ろにひっくり返りそうになった。夕暮れの小さな街を抜け、大きな川を渡ると、後は何処までも続く細い雪道だった。日が暮れて闇があたりに迫っていた。（シャンシャン）と鈴の音を響かせて橇は走っていた。冷たい風が、舞い上がる粉雪が顔を打ち、前を向いているのが辛くなって子供たちは後ろを向いた。

三十分も走ったころ、鬱蒼《うっそう》とした木々に囲まれた中に、ぽつんと小さな光が見えてきた。近づくと、丸太小屋の窓から漏れているランプの灯りだ。ここが澄江達の終着点であった。

否、苦難の始まりであった。

玄関を入ると、隆三の養父と養母が待っていた。澄江にとっては厳しい舅と姑であった。澄江は舅に促されて上がり框《かまち》に座ると、手をついて頭を下げたまま、それ以上前に進むことが出来ないでいた。

「澄江、ともかくよく来た。済んだことは忘れて一生懸命働いてくれ。子供の為にもな」

舅の言葉は何時にも増して厳しく聞こえた。澄江には一言一言が胸に突き刺さるようだった。

そこに座っていること自体、針の筵《むしろ》であった。

「お義父さん、お義母さん、如何か宜しくお願いします。一生懸命働きますから、どうかここに置いてください。お願いします！」

澄江はざらついた板の間に跪き、何度も頭をこすり付けてお願いするのだった。

そんな母の姿を、芳江も孝子も不安そうに見詰めていた。

「芳江ちゃん大きくなったね。よく来たよく来た、ここさねまれや」

姑は澄江に声をかけるふうでもなく、芳江の手を引いて自分のそばに座らせた。

気まずい空気の中に隆三が厩から戻り、孝子の頭を軽く撫でた。

「澄江、こっちだ」と言いながら、リュックサックと風呂敷包みを持ち、ベニヤの板戸を開けて次の部屋へ導き入れた。

「ここが俺たちの部屋だ。荷物を置いたら、晩飯の支度をしてくれ。俊也は俺が見てるから」

隆三は俊也を抱きかかえると、居間のストーブのそばに黙って座った。俊也は人見知りすることもなく、指をくわえておとなしく隆三の胡坐の中に座っていた。孝子だけがぽつんと離れた場所で暗い目をして立ったままだった。孝子にはどの顔も見覚えがなかった。隆三の事さえ覚えていなかった。

「孝子もこっちに来いよ」隆三が手招きしても、その場を動こうとしなかった。

澄江は狭い居間の隅にある台所に立ち、ランプの暗い灯りを頼りに晩御飯を作り出した。

「あー、澄江さん頼むわね。米はそのリンゴ箱の中に入っているからね。味噌・醤油はその隣の小さな箱」

姑が何か硬い表情を崩さず初めて澄江に声を掛けた。

薪ストーブが赤々と燃えていて、その周りだけが暖かかった。澄江はストーブの上で味噌汁をつくり、片側で、父源治が持たせてくれた鰈《かれい》の干物を焙っていた。小さな居間には夕餉の匂いが漂っていた。大人四人と子供三人がランプの灯りの下で、小さな卓袱台《ちゃぶだい》を囲んで麦の交じったご飯を食べていた。気まずい空気の中で黙々と箸を動かしていた。

丸太を組んで壁にした掘っ立て小屋には、ストーブのある居間の他には二部屋しか無かった。

舅・姑が一部屋使えば、必然的に隆三夫婦と子供たちが一緒に寝る他なかった。三組の布団がかろうじて敷ける広さであった。隆三を一番端にして、澄江と乳飲み子の俊也が寝れば、残った一つの布団に芳江と孝子が並んで寝るしかなかった。

　夕飯を食べてしまえば他にすることはなく、舅・姑も早々に寝床に引きこもってしまった。子供達も疲れたのか眠りについていた。

　澄江は、明日の朝ごはんの支度をし、溜まっていた俊也のおしめを冷たい水で洗い終わるとやっと一息ついた。ストーブの傍には隆三が煙草を吸いながら黙って座っていた。

　二人きりになって、改めてお互いに向かい合っていた。ここまで来た以上は、逃げる事は出来ないのだ。前に向かって進むしかないのだ。

　澄江が跪いて頭を下げたまま言った。

「とうさん、言葉に甘えてやってきました。私の罪はどんなにしても償います。でも、俊也を捨てることは出来ないんです。芳江と孝子と離れて暮らすことは出来ません。如何か一緒にここに置いて欲しいんです。お願いします……」

　お終いにすすり泣いていた。頭を床に何度も擦り付け、ひたすらお願いするのだった。

「もういい、なんも言うな。子供たちは何処へもやらん。俊也も二人で育てるべ。百姓は辛いけどやるしかないんだ。明日から頑張って一緒にやろう。……お前も疲れたろうから、一緒に寝るべ」

隆三はランプを消すと先に立って寝床へ向かった。澄江も後に続いた。部屋の中は小さな窓から差し込む月の明かりだけで暗かった。部屋は冷え冷えしていた。隅っこの布団には、子供達の小さな頭がくっ付き合って二つ並んでいた。

澄江は寝間着に着替えると、躊躇いながらも覚悟をして隆三の布団にそっと滑り込んでいった。隆三も黙って受け入れた。

隆三の身体は昔のように温かだった。手も指も昔のように優しかった。しかし澄江が燃えることはなかった。自分の中の拘りがまだ整理し切れていなかったのだ。

隆三にとっても女の肌は久しぶりであった。今、自分の下に横たわり身体を開いているのは、八年間も慣れ親しんだはずの自分の妻だった。しかし、何故だか素直に喜びが湧いて来なかった。何だか昔、金で買った女のようであった。嫉妬であろうか。理性と本能がぶつかり合っていた。それでも隆三の中の男が、男の生理が下半身を駆け抜けていくと、隆三は久しぶりに放出していった。

隆三が澄江に背中を向けて眠っていた。澄江にはその背中が懐かしくもあり、そしてまた、自分を許していない硬い岩のようにも思えた。

子供達の寝息が聞こえていた。この子供たちの為には、どんなにしてでも隆三に縋っていくしかないことを、改めて澄江は覚悟するのだった。

北海道十勝の二月は寒かった。何もかもが凍りつく恐ろしい寒さだった。樺太でも経験したことのない、まさに『しばれる』寒さだった。目覚めると、布団の襟が吐く息で白く凍っていた。起きて最初にする仕事は、ストーブに火を点ける事だった。凍えるような寒さの中で、白樺の皮にマッチで火を点けると、やがてパチパチと小枝に燃え移り炎があがる。薪に火が点いてストーブが本格的に燃えだしても、暫くはそこを動くことが出来ないのだ。

台所の水瓶は、表面の氷を割らなければ使えなかった。

水汲みは、当然のように澄江の仕事になった。丸太小屋から五十メートルも離れた谷に下る中腹に、湧水《ゆうすい》を板で囲っただけの井戸があった。俊也を背に負い、左右にブリキのバケツをぶら下げた天秤棒が、澄江の華奢な肩に容赦なく食い込む中、つるつるに凍りついた傾斜道を滑らぬように、一歩一歩亀のように登るのだった。

風呂を沸かすためには、この坂道を三度も四度も往復しなければならなかった。もっとも風呂と言っても、周りを蓆《むしろ》で囲っただけのドラム缶の風呂で、終いに入る者には、ただ寒い思いをするだけの代物だった。

澄江には俊也が何かにつけて足手まといだったが、燃えているストーブの傍に置いておくわけにはいかなかった。芳江ではまだ心許なかったし、他の誰かに託す気にはなれなかった。姑には意地でもお願いしたくなかった。俊也は自分だけの子供だった。

新たに加わった口の数だけ、食料が無くなるのは早かった。米も味噌も底を突きだした。去年の秋に採れたジャガイモや豆が食卓に上る日が多くなっていた。野菜もしばれた大根か人参しかなかった。そんな食事に、都会育ちの姑は露骨に不満気な顔をしていた。澄江や子供達にとっても口に合わないものだった。澄江は目を瞑って食べた。そうしなければ俊也に乳を与えられなかった。

隆三と養父は原木の伐採に忙しかった。雪の積もっているうちに切り倒し、運び出さなければならなかった。そしてそれを馬橇に積み、街にある製材所に売りに行くのだ。一家にとって、それが只一つの冬の間の収入源であり、命を繋ぐ糧であった。

それでも三月も末になると、日に日に春らしくなってくるのが肌で感じられた。雪も少なくなり、朝晩の寒さも少しずつ緩んできていた。

もうすぐ芳江は小学校に入学だった。ランドセルなど買えるはずもなかった。もっとも、この小さな町では手に入れられる人の方が少なかった。新しい洋服も、買ってあげられなかった。澄江は夜鍋をして、軍隊毛布をもとに芳江の洋服を縫い揃えていた。ランドセルの代わりは小さな手製のリュックサックだった。靴だけは姑が街でゴム製の短靴を買ってくれていた。

入学式の日、俊也を背負った澄江が芳江の手を引いて小学校へ向かった。雪解けの泥濘《ぬかるみ》に足をとられながら、澄江に遅れまいと芳江は必死に歩いていた。芳江の身体は小さかった。

暫く歩くと、足元の切り立った断崖を下り降りる細い坂道に着いた。そこは百メートルの標高差がある高台の端であった。自然の営みが、何十万年掛かって創り上げた河岸の台地である。大きな川が蛇行しながら平野の真ん中を北から南へと流れていた。雪が解けた黒い大地が目の下に広がっていた。目を上げれば、遥か遠くに阿寒の山々が連なり、その一つから白い煙が立ち昇っているのが望見された。

二人は転ばないように、樹木に掴まりながらゆっくりと降りて行った。足元を雪解け水が勢いよく流れ、滝のようだった。陽の当たる斜面には、福寿草《ふくじゅそう》の黄色い花が群生していた。やっとの思いで下の平らな道に立つと、駅までの真っ直ぐな道が続いていた。背の低い芳江の目には、それは果てしなく続いて見えた。この道を毎日学校へ通わなければならないのだ。何だかもう草臥れてしまった。

帰りはもっと辛かった。切り立った断崖の坂道を登らねばならないのだ。芳江はいつも一人で、途中何度も切株に腰を下ろし、休みながら登るのだった。

それまで家の中には、子供の本など無かっただけに、芳江にとって、新しい教科書を見るのが嬉しかった。学校から帰ると教科書を開いて読むのが楽しかった。夜、ランプの下で針仕事をする母の澄江に、大きな声で読み聞かせるのだった。

雪が解けて、畑仕事が始まるころに、舅と姑は北にある北見市へ引っ越していった。舅はもともと商売人で、昔やっていた納豆屋を始める心算でいたのだ。やっと家も手に入れ、大豆の入手の目途も立って商売の目算が立ったのであろう。姑は嬉々として開拓の丸太小屋を出て行った。

後には、隆三と澄江とそして子供達だけが残っていた。それぞれの想いはあっても、家族になろう、家族としてこの開拓地で生きていかねばと思うのだった。

山鳩が（ポーポー）と鳴いていた。「畑を耕し種を蒔《ま》け」との知らせである。

隆三が二頭立ての馬曳きプラウで畑を耕していた。この三年間でやっと切り開いた三ヘクタールほどの開墾地だったが、ところどころに大木の根っこが邪魔をしていた。その度に、鉞《まさかり》とスコップで根っこを掘り出さなければならなかった。

起こした土は、表面だけが黒いだけで、下は水捌《みずは》けの悪い、地味の痩せた赤土だった。いたる所に谷地坊主が水母《くらげ》のように根を張っていた。土の塊をレーキで何度も何度も細かく砕かなくてはならなかった。それが終わってやっと種蒔きが出来るのだった。

隆三の所有する土地は全部で十ヘクタール程であった。終戦後に軍用地を政府から開拓者に払い下げられた土地だった。この三年間で、その三割か四割しか開墾できていなかった。残りは鬱蒼《うっそう》と木と蔦と雑草の生い茂る原野だった。

この高台にある開拓部落には二十数個の家族が入植していた。皆それぞれの過去を引き摺った人々だった。隆三がそうであったように、取り敢えず、家族の為に食料を確保しなければならなかった。それには百姓が手っ取り早かったのだ。しかし、一部の人を除いては、皆俄か百姓であった。

隆三の家の周りには、二百メートル程離れて三家族が暮らしていたが、皆親切だった。特に澄江達の過去を知らない女たちは親切にしてくれた。何処の家も子沢山で貧しかった。

澄江はこれまで全く力仕事をしたことがなかった。まして百姓仕事は野菜すら作った経験がなかった。すべては初めてであり手探りだった。それでも見よう見まねで、種蒔きを始めた。ジャガイモの種芋を植え、大豆やトウモロコシの種を蒔き、足で土を被せ長い畝《うね》を何度も往復して行った。夕方には足の付け根が痛く真っ直ぐに歩けないほどだった。

家では、学校から帰った芳江が、孝子と歩き始めた俊也のお守りをしてくれていたが、何時も俊也のおむつは濡れていた。重い身体を引き摺って、水をくみ、晩御飯の支度にとり掛からねばならなかった。それでも、澄江にとって働く事はそれほど苦ではなかった。働くことで過去を少しずつ忘れることが出来るのだから。否、やはり心の何処かに、隆三に対する負い目があるのは確かだった。

暖かくなると、野山は緑に覆われ、そこかしこに名も無い花が咲いた。細い茎に水玉をあしらったような、真っ白いスズランの可憐な花も、キャンバスでは描きようがない、鮮やかな紫色をした露草《つゆくさ》も、畑にあれば雑草にすぎない。放っておけばすぐにでも繁茂し、作物をだいなしにする邪魔物である。畑の草取りに忙しくなった。長い柄の付いたほ鎌で、雑草を土ごと削り取るのだが、中々うまくいかなかった。時には、折角芽を出し双葉を広げた作物を根元から刈り取ってしまうのだ。素人に、簡単な仕事は無かった。

孝子と俊也を畑の傍の目の届くところで遊ばせていると、俊也は土の上を転げまわり何時も真っ黒になっていた。

子供達も畑の作物のように、日に日に大きくなってゆくのだった。

隆三は俊也の事を他の二人の子供と何の分け隔てなく接してくれていた。少なくとも敵意を表す事や、己の感情をぶつけることは決してなかった。澄江にとってはそれが、感謝する心の一方で重荷でもあった。

何時の間にか、裁縫の針しか持ったことのない白く華奢《きゃしゃ》だった澄江の指が、土に塗れ黒く節くれだっていた。鏡を覗くと、そこには髪を振り乱し、化粧っ気のない真っ黒に陽に焼けた己の顔があった。風呂上がりに、大事にとってあったクリームを少しだけ顔に付けてみた。


秋が来た。澄江や子供たちにとって初めての収穫であった。南瓜、ジャガイモ、トウモロコシを大きな鍋で茹でて食卓に並べた。皆お腹いっぱい食べた。久しぶりにお腹を満たすことが出来て幸せだった。芳江には南瓜は昔食べた薩摩芋より甘く感じられた。何だか皆の顔も掌《てのひら》も黄色くなったようだった。

隆三と澄江にとって採り入れはこれからだった。霜が降りる前に、豆を刈り取らねばならなかった。お金に換えられる大事な穀物である。

二人は慣れない手に鎌を持ち、一株一株刈り取って行った。腰が曲がって伸ばすことも出来なかった。それでも人の手を借りずに、霜が降りる前に何とか刈り終えることが出来た。次は、刈り取った豆の脱穀だった。機械を買う金の無い家では、蓆《むしろ》を敷いたその上で、から竿で叩いて実を殻から剝《は》がす人力作業が待っていた。

雪が降る頃には、三十数俵の豆をお金に換えることが出来たが、その金で一年間、家族が暮らすにはあまりにも少ない額であった。

また冬が来た。

朝目が覚めたら、あたり一面雪野原だった。子供たちは寒さも忘れて雪を投げ合って遊んでいた。

澄江は子供たちに毛糸の帽子、手袋、靴下を編んでやらねばならなかった。毛糸は自分の古いセーターを解すしかなかった。暗いランプの下で一生懸命編むのだった。

芳江はそれでも出来上がった毛糸の帽子も手袋も嬉しかった。学校の同級生には帽子の代わりにぼろ布を被って来る子もいたのだ。

隆三は雪が積もるとすぐに、一人で原木の伐採に毎日出かけるのであった。冬の間に少しでも多くの丸太を売って、お金を稼がねばならなかった。同時にそれは新しい農地の開墾でもあった。

丸太小屋では、隙間風が容赦なく家の中まで入り込んできた。夜、寝る時は綿の落ちた煎餅蒲団にくるまって眠るのだが、襟元が真っ白に凍ってしまっていた。朝になれば、家の中の水瓶も野菜も、酒だって凍ってしまうのだ。

芳江は、毎朝マイナス二十度のしばれる寒さの中、長靴を履き毛糸の帽子を被り毛糸の手袋をして学校へ通うのだったが、途中で手も足もかじかんで泣きながら歩くのだった。

一年が過ぎ、また春がやって来た。

澄江も漸く開拓部落の生活に慣れ、近所の女達から色々な生活の知恵を学ぶことが出来るようになった。

雪が解け黒い土が見える頃には、少し希望も湧いてきた。今年は小麦粉を手に入れる為に、小麦を蒔きたかった。ジャガイモからでんぷん粉も欲しかったし、砂糖も欲しかった。野菜畑ももっと広げて、人参、牛蒡、ネギ、白菜、キャベツ、山芋も植えてみたかった。鶏を飼って子供たちに卵も食べさせてやりたかった。

山鳩が鳴きカッコウが鳴き、種蒔きの時期が来て、隆三も澄江も忙しくなった。今年は冬の間に開墾が進み、四ヘクタールの畑に種蒔きが出来そうだった。新たに小麦を植えて、ジャガイモも売りに出せるように作付面積を増やした。

家の傍の野菜畑には、近所で分けてもらった新しい種類の種を蒔いてみた。澄江には全てが新しい経験であり、見よう見真似で不安であった。何日かして、野菜の芽が出てきた時には、飛び上がりたい程嬉しかった。しかし、何時まで経っても芽を出さない種もあった。植え方が間違っているのに気が付かないでいたのだ。澄江はがっかりしたが、それでも挫けなかった。何度でもやり直す心算だった。

春の山々には、行者にんにく、蕗《ふき》、蕨《わらび》、ぜんまい、うど等の山菜がいたる所に自生し、食卓を賑わしてくれた。青物の野菜に飢えていた家族には有難い自然の恵みだった。

ある日、隆三が何処からか鶏の雛《ひな》を十羽ほど手に入れてきた。全身が黄色の小さな雛だった。育てる為にはある一定の温度を保たなければならなかったし、食べさせる餌も手で作ってあげなければならなかった。

隆三は、飼育箱を造り、熱源に馬糞を下に敷いてやり、玄関の上がり框《かまち》に置くことにした。馬糞臭かったが、キツネや鷹に襲われる事を考えると仕方が無かった。餌も穀類やジャガイモを潰し練り餌にして与えた。

芳江は学校から帰ると、いの一番に雛の様子を見るのが楽しみだった。雛は毎日毎日少しずつ大きくなっていた。黄色かった羽も嘴も色が変わって鶏らしくなっていた。そのうち何羽かは死んでしまったが、もう飼育箱では狭くなって新たに鳥小屋が必要になっていた。隆三は厩の傍に将来も考えて少し大きめの鶏小屋を造って、雛たちを移すことにした。全部で七羽であったが、どうやらその中の二羽は雄鶏のようだった。

夏も過ぎるころ、澄江と芳江が餌をやりに鶏小屋に来ていた。芳江は雄鶏が怖くて中に入ることが出来なかった。澄江が戸を開け中に入って藁の寝床を探ってみると、真っ白い卵が置物のように座っていた。隅の方にもあった。合計三個の卵を掌《てのひら》に載せ出てくると「卵だよ。ほら、芳江見て」と言って嬉しそうに笑った。

芳江も一つ掌に載せてみると、何だかまだ温かかった。耳にあてると、ピヨピヨと雛の声が聞こえるような気がした。

秋は収穫の季節であり、時間との闘いでもあった。もうすぐ霜が、雪がそこまで来ているのだ。

隆三も澄江も、朝早くから真っ暗になるまで働かねば追い付かなかった。遅く帰って来ると、芳江が小さな手で石油ランプのガラスを磨き、明かりを灯していた。その下で、孝子も俊也もお腹を空かして眠っていた。それから晩御飯の支度をして食事をする頃には、澄江はくたくたになっていた。疲れた体に鞭打って子供たちの洗濯や、靴下、洋服の繕いもしなければならなかった。どんなに貧しくて、新しい物は着せてやれなくても、汚れたり破れたりした服だけは着せたくなかった。澄江のそれがせめてもの子供達への愛情だった。

今年は昨年より豆も多く採れ、小麦、ジャガイモも農協に売ることが出来た。現金も少し多く手にすることが出来た。澄江が嬉しかったのは、小麦粉と澱粉を大きな袋で手に入れた事であった。

本当は砂糖も欲しかったが、ビートの作付けが出来なかったので仕方がなかった。来年は必ずビートを植えようと思った。

これで子供たちに、卵を入れた蒸しパンや、澱粉煎餅《でんぷんせんべい》を焼いてあげることが出来るのだ。

2

澄江達がこの地に来てから四年が過ぎていた。

芳江は小学校の五年生、孝子は三年生で俊也も五歳になっていた。孝子が学校に行くようになってからは、家にいるのは俊也だけであった。隆三にはよく懐いていたし、隆三も分け隔てすることもなく面倒を見てくれた。

隆三は、自分を本当の親だと信じ、無邪気に懐《なつ》いてくれる俊也を可愛いと思っていた。しかし、次第に成長してゆく俊也の顔に、自分でない誰かの面影を見出すたびに、その男への嫉妬が、許せない気持ちが込み上げてきて険しい顔になるのが自分でも分かるのだ。そんな時、俊也の目の奥に自分の心が映っている気がして目を背けるのだった。俊也には何の罪もないことは充分分かっていたはずだし、澄江に自分の子として育てると約束した以上、男らしくない自分が嫌だった。

戦後の世の中は動いていた。朝鮮戦争を機に日本も大きく変わっていたのだが、北海道の奥にある開拓部落までは、なかなかその変化が届かなかった。相変わらず周りは皆貧しかった。

それでも日本が少しずつ豊かになることにより、少しはそのお零れが回ってきた。

政府の農業政策であろうか、開墾の補助金が出て、切株の発破・ダイナマイトによる抜去がこの部落でも行われた。今まで如何にもならなかった畑の大きな切株が、発破により轟音とともに五十メートルも吹き飛ばされるのであった。後には真っ平らな畑が広がっていた。

隆三の家でも、切株の無い真っ平らな畑が六ヘクタールに増えて、春になれば目の前に黒い大地が広がっていた。

開拓部落にも電線が敷かれ電気が使えるようになった。部屋には、三十ワットの裸電球に白い傘を付けただけだったが、真昼のような明るさだった。学校から帰ると、芳江も孝子も電灯の下の卓袱台《ちゃぶだい》で、頭を並べて勉強するのだった。

それに合わせて有線放送だったが、ラジオも聞けるようになった。子供達はＮＨＫの子供向け連続ラジオドラマ、『新諸国物語』や『笛吹き童子』を夢中で聞いていた。年の瀬には、紅白歌合戦も聞くことが出来たのだ。

それはまさに文明だった。都会の息吹《いぶき》を、この山奥でも感じられるのだから。

そんな時、澄江は流産をした。これで三回目であった。貧血と下腹部の痛みで床に就くしかなかった。隆三には済まないと思ったが如何にもならなかった。

最初の時は、明らかに産みたくないと思った。男の子が生まれた時の事を考えると、隆三と俊也の事を思うと、それは生まれてこないことを願うしかなかったのだ。その自分の想いが、否、明らかにそれを望んで無理に身体を動かしたのも事実であったし、流産を誘ったのだと澄江は分かっていた。

それからは妊娠する度、流産する身体になってしまっていた。澄江は自分の身体がひどく傷んでゆくような気がして恐ろしかった。

ガラガラと玄関の戸を開ける音と、「佐々木さんの奥さん。澄江さん」と呼ぶ女の声が寝床まで聞こえてきた。

高田夫人であった。高田家はここから三百メートルほど離れていたが、夫婦とも戦前は学校の先生をしていたという、インテリだった。その為、部落内では他人の夫人を呼ぶとき、「かあさん」「母ちゃん」「おばさん」などと呼ぶのが普通だったが、高田夫人だけは敬意をこめて「高田さんの奥さん」と呼ばれていた。

居間まで勝手に上がり込んで、一人で遊んでいた俊也に訊いた。

「俊ちゃん、母さんは、寝ているのかい？」

澄江は寝間着の上から丹前を羽織って居間に出てきた。

「澄江さん、如何なの、身体の具合は。流産でしょう。顔色悪いから貧血だね」

　言いながら、高田夫人は持ってきた風呂敷包みを開くと、牛乳の入った瓶と大きな皿を取り出して卓袱台に並べ、別な袋からは新聞紙に包んだ蒸しパンを一つ手に取って俊也に渡した。

「奥さん、何時もすいません。お世話になって。これで三回目なんです。今度は酷くて、起きられなくて」

「栄養つけなくちゃあだめよ。今、牛乳温めてあげるから、ちょっと待ってね」

　夫人は台所から鍋を持ってきて牛乳を注ぎ入れ、ストーブに載せた。

「澄江さん齢いくつ？」

「私、数えで三十六です」

「佐々木さんは？　旦那さん」

「私より六つ上だから四十二だね」

　夫人は黙って聞きながら、温まった牛乳を茶碗二つに注ぎ、澄江と俊也にすすめた。脂肪分が多いため、表面が湯葉《ゆば》のように黄色だった。新聞包みから蒸しパンをもう一つ摘まみだして言った。

「さあ食べて、飲んで。栄養つけなくては駄目よ」

　澄江も俊也も牛乳を飲みながら蒸しパンをちぎって食べた。

「佐々木さんも澄江さんも若くないのよ。子供も三人いるんだし、もうこれ以上要らないっしょ。如何？」

口籠《くちご》もる澄江に何かを感じたのか、夫人は続けた。

「お宅にはお宅の事情があるでしょうけどね、これ以上妊娠して流産すると大変よ。身体が。開拓地ではね、夫婦が丈夫でなくてはやっていけないんだからね。分かるでしょう」

澄江は黙って頷くだけだった。

「今はね、簡単に避妊手術が出来るのよ、お金もそんなに掛からないでね。明日部落の集会所に保健婦さんが来るのよ。回覧板にあったでしょう。農村の生活改善の話にね。明日、保健婦さんに診てもらってあげるから。佐々木さんにも話しておいて。皆で相談しましょうってね」

澄江は出来るならそうしたかった。妊娠の恐怖から逃れられるのならば。しかし隆三が何と言うか分からなかった。隆三には（明日保健婦さんが診に来てくれる）とだけ伝えてあった。

翌日の四時に高田夫人が若い保健婦を連れて澄江のところにやって来た。家には隆三も俊也もいた。

保健婦が澄江の脈を取り問診をしている間、皆は黙ってその様子を見ていた。

「奥さんのお歳を考えると流産は身体によくないですね。妊娠したらなるべく流産させないで子供を産む方法も考えられますけども、農家の主婦は寝ているわけにいかないでしょうしね。今は、豊かな家庭を築くことを勧めているんですよ、私たちは。その為には、子供も少なく産んで丈夫に育て、教育にもお金を掛ける。それがこれからの農村の姿なのです」

若い保健婦の話し方には情熱が感じられた。そして、隆三の方を向きながら続けた。

「ご夫婦の年齢と家族構成を考えますと、これ以上子供を産まないことをお勧めします。奥さん、避妊手術をしては如何ですか。手術は簡単です。一日か二日入院すれば終わりますし、お金もそんなに掛かりません。ここの町立病院でやってくれます。専門的に言いますと女性の卵管を結んで妊娠しないようにするだけで、夫婦の夜の生活にも全く影響しませんから。妊娠しないことで、むしろそれまでより仲が良くなったという話も聞きますから……」

言いながら保健婦は、若いせいか、自分の言葉にちょっと頬を赤らめていた。

澄江は隆三の顔をちらっと見てみたが、何時もと変わらぬ顔だった。暫くして隆三が重い口を開いた。

「分かりました。よく相談してみます。……わざわざ来ていただいてありがとさんでした」

間もなく高田夫人も保健婦も帰って行った。

隆三は考えていた。勿論男である以上、自分の跡を継ぐ血を分けた男の子が欲しいのは当たり前であった。しかし、澄江の身体に、もしもの事があったら、そうでなくても寝込むようなことがあれば、自分一人では子供の面倒を見ながら農業を続けていける自信が無かった。今となっては、華奢な身体で一生懸命働いてくれる澄江は、なくてはならない存在であった。

隆三自身、佐々木家の養子であることを思えば、佐々木家の名前などはどうでもいいと思っていた。澄江と二人で拓いたこの開拓地を、誰かが継いでくれればそれでいい、俊也でも他の二人でも構わないと思った。

「母さん、お前が良ければ避妊手術受けてくれ。お金は何とかするから、心配ないからな……」

隆三は言いながら、何のことか分からないでいる俊也の頭を軽く撫でていた。

しばらくの沈黙の後で澄江が応えた。

「父さん、済まないです。私の身体が弱いばっかりに心配かけて。そうしたら町立病院に行ってみます」

「うん。そうしたらいいべ。早いうちに」

隆三は低い声でそれだけ言うと厩へ戻って行った。澄江には隆三の後ろ姿が、気のせいか何だか元気が無いように見えた。

種蒔きが始まる前に、澄江は町立病院で避妊手術を受けてきた。もう二度と子供を産むことが出来ないと思うと、女としての寂しさもあったが、妊娠の恐怖から解放された安心感の方がやはり大きかった。


娯楽の無い開拓地では、女達が時々部落の集会所で婦人会を開いて、息抜きをするように、男達は何かに託《かこつ》けて集まっては、酒を飲むのだった。今日も近所の男達が隆三の家に集まって焼酎を飲んでいた。もともと隆三は酒が飲める方ではなかったのに、やはりここでは酒を飲むしか他に己を癒やす方法が無かった。

男たちは皆酔っていた。特に隣の家の畑山は何時も酒癖が悪かった。普段は借りてきた猫のようにおとなしいのだが、酒を飲むと一変するのだ。

「おい松山、棟梁《とうりょう》さんよ。お前は二回も母ちゃん貰っといて、まだ別の女に手出すのかよ。この助平野郎が！」

目を三角にして本気で怒っているようだった。

「女遊びは男の甲斐性って言うべよ。悔しかったらあんたもどうぞ。ねー佐々木さんの母さん。母さんは何時見ても良い女だべ」と澄江に相槌《あいづち》を求めてきた。垂れ下がった目が卑猥《ひわい》に見える男だった。以前は、人を何人か使っていた大工の棟梁だというのが本人の自慢であった。

「何言ってやがるんだ。やい松、大体だなーお前は卑怯だ。今の母ちゃん口説くときには、連れ子を可愛がります、大事に育てますとか何とか言っといてよ。手前の子供が出来た途端、継子虐めかよ。呆れるぜ」

畑山の声は段々大きくなり、隣の部屋の子供達にもよく聞こえていた。子供達にも何のことか薄々見当がつく話であった。

「お前こそ何言ってやんだ。人の家の事も分からんくせに好き勝手な事を言うんじゃないよ。俺は一生懸命面倒見ているべよ。どの子も自分の子供だと思ってな。お前なんかにどうこう言われたくないべさ」

隆三は、松山の後妻の女の子が学校帰り、家に帰るのを嫌って芳江と遅くまで遊んでいるのを知っていた。

「松山さんね、子供に罪は無いんだからな。余計な事かもしれないけど」

隆三が諭すような口調で言った。

「佐々木さんよう、あんたは偉いよな。よーく子供の面倒を見ているもんな。あんたは良い父さんだよ。……ふん」

松山の何かを含むような言い方が隆三の気に障った。触られたくないささくれを撫でられたようであった。しかし、隆三が何か言い返す前に、別の男が割って入ってきた。

「畑山さんも松さんもその辺でいいだろう。佐々木さんも、酒は楽しく飲もうや」

「……」

「そうだ、棟梁！　得意の歌でも聞かせてくれよ」

男が言いながら箸で小皿をたたき出し、チンコチンコ拍子をとりながらどこかの民謡を歌いだした。それに釣られて皆も手拍子を取り歌うのだった。

開拓部落の人々は皆それぞれの過去を背負っていた。その過去を封印して生きていた。そうでなければこんな厳しい開拓地で暮らせるはずがなかった。

隆三は、もし自分に男の子が出来ていたら、他人事ではないと思った。松山のようにならないとは言い切れなかった。やっぱり、澄江が避妊手術をしてくれて良かった、と自分を納得させるのであった。

俊也は利発な子であった。小学校へ入学する前から読み書きができたし、数字を数えることも足し算も理解していた。

玩具はその辺に転がっている棒切れや板切れであり、虫、泥んこであったが、絵本などあるはずもなかった。

俊也にとっての楽しみは、孝子の教科書をいない間に持ち出して、見る事であった。飽きもせず、その中の車や電車の絵をざら紙に描くことであった。

孝子には、俊也は疎ましいだけの存在だった。物心付いてから、身近に愛情を感じられたのは母の澄江だけであった。その母の愛情も、俊也に奪われてしまった今は、何時も部屋の隅で、暗い目をして何かを見詰めていた。

澄江が畑から戻ると、孝子が俊也を詰《なじ》るのだった。

「母さん、俊也ったらまた私の教科書を勝手に引っ張り出しているんだから、叱ってよ」

「俊也、孝子の教科書触っちゃ駄目だよ。分かった」

澄江が叱っても俊也は黙っているだけであった。

「俊也、分かった。本当に、あんたなんか大っ嫌い！」

孝子の罵声《ばせい》にも、俊也は黙したままであった。そんな二人を澄江も黙って見つめるしかなかった。

芳江が、何処からか自分の教科書のお古を見つけてきて、俊也の前の卓袱台の上にそっと置いた。

「俊也、これ貸してあげるから孝子の教科書触っちゃ駄目よ。分かった？」

「うん、芳江ねえちゃんありがとう」

俊也は嬉しそうに、お絵かきを続けるのだった。


年が明けて、春が来れば俊也も小学校である。そのことが澄江にとって大きな悩みであった。これまでも何とかしなければと思いながら、一日延ばしに来てしまったが、もう限界だった。

「とうさん、俊也の事なんだけど……」

澄江が、言い難そうに話し掛けるのに、隆三は黙って顔を向け、先を促した。

「戸籍の事なんだけど、入籍しないと小学校へ入れないんだわ。如何したらいいべ」

「うん……そうか小学校か、まだ入籍しないままだったな。町の役場に行って相談するしかないべさ。俺は、俊也を自分の子として育てるって約束したんだから、形はどんなでもいいよ。一番いい方法を聞いて来てくれよ」

隆三は何時ものように表情を変えるでもなく、淡々と話すのだった。

「そしたら明日、汽車に乗って町の役場に行ってくるわ」

翌日の朝早く、澄江が町役場を訪れていた。戸籍係の窓口に座っていた女性に恐る恐る話し掛けてみた。

「あのー、樺太引揚者なんですが、子供の入籍の事で相談があるんです。何方にお聞きしたらいいでしょうか？」

「難しそうな話ですか？　……ちょっと待ってくださいね」

窓口の女性は、並んでいる机の奥の方に座っていた年配の男性職員と何やらひそひそ話をした後、窓口に戻って来て、

「立ち話も何ですのでこちらに来てください」と言いながら、衝立の陰にあるテーブルへと誘った。

澄江が不安そうな顔で、テーブルの傍にある木製の古い椅子に座っていると、年配の職員が現れ、向かいの椅子にギシギシ音を立てて座った。

「戸籍係の斉藤ですけど、どんな話ですか、奥さん」

「私、S地区の開拓部落に住んでいる佐々木の家内で澄江と申します。私等は樺太引揚者ですが、引き揚げの時に生まれた子供の戸籍がまだないんです。来年小学校なものですから、何とかしなければと思って相談に来たんです……」

「引揚者ですか。それはどうも。で、もう少し具体的に経緯を話してくれませんか……」

「はい……」

澄江が躊躇っていると、

「奥さん。私は役場の人間ですから安心してください。外へ秘密を漏らすことは絶対ありませんからね」

男の言葉に背中を押され、澄江は俊也が産まれた経緯を隠さず全て話した。恥ずかしいとは言っていられないのだ。黙って聞いていた斉藤と名乗る戸籍係は、最後に澄江に訊ねた。

「経緯は分かりました。で、奥さんはそのお子さんを如何したいのですか。貴女の私生児として入籍させたいのですか?」

「はい、私の産んだ子供ですからそうするしかありません。でも、家の父さんは、自分の子供として育ててもいいと言ってくれています。だから、その後で父さんの養子にしてもいいと思っています」

斉藤は、腕を組みながら暫く考えた後で澄江に告げた。

「奥さん、この戦争で、外地からの引揚者は本当に色々な苦労をされたのでしょう。満州でも朝鮮でもね。樺太の場合はちょっと事情が違って、昭和十七年から日本の内地扱いになっていたのですよ。ですから戸籍も日本の内地と同じ扱いなのですが、終戦で戸籍は一部を除いて全て紛失したのです。当然ですよね。それで、戦後、樺太引揚者の戸籍に関する特例という通達がだされましてね。引き揚げ時の戸籍に関する情報は、申告者の申し出により事務を取り扱う事になっているんですよ……」

斉藤は思い出したようにポケットから煙草を取り出し、火を点け、深々と吸い込みゆっくりと煙を吐き出した。

「ですから、貴女方夫婦がそのお子さんを如何したいかです。分かりますか？　……詰まり、そのお子さんが産まれた時、樺太には日本政府の行政機関は存在しなかったのですよ。従って、出生に関する届け出も出来なかった。今となっては、そのお子さんの出生を証明するのは奥さん、貴女しかいないのです」

「はあ……？」

澄江には斉藤の言うことが今一つ理解できずに、不安げに彼の顔を見詰めていた。斉藤は目を逸らすように、短くなった煙草を灰皿で揉み消すと、

「はっきり言うとですね、奥さん。そのお子さんの父親が誰かなんて、誰も分からないでしょう。お宅のご主人の子供でないって、誰が証明できますか？　終戦時のどさくさでご主人が樺太に船で渡らなかったって証明できますか？　……ですから、後は貴女とご主人の問題ですよ。お子さんを一生私生児の烙印《らくいん》を背負って生きさせるのですか。それとも、ご主人は本当に自分の子供として育て上げる決心が出来ているのですか？」

澄江は漸く男の言わんとしている意味を理解することが出来た。

「それは、帰って家の父さんに訊いてみないと応えられません」

「そうでしょうね……。只その決心があるなら、貴女方夫婦の子供として樺太で出生、として届ける事ですよ。分かりますね、奥さん。もっともこれは私が教えたと捉えてもらうと困るん

ですけどね。……帰ってよくご主人と相談して下さい。次に来るときは直接私を訪ねてきてくださいね」

戸籍係の斉藤はゆっくりと腰を上げ、自分の席へ戻って行った。

澄江は「有難うございます」とその後ろ姿に向かって深々と頭を下げるのだった。


「如何だった？」

澄江が帰るなり隆三が訊ねた。澄江は傍で遊んでいる俊也を見やって、「俊也、家の中ばかりいないで外で遊んで来なさい」と言って外へ追いやった後で話し始めた。

「戸籍係の斉藤さんて年配の人が話を聞いてくれたんだわ。それでね、入籍の方法は申請者次第だって言うの。私の私生児とするのか、夫婦の間の子供とするのかはね。……私、家に帰って父さんに訊かねば応えられないと言って帰って来たんだわ」

澄江は下を向いたまま隆三の言葉を待った。暫くの間沈黙が続いた。隆三は思案していた。

澄江にはもう子供が産めないことや、俊也を育てる約束をしたことを。

隆三がその重い口を開くまでには更に何十秒かが必要であった。

「分かった……。俺の子供として届けよう。俺達の間に生まれた長男として届けよう。それでいいじゃないか。二人で育てるって約束なんだから、そうしよう」

澄江はただ俯いて頷き、頭を下げ続けるのだった。

隆三は、澄江が役場から持ち帰った申請書に署名をし、印鑑を押して澄江に渡した。

「早い方がいい。明日、役場に行って出して来いよ」

「父さん、本当にすいません。明日届けてきます」

外から俊也の歌声が聞こえてきた。


——元樺太在住者の戸籍に関する特例による入籍届出申請書

届出人：佐々木隆三（届出事務代理人：佐々木澄江　届人の妻）
入籍者：佐々木俊也
　　生年月日　昭和二十二年二月十日
　　出生地　　旧樺太庁　真岡町
　　届人により、本人佐々木隆三と妻澄江の間に生まれた長男として届出申請
本籍　：北海道十勝郡本橋町字S番外地
届出日：昭和二十七年十一月十九日——

また春が来た。漸く北海道の片田舎にある町にも、少しずつ物が出回るようになっていた。

澄江は、上の二人には買ってあげられなかった、ランドセルや洋服や靴も俊也には買い揃え

てあげることが出来た。

俊也は、大きめの洋服を着て、後ろから見ると頭しか見えないランドセルを背負って、近所の子供達と山道を小学校へ通うのだった。

芳江が小学六年生、孝子が四年生、そして俊也が一年生とやっと手を離れ、澄江も畑仕事に精を出せるようになった。慣れない仕事であったが、秋の収穫を思うと、春の種蒔き時は心が弾むのであった。

隆三が、馬糞の堆肥《たいひ》を撒いた後の畑を、二頭曳きのプラウで耕しているのが遠くから見えた。引っくり返される土も、地味が肥えてきたのか、何時の間にか赤土から真っ黒に変わっていた。土の中に隠れていたクワガタやカミキリムシの幼虫を狙って、鳥たちがプラウの後を追いかけ騒いでいた。

もうすぐ、ジャガイモ、豆類、小麦の種蒔きに忙しくなり、今年はビートの植え付けも計画されていた。

これで秋になれば、小麦粉、澱粉、砂糖が手に入り、何時でも子供たちの喜ぶものが作ってやれると思うと待ち遠しかった。

俊也もこの春から姉二人と同じ部屋で寝ていた。隆三と澄江は布団を並べて寝ていた。丸太小屋も春になれば流石に暖かくなってきた。

隆三が久しぶりに澄江の布団に滑り込んできたのに、澄江は黙って身体をずらし場所を空けた。寝間着の胸を広げる隆三の手は温かだった。胸の突起も稜線も撫でられると気持ちが良かった。下へ伸びた隆三の手が腰巻を掻き分け、確かな部分に触れる度に電気が走るようで思わず呻き声が出た。

こんな事はかつてなかったことであった。それは妊娠の恐怖からの解放であり、妻として、女としての確かな喜びであった。澄江は思わず、隆三の背中に手を廻していた。

3

開拓部落の入り口に、一軒の農家があった。じいさん、ばあさんとその息子が暮らしていた。小学校への道筋にあり、子供達は「寺田のじっちゃん、ばっちゃん」と呼んで懐《なつ》いていた。息子はじっちゃんの親類から来た養子だという話だった。その所為か、じっちゃんは子供が好きだった。

じっちゃんは、子供達が学校から帰るのを見つけて、夏はスモモ、秋にはリンゴを木からもいでくれた。冬の吹雪の日には、子供達を家に入れて一時暖を取らせてくれた。時には餅をストーブの上で焼いて食べさせてくれるのだ。

じっちゃんは、俊也の事を特に可愛がってくれた。

隆三は乳牛を飼うことにした。寺田のじっちゃんが育てていた六カ月の子牛を、農協から借金をして買うことに決めた。

日曜日の朝、じっちゃんに引かれて子牛がやってきた。

「とし坊、めんこいべこだべ！　大事にしてな」

じっちゃんは俊也の頭を撫でながら言った。

「じっちゃん、でも何だかおっかないな」

「何もよ。ほら近くさよって頭撫でてみろ」

俊也は言われるままに、近寄って頭を触ると、（モォー）と鳴かれて慌てて飛びのいた。

じっちゃんも皆も声を上げて笑った。

「よしよし、皆にめんこがってもらうんだぞ！」

じっちゃんが帰る時に、子牛はもう一度（モォー）と鳴いた。

時間が経つにつれ、俊也も子牛に餌や水をやり、身体にも触れるようになった。子牛は、『はなこ』と名付けられ、すっかり佐々木家の一員になっていた。

寺田のじっちゃんが死んだのは、子牛を引き取って三カ月目の事だった。それはあっけない死であった。畑で倒れて、息子が病院に連れて行って間もなく息を引き取った。

隆三と澄江はじっちゃんの葬式に出かけていて、家には子供達だけが残っていた。芳江と俊也が馬と子牛に水と餌をやっている時だった。

牛舎に繋がれた子牛が、突然（モォーー、モォーー）と高い声で鳴きだした。遠くを見つめて鳴きつづけるのだ。その声は長く尾をひいて、悲しげに響いていた。

「芳江ねえちゃん、来て。はなこが泣いている！」

「はなこどうしたの……」

「見て！　はなこ、涙流している」

子牛のはなこの目から涙が零れ落ちていた。

「ねえちゃん、はなこ如何して泣いているの？」

「……！」

「じっちゃんが死んだからかい？」

俊也の声も涙声だった。

芳江が俊也の肩を抱いて、

「はなこにはじっちゃんが死んで、火葬場に送られるのが分かるのかもね……」

「如何して分かるの？　誰もおしえないのに」

芳江にだって応えようがない事だった。
・・・・・
「たましいよ！　じっちゃんの魂が、はなこにお別れを言いに来たのよ。……きっとそうよ」

「たましいって？」

「俊也には難しいけど、心の中にあるのよ。人は死んでも魂は残っているのよ。目には見えないけども、親しかった人のことを見守ってくれているのよ。……はなこにとってじっちゃんは、本当の親みたいなのよ。きっとね」

「そうか。じっちゃん、はなこのこと可愛がっていたもんね」

それは芳江にとっても、俊也にとっても不思議な体験だった。

俊也は動物が好きだった。特に、農耕馬の青が大好きだった。時々、父隆三が裸馬の青に乗せてくれた。隆三は、騎兵であっただけに乗馬はお手の物だった。俊也を前に乗せ、畑の中を駆けるのだ。俊也は振り落とされないように、必死に青の鬣《たてがみ》にしがみ付いていた。

周りの景色がどんどん後ろに飛んで行くのだ。母の澄江の心配そうな顔が目に入った。

「俊也、大丈夫か？」

「うん……」

隆三が楽しそうに笑った。俊也も速く走るのが何だか得意だった。そのうちに、自分一人で青に乗れるようになった。


昭和三十二年、俊也は小学四年生になっていた。

家では、耕作面積は八ヘクタールに広げられていたが、その前の年の冷害による凶作で、相変わらず苦しかった。家も新築しなければならない時期に来ていたし、乳牛も一頭だけでなくもっと増やしたかった。お金はいくらあっても足りなかった。

世の中は戦後から脱しようとしていた。入植してから既に十余年が過ぎ、この開拓部落からも離農者が四人出ていた。皆それぞれの新天地を求めて去って行った。

隆三の養父は、北見市で納豆屋を成功させていた。職人を住まわせ、大きな屋敷内で何人もの近所の女性を使って造った納豆を、小売店を通して売りさばくのであった。

もともと養父には商才が備わっていた。職人の一人は養母の遠縁の者であり、行く行くは店を譲るつもりかもしれなかった。少なくとも、隆三にはそう思えた。もっとも、隆三は納豆屋を継ぐ心算は最初からなかった。だからと言って、もうすぐ五十になる男に、農業以外の仕事は見つかりそうもなかった。

働いても働いても楽にならない開拓の暮らしが恨めしかった。このまま自分の人生が終わるのかと思うとやり切れなかった。

隆三は酒に酔うようになっていた。近所の甲斐性なしの飲んだくれ男達と、やり場のない不満や怒りを、酒で紛らすのであった。

今夜も、足元をふらつかせ、焼酎臭い隆三が大きな声をあげながら帰って来た。

「おーい、水だ！　水持って来い」

芳江たちは怯えた顔で部屋に逃げ込むのだったが、俊也だけはじっと何時もの目で隆三を見詰めるのであった。

隆三は俊也のその目が、自分の心の底を見透かされるようで腹立たしかった。それは、自分自身が一番認めたくない嫉妬心であった。それでも、俊也に直接手を上げないだけの理性は残っていた。

「何だ、文句あるか。早く水持って来い！」

澄江が台所からコップに水を持ってきて渡した。

「父さん、いい加減にしてよね。お金も無いのに。二日酔いで寝ていたら誰が畑の草取るのさ。家の畑だけでないの、草ぼうぼうなのは」

隆三は水を飲み終えると、何か訳の分からない事をぶつぶつ言いながら、寝床に倒れ込んでしまった。

翌朝は案の定、二日酔いで寝たまま起きてこなかった。澄江が一人で畑の草と格闘するのであった。


当時、日本中の小学校では、スポーツと言えば巨人の長嶋が何と言っても一番人気があり、子供たちは皆野球に憧れた。

俊也も近所の子供達と野球の真似事をして遊んだ。本物のグローブもボールもバットも無かったが、全部手作りだった。それで三角ベースで遊ぶのだ。

小学校には少年野球チームがあり、毎年夏休みには全校代表で町の小学校の野球大会に出場していた。

俊也にはグローブが無かったので、練習にもチームにも参加することが出来なかった。否、最初から諦めて何時も遠くから練習を眺めていた。

日曜日の朝、姉の芳江が俊也を呼んだ。

「何？　ねえちゃん」

「俊也、あんた今日暇でしょう。姉ちゃんの事手伝ってよ。一緒に駅前まで行ってよ」

「うん、いいけど、何すんの？」

芳江は黙って風呂敷包みを俊也に渡し、自分は別の大きな紙包みを抱えて先に立って歩き出した。

「俊也、それ卵だから壊さないでよ。分かった」

「うん、大丈夫。だけどこれ如何するのさ？　……ああ、駅前の卵屋の爺さんに売りに行くのかあ」

「いいから黙って付いておいでよ。帰りに何か買ってあげるからね」

駅前にある卵屋さんは卵を買ってくれた。三十個と別に十個で四百円くれた。芳江は三百円を右のポッケットに仕舞い、百円は自分のがまぐちへ入れた。俊也にはそれが何を意味するのか薄々見当が付いた。

「さあ、帰りましょう」

芳江は先に立って歩き始め、後ろを振り向くと俊也に訊いた。

「俊也、アイス食べようか？」

「うん、食べる！」

大きな声だった。

雑貨屋の前まで来ると、芳江がアイスキャンデーを二本買って、一本を俊也に渡した。二人はアイスを舐めながら歩いていた。

「ねえちゃん、冷たくて美味しいね」

小学校の前まで来ると、俊也の脚が急に動かなくなってしまった。子供たちが野球の練習をしているところだった。じっと見つめる俊也に、「俊也、野球したいんでしょう？　遊んできてもいいのよ」と芳江は言った。

「いや、俺ねえちゃんと一緒に帰る。行こう」

芳江は分かっていた。俊也にはグローブが無い為に、仲間に入れない事を。

芳江は俊也と並んで歩いていた。

「俊也、卵のこと母さんにも孝子にも内緒よ。分かっているわね」

俊也には、十個の卵が芳江の秘密のお金であることは最初から分かっていた。駄目を押されたことが、ちょっと面白くなかった。

「分かっているよ、そんなこと。……でも姉ちゃん、お金貯めて何するのさ？」

「私ね、来年高校なのよ。高校に行くには、カバンも靴も制服だって要るのよ。家にはお金無いでしょう。だから今から少しずつ貯めているの……」

「そうだよね、家にはお金無いもんね。俺も働いてお金貯めたいな」

「うん、俊也も母さんの手伝いして御小遣い貰ったら貯金しなさいよ。そうすれば欲しい物が買えるんだから」

芳江の話を聞きながら歩いていた俊也が急に立ち止まって、真剣な眼差しを芳江に向けた。

「ねちゃん、俺訊きたい事があるんだ」

「何よ、そんな恐い顔して」

「ねえちゃん、俺……」

「うん、だから何？」

「ねえちゃん、俺、俺って家の子・・・だよね。誰か知らない人の子供じゃないよね。……ねーそうだよね！」

「……！」

芳江はどきりとして息をのんだ。

それはあまりにも思いがけない問いかけだった。芳江は咄嗟《とっさ》にどう応えていいか思い付かないまま、俊也を見詰めていた。

「ねえ、ねえちゃん！　……」

水に溺《おぼ》れそうになった子供が、必死に何かに縋り付くような顔つきに思えた。

芳江は一呼吸おいて、なにも無かったかのように笑顔を向け、笑いながら、

「俊也、何馬鹿な事言っているの。当たり前でしょう。誰がそんな事言うのよ。姉ちゃんが許さないから、そんないい加減な事言うやつは。……お前は私の本当の弟。だからこうやってアイスも買ってあげたでしょう」

「そうだよね。姉ちゃん優しいもんね。……そうか、良かった！」

俊也は本当に安心したのか、笑顔を見せ、また前を歩き始めた。

(俊也は如何してそんな事を考えたのだろう？　誰かが入れ知恵したに違いない)

世の中を知らない芳江にも、他人の艶《つや》めいた醜聞《しゅうぶん》が格好のお茶請け話であるのは知っていた。大人達のひそひそ話が聞こえるようだった。

二人はちょうど急な登り坂の入り口にさしかかっていた。

「俊也、ちょっと休もう」と言いながら、芳江は紙袋から飴玉を取り出して、一つ俊也に渡し自分も一つ口に入れた。

「さあ、エネルギー補給。頑張ってこの坂登ろう」

「うん、十万馬力だぞ。鉄腕アトムだね、ねえちゃん」

前を登る俊也を見ながら、何時か本当の事を知らせなくてはいけない。それは何故だか自分の役目のような気がした。それも、そんなに遠くない事のような気がしてならなかった。

放課後の校庭では、少年野球の練習をしていた。夏休みが過ぎると、五年生が主力で、それに四年生が交じっていた。

　俊也はバックネットの陰からじっとその練習を見ていた。後ろから呼ぶ声に振り返ると、友達の春夫が立っていた。何時もなら練習しているはずの春夫だった。

「春夫ちゃん、今日は練習しないの？」

「うん、お腹痛いから休むの。俊ちゃん、グローブ貸すから練習したら。僕待っていてあげるから、帰り一緒に帰ろう」

「本当！　ちょっとグローブ借りるね」と言いながらグラウンドに駆け出して行った。

　俊也はショートの位置に着いた。そこには五年生が一人練習していたが、俊也も交代でノックを受けた。俊也はソフトボールは何時も素手で補球していたので、補球もスローイングも五年生よりもうまかった。溌剌《はつらつ》としていた。ノックをする六年生も俊也には強烈なゴロを放った。何だか俊也だけが目立つ結果となってしまった。

　練習も終わり、皆が帰り始めるのに合わせ、俊也もバックネットの裏にいる春夫にグローブを返し、帰ろうとしたその時だった。

　五年生三人が俊也を取り囲んで、中の一人が肩を小突きながら言った。

「おい佐々木、お前、春夫のグローブ借りたまま返さなかったな。だから春夫が練習できなかったじゃないか。泥棒かお前。謝れここで」

「何だよ、俺はちゃんと借りたんだ。泥棒とはなんだよ」

立ち向かう俊也の胸倉を摑み、揺さぶりながら決定的な言葉を吐いた。

「つべこべ言うな。大体お前は生意気なんだよ。お前なんか、誰の子か分からないくせに。お前の母ちゃんパンパンかよ」

「何を！」

俊也は母の事を言われた瞬間に爆発してしまった。無我夢中で、相手の腕を振りほどくと、その鳩尾《みぞおち》の辺りを目掛けて頭から飛び込んでいった。男の子はもんどりうって地面に打ち付けられ、腹を押さえて呻き声を上げ、転げまわっていた。

中の一人が慌てて職員室へ先生を呼びに行き、五年生の担任が走ってその場に現れるまで、俊也はただ黙って見つめていた。

「如何したんだ。佐々木お前か、やったのは？」

先生が俊也に向かって訊ねながら、地面に倒れたまま泣いている子供を起こし、背中の泥を払ってやっていた。

「ちょっと頭から血が出ているな。赤チンつけてやるから職員室に来なさい。だいたい、お前ら五年生が三人で佐々木一人と喧嘩したのか。かっこ悪いぞ。佐々木も一緒に来なさい」

先生に連れられた五年生の後を俊也も付いて行った。保健室の外で待たされた後、先生に呼ばれて別室に座らされた。

「佐々木、お前が意味も無く喧嘩をするはずがないのは先生もよく分かっている。でもな、学校内で起こった事なんでな、校長先生に報告しなくちゃならないんだ。……何を言われて腹を立てたんだ？　五年生達は、グローブの借りた返したで口論になって、お前の方から頭突きを食らわしたとしか言わないんだ。普段おとなしいお前が何でかっとなったんだ。本当の事を教えてくれ」

　俊也は下を向いたまま握った拳を見詰めていた。一言も応えなかった。

「そうか、お前が我慢できないような事を言われたんだな。家の事か？」

「……」

　何を聞かれても黙ったままだった。

「子供にだってプライドがあるからな……。分かった、もう聞かない。でもなあ、相手の五年生は血が出ていたのでこのままには出来ないんだ。明日な、お母さんに学校に来てくれって。いいな。必ずだぞ」

　俊也は家に帰って澄江に放課後の出来事を掻い摘んで話した。しかしここでも、自分が腹を立てた本当の理由は決して喋らなかった。あれ以来、俊也の頭から片時も離れない（お前の母ちゃんパンパンかよ）それは、自分でもあまりに恐ろしく、誰にも話すことが出来ない事であった。

　翌日、澄江は学校へ行き、その足で相手の五年生の家を訪ね、詫びを言って来たのであった。

　晩御飯を食べながら、隆三は俊也に言った。

「俊也、弱い者虐めはするなよ。それと、お前が正しいと思ったことは謝る必要はないぞ。それだけだ」

俊也は黙って聞いていた。


それから二週間後の事であった。道が二手に分かれる前に、大きな橋があった。そこから別な方角に帰る五年生が五人、俊也の帰りを待ち伏せしていた。

「おい佐々木、お前はともかく生意気なんだよ。五年生に刃向かうなんてなあ」

俊也を取り囲むと、一人が小突いてきた。俊也は黙って抵抗せずに、その場を立ち去ろうとした。いきなり、拳骨が俊也の鼻のあたりに飛んできて鼻血が出てきた。

その時不意に、大人びた大きな声が子供たちの輪の中に飛び込んで来た。

「お前ら、何やってんだよ。俊坊に手え出すと承知しないぞ。分かってんのか、えー」

隣の家の松山さんの六年生になる孝平であった。身体も顔も声さえも大人びていた。

孝平の顔を見ると五年生達は蜘蛛《くも》の子を散らすように一斉に逃げ出して行った。逃げ遅れた一人の背中を、ランドセルの上から一突きし、「分かったなあ」と大声を浴びせかける孝平であった。

俊也に向かって「鼻血は大丈夫か?」、俊也が頷くと「じゃあ帰ろう」。

孝平がすたすた歩き始めるのに、俊也も遅れまいと後を追った。登り坂の手前まで来ると、孝平は立ち止まって辺りの様子を窺った。目で俊也に動くなと注意をしておいて、そっと畑に入り込み、大根を一本引き抜いてきた。

人のいない小川で大根を洗うと、真ん中から二つに折り、片方を俊也にくれた。坂道を登りながら、前歯で皮を毟《むし》っては中身を食べた。ちょっと辛かったけど瑞々《みずみず》しくて旨かった。後ろを振り返ると、道端に点々と大根の皮が、二人の後を追い掛けているようだった。

「孝平ちゃん、少年探偵団みたいだね」

孝平は笑って、食べ残った青い葉っぱの部分を思いっきり沢の方に投げ捨てた。

「俊坊、ションベンの飛ばしっこしようぜ」

「うん」

二人は崖っぷちに並んで放尿を始めた。孝平のは、放物線を描いて崖の下の方まで届いたが、俊也のは勢いがなく、二、三メートル下で飛沫を上げていた。

「気持ちいいな。ションベンは高い所からするのが一番だ」

股間を揺すりながら孝平が言った。

「橋の上からションベンすれば、ちょろちょろちょろちょろ音がする」

「なにそれ？」

「何ってか！　橋の上からするのが一番気持ちいいって事よ。……こないだ、橋の下で魚釣りしてた何処かの親父に石ぶつけられたけどな。はぁははー……」

二人は話しながら、息も切らさず一気に最後の坂を登り切った。

「俊坊、野兎《のうさぎ》捕った事あるか？　冬になったら連れてってやるぞ」

「どうやって捕まえるの。捕まえて如何するのさ？」

孝平は道端の草を一本引き抜くと輪にして「こうやってな、針金で罠を作るんだ。そしてな、兎の通り道に仕掛けておくんだ。そしたら勝手に掛かるんだ。面白いぞ。兎は皮を剝《は》いで売るんだよ。一匹で三百円くらいだな」

俊也には夢のような話だった。

「うん、俺も行きたい。本当だね」

分かれ道で、手を振って家に向かった。


俊也は六年生になっていた。

前年の春、孝子は中学校を卒業すると、隆三の親戚の洋服屋に住み込みで働くことになって家を出て行った。洋服屋は秋田にあった。孝子は働きながら洋裁学校へ行き、洋服のデザイナーになるのが夢だった。

孝子はとうとう誰とも馴染《なじ》まないまま、家を出ていってしまった。澄江は孝子が家に懐《なつ》かないのは自分の所為だと思っていた。子供達三人には、平等に愛情を注いだつもりでも、俊也の分だけ疎《おろそ》かになっていたのかもしれない。それだけに、孝子の事が不憫でならなかった。せめて高校だけは自分の手元から通わせてあげたかった。

その年には、松山棟梁に頼んで家を建てた。乳牛も二頭飼い、そのための牛舎も建てた。また借金が膨らんでいった。

俊也は小遣いを貯めて、やっとグローブを買うことが出来た。もっとも少し足りなかったが、芳江が少し応援してくれたおかげで一番安いグローブを手に入れることが出来た。

俊也は嬉しくて、学校へ持って行って練習にも参加した。

しかし、一週間でそれも止めた。少年野球チームに入るためには、街方の子供と同じように、スパイクもユニホームもバットも自分で揃えなくてはならなかった。俊也にはそんなことを澄江に頼むことが出来るはずもなかった。

俊也は学校が終わると、真っ直ぐに家に帰り、牛舎の土台のコンクリートにボールをぶつけて一人で野球をするのだった。その後は、暗くなる前に、牛や馬に餌や水をやり、二頭の牛の乳を搾るのが俊也の何時もの仕事であった。

大きくなるにつれ、俊也は益々口数が少なくなり、何時も何かを考えているような子供になっていた。

4

冬が過ぎまた春が来て、俊也が中学に入学し、芳江は高校三年生になっていた。

芳江は二階の暖房も無い部屋で、毎日遅くまで勉強していた。大学に行きたかったが、お金が無いのは充分過ぎるほど分かっていた。彼女は別な道を選ばざるを得なかった。しかし、夢は諦めなかった。

俊也は野球部に入って野球がやりたかった。駆けっこが速かったので陸上部でも良かった。しかし、それも胸の奥に納めたまま、今までのように、授業が終わると真っ直ぐに帰って来るのだった。

毎日の牛馬の世話の他にも、日曜日は必ず畑の手伝いをした。そんな俊也を隆三は黙って見ているのだった。

晩御飯が終わったところへ、松山棟梁が突然現れた。何だか何時にも似合わず元気がないみたいであった。

「松さん、どうしたい。今頃」隆三の問いかけに、

「佐々木さん、かあさんも丁度いい、聞いてくれ。……嬶《かかあ》に逃げられた」

「またかい、あんたもしょうがないね。で、子供も一緒かい」

「ちょっと出かけていて、今朝帰ったんだわ。そしたら蛻《もぬけ》の殻《から》さ。今は孝平だけだ」

「ちょっと出かけていたって、まさか女でないのかい」澄江が皮肉っぽく言った。

「違う違う、仕事だってば。かあさん、嬶達どこへ行ったか知らないべか」

「松山さん、あんた知ってどうするの。またより戻すのかい？　他人の家の事だけど、如何なんだろうね」

「否、俺は本当に悪いと思っているんだ。反省しているんだわ。だから詫びを入れて、それでも駄目だったら、きっぱり別れるよ。俺も男だ。だから教えてくれないべか」

「私もよくは聞いていないけど、お宅のかあさんの知り合いだったら、釧路しかないっしょ。釧路の叔父さんに相談するしかないべさ」

「否、俺もそう思っていたんだわ。……したら、明日釧路に行ってみるわ。二、三日家空けるんで佐々木さんお願いできるべか」

「ああいいよ。家には孝平ちゃん一人か。まあ、お宅は牛もいないしな、孝平ちゃんだったら何も心配ないべ」

　隆三の言葉に頷き、しおらしく頭を下げて松山は帰って行った。

　翌日、本当に松山は独りで釧路に出かけたようであった。夕方になって、澄江は夜食の弁当を二つ作り、俊也に持たせた。

「孝平ちゃん一人で寂しいべから、俊也お前泊まって来てもいいよ。明日休みだし」

俊也が訪れると、孝平はナイフで何か木を削っているところだった。よく見ると馬の木彫りであった。

「孝平ちゃん、晩飯持ってきたから一緒に食べよう」

「ああ、すまんな。俊坊お前、泊まっていけるか?」

俊也が頷くのに、孝平は木屑を払い、テーブルの上を片付け弁当を置くスペースを作ると、ストーブに掛かっている鉄瓶から湯呑み茶わんに白湯を注いでくれた。

晩御飯を食べ終わると別にすることもなく、孝平が喋るのに、俊也はもっぱら聞き役にまわった。二歳違いの孝平だったが、頭も身体も大人だった。俊也には自分の知らない何処か別の世界の話に思え、全てが面白かった。

二人は布団を並べ、その上に寝転んで話をしていた。

「俊坊、馬の種付け知ってるべ。見た事あるよな」

「うん、種馬の愛ちゃんが家にも来るからね。見たよ」

「じゃあ、人間の種付けは?」

俊也は、漠然と人間も動物と同じであるのは想像していたが、現実の世界とは別であった。

「人間もするんだろうね。でも知らない」

「ちょっと待ってろ。いい物見せてやるから」

孝平は押し入れの奥の方から何やら小さな紙包みを取り出し、大事そうに枕元に並べた。それは、モノクロのエロ写真であった。戦後の闇市で出回っていた代物であった。

「ほらよく見ろ。男と女が種付けしてるべ」

俊也は息をのんで食い入るように見入っていた。何だか下半身の辺りが硬くなるのが分かって、腰をもぞつかせていた。

俊也には、男女の秘部の圧倒的な迫力よりも、どことなくうら悲しい女の顔が目に焼き付いた。

「俊坊、お前あそこの先から粘っ濃いの出したことあるか？　まだないか」

俊也は頭を振った。

「そのうちに出るよ。ちょっとお前の見せてみろ」

恥じらっている俊也の前で、孝平は、やおら起き上がりパンツを下ろして下半身を曝《さら》した。半分以上包皮が剝《む》け、亀頭が顔を見せ大人のそれのようであった。

「ほら、俺のも出したんだから、見せてみろ」

俊也は躊躇いながらパンツを下げた。少し硬くなりかけていた下半身は既に縮んでしまっていた。

「皮被ってるべ。俺のように剝けるようになると大人になるんだ。俊坊、ちょっと自分で剝いてみろ」

言われるままに、右手で包皮を引き下げてみたが、痛くて半分ぐらい頭を出すのが精一杯だった。

「まあ最初は誰でもそうだ。少しずつやっているうちに剝けるようになるよ」と言いながら孝平は自分のを引き下ろすと、赤黒い亀のような頭をむき出しにして見せるのだった。

「こうやってな、上下に擦《さす》るとな、粘液が出てきて気持ち良いんだ。でもあんまりすると馬鹿になるって言うからな」

俊也は自分のと比べると、孝平のは馬のようだった。

「俊坊、お前のとうちゃんとかあちゃんがやってるの知っているか？」

孝平は布団の中から、天井を見つめながら言った。俊也の返事を待つまでもなく続けた。

「俺は見たことあるんだ。あの糞おやじ、助平おやじと母ちゃんが夜中にやってるの見たんだ。押し入れの節穴からな。あんなに嫌だ嫌だって言っていた母ちゃんが何だか嬉しそうな声出しているのさ。俺、糞おやじ殴りたくなったなあ、あん時」

俊也がそっと寝返りをして、孝平の方を向いた。

「俺、母ちゃんが帰って来ても来なくても。この家出るんだ。函館にいる親戚の家で働くんだ。そこから夜間の高校に行こうと思ってな」

孝平は優しい声で言った。

「俊坊、お前もそのうち俺と同じ想いをするだろうけどなあ。高校だけは出ておけよ。高校出なけりゃ如何にもならないぞ。どんな辛いことがあっても我慢して高校は行けよ」

「うん、分かった。……でも孝平ちゃん出て行くんだ。寂しいなあ！」

俊也には孝平の言う（俺と同じ想い）の意味は何となく気が付いていた。（やっぱりそうなのかもしれない）という疑念が心の中で大きく膨らんでいくのだった。

松山棟梁が釧路から独りで帰って来たときには、孝平は既に家を出た後だった。孝平は三学期を一度も学校に行くことなく卒業して行った。二度と彼の姿を見かけることはなかった。


俊也に限らず、開拓部落の子供たちは幼い頃から、動物の生殖を現実として目の当たりにしてきた。馬や牛等の家畜の出産は日々の暮らしの中にあったし、その前提としての性行為も『種付け』という言葉で理解していた。

俊也の家でも、春になると、種馬の愛ちゃんが大きな種馬に乗ってやって来て、雌馬の青や影に種付けするところを何度も見る機会があった。

しかしそれは、発情期に子供を孕《はら》むための行為であり、時を選ばず日常として行われるものではないはずだった。

俊也にとっても、人間の性行為はその前提でしか考えられなかった。まして父母の性行為など、想像したこともなかった。そういう意味では、俊也は男女の性については晩熟《おくて》であった。

俊也は孝平の話を思い出して、風呂に入るたびに己の下半身を見やり、皮を剝く努力をしていた。それが、少しずつ亀頭が現れるようになると、何だか自分も大人になっていくような気がした。

最後に風呂を使うのは何時も母の澄江だった。

俊也が寝付かれずに布団に横たわっていると、母が風呂から上がり、居間の電気を消して夫婦の部屋に入って行くドアの音が聞こえた。夫婦の部屋は互い違いの押し入れを境にして、俊也の寝ている隣だった。

普通なら、ただそれだけの事であった。しかしその夜は何故だか、孝平の話を思い出して胸騒ぎがした。がばっと起き上がり、音を立てないように押し入れの戸を開け、中の隙間に潜り込んでいった。

隣との仕切りはベニヤ板の安普請《やすぶしん》だった。息を殺して耳を当てると、くぐもった声が聞こえてきた。母の声のようでもあり他所の女の人のようでもあった。時々低い父隆三の声も、同じ布団の辺りから聞こえていた。明らかに何かが行われようとしていた。心臓の鼓動が早鐘のように耳の奥で鳴り響き、二人の話の内容までは聞き取れなかった。

話の合間に、母の微かな呻き声らしきものが聞こえてきた。

やがて、がさがさと布団の動く音とともに、肉体のきしむ音がした。そしてすぐに、父の荒い息遣いと母の呻き声が聞こえてきた。

俊也はあまりの衝撃に震えていた。頭をベニヤ板に打ち付けそうになって、慌てて押し入れから這い出した。

俊也はしばらく動くことが出来ないでいた。父母の行為を受け入れることが出来なかった。頭の中が真っ白だった。しかし、耳の奥には母の甘ったるい睦言が響いていた。父の、女を征服したような息遣いが響き渡っていた。

俊也にとって、少年期の誰もがそうであるように、愛情の対象は母であった。母の愛は自分だけの物であり、誰にも渡したくなかった。その母に裏切られた気がして悲しかった。母の愛を自分から奪った父が憎かった。やはり父は自分にとって他人だと思った。許せなかった。

それは、ボス猿と若い雄猿との雌猿を巡っての闘いのように、少年だれもが何時か大人になる為に通り抜ける道なのに、俊也は気付かなかった。それまでの歪曲《わいきょく》された、屈折した思いが、知らず知らずのうちに、一生修復出来ない程に深い傷を作ってしまっていたのだ。やはり、俊也は不幸な星の下に生まれてきたのであった。

俊也は夢を見ていた。誰かが自分の下半身を触っていた。誰の顔かは分からなかったが、優しく擦《さす》ってくれていた。その手は柔らかで温かく母のようであった。何か自分でコントロールできない力が、下半身から頭のてっぺんに向かって突き抜けていった。

はっとして目が覚めると、何だかパンツの中が濡れていた。慌ててパンツを脱いでみると粘液がたっぷりと付着していた。これが孝平が言った粘っ濃い液なのかと思った。

芳江は高校を卒業すると、北見にある日赤高等看護学校に入学し、家を出て行った。本当は大学に行って学校の先生になりたかったのだが、今の家計では無理な話であった。彼女にとって、夢を諦めない為の、考え抜いた末の選択であった。授業料は免除されていた。

俊也にとって、唯一の理解者であり話し相手であった芳江が去ってからは、益々無口になっていた。学校でも近所の子供達とも、心を許して話し合える者はいなかった。誰もが自分の事を「父無子、私生児」と陰口を言っている気がしてならなかった。

何時も苛立《いらだ》っていた。何かが頭の中で渦巻いていて、爆発しそうであった。その何かは俊也には分かっていた。

(自分は一体誰の子供なのだ。世間の奴らや、孝平の言う通りだとするなら、父親と母親と暮らすこの家は何なのか) 独り、悶々としていた。

隆三が父でないとするなら、母の芳江は誰とあの夜のような睦言や呻きを上げたというのか、まるで盛りのついた雌猫のように。父は父で、母や自分に対し何のわだかまりもなく振る舞っていることが理解できなかった。

俊也には、欺瞞《ぎまん》に満ちたその全てが許せなかった。否、無意識の内に、心の何処かで、父隆三との親子の絆を失うことを恐れていたのかもしれない。

二年生になって、俊也は学校へ行くのが嫌になっていた。時々ずる休みをし、川で遊んだりして時間を過ごした。澄江はそのことを薄々感づいていた。

その日は生憎午後から雨が降ってきた。しかたなく、俊也はこっそり家に帰って部屋で寝ていた。澄江は遠くの畑から、俊也の帰りを見てしまった。

夕方、家に戻るなり、俊也を詰問《きつもん》した。

「俊也、お前如何いう心算なの、学校サボってばかりいて。母さんが知らないとでも思っているの」

「……」

「何が不満なのさ……」

俊也は、母の何時にない厳しい言い方にムッとしながらも黙っていた。

「何とか言いなさいよ。お前をどんなに苦労して育てたのか分かっているの。俊也！」

お終いのヒステリックな叫びが、俊也の耳に突き刺さった。膨張しきったバルーンを破裂させるには十分だった。

不貞腐れていた俊也の顔色が変わった。蒼ざめた顔に、目だけがぎらついていた。

「じゃあ、なんで俺を産んだりしたんだよ！　産まなきゃ良かったんだよ。誰の子か分からない子を。そうすりゃ皆だって幸せだったはずなんだよ。俺はもう沢山だ。こんな偽物の家族なんて……」

俊也は迸《ほとばし》る感情を、暴れまわる怒りを抑えることが出来なくなっていた。

「俺がどんな思いで生きてきたか、どんなに嫌な思いをしたか、あんたには分からないだろう。父なし子って言われてよ！　……俺はここから出て行く。この家から、この町から出て行くんだ！」

物に憑《つ》かれたように一気に捲《まく》し立てていた。

「俊也、お前！」

思ってもいなかった言葉であった。あまりの衝撃に、澄江は只おろおろするばかりであった。

俊也には見せたくない傷跡を曝《さら》されて、返すべき言葉が見つからなかった。

「俊也、聞いてちょうだい！　これには理由があるのよ。何時かお前に話そうと思っていたのよ。お願いだから出て行かないで。母さんが悪かったの。許してくれる」

澄江は涙を流しながら、それだけ言うのが精一杯だった。

「嫌だ、そんな話聞きたくもない。俺は出て行く！」

「待って！　お前は私から生まれた子なんだから。行かないで！　お願いよ」

泣きながら取りすがる澄江を振り払って、俊也は階段を駆け上がり、上着のポケットに有り金をねじ込むと、家を飛び出して行った。

「俊也！　行かないで……」

後ろから、澄江の泣き叫ぶ声が追いかけてきたが、振り向かなかった。ひたすら暗闇の迫る山道を、駅に向かって急いでいた。

確かな当てがあるわけではなかった。只、姉の芳江と話がしたかった。彼女なら、切れそうな心の糸を確りと手繰り寄せてくれる気がしただけであった。

北見行きの最終列車は少し前に出たばかりで、明日の朝まで列車はもうなかった。ちょうど、ホームに上り列車が着くところであった。俊也は他人に見られるのが嫌で、急いで駅を離れた。

他に行く所はなかった。駅前の雑貨屋でパンを二つ買い求めると、とぼとぼと元来た道を戻るのだった。登り坂を登り切って、振り返ると、暗い闇の向こうに、駅とその周辺の街の明かりと、点在する農家の家々の灯りが目に映った。そこには温かい夕餉《ゆうげ》を囲む家族が居るのだと思うと、寂しさと悲しさが胸に込み上げてきた。

道から外れ、藪を掻き分け前に進むと百メートルの断崖の上に出た。覗き込むと闇の中に、川の輪郭《りんかく》が微かに見えた。

もう誰にも会いたくはなかった。それは憎しみの対象でしかなかった。このまま、この断崖から身を躍らせれば全てが解決する事だ。糸の切れた凧《たこ》のように虚空《こくう》を飛んでゆくだけの事だった。

俊也は佇んだまま、暗闇を見つめていた。

(俺は誰なんだ。如何すればいいんだ？)

その見つめる先に、顔の見えない男がいた。快楽を貪《むさぼ》っただけの、決して目の前に現れる事のない男。他人に不幸を背負わせ、己だけがのうのうと生きているその男を絶対に許せなかった。悲しみが再び怒りに変わった。

（ちくしょう、死んで堪るか）と俊也は思った。

意を決して元の道に出て、家の前まで戻って来たが、入る気にはなれなかった。あたりを窺うと、牛舎の戸を開いて、二階の牧草や麦わらの積んである枯草の中に潜り込んだ。枯草はちくちくして痛かったが、意外と温かだった。明日からの事を考える間もなく、俊也は眠りに落ちていた。

隆三が帰って来ても、澄江は只々、「俊也が家を出て行ってしまった、如何しよう。俊也が死んだら如何しよう。父さん、如何したらいいの？」と狂ったように泣くばかりであった。否、本当に狂ってしまったのかと思うほどだった。

隆三も、何時かこの日が来る事を覚悟はしていたが、それがこんなに早く来るとは思ってもいなかった。やはり、自分の心の底に潜む何かを、俊也は見抜いていたのかと思うと自責の念にかられた。それ以上に、澄江の泣き叫ぶ姿に母親としての哀れを感じた。

「母さん、落ち着け！　夜中に騒ぎまわってもしかたないべ。明日の朝、必ず捜しに行くから今日は寝ろ。それに、俊也は自殺するほど馬鹿じゃない……。心配するな！」

隆三は、本当に俊也は馬鹿な子供ではないと思っていたのだ。言いながら、泣きじゃくる澄江の肩をそっと抱きしめてやった。

翌朝、隆三は何時ものように起きだし、牛舎に向かった。隆三には確信があった。二階への階段を、音を立てないように忍び足で上ると、枯草の真ん中あたりが少し盛り上がっているのが見えた。案の定、俊也が枯草に埋もれて眠っていた。

隆三は俊也の手首をむんずと掴むと、「俊也、起きろ。黙って俺に付いて来い」と言って引き起こし、先に立って階段を下りて行った。俊也も縄でその身を括《くく》られてでもいるように、素直にその後に従った。

「母さん、飯だ、味噌汁だ。早く用意して」

「俊也、お前何処にいたの？」という澄江を制するように、

「母さん何も言うな……。俊也、腹減ったろう。黙って食べろ。いいな！」

隆三は牛舎に戻って行った。

俊也が朝ごはんを食べ終わる頃、隆三が帰って来て卓袱台の何時もの位置に座った。目の前には、ご飯と味噌汁と漬物の皿が置かれてあった。それは、何時も見慣れたはずの朝の光景であった。澄江が不安気な眼差しで俊也と隆三を交互に見比べていた。

隆三が、顔だけを俊也に向け、

「俊也、家を出て行きたければ行くのもいいさ。ただな、俺は約束したんだ、お前を育てるってな。中学校もろくに出ないで生きていけるほど世の中は甘くないぞ。お前は利口だから分かるだろう。高校だけは出ておけ。後はお前次第だ。これは男の約束なんだ、男のな！　黙って高校卒業するまで家に居ろ。分かったな」

俊也は、黙って下を向いたままだった。しかし、隆三には分かっていた。俊也が自分の話を

理解したことを。

「分かったら、学校へ行け。中学校卒業しないと高校には行けないんだからな」

隆三の言葉は凛《りん》としていた。抵抗できない何かがあった。俊也にとって父親でないはずなのに、やはり侵しがたい父であった。

俊也は澄江が用意してくれた弁当を持つと二階に駆け上がり、すぐに学校へ出かけて行った。

隆三も澄江も、俊也に対するそれぞれの想いが胸にあった。形は違ってもそれは罪の意識であった。

しかし二人は黙ったまま、何時ものように農作業に向かうのであった。

5

明くる年は春から厄災《やくさい》の多い年であった。

種蒔きが終わり、馬の出番も少なくなり、青を厩に残し、影を山の共同牧場に放牧してあった。

ある朝、近所の人が見回りに行って、死んでいる影を見つけ知らせてくれた。馬は立ったままで眠ると言うが、影は傾斜地で寝転んで立ち上がれなくなり死んだのだった。不運としかいいようがなかった。隆三は、近所の人に手伝ってもらって近くに穴を掘り、影の屍骸を埋めた。

土饅頭の上には『馬頭観世音《ばとうかんぜおん》』の小さな卒塔婆《そとうば》を立ててやった。

夏になって、二頭いる乳牛の一頭が青草を食べ過ぎ、お腹にガスが溜まって死んでしまった。近所に住む獣医さんが駆け付けてくれた時には手遅れだった。

畑を耕すには馬が二頭必要であったし、牛も最低二頭いなくては、牛乳を安定して出荷することが難しかった。

（また金が要る）と思うと隆三は溜息をつくばかりであった。五十を過ぎて、牛乳の缶も豆の入ったカマス袋も、持ち上げるのに、ずっしりと身体に堪えるようになっていた。隆三は何だか元気がなくなっていく自分に気が付くのであった。

秋になって、初霜が例年より一週間早く降り、小豆と大豆の刈り取りが間に合わないでしまった。豆畑の三割方は駄目になった。

隆三が農協に来ていた。出荷した農作物の売り上げから、肥料・種代等を支払い、残った金で年賦払いの借金を差し引くと手元にいくらも残らなかった。窓口で貰った現金をポケットにしまい帰ろうとしていると、「佐々木さん」と呼ぶ声がした。組合長の黒瀬だった。黒瀬は、同じ開拓部落の出身だった。

組合長室に招き入れ、隆三に椅子を勧め自分も座った。

「今年は何処の家も霜にやられたわ。佐々木さんもかい。何時までたっても開拓農家はゆるくないねえ」

黒瀬は話しながら一枚の書類に目を通していた。

「佐々木さんは僕より一つ年上だったね。確か、五十一かい？」

隆三は頷いた。

「如何だろう、この辺で農家止めては。ちょっと調べさせたんだけどね、今だったら土地売って、借金返しても少し纏まった金が残るしょ。でもねえ、このまま続けたら借金だけになってしまうんでないかい」

隆三の借金の残高と、土地の見積もりが書かれた書類を見せながら黒瀬は言った。

「政府はね、農業の大規模化を狙っているんだわ。また、アメリカから食料輸入の拡大を迫られているんだ。だからね、離農支援金が出るよ。今だったらね」

「自分も潮時かなとも思うんだけど、止めてからの事を考えるとなあ。今更当てもないしさ……」

「その事なんだけどね、如何だろう農協で働かないかい？　先月、男の職員に辞められて困っているんだわ。今頃、この開拓農協に勤めたいなんて人はいないからね。佐々木さんは樺太で勤め人の経験あるから、字書くのも算盤も達者だし、畑の事も酪農も知っているから潰《つぶ》しが効くっしょ」

隆三がなお不安げな顔をしているのに、黒瀬は更に続けた。

「給料はね、日給・月給だけど、三人で暮らしていけるだけの額は払えると思うよ。俊也君も来年は高校生だものね。まあ、表向きは臨時職員だけど、他の部落の組合員がうるさいからね。六十一になるまで十年間は自分が保証するから、如何かな？」

「そうだなあ……。ともかく、帰って家内とも相談しますわ。組合長、自分なんかに気を遣ってもらってすまんです」

隆三は組合を出ると、ポケットの現金の入った袋を手で確かめ、何処へも寄らずに家路を急いだ。

「おや、父さん早かったね。お金は？」

隆三はポケットから金の入った袋を取り出し黙って差し出した。澄江は中身を確かめた後、

「一年間ご苦労さんでした」と言いながら神棚に供え手を合わせていた。

隆三は晩酌の焼酎を一口ぐびりと呑み込んで、組合長の黒瀬の話をしだした。

「今止めればまだ少し纏まった金が残るっていうんだ。この先続けてもなあ、借金ばかり増えるもな。……潮時かなあ。母さんどう思う？」

澄江は、最近隆三の背中が小さくなって元気がないように見えていた。隆三のこの問いかけが、隆三自身の気持ちであるのは十分分かっていた。俊也が家を出て行く以上、二人には何時か農業を止めなければならない時が来るのは明らかだった。しかし一方で、苦労を重ねて切り拓いてきたこの土地が、黒い大地が、見知らぬ人に渡ってしまうのも辛かった。

「父さんの言うとおりかもしれないね。潮時かもよ。それに農協に勤められるんだったらいい

んでないかい、臨時だって。昔の大子製紙の頃みたいで勤め人もいいしょ」

「母さんがそう言うならそうするか。農家やめるべ」

隆三の晩酌が終わる頃、玄関を開ける音がして誰かの声がした。

「おじさん、おばさん、居るかい？」

高田家の息子の一夫だった。案内を待たずに上がり込んで、「食事時ですいませんね。おばさんお茶も何も構わないで」と言って勝手に座り込んでしまった。

「おじさん、今日さあ、おじさんの後に組合長と話したんだわ。土地の事。早速だけど、売るんだったら僕にくれない。土地の値段は、政府の支援金が絡むから、公的な査定が必要だけど、他の牛・馬や牛舎なんかは高く買うから如何だろうね？」

隆三も澄江もあまりの急展開に顔を見合わせていた。

「正直ね、国は農業人口を減らそうとしているんだわ。第二次産業を育成して輸出を増やそうとしてね。そうすると、労働人口が必要になるし、何よりも、アメリカや他の国が食料の輸入を増やせって圧力をかけているんだ。それが、農業の大規模化・近代化政策なんだ。僕も思うんだけど、畑作だって最低五十ヘクタールはないとねえ、酪農は乳牛百頭は必要だね、生き残るためには」

一夫は大学の農学部を出ただけに勉強家であり、この地区の若者達のリーダーであった。

「いや、ちょうど一夫さんが来る前、母さんとそんな話をしていたんだわ。潮時だってね」

「おばさんもそうかい。おじさんと同じかい？」

「うんそうね、止めるしかないしょね。……でもねえ、自分たちの苦労した土地を知らない人に渡すのはね、正直辛くって……」

「分かるわ、おばさんの気持ち。娘、嫁にやるようなもんだもね。ついでに芳江ちゃん僕の嫁さんに如何かなあ、……だめか」

一夫は大きな声で笑った。

「これで俊ちゃん勉強できるな。農業科に行く意味ないんだから、普通科に入って勉強したら北大だって入れるよ。頭良いんだからね」黙って聞いていた俊也に向かって言った。

「それに、おばさんにお願いなんだけど、畑手伝って欲しいんだわ。出面取《でめんとり》だけど、草取り、豆刈ね。この家もこのまま住んでもらってさあ、周りは野菜作るのもいいしょ。契約書に十年間ただで貸すって入れるから。どうだろうね。考えておいてね」

一夫が帰った後も二人で話し合ったが、結論はそれしかなかった。

隆三は農家を止める事を決心した。家と周りの土地を十年間借りることを条件に、一切を一夫に売り渡す売買契約書に判を押した。

十一月になって、牛は一夫が連れて行った。

初雪が降った朝だった。家畜商がトラックで、残った馬の青を運びに来た。隆三と澄江は青が厩から引き出され、トラックの荷台に乗せられるのを見ていた。青は開拓の初めから一緒だった。もう既に、人間で言えば老婆であった。この先何年生きられるのか。

トラックが動き出すと、青は振り向いてひひんと鳴いた。別れを告げるように。澄江は自分の子供たちが、手元から離れていくようで寂しかった。これまでの苦労を思うと、何だかひとりでに涙が零れてくるのだった。

俊也が学校から帰って来たときには、厩の中は空っぽだった。飼葉桶《かいばおけ》には食べ残しの干し草とデントコーンが底の方に残っていた。水を飲ませるバケツは空だった。厩の中はしんと静まり返っていた。隣の牛舎からも、何の物音も聞こえてこなかった。

牛舎の隅に転がっていた軟式ボールを拾い、思いっきりコンクリートの土台に投げつけると、ボールと共にコーンという音が跳ね返ってきた。

お正月の三が日が明けると、隆三は組合の臨時員として勤めることになっていた。その朝、澄江の作った弁当を風呂敷に包み、黙って家を出る隆三の背中に「行ってらっしゃい」と声をかけながら、澄江は二十年も前の樺太時代を思い出した。

冬休みも終わり、学校へ行くと担任に呼ばれた。

「佐々木、お前の高校受験だけど、定時制の農業科から普通科に変更だな。この間、親父さんに道で会ったんだわ。その時になあ、お宅農家止めたんだって、だから普通科に変えて欲しいって親父さん言っていたぞ。時間が無いからこの入学願書書き直して保護者のハンコ貰って来いや。明日までだぞ」

俊也は小さな声で「はい」と言って職員室を出た。

帰って、母の澄江に書類を渡し、「明日までに親父に貰ってよ」とだけ言って自分の部屋に閉じこもってしまった。

俊也は家に帰ってもすることがなかった。牛も馬ももういないのだ。俊也は受験勉強をすることに決めた。やる以上は誰にも負けたくなかった。試験日まで三カ月もなかったが、猛烈に勉強を始めた。

五科目試験であったが、国語、算数、英語の三科目に集中することに決めた。それも、問題集や応用問題を解いている時間が無かったので、一年から三年生までの教科書を全部読み直してみることにした。

昔、芳江が使っていた二階の部屋には相変わらず暖房が無かった。布団にもぐり込んで、裸電球の灯りを頼りに手袋をして夜中まで勉強するのだった。

第三章　H型のポール

1

春が来て、雪が解け始めても慌てる必要がなかった。もう農家ではないのだ。

俊也は、真新しい帽子とちょっと大きめの学生服に革靴を履いて、本橋高校の入学式へと向かった。高校は、俊也の住むS駅の一つ隣の本橋駅で降りて、歩いて十五分の所にあった。

一学年が、普通科四クラス、商業科二クラスと定時制の農業科が一クラスの全校生徒千人、北海道の田舎にはどこにでもある道立の高校であった。

俊也の中学校の同級生のうち、四割は自宅を手伝ったり、都会へ集団就職をする時代であった。勿論普通科に入った生徒の中には進学を希望し、実際本橋高校からも、毎年数人は国立大学に合格していた。

本橋高校は、玉石混淆《ぎょくせきこんこう》と言えば聞こえが良いが、むしろ、ごろた石の方が多い高校だった。近隣の町ではスポーツ強豪として知られていたが、悪《わる》が多い事でも有名だった。

入学式で新入生代表の挨拶をしたのは、町の中学出身で俊也の知らない男子生徒であった。

初日の最後はホームルームで、教室内は緊張から解放されたのか、少しざわついていた。俊也の周りは、見た事のない顔ばかりであった。

「担任の中本だ。今からクラス委員を指名する。如何いう選考基準かはお前らの想像に任せる。と言っても分かっているな。敢えて言わないぞ。呼ばれた者は返事をして立ってくれ」

担任の中本は威厳を保つためなのか、間を置いて、わざとらしく教室を見回し、最後に、一番後ろ隅に座っていた俊也に視線を向けた。

「室長、佐々木俊也。副室長、増田純一。クラス委員、長谷川倫子ともう一人、唐沢恭一の四人だ……。室長の佐々木、お前ぐらい何か言え」

室長に指名されるとは思ってもいなかったので、戸惑いながら立ち上がると、中途半端な格好で頭を下げた。

「S中学出身の佐々木です。宜しく」

「よし今日はこれまでだ。明日から遅れるなよ。それと前もって言っておくぞ。勉強のしたくない奴は来なくてもいいぞ。義務教育じゃないんだからな。以上」

「起立、礼！」

俊也の室長としての初仕事であった。

「おい佐々木、ちょっと職員室に寄れ」

俊也は黙って担任の中本の後を付いて職員室に入って行った。

「君が佐々木君か、まあうまく纏めてくれ。君の入学試験の成績だけど、一番から四番までの何処かだと思え。要するに担任の先生方が順番に籤《くじ》を引いてだな、俺はお前を引き当てたというわけさ。で、君の進路は？」

「はあ、今日入学したばかりで考えていません」

「否、要は大学行く心算があるかということよ」

「はあ、それも決めていません。……多分行かないと思います」

俊也の煮え切らない返事に中本はちょっと苛立って、

「まあ、今すぐでなくていいけどな、決めるのは。しかし、勉強はしろよ」

「はい」と答えて職員室を出た。最初から、何となく肌の合わなさを感じた。

俊也は早く家を出たかった。出来る事なら、今すぐにでも、家族という名の呪縛《じゅばく》から逃れたかった。しかし、世の中を知らない俊也にも、中学を卒業したばかりの少年が、独りで生きていけるほど社会は甘くない事は分かっていた。だからと言って、大学に行く腹は最初からなかった。もっとも、格別将来何かになりたいという夢があるわけでもなかった。只、これからの三年間、家庭の疎ましさを忘れる事が出来る、何かに没頭したかった。それは何でも良かった。鬱積《うっせき》したエネルギーの吐け口を何かに求めたかった。そうしなければ、何かにあたって爆発してしまうかもしれない己が恐ろしかった。

廊下の窓越しにグラウンドが見えた。バックネットの傍では野球の練習をしていた。硬式独特の金属音に生徒の掛け声が混じり、活気が伝わってきた。

奥の方のグラウンドにはH型の白いポールが立っていた。十数人の生徒達が楕円形のボールを蹴り合っていた。俊也は見たことがなかったが、ラグビーだとすぐに分かった。

革靴のままグラウンドに下りてみることにした。

野球部には既に一年生が入部しているのか、真っ白な練習着の生徒が数人いた。よく見るとS中の元同級生も交じっていた。俊也はそのまま奥のラグビー練習場へ足を運んで行った。

グラウンドの端に立っていると、マネージャーらしき生徒が声をかけてきた。

「一年生か？　ラグビーやるのか？　やるんだったら着替えて来い」

「否、今日は見るだけです」慌てて俊也は応えた。

「じゃあ明日な、授業おわったらすぐに、体育館の横に部室があるから来いよ。待ってるぞ」

マネージャーらしき生徒は俊也を残し、練習の輪に加わっていった。

サッカーは小学校でも中学でもやっていたので、ルールも知っていたが、ラグビーは全く経験がなかったし、ルールも知らなかった。でもボールを使いながら、身体と身体がぶつかりあう格闘技のようで、爽快《そうかい》なスポーツに思えた。

グラウンドには所々水溜まりが残っていたが、生徒たちはお構いなしに水や泥を跳ね上げながら走っていた。背中も下半身も泥が染みついて、元の色が分からなくなっていた。

その泥臭さが、農作業を連想させて俊也は気に入った。やるのならこれだと決めた。

あくる日の授業終了後、俊也は急いでラグビー部の部室へ向かった。恐る恐るドアを開け、「あのう、ラグビー部に入りたいのですが」と声かけると、入り口の近くにいた生徒が大きな声で、「キャプテン、新入部員だぞ」着替えをしていた背の高い生徒に向かって叫んだ。

キャプテンの森だった。体格といい、坊主頭でニキビの吹き出た厳つい顔は、新入生の俊也を威圧するのに十分だった。

「名前は？　後でマネージャーに入部届を出してくれ」

「はい、S中出身の佐々木俊也です」思わずぺこりと頭を下げた。

「着替えは持ってきたのか。靴は？」

森は俊也の運動着と靴を見やりながら、道具箱の底をひっくり返し始めた。その中から汚れたヘッドギアを取り出し、俊也に手渡した。

「いいか、高校じゃな、練習も試合もこれを被るんだ。これをお前にやるから、名前でも書いておけ。それから……スパイクだなあ」

森はまた別な箱を覗いて、中から相当古びた一対のスパイクシューズを引っ張り出した。

「お前、足のサイズは」

「十文です」

「十半だこれは。まあ、大は小を兼ねるだ。厚い靴下履けば大丈夫だな。スパイクが擦り減ってるけど、運動靴よりはましだろう。これお前に貸すから、家に持って帰ってよくワセリン付けて磨いてみろ。履けるようになるからな。今日は運動靴でいいから、グラウンドに集合だ」

着替えを済まして俊也も皆の後をグラウンドに走って行った。

柔軟体操の後で、森が俊也達一年生を紹介した。俊也の他にも二人いた。

「S中出身、一年D組の佐々木俊也です。宜しくお願いします」

グラウンドに集まった生徒の数は、俊也達一年生を入れても十五人、ぎりぎりだった。

最初は、対面に分かれて、キックから始まった。ボールが楕円形で中々足にフィットしなかったが、ボールの平らな面を蹴ると高く遠くへ飛ばすことが出来た。それでも、対面の三年生が蹴るボールにはスクリュウが掛かっていて、大砲の玉のように速く伸びてきて、なかなか捕球できなかった。

次はランニング・パスだったが、パスをもらうタイミングが分からず、ただ人の後を付いて行くだけで、ボールに触れることすらできなかった。

「フォワード、バックスは分かれて練習。一年生集合」

キャプテン森の大きな声が響き渡った。

「これからポジションを決める。お前足速いのか？」

「はい、中学の陸上で、百メートル十二秒三でしたから、自信あります」俊也は応えた。

他の二人にも同じ質問をした後、「良し、お前はフォワード、お前ら二人はバックス」と言って森はフォワードの練習に戻って行った。

バックスの中から小柄な、如何にも俊敏《しゅんびん》そうな生徒が出てきて、

「俺は太田だ。先ず基礎練習を教える。ラグビーは油断すると怪我をするからな。気合入れてやれよ。分かったな」

二年生の指導係を挿んでパスの練習から始まった。最初はとまったままで、少し慣れると走りながら、なかなかうまく相手の胸にボールが届かなかった。

次がセービング。二年生が模範を示してくれたのを真似するのだが、肘と尻ばかり地面に打って、ボールをコントロールすることが出来なかった。上も下も泥だらけになっていた。

最後はタックル。

「いいか、頭を下げるなよ。地面に激突するからな。相手をよく見て、正面から腰と太ももの間くらいを目掛けて一気に飛び込む。あたった瞬間に両手を絞る。そうすると相手は後ろに倒れてその上に乗っかる形になるからな、自分は怪我しないんだ」

二年生は一年生を立たせてタックルしてみせると、台になった一年生は堪らず後ろに倒れ頭を打った。

「そうだ、もう一つ大事なことは、受け身だな。顎を引けよ」

タックルはするのもされるのも痛かった。あちこちを擦りむいた。

「止め。集合」の声でやっと初日の練習が終わった。

「一年生はボールを集めて部室まで持って来い。解散」

俊也達一年生は、ボールを部室まで運び終わっても終わりではなかった。

「おい、これでボール磨け」

マネージャーがぼろきれを放り投げて寄こした。磨き終わる頃には上級生は皆帰ってしまって、マネージャーだけが待っていてくれた。

「よし、ご苦労。これを明日まで書いて俺のところまで持って来い」と言って入部届の用紙を皆にくれた。

外に出ると、もう真っ暗だった。

俊也が家に着いたのは七時だった。晩御飯を食べて、風呂に入ると、身体中が痛かった。擦り傷だらけだった。それから、今日借りたスパイクの汚れを落とし、ワセリンをたっぷり刷り込んで磨くと柔らかくなった。これなら明日から履けそうだった。

何時もの事だが、俊也が部屋に引き籠もってしまうと、気まずい思いから解放されたようで、澄江は何だかほっとするのだ。

「父さん、俊也、高校でラグビーを始めたみたいだわ。怪我しなければいいけどね……」

「ほー、ラグビーか。いいじゃないか、家でゴロゴロしてるより……。男の子だ、野球だって柔道だって怪我は付き物だ」

隆三は、俊也が野球をやりたいのを我慢していたのは知っていた。小学生のころ、牛舎の土台に向かってボール投げをしているのを見て、キャッチボールの相手をしてやったのを思い出した。その時の俊也の嬉しそうな顔が蘇《よみがえ》ってきた。

夏休みが過ぎ、高校ラグビーの全国大会、花園大会の十勝地区予選が近づいていた。俊也が帰りの列車を駅の待合室で待っていると、本高の悪達がやって来た。三年生が三人と二年生が一人、彼らは俊也とは反対方向の町から通っていた。

二年生が俊也の前に来て、「おい、ちょっと顔かせや。話があるんだ」先に立って歩き始めた。

俊也が黙って従うのを三年生が後ろから取り囲み、駅の便所の生け垣に隠れたスペースへと誘った。

俊也は生け垣を背に取り囲まれる形になっていた。

「おいお前、一年生のくせに逆上《のぼ》せるなよ。態度でかいんだよ。ええ、焼き入れてやるか、それとも土下座して謝るか」

彼らは、目立つ生徒を甚振《いたぶ》るのが目的だった。それにより自分たちの力を誇示したいのだった。

俊也は黙っていたが、前に立つ悪の足下を油断なく見つめていた。蹴りで来る時は、どちらかの足に体重が乗るのを、拳で来る時はストレートかフックだろうと、どちらで来ても、相手の動きより速く鳩尾目掛けて頭突きを噛ませようと身構えていた。

「何とか言えよ」

痺れを切らせて相手が前に出ようとした時だった。

「おい待てよ。ラグビー部と喧嘩してもらったら困るんだよな」

キャプテンの森だった。俊也の前まで来ると、いきなり俊也の頬を平手で叩いた。パシッと小気味よい音がした。

「お前が生意気だからだ。もういい。行け」

森に機先を制されて、悪達も引き下がるしかなかった。

俊也は内心ほっとした。自分が怪我をするだけならまだしも、もし相手に傷を負わせるようなことになったら、自分だけでなく、本高ラグビー部の対外試合禁止処分もあり得るのだ。森に感謝した。

十勝地区予選が始まった。優勝校のみが北北海道大会に進み、そこで勝てば花園だった。北北海道では、帯工と北見有斗高校の二強であった。過去十年、どちらかが花園に出場し全国に名を知らしめていた。

一回戦はM高校だった。

俊也にとっては、スクラムハーフとしての初陣だった。ボールをスタンドオフの太田にパスするのが精一杯で、周りを見回す余裕は無かった。それでも太田のリードでバックスが三トライ挙げた。

結果は十三対三の大差で本高が勝った。

二日後に二回戦準決勝が行われた。相手は帯広市内にある名門進学校のS高校だった。

今度は俊也も少し余裕があった。相手のフォワードのプレッシャーが弱かったこともあった。体格的には互角だったが本高のフォワードが頑張った。ラインアウトでは一年生のロック大友が、相手ボールを何回か奪う活躍をした。モールを押し込んでトライに繋げた。

セットスクラムでは太田のサインに従い、練習通りのボール供給が出来た。十一対八で本高の勝ちであった。

いよいよ決勝戦が、土曜日の午後、帯広市営陸上競技場のフィールドで行われることになった。相手は、予想通り帯工だった。

これに勝つのが本高の、菊池軍曹の、否、ラグビー部全員の悲願であった。

スタンドには応援団が陣取り、三百人からの生徒が応援に駆け付けていた。

更衣室でも口数が少なかった。どの顔も緊張で強張っていた。肩を組んだ輪の中で、キャプテン森が「いくぞー」と絶叫し、「おー」と応えてグラウンドへ飛び出して行った。

前半は風下だった。相手はフォワードの体格を利して、キック&ラッシュで攻めてきた。味方バックスラインの後ろに上がったボールをフルバックが必死に押さえるのだが、すぐに相手のフォワードに揉みくちゃにされ、ボールを奪われてしまった。

敵陣に入っても、すぐにキックで陣地を押し戻され、ラインアウトは歯が立たなかった。

ハーフタイムで十対ゼロであった。選手も控えの部員も皆、軍曹の前に集まった。

「まだまだここからだぞ。後半は風上だ。太田いいか、相手のディフェンスをよく見てな、キックとパスを使って敵陣で勝負せえ。フォワードは踏ん張りどころだぞ、森。反則取ったらペナルティキックだ、太田お前なら入る。自信持って行け！」

ハーフタイムの間に本高応援団のエールが聞こえていた。俊也は武者震いがした。

後半が始まってすぐに、スクラムハーフから出たボールを太田が相手ラインの後ろに高いパントキックを上げた。ボールは風に乗りフルバックの頭上を舞った。本高はバックスもフォワードも怒涛のように押し寄せていった。フルバックの零したボールを誰かが足で引っ掛けてそのままゴールに雪崩れ込んで行った。漸く本高が五点を返した。

その後、一進一退の攻防が続き、決め手が無かったが、後半の二十分過ぎ相手の不用意な反則でペナルティを得た。三十ヤードくらいの距離を、太田は難なく決めて三点を追加した。後、二点差に迫った。

本高の攻撃に対し、帯工も必死に守った。後は時間との勝負だった。このまま守り切れば帯工の優勝だった。

太田が絶妙のキックを相手ライン際に蹴り込んだ。相手のウイングが必死のセービングをしてボールを抑えた。そこへ味方のウイングとナンバーエイトの森が駆け込んでボールを奪おうとした。レフリーの笛が鋭く鳴った。ノットリリースザボール、ペナルティだ。時間はもう無いはずだった。

距離は三十ヤード、難しい角度だったが、太田は何時ものように冷静にボールをプレースした。スタンドもフィールドも静まり返っていた。一呼吸した後、ゆっくりと助走し、つま先で蹴り上げた。ボールは回転しながら真っ白なポールに向かって行った。（入った）と誰もが思った瞬間、ボールはポールに当たって横へ反れて行った。同時にノーサイドの笛が高く長く競技場に響き渡った。

太田が泣いていた。声を出して、肩を震わせて泣いていた。他の三年生も泣いていた。

キャプテン森が「本高、整列だ」何時もの大きな声で怒鳴って、自らセンターラインの先頭に並んだ。

「有難うございました」

森や太田達、三年生のラグビーが終わった瞬間であった。

皆は、菊池軍曹の前に集まって礼をした。

「惜しかったなあ。まあよくやった。ご苦労だったな」

部員全員が円陣を組んでキャプテン森の話を聞いていた。

「今日の試合に出た者も出なかった者もよくやってくれた。俺達三年生は今日で終わりだ。二年生、一年生よく付いてきてくれた。礼を言う。これからはお前たちがこの無念を晴らしてくれ。頼んだぞ……」

　俊也には鬼のように思えたキャプテン森の目に泪が光っていたのだ。


　十一月になると、グラウンドは硬く凍てついて、練習もままならなくなっていた。放課後の練習に来ない者も増え、次第に活気が無くなっていた。それでも俊也は休まずに行った。

　練習を終えて、学校からの帰り道、太田に会った。

「よう、佐々木、練習しているか？」

「ええ、まあ何とか」

「何だ、その返事は。あまり練習に来ないか。まあ、そんなもんだよ」

「太田さんは勉強ですか。大学受験すか？」

「うん、まあな。……佐々木お前は成績良いだろう。将来如何するんだ。大学は？」

「考えてないです。家、金無いから無理っすね、大学は」

「俺んちなんかもっと無いよ。自慢じゃないけど、貧乏じゃ誰にも負けないぜ。……奨学金貰って、後はバイトするんだよ。何とかなるさ」

　俊也は、太田の家が朝鮮半島からの引揚者だという事を、以前誰かから聞いたことがあった。

「じゃあ、太田先輩は大学行ってラグビーやんないすか」

「ああ、多分な」

「大学行った後は、何するんですか？」

「会社に入ってな、偉くなるんだ。それで給料沢山貰うんだよ。お前、ラグビー一所懸命練習するのもいいさ。でもなあ、それだけじゃチームは強くならないんだよ。分かるか。個人の力なんて大した事ないんだよ。結局如何やったら、チーム全体の力を纏めて強くするかよ。人にはなあ、指導される者と指導する者がいるのさ」

「はあ、分かる気がします」

「それは社会に出ても同じよ。使う者と使われる者がいるんだ。世の中は階級社会なんだぜ。労働者は何時まで経っても労働者さ。……どうせだったら、使う身になって人の上に立つ方が良いに決まってるだろう。……俺はなぁ、絶対にこの貧乏から抜け出して見せるんだ。……お前も勉強しろよ」

太田とは街角で別れた。俊也には、太田の言っていることが理解できたが、まだそれは他人事でしかなかった。

今は只、屈折した思いを、鬱積《うっせき》した青春のエネルギーを吐き出すことで十分だった。それ以上の事は考えたくはなかった。

俊也は二年生になっても、相変わらずラグビーに没頭《ぼっとう》していた。ポジションは太田の抜けた後のスタンドオフに変わった。しかし、バックスもフォワードも、森や太田達三年生の抜けた穴を埋めることは出来なかった。

秋の十勝地区予選は第二シードであったが、三対十六、本高の初戦完敗だった。

翌週から、また練習を始めた。俊也がキャプテン、ロックの大友が副キャプテンに選ばれた。俊也は口下手だった。太田のような情熱家でも、森のような人を威圧する迫力も持ち合わせていなかった。何時も、激することなく、クールに見えた。それは、人によっては図太く、ふてぶてしく見えるのかもしれなかった。

二月の期末試験も終わって、三年生は卒業式を待つばかりとなっていた。

ラグビー部も、屋外での練習が出来ないため、体育館での軽めのメニューを熟《こな》すだけであった。俊也は五時の下り列車を待っていたが、雪の為か、少し遅れているようだった。

目の前に、三年生の悪が三人立っていた。中でも、一番背の高いニキビ面が、

「おい、佐々木。顔貸せや」

俊也がベンチにカバンを置いて立ち上がると、三人は取り囲むようにして外へと促し、便所の傍の生け垣の前で止まった。そこは日当たりが悪い所為か、雪が積もっていて滑りやすかった。

「俺はなあ、お前が一年の時から気に食わないんだよ。ラグビー部だか何だか知んないけどよー。このままじゃあ示《しめ》しがつかんだわ」

ニキビ面は脅しでなく、本気で来るつもりなのがその目付きや身構えから感じられた。俊也

も靴の上から足元の状態を確かめ、何時でも動けるように低く身構えていた。

相手が一歩前に出て来たのに合わせて一歩下がった。次の一歩を踏み出す瞬間、上体が前のめりになって、右のパンチだと分かった。咄嗟《とっさ》に頭を低くし相手の鳩尾《みぞおち》目掛けて飛び込んだ。タックルの要領だったが、頭が確実に急所を捉えていた。悪は、「うー」と呻いてしゃがみ込んだまま起き上がれなかった。

「まだやるかよ」俊也は後の二人を睨み付けた。

その時ホームに列車が入って来る音がしたのを機に、振り返らずに走ってその場を離れた。

俊也は仕返しを恐れて、彼らの立ち回りそうな場所は避けていた。しかし、それは如何やら杞憂《きゆう》であった。後で、彼らが他所の町で、高校生を喝上《かつあ》げしているところを現行犯で捕まったという噂を聞いた。実際、本橋高校でも町でも、彼らの姿を二度と見ることはなかった。

2

また、一年生が入部してきて、ラグビー部も二十人を超える大所帯となっていた。

二年生のスクラムハーフとスタンドオフの俊也との連携も噛みあうようになってきた。三年生の両センターも昨年からのレギュラーだった。バックスは強豪チームと比べても見劣りしなかった。

フォワードはやっぱり今年も華奢《きゃしゃ》だった。スクラム、モール・ラックでは苦戦が予想された。菊池軍曹も連日練習に顔を出し、グラウンド中に銅鑼声《どらごえ》を響かせていた。

「大友、スクラムだ。スクラムを鍛えろ。それとなあ、モールは押されるからラックだ」

「佐々木、とにかく走れ。全員攻撃、全員ディフェンスだぞ」

俊也は只ひたすら先頭に立って走った。それがリーダーの役目だと思った。

練習が終わっても俊也は独りでボールを蹴っていた。一年生が何人か、ボール磨きの為に帰らないで待っていた。俊也はドロップ・キックの練習を繰り返し繰り返しするのだった。


俊也が二年生になる時、普通科四クラスの中から、優秀な生徒を集めた進学クラスが設けられることになった。俊也は進学志望ではなかったが、何故かその中に組み入れられていた。三年生になっても他のクラスに移されることはなかった。大して勉強に身を入れたわけでもなかったが、毎学期末には必ず十番以内にランク・インしていたのは事実だった。

同じクラスの生徒達は、男子も女子も皆、受験勉強に忙しそうだった。少なくとも俊也の目にはそう映った。そんなクラスの雰囲気が俊也にはどうしても馴染《なじ》めなかった。

俊也のクラスは男女半々ぐらいで、机を並べて座らされていた。北海道では男女共学が普通だったし、隣に座る女子生徒と話をするのは自然な事であった。しかし、俊也から積極的に話し掛けることはなかった。だからと言って俊也が女性にもてないわけでも、興味が無いわけでもなかった。

実際、俊也はラグビーのファンだという年下の女子生徒から手紙を貰ったことがあった。勿論、返事を書くほどの事もない他愛のない内容であった。

本高ラグビー部には女子マネージャーが二人いた。部内の雰囲気は、他の格闘技のように硬派かというとそんなことはなかった。むしろオープンと言った方が正しかった。試合には沢山の女子生徒が応援にやって来たし、皆も彼女達と気軽に話をしていた。三年生の中には、特定の女子生徒と堂々と付き合っている部員もいた。

しかし、俊也が女子生徒と二人だけで話をするのを見かける事はめったになかった。マネージャーに用事がある時でも、必ず二人を同時に呼ぶのだった。

俊也には誰にも言えない秘密があった。内心思いを寄せる女子生徒がいたのだ。二年生の時から同じクラスの女子生徒だった。しかし、俊也がそのことを行動で表すことは決してなかった。

俊也はシャイだった。否、自分が傷つくのが嫌いだったのか、単に臆病だったのかもしれない。やはり、心の何処かに、出生の秘密を知られたくない想いが潜んでいたのは事実だった。

三年生になって漸く彼女と話をする機会が訪れた。勿論それは、側から見れば挨拶に毛の生えた程度であったが、それでも俊也の心はときめいた。

練習を終えて、校門を出るところで彼女と偶然一緒になったのだ。

「あら、俊也君今帰り？」

「ああ、川島さん……」

俊也は彼女のことをさん付けで呼んだ。

「練習？　もうすぐ試合ね。俊也君頑張ってね！」

「うん……」

彼女が近寄ってきて、肩を並べて歩く形になった。嬉しい気持ちの一方で、人に見られるのが何だか気恥ずかしかった。幸い、辺りは暗くなっていた。

「俊也君は今、青春そのものよね。いいなー、羨《うらや》ましいわ！」

俊也は如何応えていいか分からなかった。それでも、

「川島さんは、大学行くんだろう？」

「そう。私やりたい事があるの。だからね……」

「いいじゃないか。将来の目標があるんだったら」

「そうね……。俊也君は如何するの。大学行かないの？」

「考えてない。……」

前を向いたままで応えた。

「俊也君、成績良いのに……。札幌の大学に行けば、皆でまた一緒に青春出来るかもよ」

「俺、先の事考えた事ないんだ。今がいっぱいで……」

「そうか……ともかく試合頑張ってね。私、模擬試験があるから、応援に行けるかどうか分からないけど……」

「うん……」

何時の間にか彼女の家の前に来ていた。

「俊也君、またね！」

「ああ、さよなら！」

彼女が小さく手を上げて応えてくれた。ほんの束の間であったが、一緒に歩けたことが俊也には嬉しかった。


十月が来て十勝地区予選が始まった。昨年、一回戦敗退の本橋高校はシードではなかったが、幸い帯工とは反対のブロックだった。

一回戦はI高校とだったが、十二対ゼロの圧勝だった。準決勝は私立S高校だった。フォワードは大柄な選手を揃えていたが、本高のフォワードも互角に戦った。バックスの差は明らかだった。終わってみれば十一対三で本高の順当勝ちだった。

決勝は一昨年と同じ帯工だった。

学校だけでなく、町中が、悲願の花園大会出場を期待していた。

隆三も農協の職員に話し掛けられた。

「佐々木さんとこの俊也君、ラグビー部のキャプテンなんだってね。今年は強いっていうっしょ。今度勝ったらいよいよ大阪でないかい。楽しみだべさ」

「如何なんだかね。自分は、ラグビーってよく知らないんだわ」

隆三は何だか自分の事のようで誇らしかった。

晩酌の焼酎を飲みながら、滅多に口を利くこともないのに、

「俊也、明日決勝か、頑張れよ」

「そうだよ、俊也、怪我しないでね」と澄江が相槌を打った。

俊也は、何時もの通り黙々と箸を口に運んでいた。

決勝戦は、土曜日の午後、帯広市営陸上競技場で行われた。本高は、一昨年の雪辱と悲願の優勝を果たすべく、全校上げて大応援団を繰り出してきた。

試合前、フィールドでの軽いアップの時には、応援団のエールが聞こえていた。

「フレーフレー本高、フレフレ……」

俊也は意外に冷静な自分を発見していた。周りを落ち着いて見渡すことが出来た。と、俊也の目が応援席の一角で止まった。

(川島だ！　来てくれたんだ)

彼女が俊也に手を振ってくれた。

五分前、俊也を中心に皆で円陣を組んだが、軍曹は黙って見ているだけだった。

「皆、落ち着いているか。自分の金玉あるか、触ってみろ。無い奴いるか？」

皆は歯を見せて笑った。

「ようし。俺達ぐらい走り込んだチームはないんだ。絶対に最後まで諦めるなよ。相手に、ボールに食らいついて行こう。そうすれば勝てる。いいな！」

俊也の低いが力のこもった声が響き、皆の「おお！」の声が続いた。

試合は、本高のキックオフで始まった。

試合は拮抗《きっこう》していて、両チームとも得点できないでいた。前半の終了間際だった。敵陣中央でのマイボール・スクラムから早い球出しでスタンドオフにパスが来た。俊也は迷うことなくドロップ・ゴールを狙った。ボールは高く真っ直ぐ、二十五ヤード先のバーを越えて行った。

前半は三対ゼロで終わった。

後半は風下だった。帯工は定石通りキックで攻め込んできた。フォワードの後ろに高いパントを上げて怒涛《どとう》の如く攻め上がって来た。

本高のフルバックやウイングはよくキャッチしたが、その度にフォワードはカバーに走らねばならず、次第に消耗してきた。だんだん戻りが遅くなっていくのが明らかだった。

とうとう、モールを押し込まれ中央にトライを許し、五対三と逆転されてしまった。

「大友、ここだ、ここが頑張りどころだぞ」俊也の一喝に、「おお、フォワード、死ぬまで走るぞ！」大友は腹の底から絞《しぼ》り出すように応えてくれた。時間は刻一刻と迫っていた。何としても敵陣で勝負しなければならなかった。俊也は風下ながら、低いキックで転がるボールをタッチに蹴りだした。敵陣でのラインアウトになった。

（大友、捕ってくれ）願いが通じたのか、敵ボールを奪ってモールになった。俊也は逆転の望みを掛けて、ドロップ・ゴールを狙っていた。

モールが次第に押されだし、「出せー」の声にスクラムハーフは身体を泳がせたままボールを放った。俊也はバランスを崩しながら受け取ったボールを、左足で蹴り込んだが若干浅かった。それでも、ボールはゴールポストに真っ直ぐに向かって行った。本高選手十五人の祈りを込めたボールは、風に煽《あお》られ、無情にもバーに当たって手前に落ちた。

相手のフルバックが素早く拾って蹴り出すと同時に、長い笛が鳴った。

スタンドからは、喜びと落胆のどよめきが聞こえて来た。帯工フィフティーンは抱きあって喜んでいた。本高サイドは蹲《うずくま》る者、肩を震わせて泣いている者がいた。それらの全てが、自分とは関係のない世界の出来事のように俊也の目には映っていた。

ふと見上げると、雲一つない真っ青な十勝の秋空があった。視線をフィールドに戻すと、H型のポールが、ぬかるんだ大地に真っ白な枯れ木のように佇んでいた。

（終わった。ノーサイドだ）悔しさよりも、燃焼し尽くした清々しさを感じた。

「本高、整列！」

キャプテン俊也の、いつもと変わらぬ鋭い声が響いた。

3

朝の職員室、菊池軍曹、否、菊池先生が俊也の担任の中本の机の前に来て声を掛けた。

「中本先生、佐々木の事なんですが……。ちょっと差し出がましいかもしれませんが、いいですかね」

「ああ、どうぞ。何時も面倒見てもらっている菊池先生ですから。何かいい話でも？」

「実は、佐々木の就職の事なんですがね。ちょっと心当たりがあったもんですから、先生に相談なく頼んでみたんですよ。台東機械ってご存知ですよね」

「ええ、東京ですよね。昔はラグビーが強かった」

「そう、そうなんですよ。それでね、採用試験が来週の月曜日だって言うもんですから、是非、佐々木君にと思いましてね。先生、如何なものでしょうか？」

菊池先生は、ラグビーの指導の時とは違って、自分よりずっと年下の中本に対しても丁寧な話し方だった。

「ああ、いいんじゃないですか。高卒の就職試験、大手企業は殆ど終わっていますから、何処でも確りした所であれば。後は本人の意向ですよね。いやあ、うちのクラスの就職希望で決まっていないのは数人しかいませんので、正直決まってくれれば私も助かりますよ」

ホームルームの終わった後で担任の中本が俊也を呼んだ。

「佐々木、ラグビー終わったし、就活だな。菊池先生が何か当てがあるって言ってだぞ。昼休みに来てくれって」

俊也が職員室に入ると、菊池軍曹が新聞紙を広げて弁当を食べている最中だった。

「おお佐々木、良い話があるんだ……」

口をもぐもぐさせ、お茶をがぶりと呑み込んだ。

「お前、台東機械知っているべ？　ラグビーの強い、否、昔強かったか。そこによう、俺の大学のラグビー仲間がいるんだ。そいつに昔、良い奴いたら紹介してくれって頼まれたことあってな。それを思い出してよ、昨日電話したら、高卒の入社試験今からだって言うから、お前の事頼んだのよ。……お前、就職希望だべ」

俊也も台東機械の名前だけは知っていたが、ラグビーが強いとは聞いたことがなかったし、何をしている会社か、何処にあるのかも知らなかった。

「受けてもいいけど、何処にあるんすか？」

「うん、東京だ。しかし、これは工場の採用だから茨城県だ」

「茨城県ですか？」

戸惑いが声に出ていた。

「そうだ。正確には土浦市だから、上野から小一時間だな。昔、予科練があった良いところよ。予科練と言えば、海軍はラグビー盛んだったな。昔はな、ラグビーのこと闘球って言ったんだぞ」

何だか本当に見てきたような口ぶりだった。

「お前行くんなら、今日中に願書送ってくれ。速達でな。試験は来週の月曜日だ。前日の午後六時までに工場の寮まで来いってさあ。ここに採用窓口の住所と名前、電話番号が書いてあるからな……」

返事を待つまでもなく、菊池軍曹はメモを俊也に渡し、

「頑張ってこいや。また、ラグビー出来るからよお。ああそうだ。俺のだち、畑中って言うんだ。あったら宜しくな」

俊也は学校からの帰り道、郵便局に寄って速達を出した。受けることに決めた。家を、この町を出られればどこでも良かった。それもなるべく遠くが良かった。

家に帰って、土曜日に就職試験を受けに行くことを澄江に告げた。

「金、五千円貸してほしいんだ。後で返すから」

澄江は自分の部屋から、戻って来て折り畳まれた一万円札を俊也に手渡し、

「何かあると困るんだから、これ持って行きな。返さなくていいよ」

俊也は（五千円でいいよ）と言おうとした言葉を呑み込んで、そのままポケットに仕舞い込むのだった。

土曜日の朝、俊也は手提げ鞄一つをぶら下げ家を出た。

長い列車の旅だった。函館で青函連絡船に乗ったのは夕方だった。

俊也は、二年生の時の修学旅行に行かなかったので、これが初めての船旅だった。否、遠い昔、母に抱かれてこの海峡を渡っていたのだ。その時、母の澄江がどんな思いだったかなど、知るはずもなかった。

秋の日はとっくに落ちて辺りは、空も海も闇だった。デッキに立つと函館山の光と街の明りが見えた。風が出てきて肌寒くなってきたので船室へ戻った。

上野駅に着いたのは朝の十時前だった。夜行列車に十二時間座りっぱなしでは、流石に疲れていた。

俊也は寝不足の目を擦り、土浦行きの列車を探した。常磐線の平《たいら》行きの普通列車があった。

俊也は何時の間にか眠ってしまっていた。ガタンという大きな揺れに、はっと目を覚ますと土浦だった。

何だか駅舎も駅前の商店街も古くさい街並みだった。駅前の乾物屋で台東機械の寮への行き方を訊くと、歩いても三十分程だと教えてくれた。

霞ヶ浦沿いの道を歩いていると、汗ばんできた。北海道とは随分違って内地は暖かだった。少なくとも、俊也にはそう感じられた。

大きな門構えの家の前を通る時、庭先に大きな柿木が実をいっぱいつけているのが目についた。赤く熟していた。緑の葉っぱを付けた木に、ゆずの実の黄色が鮮やかだった。北海道では目にすることのない景色だった。

俊也は腹が減っていたし、喉も乾いていた。時計を見ると一時を過ぎていた。最初に目に付いた食堂に入って、出されたお品書きの一行目に書かれたかつ丼を注文した。

どんぶりの蓋を取ると、醤油と砂糖の香ばしい香りがした。実際味付けは濃かったが、腹を空かした俊也にとっては旨かった。

勘定を払いながら、寮への道を訊くとすぐこの裏だと教えてくれた。ふと気が付くと、数人の店の客は何だか寮生のようにも見えた。

街並みや、道筋にある家々に比べコンクリート三階建ての建物は嫌でも目に付いた。台東機械の独身寮だった。

玄関を入った所に窓口があり、俊也は大きな声で「こんにちは」と呼んでみた。返事が無いのに途方に暮れた頃、「何方ですか?」と間延びした女の声がして、窓口に顔を出した。寮の管理人であろうか、田舎のおばさん風の女性だった。

「入社試験を受けに来ました、佐々木俊也です」

「ああ、試験ね。聞いているよ。ええとー、佐々木さんね。あるある、……あんたは、一〇一の部屋、そこ曲がった所。六時に総務の林田君が来るって言っていたから、部屋に居てね」

管理人らしき女性の喋り方は、この土地の方言なのか語尾が上がって、聞き取り辛かった。

俊也は、勝手に来客用と書かれたスリッパを履き、一〇一の部屋を探すと、それはすぐに見つかった。八畳程の広さに、両側に二段ベッドが括りつけられ、真ん中にテーブルが一つ置かれただけの殺風景な部屋だった。誰もいなかったが、多分、他にも受験者がいるのだろうと想像できた。

することもなく、ベッドに横になるとすぐに眠ってしまった。

どのくらい眠っていたのか、ガタンというドアの音で目を覚ました。カーテンの隙間から、学生服を着た背の高い男が立っているのが目に付いた。

「こんちはーす。お世話になります」

「入社試験ですか？」

俊也の問いかけに男は頷いた。

「僕もそうですから。佐々木です。宜しく」

男は仲間だと気が付いて安心したのか、急に親しげに話し始めた。

「俺、工藤、秋田実業。あんたは何処から来たの？」

学生服を脱いで俊也の上のベッドにカバンと一緒に抛《ほう》り投げて、訊いた。

「俺は北海道、高校は本橋って言うんだけど知らないっしょ。田舎だから」

工藤は知らないというふうに首を傾けた。

「佐々木君か、あんた何でここ受ける気になったんだ。俺、東京の近くだって言うもんだから受けたけど、随分田舎だなや。こんだば、おらいの方が都会だべよ」

秋田弁で喋りだした。

「理由って、特にないけどね」

「俺はさあ、ここの会社、昔から高校の先輩いるんだわ。特にラグビー部のな。だもんで先生が行けつうからさあ、来たんだ」

「そうか、君は秋田実業か。ラグビー部だよね」

「んだ。秋実のラグビー部よ」

工藤はちょっと得意そうだった。

「今年は、金山高校に負けて花園いけなかったんだ。もっとも俺、ロックのリザーブだけどな。頭悪いし、大学って柄でもないしさあ、ここでもいいんだわ。ここにもラグビーあるっていうからさあ」

「俺もラグビー部なんだ。北北海道の予選で帯広工業に負けたけどね。受かったら一緒に出来るかもね」

「やっぱそうか、俺もそうだと思ったんだ。バックスだべ。スタンドオフか？」

工藤の声がなんだか嬉しそうに響いた。

六時までにもう二人が来て四人に増えた。六時ちょうどに、ジャンパーを着た若い男が食堂の片隅に集合を命じた。受験生は全部で十六人だった。

若い男は採用担当の林田だと自己紹介をし、明日の予定を説明してくれた。

「明日は、八時までに総務部の受付まで来るように。道は寮生について行けば分かると思うが、守衛所を通るのにこのバッジを胸に付けてくれ。怖いおやじがいて、忘れると入れてくれないからな」

言いながらバッジをみんなに配った。

「午前中は、筆記試験だ。昼飯は会社で用意する。午後は面接だ、それが終われば順番に帰って良し。結果は学校へ電話する。家には一週間以内に手紙で連絡が行くから、そのつもりで。以上だが、質問は？」

誰も質問する者はなかった。

「ああそうだ、もう一つある。県外から来た者には電車賃を渡すんだったな。その者は面接が終わったら係の女性がいるから、受け取って帰るようにな」

筆記試験は、テーブルとパイプ椅子が並んで置かれた、会議室で行われた。受験者は寮に泊まった十六人に、四人増えて二十人になったが、どうやら全員高校生のようだった。

英・数・国の三科目は基礎的な問題が多く、俊也には易しかった。

午後は面接試験だったが、順番は願書の先着順とかで、どうやら俊也が最後のようだった。一人四、五分であろうか、それでも二時間近く待たされた。

「佐々木俊也です」

型通り、お辞儀をしてから名前を言った。

前のテーブルには部長・課長らしき、年配の男達四人と採用担当の林田が並んで座っていた。

最初に端に座った男が口を開いた。

「君は筆記試験はまあまあだな。……推薦状にはラグビー部のキャプテンて書かれているな。志望理由が、東京に近いから。それと、尊敬する人は特にナシかね」

四人の中では一番若い、おそらく人事係主任であろうか、皮肉っぽい言い方だった。

「はい、どうせ就職するなら日本の中心に近いほうが色々な事を学べると思いまして。それと、尊敬する人ですが、十七歳の自分はまだそれほど人に会ったことがありませんから」

「そりゃあそうだろうけど、本で勉強するとか人を知る方法はあるんじゃない」

「本を読んでも、その著者によってどのようにも書けますから。特に歴史上の人物は、書かれた時代の風潮によりますから。それと、そもそも世の中には百パーセント正しい人って存在するのでしょうか。私にはまだその判断がつきませんので」

相手は俊也の応えに少しムッとしたようであったが、大人げないと思ったのか口を噤《つぐ》んだ。

その他、とりとめのない質問が二、三続いたが、俊也も当たり障りのない答えを返した。課長らしき男が、戸籍謄本を見ながら訊いてきた。

「十勝郡本橋町字S番外地かね、君の本籍は。いまどき珍しいね。……それに、昭和二十七年届出により入籍って、これ何かね？」

俊也を遮るように、年配の男が応えてくれた。

「ああこれは、樺太の引揚者ですよ。君の家は樺太からの引揚者だろう？　当時はどさくさでこういう事があったんですよ」

「はい、そうです。それと、番外地は、戦後の開拓地の意味です」

皆は分かったように頷いて、それ以上戸籍について、追及することもなく終わった。俊也は内心ほっとした。

面接試験が終わって、旅費の精算をしてくれた係の女性が、「畑中課長がここで待っているようにと言っていましたよ」と言って出ていくと部屋には誰もいなくなった。

俊也がぽつんと独りで椅子に座って待っていた。面接試験が終わったはずの隣の部屋からは男たちの声が微かに聞こえていた。

最終選考会議が始まっていた。

「ええ、来年四月の高卒新採枠は十人ですので、今回受験者の半分は落とすということでお願いします」

人事係主任の島田が話の口火を切った。

「そうか、半分か。今年は全体としてちょっと小粒だな。で、事務局の案は？」

「はい。事務局の評価案が御座いますので。林田君、皆さんにお渡しして」

予め出来上がっていたのか、配られた成績表を目の前にして、

「最後の受験生は十一番目か、意外に評価低いんだな……。しかしな、これは将来の上級管理者を選ぶんじゃないからな、多少生意気くらいが丁度いいんだよ。昔流に言えば下士官だよ。戦場でよく働く奴、兵隊の先頭に立って死ねる奴さ。畑中君違うかね？」

「いやあ、部長その通りです。私はこの佐々木君推薦しますね。ついでに、私自身は下士官では御座いませんで、終戦時は中尉でしたので。はい」

「何、そうか。ポツダム中尉か、それは失礼した。まあともかく、下級管理職候補だからな、将来の。いいんじゃないの、この子」

「流石に慧眼《けいがん》ですな。私もそう思います。島田君そうだろう」

勤労課長が素早くお追従《ついしょう》を言った。

「はい分かりました。それでは、えーと、最後の評価を上げまして、これが十番目の合格者ということで決定といたします」

暫くして、入って来たのは先程の年配の面接官であった。

「やあ、佐々木君か。待たせたね。僕は畑中だよ。菊池は元気でやっているかね」

「畑中さんでいらっしゃいますか。佐々木です。お世話になります。菊池先生からも宜しくと

いうことでした」

「今年こそって年賀状に書いてあったけど、負けたんだってな。残念だったなあ。ところで君、受かったら来るかい。最近景気悪くてさ、随分人減らされてな、ラグビー部も一から出直しよ。それでも如何だい」

畑中は汗を拭きながら言った。実直そうな男に見えた。

「はい。入社させていただけるなら勿論です。必ず来ます」

「そうかそうか、正式な返事はそのうち行くから、ともかく菊池に宜しくな。ご苦労だったな。気を付けて帰れよ」

俊也はお辞儀をして部屋を出た。

守衛所で、胸に付けていたバッジを外し「有難うございました」と言って強面のおやじ顔に渡すと、

「入社試験け、どうだった。おめえ、名前何っつんだ？」

「はあ、佐々木です」

「佐々木君か、いい面してんな。四月に来るんだっぺ。待っててからよう」

「はあ、どうも」

俊也は如何応えていいか分からず、頭を下げてその場を離れた。

土浦駅に着いて上り列車を待っていると、秋田実業の工藤が現れた。彼は面接は最初の方

だったはずなのに、街を見学でもしていたのであろうか。

「他の連中は先の列車で行っちまったべ。俺、ちょっと飯食ってたんだわ。どうせまた夜行列車だからな」

上野行きの列車に乗ると、向かい合わせの席に座った。

「あんた、試験如何だった？　俺、筆記試験さっぱりでな、面接んときなんか嫌味ばっか言われてなあ。受かるべか」

工藤は親しくなるにつれ訛《なま》りが強くなって聞き取り難かった。

「君のとこ、先輩が沢山いるってことは、大丈夫だよ。受かると思うよ。会社ってね、学校との繋がりを絶やしたくないんだってさあ。聞いたことあるんだ」

「そうか、じゃあ佐々木君、あんたと一緒にラグビー出来るべな。楽しみだなあ」

俊也には、工藤がさっぱりして良い男に思えた。

「そうだね。お互いに入社できたら、頑張ろうや」

上野に着くと、工藤は奥羽線で帰ると言って別れた。俊也は、旅費の精算で貰ったお金があったが、特急ではなく、夜行の青森行き急行列車で帰ることに決めた。

十八番ホームに降りると、ちょうど列車が入線してきたところであった。俊也は、弁当とお茶を買い、空いている四人掛けの窓側に座って、ぼんやりと昨日からの事を思い出していた。随分色々な人と会ったが、土浦も悪くない所のような気がした。

やがて発車の時刻が近づくにつれ、車内は満席となっていた。あちらこちらから聞こえてくる話し声には、東北の訛りがあった。如何いう理由で夜行列車に乗っているのかは知らないが、明日の朝には、皆それぞれの故郷に帰り着くのであろうか。

一週間経って採用内定の通知が届いた。

4

俊也はすることがなかった。ラグビーの練習に顔を出す気にもなれず、只時間の経つのだけを待っていた。

教室では、進学組は必死に自分の受験勉強をしていて、授業は誰も聞いていなかった。就職の決まった生徒も全く興味をしめさなかった。ひどい生徒は学校にさえ出て来なかった。それでも、俊也は毎日休まずに学校へ通った。授業も熱心に聞いていた。卒業してしまえば、二度と教室で学ぶ機会が無いかと思うと、今頃になって寂しい気がした。

俊也は、教室の中では、めったに川島と話をする機会が無かった。あっても、二言三言挨拶を交わす程度だった。休み時間には、窓に寄り掛かりながら、誰にも気付かれぬように、そっと彼女の方を見詰めていた。

昼休みだった。彼女が俊也の隣の女子生徒と、何やら話しているのが遠くから見えた。

彼女は、俊也が昨日家から持って来たばかりの座布団を胸に抱えていた。母の澄江が縫ってくれた、青に白い縞模様の入ったきれいな柄だった。

俊也はどきりとした。何だか気恥ずかしかった。同時に自分が抱かれているようで嬉しかった。

始業のベルが鳴ると、彼女は何でもなかったように、座布団をそっと置いて自分の席に帰って行った。只それだけの事だったが、俊也には何かとっても良いことがありそうな気がした。

冬休み、俊也はアルバイトをして過ごした。お正月の三が日も過ぎた日の事だった。

帰って来ると、澄江が、

「俊也、お前に手紙が来ているよ」と言って目の前でひらひらさせた。

「何だよ、早くよこせよ」ひったくるように手紙を奪い取ると、自分の部屋へ駆け込んだ。裏を返すと、差出人は川島からだった。俊也には彼女からの手紙が信じられなかった。じれったい思いを堪えて、破けないように慎重に封を切った。


――俊也君　ちょっと遅くなったけど「あけましておめでとう　今年も宜しく」

俊也君、突然で驚いた？　私の手紙。

実はね、俊也君に聞きたいことがあるの。俊也君は、クラスの女の子にすごく人気があるのよね。知っていた？　クラスの女の子だけじゃないか。俊也君恰好良いものね。

「俊也君の意中の女性は誰ですか？」
ごめんね！　こんなこと訊いて。でも知りたいの。おしえてください。

川島夏樹より――

俊也は何度も読み返してみた。予想もしない内容だった。如何応えてよいのか分からなかった。

（川島が俺のことを好きなんだろうか？　好きなら好きと言えばいいじゃないか。なんで俺の好きな人は誰かなんて聞くんだよ）俊也には乙女心の機微が理解できなかった。

（答えは、はっきりと川島のことを好きだと答えるか、それとも誰とも答えないか）どちらだと思った。

俊也は悩んだ。もしも彼女の真意は別にあって、彼女の仲間の誰かの為に手紙を書いたとするなら、とんだお笑いではないか。（そういえばクラスに彼女の仲の良い女子生徒が二人いたな）考えれば考えるほど不安になってきた。

俊也は自分が傷つくことが嫌だった。彼女を失うのが怖かった。俊也は臆病だった。

一日悩み抜いた末に返事を書いた。

――川島さん　あけましておめでとう　そしてお手紙ありがとう。

僕は正直戸惑っています。勿論僕にも意中の女性はいます。今、僕達は誰もが一番大切な時を迎えています。僕は、自分も含めて誰の事も邪魔したくないのです。答えは三月の卒業式まで待って欲しい。その時がきたら川島さん、あなたにお伝えすることを約束します。

最後の追い込みです。お互いに悔いの無いように勉強に励みましょう。

佐々木俊也――

冬休みが終わって三学期の初日だった。北海道の朝は寒かった。教室に入ると先ずストーブに手をかざし凍えた指を温めるのだ。

俊也は彼女とそこで顔を合わせた。たまたま周りに人はいなかった。

「やあ、お早う。勉強できた？」

意外に気軽に声が掛けられた。

「お早う。まあまあね」

「そうか、もう少しだから頑張るんだぞ」

「うん、ありがとう」

彼女の笑顔が、手紙の返事に対する応えだと思った。

三月も半ばになり、クラスでは、大学受験に合格した者の名前が次々聞かれるようになった。

その中には、希望の大学に合格した川島の名前もあった。

卒業式の日がやってきた。

大学合格組は燥《はしゃ》いでいたが、発表待ちは不安そうな顔をしていたし、受験に失敗した者は暗く落ち込んでいた。数少ない就職組は、教室の隅の方にひっそりとより固まっていた。

それぞれ思いは違っても、高校という青春ノートの最後の一ページであるのは誰もが一緒だった。

俊也はこの日が来るまで悩み続けていた。川島との約束だった。

彼女は町の有力者の娘であった。自分の出自を考えると、二人に未来があるとは思えなかった。彼女は札幌での大学生活で、伸び伸びと青春を謳歌《おうか》するだろうし、彼女くらいの美貌《びぼう》であれば、ボーイフレンドの一人や二人すぐに出来るだろう。そうなれば、遠く離れてしまった自分の事などじきに忘れてしまうに違いない。

今ここで、彼女への愛を打ち明けることに意味があるとは思えなかった。

教室では、先生を囲んだ謝恩会がまだ続いていたが、俊也は黙って独りそこを抜け出した。

玄関で靴を履きドアを押して出ようとした時だった。

「俊也君、待って！　……」

振り向くと川島だった。

「俊也君。私との約束は？　……」

唇をかみしめ、何かを訴える目がそこにあった。思わず俊也は目を逸らし下を向いた。

「ごめん……」

俊也はそのままドアを開けて駆け出していた。

「卑怯よ！　……」

川島の叫ぶ声が背中から胸に突き刺さった。

俊也は、雪解け水を跳ね上げながら、夢中で走っていた。息が弾んで苦しくなって、やっと止まった。振り向くと、校舎が小さく見えた。

大川に架かる橋まで来て立ち止まり、ポケットから小さく畳まれた便箋を取り出した。川島に渡そうと思って、昨夜書いてあった手紙であった。

――川島さん
　僕の今の気持ちです。
手のひらに　ガラス細工の　青い鳥
ただ見つめ居り　壊さぬように
佐々木俊也――

読み直してみると、自分でも稚拙《ちせつ》な歌だと思った。

小さくちぎって橋の欄干《らんかん》から落とすと、紙吹雪になって川面に散って行った。川は雪解け水で水嵩《みずかさ》を増し、濁っていた。

風が冷たかった。俊也はポケットに手を入れ、駅に向かって歩き出した。

5

旅立ちの日がやって来た。この家と、この町から離れる朝が来たのだ。

俊也は、昨日のうちに自分の部屋を片付けてしまっていた。もっとも、ほとんどは捨ててしまった。持って行きたい過去も思い出も無かった。旅行鞄の底に、ラグビー・スパイクとパンツにストッキングだけは畳んで仕舞ってあった。

隆三は何時ものように弁当の入った風呂敷包みを小脇に抱え、玄関口で振り返り俊也に向かって言った。

「俊也、それじゃあな。元気でやれよ！」

「うん、親父さんもね！」

珍しく俊也がそれに応えた。それが二人の別れであった。

隆三は歩きながら俊也のことを考えていた。兎にも角にも、十八歳まで育ってくれた。これで自分の責務が終わった事を。しかし、心は晴れなかった。何かが心の奥底に蟠《わだかま》っていた。

牛でも馬でも手塩にかけて育てた子供は可愛かった。人間だって、誰の子であろうと、愛情を持って育てれば可愛くないはずがなかった。真っ白な無地の心を持った子供に、色を染めたのは大人に違いなかった。隆三は、俊也の心に癒やしようのない傷を作ったのは、やっぱり自分の心だと思った。

立ち止まって、家の方を振り返ってみても、朝靄《あさもや》で霞《かす》んで見えるだけであった。俊也が旅行かばんを提げて二階から降りてきた。伸びきらない坊主頭に、学生服を脱いだ姿が何かちぐはぐだった。

澄江が玄関口で、「体に気をつけてね。何かあったら知らせるんだよ」と言うのを聞きながら、何事も無かったように、俊也は「じゃあ」とだけ言って家を出て行った。

それは、澄江がこの二、三日、思い悩んできた別れとは全く違った、そっけない別れであった。

澄江は何かもっともっと言うべき事があるような気がして、去って行く我が子の背中を見つめていた。

俊也にとっては、生まれてきたこと自体が不幸であろうとも、死なせなくて良かった。手放さなくて良かった。どんなに恨まれても、嫌われても、許されなくともいい、俊也は自分の子どもなのだ。澄江は涙が出てきて止まらなかった。「俊也！」と叫び出したい気持ちを抑えて、その後ろ姿を見つめ佇んでいた。やがて、朝靄の中に俊也は吸いこまれていった。別れであった。

俊也は、駅のホームで列車を待っていた。朝靄が消えると目の前には、雪解けの後の黒い大地が広がっていた。目を上げると、遠くに雪を被った山々が見えた。

何時の頃からか、黒い煙の蒸気機関車から三両編成のディーゼル車に代わっていた。

警笛を鳴らしながら赤い色の車両が近づいてきた。車内は、普通なら通勤・通学客で混んでいるはずなのだが、春休みの所為か比較的空いていた。

俊也は入り口のドア近くに立ち、手すりにつかまって窓の外を眺めていた。車両が動き出すと、窓外の景色も動き始めていった。見慣れた河岸の台地も、平野を流れる川も、街並みも全てが後ろへ後ろへと動いて、視界から消えて行った。

やがて見た事のない景色が目の前に広がってきた。

それは俊也にとって、暗闇からの脱出であり、新しい夜明けに違いなかった。

人は誰も、朝の来ない夜が無いことを知りながら、暗闇の恐怖の中で夜の明けるのを待っている。日の出前のほんの一瞬、東の空が群青色《ぐんじょういろ》に染まると、やがて朝《あした》がくるのだ。

俊也は前を、新しい世界を見つめていた。

第四章　関東平野

1

昭和四十年四月一日――。

俊也は寮を出て一人で歩いていた。周りは田圃と畑が続き、その先には霞ヶ浦が見えていた。何処までも、果てしなく広がる関東平野であった。振り返ると、遠くに置物のような山が一つ、筑波山である。工場の正門前にある桜並木は未だ五分咲きだった。

台東機械霞ヶ浦工場の入社式が第一会議室で行われていた。高卒が十人、中卒の訓練工が十人、それぞれ名前の順に並んで座っていた。俊也の右隣に秋田実業の工藤がいた。皆、今朝支給されたばかりの鼠色の作業服を着ていた。

工場長の訓辞の後、全員が並んで記念写真を撮ると、それで終わりだった。

その後は、採用担当の林田から簡単な入社案内があり、定時前にはそれぞれの配属先が発表された。

俊也は総務部庶務課庶務係だった。主任の杉田と名乗る男が迎えに来た。四十ぐらいなのか、ひょっとするともっと若いのか年齢のよく分からない、大人しそうな男だった。

「佐々木君ね。じゃあ、僕に付いて来て」

一階の机が沢山並んだフロアーに、総務部と名札が掛かった、キャビネットや棚で囲われた一角に連れていかれた。

二十数個の机がいくつかの島を形作っている中を通り抜け、窓際の一際大きな机の前で止まった。

「部長、新入社員の佐々木君です」

俊也は相手が何か言い出す前に急いで頭を下げた。

「北海道本橋高校出身の佐々木俊也です。宜しくお願いします」

総務部長の奈良橋は鷹揚《おうよう》な態度で座ったまま軽く会釈をした。

「佐々木君だな。君は普通高校だったな。まあしっかりやりたまえ」

次に、勤労課長の片田に挨拶をし、最後が庶務課長の畑中だった。

見覚えのある厳つい顔が、笑っているように見えた。

「佐々木君、よく来てくれた。最初は慣れないだろうから、取り敢えず庶務係でね。杉田君、君面倒見てやってくれよな」

「はい、宜しくお願いします」

俊也は畑中と杉田に向かって頭を下げた。

庶務課の島なのであろうか、十数個の机が向かい合わせに並べられ、一番通路側が俊也の机だった。

「ここが君の机ね。鉛筆だとか、算盤だとか必要なもの揃っているかな。無ければ、羽成さんに訊いてな」

杉田は言いながら、向かいに座っている女性に顔を向けた。

「杉田さん、勿論抜かりはないわよ。佐々木君、何でも分からない事は訊いてね。遠慮しないでね」
二十四、五であろうか。俊也の方を向いたその口元が、その目付きが、女である事をことさら誇示しているようだった。
「はい、お願いします」

彼女にも素直に頭を下げた。

俊也は自分の机に座ってみた。古びた汚らしい机だったが、社会人になった気がして何だか誇らしかった。

定時のチャイムが鳴ると、そそくさと帰り支度をする者もいて、俊也も如何したものか迷ったすえ、杉田に顔を向けると、

「ああ、君も帰っていいよ。……当分の間、帰る時には僕に断ってな」

「はい、分かりました。失礼します」

正門の守衛所の前を通る時、貰ったばかりの従業員証を見せると、厳つい顔をした強面親父が立っていた。

「おっ、おめえこの前の、佐々木君て言ったけな。本当に来たのけ。で、何処の部署に配属だ？」

相変わらず語尾を上げる喋り方で聞き取り難かった。

「はい、庶務課の庶務係です。宜しくお願いします」

「庶務課け。おら達守衛所の仲間でねっけ。何でも困った事あれば相談に来な。面倒見てやっからよ」胸の名札に泉と書かれてあった。

高卒新入社員は、地元の二人を除いて全員寮住まいだった。独身寮は三階建ての建物が少し離れて二棟あった。奥の方が現場の工員の寮で、手前が事務所の社員専用であった。

俊也達八人は、それぞれ別々に四人部屋に入れられ、当然そこには高卒の先輩社員が住んでいた。まるで運動部の合宿所のようだった。

プライバシーはカーテンで仕切られたベッドの空間だけであった。

二階は二人部屋で、三階が一人部屋、軍隊のような階級社会を思わせた。

流石に定時で寮に帰るのは俊也達新入社員だけだと見えて、食堂には誰もいなかった。食堂の片隅のテーブルに座って、夕食を食べながらお互いの配属先について語り合っていた。

隣に座った工藤が俊也に話し掛けてきた。

「佐々木君、何課だ。俺なあ、工務課。何するところか知らないけど。怖そうなおじさんばっか」

「俺は庶務課。まあよく分かんないけど、工場のその他大勢、何でも屋かな」

俊也は話しながら思い出したように言った。

「そうだ、皆聞いてくれ。俺達、工場でもこの寮でも、一番の下っ端だよな。誰にでも敬語を使わなくちゃなんないよな。だからせめて、同期の仲間内で話す時ぐらい気楽にしようぜ。俺お前、呼び捨てでいいじゃないか。如何だい？」

「そうだ、そうしよう」の声が聞こえ、打ち解けた雰囲気が話し声から伝わってきた。

「佐々木、製造部の中にラグビー部だって人がいたよ。隣の課に挨拶に行ったら会ったんだ。毎週水曜日と土曜日が練習日だってよ。今週の水曜日行ってみないか？」

「そうだな、行くか。場所は、時間は？」

「よし決まった。定時後六時、駐車場の隣にあるグラウンドだって」

魚の煮付けと野菜炒め、ご飯に味噌汁の夕飯は世の中では粗食であろうが、俊也には満足だった。麦の入ってない真っ白なご飯を、誰に気兼ねなく御代わりできるのは幸せな事であった。

食事が終わればすることもなく、同期の晩餐も自然解散となり、各自部屋へ戻って行った。

俊也は、相部屋の先輩たちが帰って来る前に、自分の荷物を整理しておきたかった。改めて部屋の中を見渡せば、やはり狭い空間であった。個人に与えられたスペースは、ベッドの他には、下駄箱と作り付けのロッカーがあるだけであった。

　俊也は、昨日、布団と一緒に鉄道貨物で届いていた段ボール箱と旅行鞄から、ラグビーのスパイクと運動靴を取り出し下駄箱に納め、下着や運動着等を空いているロッカーに入れれば片付けはお終いだった。後は、今日、工場で貸与された作業服と安全靴が持ち物の全てであった。背広もネクタイも無かった。


　水曜日の定時後、俊也はスパイクと練習着の入ったバッグを持ってグラウンドに向かった。六時に少し間があったが、もう既に辺りは暗くなっていた。駐車場と金網で仕切られたグラウンドには照明らしき物は無かった。通路に立っている数基の防犯灯だけが明かりであった。

　待つ間もなく工藤が来たが、他には人影は見当たらなかった。二人で顔を見合わせ、如何したものか思案しているうちに数人の人影が現れた。

「すみません。ラグビー部の方ですか？」

　俊也の声に応えが返ってきた。

「ああそうだよ。新入社員か、君らは」

「はい、そうです。ラグビーやらせてくれますか」

「おお、歓迎。着替えは持っているのか？　……じゃあこっち来いよ」

案内されたのはグラウンドの隅にある建物の一角であったが、倉庫としか思えない狭い部屋であった。窓の無い部屋に、天井からぶら下がった裸電球が唯一の明かりであった。

二人は急いで練習着に着替え、グラウンドに走り出た。久し振りに、土を踏みしめる感触が足下から伝わってきた。俊也にとっては、去年の秋以来であった。

六時が過ぎても、グラウンドにいるのは八人であった。照明の無いグラウンドでは、バックスの速いパス回しや、パントキックの練習は土台無理であった。必然的に走る練習と、フォワードのコンタクトプレイが中心とならざるを得なかった。

それでも二人には汗をかくこと自体が心地良かった。二時間ほどで練習は終わった。帰りに、リーダーらしき男が二人に声を掛けてきた。

「ご苦労。俺は、原田。設計の開発セクションにいる。君たちは二人とも経験者だな。ひょっとして花園組か？」

男は笑いながら言った後、二人がそれぞれ自己紹介をするのを黙って聞いた。

「ともかく腹が減ったな。君らも寮だろう。帰って飯食ってそれからだ。後で俺の部屋へ来いよ。三階の三〇三、いいな」

二人が夕飯を食べ、風呂から上がったのは九時を過ぎていた。それでも言われた通りに、三〇三号室のドアの前に立ち、恐る恐るノックをした。

「おお、入れ」

中から野太い声が返ってきた。

俊也がドアを開け部屋に入ろうとした時、原田が急いで自分の布団を脇に押しやっている最中であった。一人部屋も狭かった。

「よし、ちょっと狭いけどここに座れ」

原田は立ち上がって、部屋の隅の方から、紙袋に入ったビール瓶とコーラを取り出し、畳に転がっていたグラスを拾い、ふっと息を吹きかけ二人の前に並べ、自分も座った。

グラスにビールを注ぐと、「さあ飲め」と言って自分も旨そうに一息で飲み干した。

横目で見ると工藤はビールを慣れた手つきで飲んでいたが、俊也は苦手であった。と言うよりも、飲んだ経験がなかったのだ。子供の頃舐めた味は苦いだけだった。

「お前、佐々木君だったな。ビールは飲まんのか」頷く俊也に、「じゃあ、コーラはどうだ。遠慮すんなよ」

「はい、コーラいただきます」

俊也は、コーラもそれほど飲んだことがあるわけではなかったが、喉の渇いた今は旨いと思った。一気に飲み干し、ふーとため息をついた。

「君らは、台東機械のラグビー部が強かったのを知っているよな……。でもそれは十年以上も前の話さ。俺が五年前に入社した時には、その面影はどこにもなかったな。会社は企業スポーツから撤退する方針を決めてしまったのさ。今、当時の人で残っているのは、そうだな、監督だった畑中さんくらいのものだな」

「そうか、佐々木君は庶務課長のですか？」

「そうか、佐々木君は庶務課だったな。まあ、機会があったら本人から直接その辺の話を聞くといいよ。多分色々な事があったんだろうな……」

原田は二本目のビールを開け、工藤のグラスに注ぎながら、自分もぐいと飲み干した。

「……ということで、今は、会社からの支援は一切無しだ。だから部とは名前が付いているが、同好会だな。でもよう、部員は少ないけど皆ラグビーが好きなんだよ。そもそも、ラグビーこそ純粋なアマチュアだろう。会社から給料もらってラグビーするなんて、そんなのフェアじゃないだろう。君らはそう思わんかね……」

空になった三本のビール瓶を前に、原田の熱弁が続いた。

「君らの入社してきた動機は知らないが、ともかくラグビーが好きだろう。それでいいじゃないか。一緒にやろうぜ。それと、言っとくがなあ、我がラグビー部は完璧な民主主義。新入社員も三十過ぎのおじさんも一緒。皆仲間。忘れるな」

二人が原田の部屋から解放されたのは十二時近かった。工藤の顔は酔ったのかほんのりと赤かった。


金曜日は俊也の歓迎会であった。

街外れにある居酒屋の二階に庶務課の全員が集まっていた。主賓《しゅひん》ということで、俊也は畑中課長の隣に座らされた。

主任が二人、女性が二人、後は男達がそれぞれの思惑に従って座っていた。

幹事は、高橋であった。俊也の隣に机があり、仕事の上では先輩であった。

「ええそれでは、佐々木君の歓迎会を行います。先ず初めに課長のご挨拶をお願いします」

立ち上がった畑中の口から出た、「一言」が延々十五分も続いて、皆が辟易《へきえき》する頃やっと終わった。

酒が入れば時間とともに、無礼講という名の酔っ払いの集まりであった。俊也もビールを飲まされた。

「おい佐々木、ビールぐらい飲め」

「はあ、飲んだことないすから」

「誰だって最初はそうだ。しかしな、サラリーマンは酒が飲めなくては出世しないんだぞ。分かったら飲め」

「あんた人の三倍もお酒飲むけど出世しないわね。それに、佐々木君、まだ十八よ。お酒強要しちゃあいけないのよ」

羽成女史が、きつい目を男に向けながら棘のある言い方をした。

「羽成さん、失礼しました」

男が俊也の前から離れていった。

「佐々木君、貴方一番年下だって遠慮する事なんかないからね。言いたいことはじゃんじゃん言いなさいよ。酒の席だけ元気のいい連中なんて最低なんだから」

「はい、有難うございます」

羽成女史を見ると、何だか姉の芳江の事を思い出した。

飲めないと思っていた酒を無理矢理飲まされているうちに、自分でも気分が高揚しているのが分かった。

誰かが叫んだ。

「おい佐々木、何か歌え」

「そうだ、やれ」

俊也は、その場に立ち上がって歌った。流行りの青春歌謡であった。自分ではうまく歌ったつもりだったが、よく見ると、大半の者達は他人の歌などまともに聞いていなかった。新人を甚振《いたぶ》ってやろうという、どこの世界でもある儀式であった。

それでも歌い終わると、おざなりな拍手が聞こえてきた。次に誰かが立ち上がって歌い出した。

それから後の事はよく覚えていなかった。でもこの景色は何処かで見た気がした。それは幼い頃、家で見た大人たちの焼酎を囲んでの酒盛りであった。

五月に入ると、県の社会人ラグビー・リーグ戦が始まった。

台東機械のラグビー部も、俊也と工藤の他に未経験者だったが高卒同期の林が参加し、工場に配属になったばかりの大学卒の経験者も含めると四人の有望な新人が加わり、相当の戦力アップが期待された。

日曜日の朝早く、女子マネージャー二人も含め総勢十八人が霞ヶ浦の湖上定期船の桟橋に集合していた。行く先は鹿島の潮来だった。

「全員集まったか。これから一時間で潮来に着く。そっからはタクシーで鹿島化学のグラウンドまで行く。湖で船に酔ったって話は聞いたことがないからな。もしいたら、試合に出さんぞ。どうせ昨夜飲みすぎて二日酔いだろうからな」

原田の大きな声が船の上に響いた。

俊也達同期の三人は固まって座っていた。

「俺、試合初めてだからな。緊張するな」

「そう言えば、林、お前ルール分かったかよ。オフサイドって分かるよな」

「そうなんだ、今一オフサイド分かんないんだよな。もう一回教えてくれよ」

工藤と林は頭を突き合わせてラグビーの話に余念がなかった。俊也は湖とその先を眺めていた。青々とした水と空と、何処までも平らだった。山の無い風景が不思議だった。

二人の女子マネージャーの顔に見覚えはあったが名前は知らなかった。彼女らに自分から話しかけるほどの勇気が俊也には無かった。何時の間にか眠っていた。

試合は一方的だった。鹿島化学は新生台東機械の敵ではなかった。特に、ロックの工藤とスタンドオフ俊也の活躍は目覚ましかった。二人とも久しぶりの試合に、心も身体も燃焼することが出来て嬉しかった。もっとも物足りなさも感じた。

県の二部リーグの初戦を大勝で飾ることが出来た。

キャプテン原田は嬉しそうだった。帰りの船の上で、缶ビールを持ち込んで祝杯を挙げた。

「初戦の勝利を祝って乾杯！」

「しかし、十五人揃ってプレーできるのはいいなあ。それに、今年は花園組が二人も加わったんだからすごいよな。今年は残り全勝だからな」

「原田さん、俺達、佐々木も全国大会出てないんすけど」

「ああそうか。まあいいじゃないか。高校で硬式野球やった連中の事、甲子園球児って言うじゃないか。ともかく皆よく頑張ったよ」

原田は上機嫌で缶ビールを飲んでいた。俊也も貰った缶ビールを飲んでみると、意外と苦さも消え喉越しが爽快《そうかい》だった。

十八人は職場も、生まれも学歴も年齢も違う集まりであったが、俊也には居心地が良かった。誰に対しても、構える必要も警戒も不要な気がした。

七月、梅雨の明けた関東は暑かった。

主任の杉田が団扇を使いながら俊也の席に近づいて来た。

「佐々木君、今度の日曜日空いてるか。ちょっと付き合って欲しいんだ。課長がなあ、引っ越しをするんだよ。手伝いに行ってもらえるかい」

杉田の言い方は、人に頼んでいるようでも、その実、命令にしか聞こえなかった。

「ああ、いいすよ。ラグビーもオフですから。何時・何処ですか？」

「そうか、すまんな。ここに場所書いてあるから、朝九時に行ってくれるか」

「すまんな」と言う割には、渡された紙には、最初から手伝い人の中に俊也の名前がしっかり書かれてあった。俊也達は引っ越し先で荷物を受け取る係であった。

書かれた住所を目指して行ったが、なかなか見つからず漸くたどり着いたのは、土浦駅から二十分ぐらいであろうか、畑を潰して造ったような中規模の新築建売分譲住宅の一角であった。

遠くから見ると、狭い土地にマッチ箱を並べたような家並みで、どれが誰の家か、表札が無ければ見分けがつかなかった。

待つ間もなく、中型トラックに満載された荷物が届いて、俊也達は指示された部屋へと運び入れていた。

一階は居間に台所と和室、二階が子供部屋と夫婦の寝室、今風の造りなのであろうが、俊也には別世界のような暮らしに思えた。

昼になって、出された握り飯を食べると皆は帰って行ったが、俊也だけが午後も残って片付けを手伝った。小さな庭には土が山になっており、スコップで突き崩して平らにしなければならなかった。

畑中と俊也が汗を掻きながら終わらせたのは、夕方だった。

「いやー終わった。ご苦労さんだったな、佐々木君。助かったよ。これ俺一人じゃとても出来なかったよ。腹減ったろうから飯食って帰ってくれ」

奥さんが出てきて、「本当に有難うございました。佐々木さんでしたよね。どうぞ上がってください」

俊也は誘われるままに上がってテーブルに着いた。目の前に、お寿司の出前が置かれていた。

畑中が冷蔵庫からビールを自分で持ってきて、俊也の前のグラスに注いでくれた。

「さあ、喉が渇いたしお腹も減ったろうから、ぐいとやって、寿司も摘まんでくれ」

言いながら自分もビールをごくごくと音を立てて飲み干した。

「はい、じゃあ遠慮なく頂きます」

俊也もビールを飲みながら手で寿司を摘まんだ。実際ひどく腹が空いていた。

食べ終わった頃には窓の外は真っ暗になっていた。

「どうもご馳走様でした。これで失礼します」

「帰るか。じゃあ、大通りまで送って行くわ。何せ、この辺は真っ暗で道が分かり難いんだ」

畑中が先に立って歩いていたが、細い道には街路灯も無く、暗かった。

「佐々木、如何だ、うまくやっているのか？」

俊也には質問の意味がよく分からなかったが、自分なりに応えた。

「ええ、慣れましたから。知らない事はまだまだ沢山ありますけど、何とかなっています」

「そうか。で、ラグビーは？」

「ええ、ラグビー部の人は皆いい人ですから、自分も結構楽しんでいます」

「あのラグビー部で不満ないのか。……実はなあ、菊池から電話もらった時に話しておけば良かったんだけどな、もう昔のラグビー部じゃあないってこと。お前、本当は社会人の強いチームでやりたかったんじゃないのか？」

畑中の顔は暗くてよく見えなかったが、何だか元気のない声であった。

「いやあ、俺は今のままでいいっす。どうせラグビーじゃあ飯は食えませんから。それに、勉強しなければならない事ありすぎちゃって、これで結構忙しんです、毎日」

大通りに出た所で、畑中は戻って行った。


田圃の稲刈りが終わり、梨や栗が出回る頃、県の社会人ラグビーのリーグ戦が終わった。台東機械ラグビー部は二部で全勝優勝を飾った。フルメンバーで戦えれば当然と言えた。春まで試合が無くなると、練習に参加する者も少なくなっていった。

俊也は、庶務課の管轄にある図書室から本を借りてきて、ベッドの中で読んだ。勉強することは沢山あった。商業簿記、消防法、危険物取扱、不動産取引、仕事に必要な知識は山ほどあった。

俊也はパチンコや競馬等のギャンブルは嫌いだったし、お酒も誘われれば行くが、自分から行くことはなかった。

休日には映画を観に行った。それも一人で列車に乗り、上野や浅草、有楽町のロード・シネマを観るのが好きだった。

都会の雑踏にいる孤独感が気に入っていた。沢山の目がありながら、どれ一つとして自分に向けられていない事が快感だった。

勿論、浅草や上野の裏通りには危険もあったが、数人のチンピラに囲まれても逃げ出すだけの自信はあった。実際そんなことも一度あった。

上野のアメ横には、東北線、常磐線から吐き出される田舎の匂いがした。すれ違う人々の顔が都会のそれとは違って見えた。

ショーウインドーに映る自分を見ていた。そこには、あか抜けない、いまだ少年から抜け切れない己の姿があった。

十二月に入ると、俊也達新入社員にも初めてのボーナスが支給された。自分の席で、そっと袋を覗いてみると、一万円札が数枚入っているのが見えた。

隣に座っている高橋が、ボーナスを無造作に尻のポケットに仕舞い込み、俊也に向かって、

「佐々木、お前もボーナス貰ったか？」

「ええ……」

「初めてだろう。よし、今日は俺に付き合え」

「はあ、何処に行くんですか？」

「まあ、俺に任せておけって」

俊也が返事をする前に、向かいに座っていた羽成女史が、

「高橋君、佐々木君を変なところに連れて行っちゃあ駄目よ。彼にとって、初めてのボーナスなんだから」

「変なところって、人聞きの悪いことを言わないでくれよ。ちょっと男同士の付き合いだよ……」

高橋が口をとがらせて言った。

「付き合いもいいけど、ともかく、お金は大事に使うのよ。佐々木君、分かった」

「うん、……」

羽成女史の顔を見ないように下を向いたまま返事をした。

二人はコートの襟を立て、ポケットに両手を入れて歩いていた。どうやら、街に向かっているらしかった。賑やかな駅前の商店街を抜けて暫く歩くと、高橋は、小さな路地に足を踏み入

れた。

狭い袋小路の両側には、古びた二階建ての建物が数件軒を連ねていた。街灯が入り口近くに一つあるだけで道は暗かった。高橋は、一番奥の赤提灯のぶら下がった店の前で止まり、俊也を振り向いて黙って戸を開けて中に消えて行った。

「いらっしゃい」しわがれた女の声が聞こえた。

薄暗い店内は、カウンターがある居酒屋といった感じだった。まだ開店したばかりと見えて、客の姿はなかった。

二人はカウンターに座り、取り敢えずビールを注文した。ビールとグラスを用意してくれたのはこの店の女将だろうか、高橋に向かって親しげに話しかけていた。

「高橋さん、久し振りね。何処か他所で浮気していたんじゃないの？　彼女妬《や》いているわよ」

「そうかい。まあその代わり、今日は新人を連れて来たよ」

「こちらさん？」

女将が俊也の肩に手を置き、顔を覗き込んで、

「あらまー、若くて良い男ね」

「ああ、職場の後輩。佐々木君だ。面倒見てやってくれよ」

高橋はこの店の常連と見えて、尊大な口のきき方をした。

ビールを飲んでいる間に、店の奥から女が一人出てきて、高橋の横に座った。

「高橋さん、最近御見限りじゃないの！」

鼻から抜けるような声を出し、高橋にしなだれかかっていた。

「あいちゃん、俺だって忙しいんだぜ。それに金も続かないしな」

「うーん、分かっているわよ。でも今日はいいんでしょう」

「ああ、その心算さ。そうだ、女将……」

高橋は腰を上げ、女将と奥で何やら話をしていたが、カウンターに戻って来ると、

「よし、交渉成立だ。佐々木、行くぞ！」

「えっ！　何処へですか？」

「いいから、俺に任せておけって」

俊也の腕を摑んで無理矢理立たせると、二階の階段を上がり始めた。二人の後から、あいと呼ばれた女ともう一人女が付いいて来た。安普請《やすぶしん》とみえて、みしみしと音がした。階段を上り切ると、高橋があいの肩を抱き、もう一人の女に向かって、

「けいちゃん、佐々木の事頼むぜ。しみじみやってよな」

二人は、引き戸を開けて部屋の中へ消えた。

俊也は呆然と立ち尽くしていた。ここが如何いったところなのかは、店に足を踏み入れた時から薄々感じていた。しかし、自分がその場に立つと、如何していいか分からなかった。

「さあ、入って」

女が、俊也の腕を取り、反対側の部屋に導き入れた。

四畳半ほどの広さに、薄暗い蛍光灯がぶら下がり、真ん中に布団が敷かれてあった。枕元には屑籠《くずかご》とティッシュペーパーの箱だけが目についた。俊也は何だか胴震いがした。

「時間がないから、早く脱いで」

女は、俊也のコートを脱がせるとハンガーに掛け、自分もワンピースを脱ぎ始めた。俊也は立ったままだった。女は、ブラジャーを外しストッキングも脱ぎ、パンティー一枚になった。

「如何したのさ？　ほれ早く脱いで」

女が俊也のズボンのベルトに手を掛けたのに、初めて反応し、セーターとズボンを自分で脱いだ。

「お兄さん、あんた初めて？」

女が、裸で布団に寝転がりながら言った。

「えっ、ああ……」

「そう。……しみじみ教えたげる、来て！」

言われるままに、パンツも脱いで女の脇に身体を横たえた。俊也には女の年齢はよく分からなかったが、顔のシミや首のあたりのたるみから、若くない事は確かだった。

俊也の下半身は、本人の意思とは関係なく硬くなっていた。女が、枕元からコンドームを取り出し、俊也の分身に装てんしてくれた。

女は布団の真ん中に寝転がると、仰向いて股を広げ、「さあおいで」と俊也を促した。女の股の間に身を置いて、己が分身を黒い茂みに向かって突き出すのだが、なかなかうまく入ってくれなかった。女がそっと指を添えてくれると、ヌルリと呆気なく入ってしまった。

女は俊也の尻に手をやり、腰を動かすよう促した。何だかぎくしゃくしてうまくリズムに乗れなかったが、女の下からの動きに合わせ次第に速い動きになった。下半身の感触よりも、俊也の頭の中で女を感じていた。何かがはじける感じがしてその瞬間が来た。

「終わった？　こぼさないでね」女は最初の無表情に戻って言った。

俊也はコンドームを抜け落ちないように手で押さえながら女の上から身を起こした。膨らんだ先にはたっぷりと男の体液が溜まっていた。

女はティッシュを取り出しながら俊也にもくれ、自分の股を大きく広げ、黒々とした陰部をティッシュで拭き取っていた。俊也にはその姿がひどく醜悪《しゅうあく》に見え、女との行為が、今更ながら汚らわしいものに思えた。

俊也は一刻も早くこの部屋を出たかった。素早く服を着おわると、

「幾ら？」

「本当は五千円なんだけど、三千円でいいわ」

ポケットから財布を取り出し、千円札三枚を女に渡した。

「お兄さん、良かったでしょう。また来てね！」

女の声が背中に聞こえたが、そのまま部屋を出て階段を下りた。それから十分ほどして高橋が下りてきた。

二人は肩を並べて来た道を歩いていた。

「如何だった？」

「……」

「まあ、あんなものさ。……よかったらまた来ようぜ」

高橋は仲間が出来たと思ってか、親しげな口をきいた。

俊也は寮への帰り途を一人で歩きながら考えていた。俊也だって、若い、一匹の雄であり、股間の疼きは人一倍感じていた。何時か、異性との交わりを夢見ていた。今夜の高橋からの誘いも、何がしかの期待が無かったわけではなかった。

しかし、終わってみれば虚しさのみが心に残っていた。何だか無性に腹立たしかった。思いっきり駆け出して、叫びたかった。

正月休みは五連休だった。

大晦日、元旦は流石に独身寮には誰もいなかったが、俊也には帰るべき所も行く当てもなかった。

部屋の誰かの電気コンロで餅を焼き、インスタントラーメンを啜《すす》って過ごしたが、侘《わび》しいとも思わなかった。二日には、土浦の街中でも映画を観ることが出来たし、食堂で飯も食べられた。

少ないとはいえ、自分で稼いだ金を使うのに誰に憚《はばか》ることもなかった。俊也は自由だった。

二月も末になると、関東平野では梅が咲き始め暖かくなった。

土曜日の練習には参加者も増え、グラウンドも活気が出てきた。最近、工藤を見かけなくなっていた。寮でも工場でも会うのを避けているようだった。

定時後、俊也が自分の机の上を整理しているところへ、のっそりと現れたのは工藤だった。

「よう、工藤。帰るのか？」

「うん。一緒に帰ろうよ」

二人は寮への道を並んで歩いていた。ポケットに手を入れて俯《うつむ》き加減に歩く工藤の背中が丸くなっていた。俊也が何か言おうとしたが、工藤の方が先だった。

「佐々木、お前には済まんけど、俺辞めて秋田に帰ることにしたんだ……」

「えー、本当か！　帰って如何するのよ？」

「うん、お袋も親父も帰ってこいって言うしさ、兄貴の仕事手伝うことにしたんだ」

「そうか……。皆が帰って来いって言うんだったらそれがいいかもな。ラグビーはどうする？」

「勿論やるさ。高校のＯＢのクラブチームがあるんだ」

「お前、お袋さんの手料理が好きか。ここの飯、お前には不味いかもな」

「お袋が作るきりたんぽ汁旨いんだわ。お前、きりたんぽ知っているべ」

「うん、でも食ったことないけどな」

「佐々木、休みにおら家に遊びに来いよな。お袋のきりたんぽ汁食わしてやるべ。本当だぞ」

食べ物の話をしたからなのか、俊也に秘密を打ち明けた所為なのか、工藤の声が弾んで聞こえた。

寮の灯りが見えてきた。俊也が右手を差しだすと工藤はそれを握り返してきた。大きな手だったが柔らかく温かだった。

「工藤、元気でやれよ。見送りには行かないぞ」

「佐々木、すまんな。一緒にラグビー出来なくて」

その週の土曜日、工藤は寮を出て行った。

2

昭和四十四年春、俊也が庶務課に配属になってから四年が過ぎていた。

昼休み、社員食堂で昼飯を食べていた。

真向かいのテーブルは、十数人の見慣れない若者達で占められていた。作業着の腕の腕章に実習の文字が見えた。今年入社した大学卒の一団だった。

多分、歳から言えば俊也と同じはずであったが、皆の顔は屈託がなく溌剌《はつらつ》として若々しく見えた。

俊也は彼らの事を特に羨ましいとも思わなかったが、あの明るさは何処から来るのだろうか、不思議に思えた。

「佐々木、見ろ。あいつ等大学卒の新入社員だ。お前と同じ歳だろう。四、五年もすれば、大学出たっていうだけで、何にも知らないくせに俺達を追い抜いて行くんだぜ。やってられねーよなあ」

庶務課の先輩、高橋がうんざりした顔で箸をお盆に投げ捨てるように置いた。俊也は何も応えず、薬缶のお茶を注いでやった。

庶務課は課長の畑中以外、皆、高卒だった。学卒が配属されるような日の当たる職場ではなかった。

学卒が配属されるのは、技術部門では、設計・開発、事務部門では人事・経理と決まっていた。それも数は限られていて、霞ヶ浦工場ではエリートだった。

もっとも、台東機械に限らず、世の中は、昭和二十年、三十年代に社会に出た人々の主力は圧倒的に中卒であり高卒であった。それは四十年代でも変わらなかった。何時の時代も、日本の社会において、大学卒はエリートだった。だからと言って、俊也は、今更大学を出ておけば良かったと考えるのは無意味な気がした。

姉の芳江が突然工場に俊也を訪ねて来たのは、六月の梅雨の前であった。芳江に会うのは家を出て以来初めてであった。

昼休みの短い時間に語ってくれた芳江の話は、俊也にとってあまりにも衝撃《しょうげき》だった。

それは自分の出生に纏《まつ》わる話であった。勿論、父隆三が自分の本当の父親でない事を知ってしまった以上、誰か他に自分の父親なる男、母親の生殖相手としての雄が存在するのは分かっていた心算であった。

昔、少年時代に、その事実を知った時には、その男の事を殺してやりたいと思ったほどであった。しかし、時間とともに、漠然とした顔の見えない男の事は、日常の生活の中に埋没してゆくものであり、俊也にとって、消しさる事の出来ない怨念ではあっても、意図しない中に、深い襞の奥の奥に押し込めていたはずであった。

その顔の見えない男が、今、芳江の話を通してまた目の前に現れたのだ。しかも現実の名前を持って、呪われた事実が、突然太陽の下に曝《さら》け出されてしまったのだ。本当は知りたくはなかったのだ。

その夜、俊也はベッドの中で、何時までも眠れないでいた。

やおら起き出して、芳江から渡された封筒をポケットから取り出して見た。母から預かってきた、認知証明書であった。忌《い》まわしい過去に繋がるこの紙切れを、破り捨てたい衝動に駆られた。

しかし今、名前を見てしまった以上、破り捨てても何の解決にも、気休めにもならないのは分かっていた。

結局、俊也は、普段使うことのない旅行鞄のポケットにその封筒を仕舞い込むのであった。

3

八月、霞ヶ浦工場にも、お盆を挿《はさ》んで一週間の夏休みがやって来た。

一度は封印したはずなのに、やはり気になって仕方がないことがあった。それは、俊也の意に反して、胸の中で日に日に膨らんでいたのだ。

俊也は思いきって仙台に行ってみることにした。常磐線の仙台行き夜行列車に乗り、着いたのは朝だった。

仙台の土地勘などまるでなかった。

市役所の住民課の窓口に立っていた。朝早い所為か閑散としていた。

「すみません。ちょっとお尋ねしたいのですが」

窓口に座っていた男性の職員に声を掛けた。

「はい、何でしょうか？」

「実は私、身内の者を捜しているのですが、手掛かりがこの住所しかなくて」

俊也はポケットから芳江に貰った封筒を取りだし、男の前に差し出した。

男はその古びた封筒を手にし、表も引っくり返して見た後、何か胡散臭《うさんくさ》げに俊也を見返して言った。

「で、この男性と貴方の関係は？　個人の秘密に関係しますのでね」

「もっともです。実の父親ですが、理由があって行方が分からないのです。ここに手紙があります」

俊也は、封筒から抜いてあった、認知証明の紙を男に見せた。男は、浅見純也の名前と封筒の差出人とを見比べた後で、紙を俊也に返してよこした。

「ちょっと待っていてください」

言い残して男は席を立って行った。

暫く待たされた後、男が窓口へ戻って来た。

「古い台帳を調べたんですが、この住所に該当する記録はありませんね。後は、実際にこの住所に行ってみて、古くから住んでいる人に訊いてみる事ですね。それと、この住所は古い町名ですね。この辺は戦争で焼け野原でしたから、戦後、新しい区画に変わっていますよ。今は、あけぼの町二丁目ですね」

それだけ言うと、男は何事もなかったかのように、やり掛けていた仕事に目を向けた。

「どうもお手数をお掛けしました」

俊也は男に礼を言って市役所を出た。駅まで歩いて戻り、駅前にある大きな案内板から、あけぼの町を探し出した。

市電に乗り、あけぼの町で降りると目の前にたばこ屋があった。外から覗くと老婆が店番をしていた。

「ハイライト一つ下さい」

俊也は煙草を吸わないのだが、百円玉を一つ出して買った。

「すみません、ちょっとお尋ねしますが、昔の旭町はこの辺りでしょうか？」

「旭町はこの通りの向こう側ですね。二つ目の通りから下の方がそうですよ。この辺はＢ二十九の焼夷弾で焼け野原になってしまいましたよ。随分人も死にましたからね。……何方かお捜しですか？」

老婆は親切に、何時までも話し続けたそうに教えてくれた。俊也は礼を言って、その場を離れた。必要のないハイライトをポケットに押し込んでいた。

教えられた道を下って行くと、蕎麦屋が目についた。十一時になったばかりであったが、暖簾《のれん》がかかっていたので、入ってみることにした。俊也は朝、仙台に着いてから何も食べていなかったし、実際腹が空いていた。

「いらっしゃいませ」

中から声がし、中年の女が出てきて、水の入ったコップとメニューを俊也の目の前に置いた。

他に客はいなかった。

一番高そうな天ざるそばを注文した。

俊也がそばを食べ終わっても、客が来そうな気配はなかった。そばつゆを持ってきてくれた女に俊也が話し掛けた。

「お姉さん、このお店は古いんですか?」

「そうね、四、五十年経つのかな。私がここに嫁に来てからだって三十年だからね。お姉さんじゃないのよ。おばさん」

女は「お姉さん」と呼ばれたことに気を良くしたのか饒舌《じょうぜつ》だった。

「僕、古い人を捜しているんですが、旭町三丁目ってこの辺りですよね」

「そうよ。ここが二丁目だから、この通りの向かい側が三丁目ね。何という名前の人。貴方が捜しているのは」

声には中年女性独特の詮索《せんさく》好きな性根が現れていた。

「ええ、浅見純也という人です。心当たりがありませんか?」

「うーん、知らないわわ……。そうだ、家の旦那に訊いてみるわ」

女は調理場へ入っていって、誰かと話す声が聞こえていたが、旦那と思しき男と戻って来た。

「三丁目に住んでいた、浅見純也ね。幾つぐらいの人かね」

男が訊いた。

「はあ、はっきりは分からないのですが、大正二年か三年生まれだと聞いています」

「じゃあ、俺より少し年下だな。旭町は小学校が一つだったから、浅見って名前は確かに何人か記憶があるよ。だけど浅見純也はどうかな……。家は昔から蕎麦屋だから、この辺の家は大体知っているんだ。出前があるからな。でも、ここらは米軍の空襲で焼けちまったからな。俺も兵隊から帰って来た時には、すっかり変わっちまっていたから……」

「そうですか。ご存知ありませんか。浅見って名前は仙台に多いですか？」

「ああ、浅見は昔仙台藩の侍の名前だけどね。そんなにはいないと思うよ。もっとも、その人が下宿していたってこともあるよな。ここらは、旧制高校や帝大の学生が沢山いたからな……」

男の言い方は何だか歯切れが悪かった。隠し立てする謂《いわ》れもなさそうだから、結局、詮索好きの女房に釣られて首を突っ込んではみたものの、よく覚えていないということらしかった。

俊也は礼を言い、お金を払って店を出た。

真夏の照りつける日差しの下、俊也は三丁目に当たる辺りを歩いていた。一軒一軒の表札を覗いてみても浅見はなかった。

駅前に戻って喫茶店に入ると、冷房が効いて涼しかった。アイスコーヒーを頼むと、片隅の赤電話の傍に置いてある電話帳に目がとまった。

（そうだ電話帳で探してみよう）と俊也は思いついた。

厚い電話帳をテーブルに載せ、「あ」の欄を捲ってみた。確かに浅見の姓は多かった。目で追っていくと『浅見純也』の名前が飛び込んできた。

俊也は、宝ものでも見つけたように、ちょっと興奮していた。急いで手帳にその住所と電話番号を書き写し、喫茶店を出た。

歩道にある電話ボックスに入って、ダイヤルを回してみた。呼び出し音はするのだが出なかった。一旦《いったん》切って、もう一度慎重に番号を廻したがやはり応えはなかった。電話ボックスの中は蒸し風呂のようで耐えられないほどであった。

腕時計を見ると午後の三時であった。考えてみれば、今日は平日であり、男が仕事で留守にする可能性もあった。

俊也は夕方まで時間潰《つぶ》しをすることにして街をぶらついた。

六時半になってもう一度掛けてみた。

(プルルン、プルルン) の呼び出し音の後に、ガチャリと音がして男の声が聞こえてきた。

「あのう、浅見さんのお宅でしょうか？　私、佐々木と申します」

「浅見ですよ」男の声が返ってきた。

「浅見純也さんは御在宅でしょうか」

「私ですが、何か？」

「失礼しました。実は同姓同名の古い知人を捜しているものですから。あのう、浅見様はずーっと今の住所にお住まいでしょうか。以前、旭町にお住まいになった事は御座いませんでしょうか」

「他の場所に居た事はあるけど、旭町は無いな。で、あんたの捜している人って幾つかね」

「はい、確か大正二、三年の生まれだと聞いていますが」

「ああ、そりゃあ人違いだわ。私は昭和の生まれだから」

電話の切れる音がした。

俊也は上野行きの夜行列車に乗っていた。座席の背もたれに寄り掛かりながら眠ろうとしていた。疲れているはずなのに眠れなかった。何とかなるだろうと、甘い期待を抱いて出かけて来たものの、結局仙台では何の手がかりも得られなかった。車窓から見える仙台の街の何処かに、顔の見えない男は確かに居たはずなのに。


ラグビーの練習も試合も無い日曜日、俊也は独りで東京へ出かけて行った。上野で降りると、映画館に行く前に喫茶店に入った。

赤電話の横に積んである電話帳の中から、あ行の載っている分厚い一冊を取り出し、テーブルの上に置いた。

コーヒーを飲みながら、ページを捲って浅見の名前を探すと、流石に一千万人の住む大都会東京、数ページに亘って浅見姓があった。

『浅見純也』同姓同名が七人居り、俊也は手帳に住所と電話番号を書き写した。

映画館を出たのは夕方だった。公衆電話ボックスに入り、手帳の一番目の電話番号をダイヤルしてみた。待つ間もなく男の声が聞こえてきた。

「浅見です」

「私、佐々木と申します。浅見純也さんでいらっしゃいますか」

「そうだけど。何の用事ですか」

「突然ですみませんが、私、古い知り合いを捜しているものですから。失礼ですが、樺太にお住まいの経験は御座いませんでしょうか」

「えっ、樺太！　全くない。人違いだな」言うなりガチャリと切れた。

俊也はふうーと大きな溜息をついた。気を取り直して、二番目の電話番号を廻してみた。呼び出し音が聞こえていたが誰も出なかった。

三番目に挑戦しようとすると、外からドアを叩く者がいた。見ると、二人が並んで空くのを待っていた。俊也は諦めてその場を離れ、別な公衆電話ボックスを探した。人のいない、使いそうもない電話ボックスはなかなか見つからず、二キロ程歩いて漸くそれらしいところに出くわした。

三番目の電話番号を廻すとすぐに相手が出た。女の声だった。

「浅見純也さんのお宅でしょうか。私、佐々木と申します」

「ちょっと待ってくださいな。主人と代わりますので」誰かを呼ぶ声が受話器から微かに聞こえてきた。
「浅見だけど。何方かな」低い耳に残る男の声だった。
「夜分大変失礼します。私、佐々木と申しますが、浅見純也という名の知人を捜しておりま
す」
「それが私だとでも言うのかい」男は俊也の話を遮《さえぎ》るように言った。
「いえ、それでお訊きしたかったのは、失礼ですが、昔樺太にお住まいだったことが御座いま
すでしょうか？」
「ふうん、あんたは引揚者支援団体の人かい」
「いえ、飽くまでも個人で捜しておりますが。ご経験がおありでしょうか？」
「残念だな。俺は朝鮮からの引揚者だが、樺太には関係ないな。もっとも、引揚者団体で政府
に圧力かけるなら手伝うぜ」
俊也は、男の話し方が何だか胡散臭く感じ、慌てて「失礼しました」と言って受話器を置いた。
四番目の電話番号の相手は、声からして明らかに若い男だった。それでも年齢を尋ねるとや
はり別人であった。
その日は、結局三人にコンタクトすることが出来たが、該当者はいなかった。
二週間後の日曜日、再度挑戦し、残りの四人の中三人と連絡することが出来た。しかし、何
れも別人であった。手帳の二番目の男には今度も接触出来なかった。

俊也は最後の一人に賭けていた。男が、土日に仕事をしていることも考えられた。

俊也は、月曜の夜、十円玉をポケットにじゃらつかせ、寮の近くの公衆電話に入った。硬貨投入口に十円玉を入るだけ押し込み、慎重にダイヤルを回した。呼び出し音がするのだがやっぱり誰も出なかった。何度やっても同じだった。受話器を置くたびに、十円玉が返却口から溢れ出るのだった。

夜の仕事も考えられた。

平日の午前中、俊也は仕事場を抜け出して、工場の外にある公衆電話を掛けていた。ダイヤルを回して暫くすると、受話器から男の声が聞こえてきた。

「浅見ですが」

「私、佐々木と申します。突然ですが浅見純也さんでしょうか」

「そうですが。何か？」

「実は、同姓同名の古い知り合いを捜しているものですから。あのうー失礼ですが、御歳はお幾つでしょうか？」

「私ですか。五十七になりますよ。でも、佐々木という貴方の名に覚えはないですがね」

「はあ、偶然かもしれませんが、私の捜している人も同じくらいの歳なんです。失礼ですが、昔、樺太にお住まいだったことはありませんでしょうか？」

「ないですね。昔兵隊で満州には行った事がありますが、樺太はね。残念ですけど私じゃありませんね」

男の言葉遣いは丁寧であったし、何かを隠しているふうには聞こえなかった。

結局、電話帳から得るものはなかった。俊也は諦めるしかなかった。もっとも、本人が電話口に出たとしてその先どうすべきか、答えを持っていたわけでもなかった。顔のない男の顔を見て、如何したいという確たる考えはまだなかった。


それから数カ月が経ったある時、俊也は工場内にある図書室の整理をしていた。図書室は庶務課の、俊也の仕事だった。

隅の方にダンボールに詰まった古い書物が積み上げられたままであった。何時か誰かが廃棄しようとしたものであろうか。

中を確認していると、分厚い辞書のような物が出てきた。


――官公庁職員名簿便覧　昭和三十五年度版――


背表紙からやっと読み取ることができた。

俊也ははっとして、その分厚く重たい書籍を手に取ってみた。

(そうだ。この中に顔の見えない男の名前があるかもしれない)と思った。

昭和三十五年度版であれば、その男は四十七、八歳、中央官庁の早期退職の対象前のはずであった。戦後復職していれば、必ずこの分厚いページのどこかに載っているに違いなかった。

俊也はその便覧を袋に入れ、こっそりと寮に持ち帰った。自分のベッドで、電気スタンドを頼りに一ページ目から捲っていった。

『浅見純也』の名前は容易に見つからなかった。土・日の休みも利用して、丸々一週間を費やしても見つけることは出来なかった。

もう完全にお手上げだった。

(俺は一体何を探しているのだ。何を求めているのだ) 自問していた。

その男に出会ったとして、何を言うのだろうか?

「あんたの所為で俺はこんなに苦労してきたんだ」とでも恨み言を言うのだろうか。

それとも、「おとうさん、貴方に逢えてよかった」と言って泣きながら抱きつきたいのか。

男と出会うことによって、自分の人生が変わるとでもいうのだろうか?

俊也はそれらの全てが、虚しいことのように思えてきた。膨らんだ胸の期待が今はすっかり萎《しぼ》んでしまっていた。

俊也は、再び認知証明書を鞄の奥深く仕舞い込むと同時に、その男の名前を心の奥底に潜ませたまま、月日の流れの中に、何時か置き忘れて行くのであった。

第五章　出会い

1

俊也は二十七歳になり、やっと庶務課を離れ、勤労課労務係に配置替えとなった。労務係の主任は中島、四十くらいの高卒叩き上げで、何処か陰気くさい男であった。

主任の中島が俊也を別室に呼んだ。

「佐々木君、同じ総務部だから見て分かっていると思うんだけど、労務係って早い話が組合対策だからな。特に、現場の職工さんをうまく働かすことだよ。分かっているよな」

「いやー、外から見ているのとは大違いでしょうから、一から勉強します。中島さんのようなこの道のプロに教えて頂ければ幸せです。宜しくお願いします」

中島は、俊也の言葉に満更でもないらしく、たばこを取り出し火を点けると、ふうーと煙を大きく吐き出した。

「君らはまだ若いから知らないだろうが、戦後、我社の労働争議は大変だったんだよ。それ以来、工場の勤労課と言えば、労務係が如何に現場の職工たちをうまく丸め込むかが重要な仕事なのさ」

わざとらしく灰皿に灰を落とすと、勿体ぶって、

「言っちゃあ何だけどな、同じ勤労課でも人事係なんて本社の大学出が来て、組織論だの評価システムが如何のって頭でっかちの戯言《ざれごと》さ。そういう意味ではな、君の腕の発揮しどころだよ、ここは」

俊也には、中島の話している姿が、部長や課長の前とは違ってえらく尊大に見えた。第一、戦後すぐの労働争議のことは、俊也でも知っていたし、そのころ中島が入社しているはずがなかった。

「そうですか。取り敢えず何から学んだらいいですかね」

「まあ、現場の連中の顔と名前を覚える事だな。金庫にマル秘ファイルがあるから、その中に特に赤丸の付いた連中の事はよく覚えておいてくれ。それから、後で組合の幹部に紹介するからな」

俊也は前任者から引き継いだ、従業員の名簿や、組合関係の書類を開いて眺めてみた。そもそも、組合のなんたるかも知らなかった。

図書室にある、労務管理の本や、『六法全書』を借り出して読むことから始めねばならなかった。

『労働基準法』『労働組合法』『ユニオンショップ制』俊也が学ぶべきことは山ほどあった。

ちなみに、台東機械はオープン・ショップ制を採《と》っていた。

それは戦後の労働争議の時に、現場主体の組合に対抗して第二組合を作って乗り切った経緯があるため、ユニオンショップ制にするわけにはいかなかったからである。

今のところ、工場内は単一組合で成り立っていたし、現場の従業員も全員組合に所属していた。そういう意味では、中島が言うようによくコントロールされていた。少なくとも表向きはそう見えた。

俊也は、現場の朝礼に顔を出し、自己紹介をした。朝礼は組長ごとに行われていた。

「今度庶務課から、勤労課労務係に来ました佐々木です。どうぞ宜しくお願いします」

組長や班長は庶務課時代から見知っていたが、何だかよそよそしかった。ラグビー部の仲間に会っても、何故か俊也を避けている様子だった。

それでも俊也は機会ある毎に、自分から積極的に現場の人達に話し掛けていた。しかし、彼らの口から本音らしい言葉は何時まで経っても出て来なかった。


「佐々木君、今日の定時後付き合ってもらうけどいいな」

主任の中島が、命令口調で言った。

「はあ、構いませんが。何でしょうか?」

「まあ付いていてくれれば分かるよ。六時な、遅れるなよ」

俊也が中島に付いて正門に行くと、勤労課長の島田が待っていた。三人がタクシーで向かったのは、土浦市内にある小料理屋であった。離れのような座敷に通されると、既に先客が三人待っていた。

「やあ、お待たせしちゃってすみませんな。今日はうちの労務担当が変わりましたので紹介しますわ」

島田課長が上座に座ると二人は左右に居流れて座った。

「佐々木俊也です。宜しくお願いします」

「佐々木君か。執行委員長の崎山だ。この二人は組合の幹部だ。宜しくな」

崎山の顔は俊也も何度か見たことがあったが、話をするのは初めてだった。五十半ばであろうか、脂ぎった感じで、何だか偉く尊大に見えた。二人の幹部は、製造部の事務所で何度か顔を合わせ話したこともあり、お互いに見知っていた。

「そろそろ、組合役員の改選ですなあ。崎山さんにはもう一期やってもらえるんですよね」

ビールを飲みながら、島田が訊いた。

「いやいや島田さん、もう勘弁してください。私も齢ですから、若い人に譲って、製造部に戻って仕事に精出しますよ。これから定年まで、老骨に鞭打って会社の為に働きますよ」

崎山の言外には、退任後それなりの会社のポストを要求しているのが見え見えだった。強《したた》かな狸親父であった。

「いや、今は崎山さんしか組合員を纏めていける人いませんよ。余人《よじん》を以て代え難しですよ。お願いしますわ。こう言っちゃあなんですが、二年後に市議会議員の選挙があるんですよね。会社でもそろそろ市議会に人を送ろうと思いましてね、部長と話しているところなんですわ。組合内部で進めてもらえませんか。今回はもう一期崎山さんということで」

島田の申し入れに、崎山は困ったような顔を二人の幹部に向けていた。

「島田課長の頼みではな。まあ、帰って他の連中とも相談しようよ。うちにはうちの事情もあるしな」

俊也には、崎山の顔に満更でもないと書いてあるような気がした。

どうやらこれが今夜の密談の主要テーマらしかった。

その後は、酒が入り他愛のない話が続いた。

「島田さん、うちの息子来年W大卒業なんですわ。親父の跡をついでこの会社に入りたいって言うものだから、どんなもんだろうね」

「ほう、そうですか。W大ですか。いやー親父さんに似て優秀なんですなあ。本社の人事に話をしておきますよ」

「そう言われるとお恥ずかしい。鳶《とんび》が鷹《たか》を産んだって言われますよ。わっはっはぁ……」

二時間ほどでお開きとなり、皆は俊也を残し、タクシーで帰って行った。後で、交際費の伝票を書くのは俊也の仕事であった。

俊也は現場の人間に疎まれても、時間が許す限り話を聞くことにしていた。最初は中々打ち解けてもらえなかったが、それでも若い人達は、少しずつ心を開いてくれるようになっていった。

年配の人たちは、不満さえも口にすることはなかったが、若者達は不満を、改善を要求するようになってきた。

そんな時、俊也は改善提案を思いついた。早速その日残業をして簡単な企画書を書きあげた。

翌日の課内会議で説明時間をもらって『改善提案制度』の要旨を簡単に説明した。

(現場には不満がある。改善のアイデアを持っていること。提案することにより参画意識が高まる。モラルの向上に繋がる。コストカットや生産性の向上に貢献出来る事等)俊也の説明に、先ず主任の中島が否定的な発言をした。

「そんなことをしたら、現場の連中は文句ばっかり書いてくるんじゃないか？　それにあいつ等にアイデアなんてあるのかな。僕は計画倒れだと思うがなあ」

「小集団活動だとか、提案制度を導入している会社は結構ありますからね。僕はやってみる価値はあると思いますけどね。ただ、どうやって運営するかですよね」

人事係の主任が肯定的な意見を言ってくれた。

「実際の運営方法なあ、その辺は如何かね？」

課長の島田が俊也に訊ねた。

「勿論、自分達だけでは出来ませんので、製造部や経理部とも相談します。その上で、提案の受付窓口や、評価方法と褒賞《ほうしょう》を決めます。多分、現金を渡すのが良いと思いますが……」

暫く議論が続いた後、課長の島田が言った。

「まあ、やってみるか。部長に相談して工場長に話してみよう。佐々木君、急いで詳細計画を纏めてくれ」

俊也は他部署の主だった人間に相談し、『改善提案制度の導入』の計画書を書き上げ、島田と共に工場長に説明に行った。

「面白いじゃないかこれ。是非やってみようよ。僕からも各部に話しておくよ。こういう積極性が好きなんだよ、僕は」

工場長はご機嫌だった。課長の島田も上機嫌だった。

翌月、提案制度が正式にスタートした。

最初は少なかった提案件数も月を追うごとに多くなっていった。提案されたアイデアが実際の改善に取り入れられ、表彰状・金一封が渡されると現場にも理解されるようになり、工場中に関心が広がっていくのであった。

俊也が現場に行くと、心なしか今までより笑顔が返ってくるような気がして、何だか嬉しかった。

2

俊也が仕事をしているところへ、人事係の主任が話し掛けてきた。

「佐々木君、君もねえ二十七だろう。そろそろ独身寮出てもらいたいんだ。来年の採用は更に増えるから、部屋足りないんだよね。何処か庶務に頼んでアパートでも見つけてくれない。……社宅は空いているから結婚するのが一番だけどね」

最後の言葉は（余計なお世話だ）と言いたかったが、入寮規定では退寮しなければならない年齢であるのは確かだった。

庶務課が持っている、付近の不動産情報から、アパートを紹介してもらって、早速引っ越す事に決めた。阿見町にある飲み屋街の近くだったが、外食をするにも工場へも歩いて通えるし便利であった。

俊也は残業で遅くなり、正門を通る頃には九時になっていた。守衛所の中から泉が声を掛けてきた。

「佐々木君か、遅いんでないの。ちょっと寄っていけよ」

ドアを開けて中に入ると、魚の焼くにおいがしていた。

「おめえ、アパートに移ったんだてな。今から帰ってもしゃあんめーよ、一人では。ちょっとお茶飲んでいけ」

泉は奥から一升瓶を取り出し、湯呑み茶わんに酒を注いで俊也の前に突き出し、焼いていた目刺しを皿に取ってくれた。

空きっ腹に飲む酒は胃の腑を熱くし、目刺しの香ばしさが鼻先を擽《くすぐ》った。

「旨いっすね、このお茶」思わず口から出た。

「んだっぺよ。一人で飯食ってもしみじみしねべ。俺が嫁世話してやっからよ。いいな」

「いやー、嫁さんはまだいいすよ」

「何でだ。おめえ、誰かいんのかよ？　……ひょっとして、羽成女史に捕まったんじゃあんめいな？」

「違いますよ。だれもいないっすよ。欲しくなったらお願いしますから……」

俊也は頭を掻きながらその場を退散した。

アパートは、キッチンに畳の部屋が一つあるだけの狭い空間であったが、誰にも邪魔されない暮らしが嬉しかった。

食事用と勉強机を兼ねた卓袱台と、窓のカーテンが俊也の買い揃えた家具らしい物の全てであったが、それで満足だった。何時でも、好きな時に好きなだけ電気を点けて本を読むことが出来、眠くなればそのまま布団に包まって眠れば良かった。

ある夜、遅く帰って来た俊也は、蛍光灯を点けようとしてふと見ると、壁際から微かな光が漏れてくる気がして目を凝らした。

カレンダーの日焼けの痕《あと》に、小指ほどの穴が開いていて、そこから光が漏れていた。耳を澄ますと、女の笑い声がするようだった。

食事を済ませばする事もなく寝るだけであったが、何だかその穴が気になって眠れなかった。そっと起きだし、目を当ててみたが真っ暗だった。目を離し、瞬いた後で、再び覗いて見ると依然として真っ暗だったが、何だか周りに強毛のような物が見えていた。目を凝らしてよく見ようとした時、「あっ」と言うような声がして、突然、穴から光が差し込んできた。俊也も同時に目を離し仰け反っていた。

それは相手の目であった。誰かがこちらを覗き見していたのだった。再び、何語か解らない女達の話し声が聞こえてきた。

俊也は布団を頭から被り、眠ろうとするのだが眠れなかった。隣のざわめきは朝まで止むことがなかった。

翌朝、寝不足の目をしょぼつかせ、庶務課の担当者に昨夜の仔細《しさい》を告げた。

「ちょっと、あそこのアパートは駄目だよ。環境悪すぎだよ、あれは。何とかならないかね」

「えー、やっぱりそうですか。タイ人かフィリピン人女性が居るって噂でしたけど。他探しますか?」

「頼むよ。俺ノイローゼになっちまう。他に何処かないかい。少しぐらい遠くてもいいからさぁ」

担当者が紹介してくれたのは、ちょっと工場から遠かったが、一軒家の離れであった。

昔風の長屋門に囲われた母屋の玄関に立ち、呼び鈴を鳴らすと家の者であろうか、おばさんが出てきた。

「台東機械の佐々木と申しますが、電話を差し上げました部屋を借りる件でお訪ねしました」

「ああ、先程電話を頂いた方ですね。どうぞご覧になってください」

おばさんは、ちょっと俊也の事を値踏《ねぶ》みするように見据えた後で、先に立って母屋の横にある離れを案内してくれた。

二間に台所とトイレが付いており、母屋を通らずに出入りが出来る入り口があった。

俊也は静かなのが気に入った。月の途中だったが、早々にアパートを引き払って、引っ越してきた。

日曜日の午後、俊也は手に贈答用のお菓子の包みを持って、母屋の玄関に立っていた。

「こんにちは。佐々木ですけど」

「はあーい」

声がして若い女性が出てきた。

「今度部屋をお借りすることになりました佐々木です。ご主人、お母さんはお出でですか」

「ああ、佐々木さんですね。私、横山裕子です。母を呼んできますから、ちょっと待っていてくださいね」

この家の娘であろうか、サンダルを突っかけて裏の畑の方に駆けていった。暫くして、手拭いで頭を包んだおばさんが娘の前を歩いてくるのが見えた。

「どうも、佐々木です」

「ああ、佐々木さん。どうぞ中へ入ってくださいな」

玄関を入ると、昔風の広い部屋に通された。

俊也は改まって挨拶し、手みやげを渡した。

「あら、こんなことをして頂くと私の方が恐縮ですわ。実は、主人が亡くなりまして、娘と二人っきりなものですから、男の方に住んでいただくと安心ですの」

横山家は名のある家柄と見えて、おばさん、横山夫人の話し方には独特の訛りはあったが、丁寧だった。娘の裕子は市役所に勤めていると、自分から紹介してくれた。

娘の裕子がいるだけで、この古びた家の中も華やいで見えるから不思議だった。三人でお茶を飲みながら、あられ菓子を摘まんでいると家庭の味がした。俊也には遠い昔に忘れたはずの家庭の空気だった。

一カ月もすると、間借り生活にも慣れてきた。俊也はもともと自炊には慣れていたし、外食で間に合わせることも苦にならなかった。流石に洗濯には手を焼いていた。作業着も下着も、濯《すす》ぎが足りず、石鹸臭い、アイロンの掛からない皺だらけのままを身に着けていた。

日曜日の朝だった。俊也の洗濯物を見ていたのであろうか、横山夫人の呼ぶ声が、ドアの外から聞こえてきた。

「佐々木さん、起きています？　洗濯するんだったら、家の使ってね。お風呂場の横にあるから何時でもどうぞ」

俊也がちょうど洗濯をしようと思っていたところだった。

「あ、すいません。助かります」

慌ててドアを開けお礼を言った。

俊也と裕子も見かければ挨拶を交わし、それが何時しか会話になっていくのだ。

同じ屋根の下でなくとも、同じ敷地内に居る若い男と女が、親しくなるのに不思議はなかった。


俊也は裕子を映画に誘って有楽町に出かけることにした。めったに袖を通す事のないブレザーを着た俊也と、セーターにジーパンの裕子がそろって家を出るのを、裕子の母は玄関口で見送っていた。

有楽町の雑踏の中を二人で歩いていると、一人の時には全く気にならなかった人の目が、全て自分達に向けられているようで気恥ずかしかった。

薄暗い映画館の中で、スクリーンの淡い光に照らし出される裕子の横顔は美しかった。悲しい場面で、目元をハンカチでそっと押さえるその仕草が愛おしかった。

俊也にとって、初めての経験だった。自分自身で己の心を疑ってみた。孤独の冷たさで凍てついた心が、裕子と一緒だと温められ溶け出すのが自分でも分かった。

「私、男の兄弟がいないから、お兄さんのいる人が羨ましかったの。本当は男の人と親しくするのって苦手だったの。私って変？」

「如何かな。僕は怖い姉がいたから、女性は苦手だったな。特に年上は、でも妹は別かもね」

「じゃあ、私達って同じね。兄と妹だったら素敵よね。……私、もっともっと俊也さんの事知りたいの」

「僕かい。そうだな、ラグビーをやっていて、映画を観る事と本を読むのが好きなことぐらいかな。嫌いなのは掃除と洗濯だね」

俊也は笑いながら言った。

「じゃあ、今度私がお掃除してあげるわよ」

裕子の笑顔が眩しかった。

日曜日に、洗濯をしようと思っていたところへ、裕子が来て洗濯物の入ったバケツを俊也から取り上げ、本当に掃除を始めるのだった。

裕子が部屋に入って来るのに躊躇いを感じていたが、次第にそれも気にならなくなっていった。

俊也も若い男であった。心と肉体が愛情に餓《かっ》えていても不思議はなかった。

俊也は母屋の雨樋を半日掛かりで修理したお礼にと、夕食に誘われた。

「佐々木さん、今日はご苦労様でした。男手がないので本当に助かりました。どうぞ楽にして召し上がってくださいな」

横山夫人と裕子と三人でテーブルを囲んでいた。

「いやー、すごい御馳走ですね。かえって申し訳ないですね。こんなにして頂いて」

「ええ、でもこれ半分は裕子が作ったのよ。お口に合うかどうか分かりませんわよ」

「お母さん、私だって料理くらい出来るわよ。俊也さん召し上がって」

「遠慮なく頂きます」

裕子がビールをコップに注いでくれた。

外食や工場の食堂の味になれた俊也には、手料理の全てが新鮮で美味しかった。

裕子の母は俊也が美味しそうに食べるのを嬉しそうに見ていた。

「佐々木さんは、北海道にご家族がいらっしゃるのですか。ご兄弟はお姉さんだけですの」

「ええ、姉が二人います。どちらも家を出てしまっています」

「じゃあ、ご両親は御淋しいでしょうね」

裕子の母の問いかけに俊也は曖昧に答えた。家族の事は誰にも触れられたくなかった。裕子にもはっきりとは話していなかったのだ。

「宅も、この娘の姉が嫁いでしまってねえ……。裕子もそろそろ年頃だから相手がいればねえ。

私は独りで暮らしてもいいと思っていますの」

「お母さん、何言っているのよ、俊也さんの前で。私まだ若いのよ。心配しなくてもいいから」

裕子が俊也にちらりと目を向け、頬を膨らませて言った。

俊也には裕子の母が言いたいことは分かっていた。横山家の跡取りの事であるのを。

俊也は家族という名に鬱陶《うっとう》しさを感じた。目に見えない何かに束縛されるのが嫌だった。

その夜は礼を言って母屋を辞した。

若い二人には、周りに目に見えない茨や障害があっても、親しくなっていくのを止めることは出来なかった。

裕子にも、俊也の心の中に決して他人には覗かせないゾーンがあるのは分かっていた。

裕子は悩んでいた。誰かが、横山家のお墓を守っていかねばならない事を。実際、親類の者から婿養子の話が持ち込まれていたのだ。自分には、母を見捨てて出て行くことなど出来そうになかった。でも、俊也の事を忘れる事も絶対にできなかった。別れるくらいなら死んだ方がましだと思うようになっていた。

ある晩、裕子は、母が眠った頃を見計らって、静かに母屋を抜け出し、俊也の部屋のドアを叩いた。

俊也はまだ眠らずに本を読んでいた。

子が立っていた。

「俊也さん、起きている？」

裕子の押し殺したような声が聞こえてきた。

俊也が急いでドアを開けると、口元を引き締め、何かを訴えるような、思い詰めた表情の裕
子が立っていた。

俊也は無言で裕子を部屋へ導き入れ、「如何したの」優しい声で訊いた。

裕子は、じっと堪えていた子供が泣き出すように、俊也の胸に倒れ込んできた。

「私、俊也さんと離れたくないの。一緒にいたいの。お願い！」

俊也は縋り付いて泣く裕子の背中を抱いていた。

「裕子ちゃん、大丈夫だよ、離しはしないから」

「本当に？」

見上げる裕子の目が唇がそこにあった。自然に、二人は口づけをしていた。最早、若い二人の迸《ほとばし》る情熱を止められるものは何処にもなかった。

俊也は裕子を抱いたまま布団に倒れ込んでいた。裕子のセーターを上まで捲り上げると、真っ白な胸が現れた。

「お願い、電気消して」

豊かな乳房だった。裕子は初めてであった。

俊也は子供が出来てもいいと思った。俊也にとって性行為は快楽と同時に、生殖活動である

べきであった。

終わった後も裕子は俊也の胸から顔を離さなかった。

「結婚しようね。どんな事があっても離さないからね」

裕子の髪を優しく撫でながら俊也が言った。


翌日、工場から帰ると母屋に裕子の母を訪ねた。

裕子は自分の部屋にいるのか、その場にはいなかった。

「お母さん、裕子さんと結婚したいのですが、お許しいただけますか」

俊也は頭を下げ丁寧な言葉で言った。

「佐々木さんに娘を貰って頂けるなんて本当に嬉しいんです。でも私も主人からこの横山家を預かった身ですので、一存では決められないのです。親類の者とも相談して返事をさせていただきます」

裕子の母の言うことは想像していた通りであった。

もし答えが「ノー」であっても決心は揺るがないつもりだった。

次の日曜日に、分家の裕子の叔父が訪ねて来ることになった。

叔父と裕子の母と俊也が座っていた。

「佐々木さんですか、裕子の叔父です。この度、裕子と結婚していただけるという話で、私も叔父として大変嬉しいのです。今時、財産も無い家に婿養子に来てくれる男なんているはずがないんです。農地解放で全部取られてしまったんですわ。でもねえ、横山家は何代も続いた家でしてね、誰かが墓守って行かなくちゃなんねいのですわ……」

最後は溜息になっていた。

「何とかなんないもんですか。頼みますわ」

俊也は膝に手を置いたままじっと聞いていた。そして思いついたように、

「僕のような北海道で育った者には縁の無い話ですが、仰ることはよく分かります。でも私にも両親がいますので、婿養子は勘弁していただきたい。その代わり、私たちに子供が出来たならその子を跡継ぎにするのは構いません。もちろん、その子を納得させなくてはなりませんがね」

俊也が北海道の両親を持ち出したのは言い訳であった。叔父は裕子の母に向かってどうだという素振りをし、

「しゃああんめいよ。裕子が結婚できて、子供の事まで約束してもらえるんだからな」

「裕子の幸せが一番ですわ。それに裕子は次女なんだし、姉の淑子には男の子が二人いるしね。私はありがたく嫁にやります」

裕子の母は言った。

「有難うございます。裕子さんの事は必ず幸せにします」

結婚式は裕子の親類だけが集まる、形だけのものであった。勿論、北海道からは誰も呼ばなかったし、結婚することすら知らせていなかった。

裕子は俊也の生い立ちについて何かを感じていたが、訊いてはいけない事だと自分で決めていた。俊也の胸の奥の固い扉を叩くようなことは決してしなかった。

写真だけは二人で撮った。文金高島田の花嫁姿も、ウェディングドレスも裕子にはよく似合って美しかった。新婚旅行は京都へ行った。

二人の新居は工場の社宅だった。二DKの狭い造りであったが、風呂も付いており、二人には十分であった。

朝、裕子に見送られて工場に向かい、夕方戻れば「お帰りなさい」の声に迎えられ、温かい夕飯が待っていた。俊也が二十八歳にして味わう家庭の温かさであった。

二人は幸せだった。この幸せが壊れないか不安に思う時もあった。そんな時、二人はお互いを激しく求め合うのだった。

新婚旅行から戻った翌日、出勤すると皆から冷やかされた。

庶務課長の畑中が、周りに人のいないのを見計らって俊也の所にやって来た。

「佐々木君、おめでとう。良かったな。一度暇を見て家に来てくれよ。俺にも嫁さん紹介してくれよなあ」

「有難うございます。そのうちにお伺いします」

畑中は自分の事のように喜んでくれた。厳つい顔をいっぱいにして笑っていた。

3

春の人事異動で人事係の主任が代わった。本社から来たのは、社内でも最年少の若い主任だった。

総務部全員の前で着任の挨拶をしたのは鍋島正也、K大卒の二十七歳、本社採用のエリートだった。仕立ての良い背広に渋い柄のネクタイがよく似合っていた。

勤労課の課内会議で俊也も主任の中島から紹介された。俊也にとっては二歳年下だったが、自分は平で相手は主任だった。

「労務係の佐々木です。宜しくお願いします」

「ああ、佐々木さんね。僕は工場初めてなので、宜しくお願いしますわ」

鍋島はたんたんとした調子で言うと、すぐに課長の島田の方を向いて話し始めた。

「課長、本社の人事部長からも言われて来たんですけどね、工場も少し活性化をしなければいけませんですね。その辺を後でご相談させてください」

「それは僕も聞いているよ。その前に、工場長に紹介するよ。初めてだろう」

「否、先月役員会が終わった後で、人事部に来たときにお会いしました。まあ、その時には正式な人事異動が発令されていませんでしたので、是非早いうちに紹介頂ければ有難いですね」

二人のやり取りを見ていると、どちらが課長か分からない調子であった。

本人に悪気は無いのだろうが、俊也には何かその態度が鼻について好感が持てなかった。K大卒のブランドに対する引け目を割り引いても、肌合いの違いを感じずにはいられなかった。

鍋島は本社から何らかのミッションを与えられて赴任して来たのであろうか。その動きは素早かった。

俊也が鍋島に呼び出されて、会議室にいた。

「佐々木さんが『改善提案制度』を作ったんですって。如何ですか定着していますか。こういうのは兎角長続きしないものですがね」

俊也はその言い草に、内心ちょっと引っ掛かるものがあったが、顔には出さずに、

「否、私が作ったというわけではありませんがね。もう一年以上経ちますが、毎月確実に提案件数は増えていますし、採用された割合も少しずつ増えています。この制度は定着したと思いますがね、私は」

「そうですか、定着していれば結構ですね。私はこれを否定する心算は無いのですがね、只、もっと改革のスピードを上げないとね、生き残れないのですよ。分かるでしょう」

「……」

俊也は、喉まで出かかった言葉を呑み込んで、この男が何を言いたいのか黙って聞こうと

思った。

「それでね、僕は工場全体の効率アップ運動を展開したいのですよ。要するに、この工場には外来の人間まで含めると七百人も働いているんですからね。この生産性を上げる事ですよ」

「しかし、何をもってこの工場の生産性が低いと仰るのですか。生産高を頭数で割った数字がですか。何処と比較してですか？」

だまって最後まで聞くはずだったが、つい反論してしまった。

「他社と比較するまでもないですよ。現に我社の利益率は業界では最低ですよ。その元凶《げんきょう》が工場部門なのは明らかでしょう。利益率を上げる為には、コストカットと生産性を上げるしかないじゃないですか。違いますか？」

鍋島は言い過ぎたと思ったのか、ちょっと声のトーンを落として話を続けた。

「まあ貴方と議論をする為に来てもらったのではないから、本題を言いますね。……実は工場全体でプロジェクトを作りたいのですよ。勿論、今言った、効率アップ・コストカット運動が目的ですがね。こういうのは従来だと新しい組織を作っていたのですが、そうすると、壁が出来てね、益々非効率になるのですよ。だから、各部門の若手を集めてね、プロジェクト。難しい言葉で言うと、タスクフォース・チームですね。佐々木さんにも参加してもらいますので宜しく」

俊也は何か言いたかったが、どうせもう課長や部長に根回しをしているのだろうから、黙って引き下がるしかなかった。

俊也は不満だった。

利益率が低いと言うが、その原因の全てが工場だと言うのは納得できなかった。営業力や本社の組織は如何なのか。工場だって現場の生産性が低いのか、事務所の人間が多いのか、疑問はいくらでもあった。

翌月、工場長の決済を受け『アップ・サーティ運動』が工場の一大プロジェクトとしてスタートした。

経費の大幅カットと、生産現場の効率化・生産性の向上により三十パーセントの業績改善を目指すものであった。

特に生産現場では、職場単位で全員参加の小集団活動による改善目標の達成が義務付けられたのである。

俊也は、労務係を代表してプロジェクトに参画しながら、通常業務も熟さなければならず、遅くまで残業する日が続いていた。

それは何処の部署も同じであった。

「何だあいつ等、今時、大本営のエリート参謀でもあるまいし、課長や部長がペコペコしやがって。何様だと思っているんだ。あんな若造に」

事務所の隅の方から、あからさまに不満の声が聞こえてきた。

生産現場の小集団活動は、建前は自発的運動であり、残業扱いにはならなかった。それぞれ仕事を終えた後の疲れた身体で、慣れない活動をしなければならないのだ。

夜勤のある現場は悲惨《ひさん》であった。夜中の仮眠時間を割くか、夜勤明けの疲れた身体に鞭打って集会に参加するのであった。

軍団長の名を借りた大本営派遣参謀の命令のように、運動は工場の隅々まで徹底されていった。従わない者には軍法会議が待っていた。非国民のレッテルを貼られるのだ。

組合幹部と労務係の定期会議が行われた。

俊也も忙しい時間を割いて出席していた。

「今回の、『アップ・サーティ運動』の趣旨は皆さんもうお分かりですよね。要は会社の業績がじり貧なので、利益を上げましょうということです。これについて何かご質問ありますか」

主任の中島がメモを見ながら言った。

「うん、去年も業績悪かったしな。今年は良くなってもらわないと、冬のボーナス出ないからな。まあ、皆で協力して利益出すって事だろう。組合も給料上げろ、ボーナス増やせって言い難いからなあ」

「組合の幹部の皆さんに理解してもらえれば話が早いですよ」

「勿論、我々も会社の一員なのだから協力するところは協力するよ。特に現場だな、まあ我々も目を光らせておくよ」

執行委員長の崎山が横柄《おうへい》な態度で、他の幹部と俊也達を見回しながら言った。

俊也は自分の気持ちを抑えることが出来なかった。

「委員長、現場には不満を持っている者もかなりいますが、耳には入っていませんですか。僕は特に安全面を心配しているのですが、如何なんですか。最近は季節工や外注の人間が多くなって、安全教育も徹底されていないじゃないですか」

崎山は俊也の方をじろりと見て、

「分かっているよ、どうせそんな事言う奴等は決まっているんだ。ふん、だからちゃんとマークしているって、四の五の言わせないよ」

「そうだな、安全も我々の仕事だからな。佐々木君、前回の役所の指摘事項フォローしておいてくれよ。今度事故るとまずいからな」

主任の中島が言った。

「まあとにかくだな、来年の春には組合の執行部の入れ替えがあるんだからなあ、それまでお互いに確《しっか》りやって行こうぜ。……中島君、例の市会議員の件も頼むよな」

最後の方は猫なで声になっていた。崎山はもうすっかりその気でいるようであった。

十二月になると、筑波山から吹き降ろす風が急に冷たくなった。

小集団活動の発表を十二月末に控え、工場中が慌ただしかった。折しも景気の回復により、工場にも増産の指示があり、生産が間に合わないほどであった。生産現場は繁忙を極めており、皆疲れていた。

そんな時、現場で事故が起きた。従業員の一人が季節工とペアで台車を運搬している最中、コンクリートの床に零れていた油に足を滑らせ転んだのだ。運悪く、手を付いた拍子に散らばっていた鉄くずで掌《てのひら》を切ったのであった。

季節工に対する安全教育の不徹底。床や周囲の整理整頓等の災害ポテンシャルの排除未実施。明らかな安全管理上の不備であり、会社側の責任は免《まぬが》れない事態であった。

しかし、現場の責任者は姑息《こそく》にも労災隠しを行ったのである。怪我した従業員には翌日病院に行かせ、自宅で転んだことにさせてしまったのであった。

このことは、主任の中島は知っていたかもしれないが、俊也の耳には届いていなかった。

しかし、一部の人間達で隠蔽《いんぺい》した心算でも、事件は現場中に知れ渡っていた。現場の組合員には益々不満が鬱積《うっせき》してゆくのだが、それでも小集団活動は続けられていったのである。

年が明けて、事故の記憶が消えないうちに再び重大事故が起きた。

外注先の人間が運転するフォークリフトの運転ミスにより、積んであった鉄材の山が崩れ、その下で作業をしていた従業員の脚に落ち、複雑骨折をさせてしまったのであった。

今度は隠しようもなく、入院を伴う労災、重大事故であった。

俊也は労働基準監督署等への対応に追われ、毎日が忙しかったが、それでも僅かな時間を割いて、生産現場へ出かけて行った。何かもっと悪いことが起きそうで、不安でならなかったのだ。

俊也は声を掛けられた。相手は組立員の宮本だった。俊也はこれまで話した事はなかったが、四十七歳、社宅住まいであるのは例のマル秘ファイルから知っていた。要注意マークが貼られた人物であった。

「佐々木さん、話があるんだけどね。聞いてもらえるかな……」

宮本は周りに気を遣いながら低い声で言った。もっとも、辺りはハンマーの響く音や、フォークリフトのエンジン音でよく聞き取れなかった。

「いいですよ。じゃあ、帰り道の途中に居酒屋がありますよね。あそこの二階に居ますから、寄ってください」

「残業があるから、八時過ぎになるけどいいかい？」

俊也は残業の後、誰にも告げずに一人で居酒屋に向かった。店の二階には小さな個室があった。

「もうじき、宮本さんが来るからここへ通してくれる？　それと、ビールを一本ね」

ビールが来る頃には宮本も現れた。

「佐々木さん、すまないね。俺なんかの話を聞くために時間を取ってもらって」

「いやあ、仕事ですから。まあどうぞ一杯」

俊也が宮本のコップにビールを注ぐと一口飲んで、改まった表情で話を切り出した。

「事務所には俺たちの話を聞いてくれる人間がいなくてね。佐々木さん、あんたならと思ってさあ、お願いするんだわ……」

「はあ、私で役に立つ事であれば、どうぞ」

言い方がぎこちなかった。相手が相手だけに、平静を装ってはいたが、やはり少し身構えていたのかもしれない。

「俺達、現場では皆話しているんだ。事務所の人間には言わないけどもな。勿論、組合の幹部なんか誰も信用しちゃいないさ。……今のままじゃ次は死人が出るぞ。整理整頓もしないで、余所者《よそ》ばっかり増やせば現場は荒れるよ。素人何人入れたって増産なんか出来るわけないだろうよ。おまけに、仕事終わった後で小集団活動だろう。皆何時も疲れているんだ。これじゃあ事故が起きない方が不思議だよ。あんた、そうは思わないかい？」

声は穏やかだったが、一言一言は鋭利な刃物のようだった。

「仰ることは分かるのですが、売れているうちに造らないと、注文来なくなったらお終いですから……」

対抗するには鎧《よろい》を纏《まと》うしかなかった。

「そりゃあ分かっているよ、俺達だって。会社があって仕事があるんだからなあ。ただこのまま放っておくと事故だけじゃなくて、不満が爆発するってことよ」

苛立《いらだ》たしげな言い方に変わった。

「安全管理だとか、人員の割り振りは、現場サイドと製造部の事務所との間で意志の疎通が出来ていないのですかね。私等、労務係と組合幹部との定期協議では、そういった話は一切出てこないのですがね。正直言って、それほど切迫しているとは誰も思っていないと思いますよ」

「組合！　幹部は皆事務所の人間だろう。あいつ等、戻ったら主任か課長になりたくて、上ばっかり見ているじゃないか。最も信用できないのは執行委員長の崎山だな……」

吐き捨てるような言い方だった。宮本には、組合幹部に対する特別な感情があるらしかった。

「如何して組合は信用できないのですか？　委員長の何処が悪いのですか。皆さんだって組合員じゃないですか」

俊也の追及に宮本は思案気な顔をして、

「まあとにかくだ、安全だけは絶対優先してもらわないとな。……夜勤者の小集団活動は即刻止めだ。勿論あんたの作ってくれた改善提案は続けるよ。それと外注と季節工の割り振りは、事前に我々にも相談する事だな。他にも不満はいっぱいあるんだが、たとえば処遇や福利厚生もな。……しかし、これはあんたにお願いする事ではないからな。それは本来、組合として経営側に堂々と要求すべき事さ。それをあいつ等は何もしないで来ただけさ」

宮本は勧めてもあまり酒を飲まなかった。時計を見ると十時だった。

「宮本さん、現場に不満があるのは分かりました。只、僕の力で何処までやれるかはお約束できませんが、率直にお話しいただいたことは感謝いたします。是非またお話しする機会を設けたいと思いますので宜しく」

「佐々木さん、突然で悪かったな。俺なんかの話を聞いてくれて嬉しいよ。じゃあまた」

宮本は、俊也が制止するのに構わず、千円札を一枚テーブルの上に置いて階段を下りて行った。

俊也は残った酒を独りで飲んでいた。宮本と一緒にいる所を、会社の人間に見られたくはなかった。

明くる日、俊也は人事係主任の鍋島に話をした。

「鍋島さん、労務係は安全の責任部署でもありますので申し上げますが、夜勤者は小集団活動から外してください。夜中の休息中や、夜勤明けの時間では無理ですよ。安全管理上、寝不足は一番の危険要因ですからね。労働基準監督署に先日の事故の対策を報告しなければなりませんのでね。お願いしますよ」

「佐々木さん、僕は夜勤者に寝ないで活動をやれなんて一言も言っていませんよ。そんなの常識じゃないですか。製造部の事務所の人間の点数稼ぎでしょう。貴方から話してもらって結構ですよ。ただし、製造部門全体での目標は達成してもらいますからね。お忘れなく」

鍋島の言い方は冷ややかだった。

俊也はその足で製造部のプロジェクト責任者に話を付け、夜勤中の小集団活動を止めさせることが出来たのだった。

第六章　羊たちの反抗

1

三月になって、世の中は、春闘の真っ最中であった。

オイルショックによるダメージから日本の経済もようやく回復し、再び成長軌道に乗ろうとしていた。大方の企業は、その間の激しいインフレにリンクして従業員の給料を上げていた。それは、労働組合の全国レベルでの闘争の賜物《たまもの》であると喧伝《けんでん》されていた。

否、それは一面であり、実際は団塊世代の労働市場への参入の終焉《しゅうえん》に伴う、慢性的な人手不足の結果が本当の理由であろうか。特に三K職場での労働力確保は難しくなっていたのだ。

台東機械の組合は、本来は全国金属労連に加盟し春闘に参加すべきであったが、執行部は頑《かたく》なに独自路線に固執してきた。

その結果、労働条件は劣悪なまま長い間据え置かれ、平均給与も同業他社に比べ、今では三割も見劣りするものになっていた。

しかし組合員の願いも虚しく、結局その年も、労働協約の改定による労働条件の改善は成されず、ベースアップとは名ばかりのインフレ率にも満たない賃上げしか与えられることはなかったのである。

組合員、特に製造現場での落胆は大きかった。これまで水面下で囁《ささや》かれていた不満の声が、あちらこちらから公然と聞こえてくるようになっていた。それは、会社に対するよりも、明らかに組合執行部に対する不満の声であり、否、もはや怨嗟《えんさ》といったほうがよいかもしれなかった。長い間抑え込まれてきたマグマが、そのエネルギーを一挙に爆発させるべく地上の裂け目を探して、蠢《うごめ》いていたのである。

組合執行部の改選が近づいていた。

崎山は六期十二年を工場の組合ボスとして君臨してきたが、次期執行委員長に出る心算はなかった。もっと美味しい話を狙っていたのだ。それはこの七月にある、市会議員選挙に会社の後押しで出馬する事だった。

俊也は主任の中島から、組合幹部との秘密会合の設定を申し渡された。課長の島田と中島をタクシーに乗せ、土浦市内の小料理屋に着いたのは六時を少し過ぎた頃であった。予約してあった離れに通されると、待つまでもなく崎山達四人連れが現れた。

「やあやあ、皆さん御揃《おそろ》いで、久し振りですなあ、島田課長」

委員長の崎山は相変わらず尊大だった。

「崎山さんこそ益々元気ですなあ。そのうち私等頭が上げられなくなりますよ。偉くなられて。ははは……」

島田は意味ありげに態《わざ》とらしく笑った。

「それはそれとして、約束通り僕は今期で降りるからな。それでな、来期はこのメンバーでやってもらうから、いいよね。問題ないだろう？」

崎山に付いて来ていた三人は何れも事務所の人間だった。副執行委員長が委員長に昇格というのが崎山の案であった。

それは予め想定されていた事と見えて、島田にも異論はなかった。俊也は、現場の人間からも執行部入りをさせるべきだと言いたかったが、言える雰囲気ではなかった。

崎山達組合の執行部には、現場に鬱積している不満の声が全く聞こえていないのか、耳に届いていても抑え込むだけの自信があるのか、その場での話題にすらならなかった。

それは課長の島田も主任の中島も同じであった。

翌週の月曜日から、現場では残業拒否者が出てきた。最初は少数だったが、次第に数を増していった。

残業は理由があれば拒否できるし、管理者側の事前の通告が必要なのも当たり前の事であった。しかしそれは建前であって、拒否することの不利は、働く側が一番よく知っていた。これまで、命令を拒否する者はいなかった。

年度末の目標達成に向けて、生産現場は追い詰められていた。一人でも欠勤は許されないし、未達の所は長時間残業でカバーするしかなかった。

労務係にとっても重大な問題であった。

俊也は現場に出ては、状況把握に努めようとしていた。しかし中々実態は把握できなかった。欠勤者や、残業拒否者には表向き正当な理由があったのである。インフルエンザであった。三月といっても、吹きさらしの現場は寒かった。特に夜勤者には気の毒であった。

それでも何とか三月末を乗り切ることが出来た。


組合執行部の立候補締め切りは六月末であった。

立候補とは名ばかりで、会社側と組合一部のボスによる談合によって決められていた。実際に過去十数年間無競争であった。今回も既に決まっていたし、誰も対立候補が出ることなど予想もしていなかったのである。

昼休みに、現場のあちこちで集会が開かれて、騒いでいるという知らせが労務係に飛び込んできた。

俊也達が急いで現場に駆けつけると、人々が集まって何やら集会を開いている様子だった。現場の人間が俊也達を見つけると、前に立ち塞《ふさ》がって、

「組合の職場集会ですから、労務係の人は遠慮してください。昼休みで終わりますから、ご心

配なく」

勿論、経営側が干渉すれば不当労働行為である。

翌日も翌々日も職場集会は続いていた。しかも、執行部は誰も参加していなかった。否、拒絶されていたのかもしれなかった。

そのうち、山猫ストや、組合の分裂の噂さえ流れてきた。このまま選挙を進めて、現場サイドが独自の候補者を立てるなら、数の上から言って、現執行部側が負けるのは明らかだった。現場の組合員への切り崩しを行っても、引っくり返すことは難しかった。彼らは最早、従順な羊ではなかった。その事を、会社側も現執行部も甘く見ていたのだ。

現場サイドからは、既に候補者の名前が俊也のところにも伝わってきていた。その一人は宮本だった。その他には極左の労働者党員と噂されている男もいた。もしも、組合が過激派に奪われることになったら、会社側にとっては大変な事であった。最悪の場合、戦後の労働争議の二の舞だって予想されるのだ。

事態は切迫していて、なりふり構ってはいられなかった。崎山以下の執行部と島田課長との緊急会議が密かに行われた。その場には、主任の中島と共に俊也も同席していた。

「崎山さん、如何なっているんですか！　貴方は現場をちゃんと抑えているって言ったじゃないですか。このままだと、組合を現場の急進的な奴らに乗っ取られてしまうじゃないか。如何するんですか？」

島田が何時になく語気を荒げた。

「否、これまで俺はちゃんと奴らを抑えてきたんだ。勿論現場に不満はあったさ。それを脅したり宥《なだ》めたりしてな。それを、何だあの『アップ・サーティ運動』は。あんなことやりゃあ、不満は抑えられないし、当然待遇改善も要求されるさ。現場をよく分からんくせに、本社から来たってだけで勝手にやるからだよ。違うかよ？」

「今更そんなこと言ったって。ともかく何か足がかりはないのですか。解決の？」

崎山達はお互いに顔を見合わせるだけであった。

島田は中島と俊也の方を向いた。

「佐々木君、君は日頃から現場の人間と接触があるんだろう、ラグビー部の連中もいるんだし。ともかく何とか解決の糸口を摑まえてくれよ。僕なんかが直接出ていくと益々混乱するのだからな……。分かるだろう？」

「はあ、やってみますけど、このままじゃあ済まないでしょうね。何らか彼らの要求は呑《の》まないと。その覚悟は御座いますか？」

「君、失礼だぞ。そこをうまくやるのが仕事じゃないか。要求を呑む前に、ともかく会って話を聞いてくれよ」

中島が自分の面子を保つためか、横から口を挿んだ。

俊也は、よほど（じゃあ、あんた達がやれよ）と言いたかったが、

「分かりました。ともかく当たってみます」とだけ言った。

正直、俊也にも如何していいのか分からなかった。このまま行けば、組合は分裂して第二組合が出来ても可笑《おか》しくなかった。そうなれば泥沼に嵌《は》まることは明らかだった。

一縷《いちる》の望みに賭けてみるしかなかった。躊躇《ちゅうちょ》している時間は無いのだ。

俊也は守衛所で待っていた。泉に理由を話して見張っていてもらった。

「佐々木、来たぞ。一人だ」

泉の声に、俊也は慌てて裏から廻って後を付けた。男の行く先は社宅の方角だった。街灯の途切れた暗い道で声を掛けた。

「宮本さん、……佐々木です」

「ああ、佐々木君か。驚かすなよ！　……後を付けて来るから公安かと思ったよ」

「すみません。今は人に見られるのはまずいと思いまして。お話があるのですが、聞いてもらえないでしょうか？」

宮本は立ち止まり俊也の方を向いているのだが、暗くて顔の表情は見えなかった。

「手遅れだよ。……俺が前に忠告しただろう。悪いが今更勢いは止められないぜ」

宮本の言い方は冷たかった。それだけ言うと、前を向いて歩き始めていた。俊也は宮本の行く手を阻むように立ちはだかった。

「宮本さん、お願いします。僕の話を聞いてください。このまま分裂してしまえば、昔の労働争議の二の舞じゃないですか。それで良いことがあるんですか。首切りと恨みが残るだけなのは、貴方が一番ご存じのはずですよね」

　俊也は必死だった。つい声が高くなってしまった。

　宮本が後ろを振り返り、人影の無いのを確かめて言った。

「分かったよ。誰かに聞かれると拙い話だ。俺の家に来てくれ」

　二人は黙って歩いていた。宮本は現場の従業員専用の社宅に住んでいた。俊也は誰かに見られないよう、急いで宮本の後についてドアを潜った。

　二Kの狭い間取りであった。居間の卓袱台を挿んで二人は座った。

　俊也は真剣だった。

「時間がありませんから、率直に言いますが、何とか打開策は無いものでしょうか。皆さんの要求は何ですか。教えてください」

「要求は山ほどあるよ。それに俺一人じゃあ止められないよ」

　宮本はお茶を飲みながら、

「俺、酒飲まないので、家に置いてないんだ。悪いな」

「いえ、お茶で結構です」

「佐々木君は高卒か。君は真面目だな、よく働くよ。嫌味《いやみ》じゃないぜ。……俺は小学校卒、正確には国民学校だな。卒業と同時に勤労動員で工場さ。空襲で死んだ奴もいたな。終戦の時は十五だよ。それからこの工場に職工見習いで雇われてなあ、労働争議も経験したさ。あの時は酷かった……。会社側が組合潰《つぶ》しに掛かって、第二組合を作ってな、スト破りの先鋒《せんぽう》は誰だか知っているかい。あの崎山さ。彼奴はそのために会社に雇われたんだけど、戦争中は大陸で危ない仕事をやっていたという噂だったな。現場の古い人間は誰でも知っているんだ、あいつの怖さを。だから誰も刃向かわないで来たのさ。でももう限界だな。若い奴等には神通力は効かないな」

「それでしたら、崎山さんはもう辞めるじゃないですか」

「君、それは甘いよ。あいつは辞めても院政を敷くに決まっているよ。会社側も悪いんだよな。あいつの力を利用して、必要以上に現場を抑えつけて来たんだからな。俺達古い人間には要注意マークを付けてな」

宮本は口元に皮肉な笑いを見せた。

「俺は別に、極左の労働者党員でもないし、赤軍派でもないよ。ただ、勉強したかっただけさ。これでも通信教育で高校卒業してなあ、今大学の通信教育受けているんだ。もうすぐ卒業さ。だから、人より法律も知っているし、マルクスの資本論も読んだよ。若い頃はデモにも参加したし、左翼系のグループにも顔を出したさ。だけどそんな大学生なんてごまんといるじゃないか。俺の何処が危ない人間かなあ、自分でも不思議だよ。……結局俺が戦災孤児だってことなのかな」

近くで見る宮本の風貌は、労働者と言うよりはどこか学者のようであった。

「すみませんが、話を戻しますと、崎山さんを完全に組合から外すことが条件ですね。他に絶対必要な事は何でしょうか？」

「組合員の数から言えば、執行部は現場が主流でなけりゃ可笑しいんだよ。少なくとも執行委員長は現場の人間だな。だいたいだな、崎山は組合専従だろう、その癖《くせ》に会社から給料上乗せで貰っているんだろう。知らないと思ったら大間違いさ。それと、崎山が市議会に出るって噂だけど、俺達組合員は一切協力しないからな。後は、新しい組合の執行部が、組合員の話を聞いて会社側と労働条件の改善を正々堂々と交渉することだよ。それが本当の組合ってものだろうよ」

「仰ることは分かりました。先ず崎山さんは、今後すべての組合活動から離れてもらう。それから、今の執行部の選び方を変え、例えば、自薦・他薦で自由に立候補者を立て、選挙によって五人の執行委員を選ぶ。そしてその中から互選で委員長を選ぶ、というのでどうでしょうか。これだとフェアじゃないでしょうか」

「そうだな、その時に会社側、特に勤労課だな、人事面や勤務評価で組合人事に介入しない事だな。大事なことは信頼関係だよ。まあ、佐々木さんは分かってくれているがね」

「分かりました。ともかく、今後、会社側が組合の執行部人事に口出しするのは止めさせます。ですから、何とか組合の分裂だけは避けるようにお願いします」

「まあ、やってみよう。しかし、俺が別に黒幕でもないし、現場のボスでもないからな。中には本当の労働者党員もいるからな、簡単には行かないがな」

「そこを何としてもお願いします。労働争議が長引けば、大株主の日本製造が乗り込んでくる恐れがあります。彼らの子会社に対する徹底した締め付けはご存知でしょう。それだけは何としても避けなければならない事だと思います」

俊也の説得に宮本は頷《うなず》いた。


翌日定時後、現場では残業拒否により、職場集会が行われていた。工場の一角に集まった人の数は二百五十人くらいであろうか。何人かが輪の中心にいるのだが、明らかにリーダー不在であり、烏合《うごう》の衆は否めなかった。

中の一人が、党員と噂されている男だったが、ハンドマイクを使って叫んでいた。

「この際、我々は現場の意見を反映できる職能組合を作るべきである。事務所の人間は明らかに、経営者側とグルであり、不当に我々から搾取するのに加担している。我々は、断固、第二組合を作って要求を貫徹すべきである。其の為には工場をロックアウトして長期ストも辞さない覚悟で行こうではないか」

男は、自分のアジ演説に陶酔《とうすい》するかのように、独特の尻上がりの調子でまくし立てていたが、流石に同調する者はいなかった。見かねた、五十過ぎの組長がハンドマイクを男から無理やり取り上げて言った。

「私は、戦後の労働争議の経験者だ。必要のない争いはしたくない。必要な事は、我々の要求を如何に会社側が受け入れてくれるかだ。皆もそうは思わないかね」

「そうりゃそうだ。だけど今の組合の執行部ではだめだ。何も俺たちの意見を聞いてくれないじゃないか。あいつ等こそダラ幹だ。否、むしろ敵じゃないのか」

別な若い男がマイクなしで叫んだ。

党員の男が、皆さん、ハンドマイクを取り戻していた。

「だから、皆さん、今の組合に期待しても駄目なのだから、新たに組合を作りましょう……」

「うるさい！　お前は引っ込め」

「そうだ、もっとみんなの話を聞け」

別な四十代の男が前に出てきた。

「俺達には生活があるんだからな。会社が潰《つぶ》れても困るんだ。しかしなあ、この数年間俺達は随分会社に協力してきたはずだよな。なのによう、全然給料も労働条件も良くなってないぜ。世の中、すごい勢いで給料上がっているじゃないか。労働条件も良くなっているよな。おかしいじゃないか。結局なあ、崎山が悪いんだ。あいつに牛耳られて来たんだ。この組合はよう」

「そうだ、崎山を首にしろ！」誰かが叫んだ。

「じゃあ、どうするんだ。もっと現実的な話をしようよ」

二時間が過ぎても、集会は紛糾《ふんきゅう》するだけであった。リーダー不在であれば当然であった。

「皆、聞いてくれ。このままじゃあ駄目だ」

宮本の言葉に人々は静かになった。

「皆の言っていることは分かる。問題は、それをどう具体化するかだ。これを決めなくちゃいけないよな。如何だろう、各職場の代表で評議員会を作っては。そこで改革案を出して皆で議論するのは」

拍手と「賛成！」の声が上がった。皆も疲れていた。集会はそこで解散となった。

三日後の定時後、製造現場の組合員による評議員会が開かれていた。各職場の代表と、現執行部の一人の八人が口の字のテーブルを囲んで座っていた。

「我々は残念ながら烏合の衆だ。先ずこの会議の議長を決める事から始めなくちゃあならないな。如何だろう、ここは言いだしっぺの宮本さんにお願いしたいのだけど」

年配の組長が皆を見回しながら話の口火を切った。

「賛成！」の声が幾つか聞こえた。

宮本は頷いて席を立ち、真ん中の席に座り直した。

「時間も無いから、先ず私の考えを言おう。その上で異論があったら言ってくれ。それでいいなら引き受けるが如何だ？」

特に反対の声は無かった。

「じゃあ言おう。我々は階級闘争を仕掛けようというわけではないよな。一部にはそういう人もいるだろうがな。我々は世間並みの給与をくれと言っているだけだよ。それが何で叶《かな》えられないのか、そこを考えてみようよ」

「私は、何も階級闘争を持ち込もうなんて思っていませんよ。仰る通り、働く者の権利を要求しようと言っているだけですよ」

労働者党の党員だと噂されている男が、顔を赤くして言った。

「他には意見が無いのかな」

「今の執行部は会社の方ばっかり向いていて、我々の意見を一つも聞かないからだよ。あいつ等には戦う意識が無いんだよ」

「まあ、そうなんだけど、戦ってばかりいてもなあ。会社潰れたらお終いだしなあ」

「しかしですね、昨年度は増益だったし、あれは明らかに我々の生産効率の改善が寄与していますよね。我々現場が他社より生産性が低いなんて言わせませんよ。だったら、世間並みの給料を要求して何が悪いのですか」

「そうだよ。会社の業績が他社より見劣りするのは、むしろ間接部門の人間が多すぎるんだよ。特に給料の高い連中がな。経営陣も能無しなのさ」

呼び水に導かれた手押しポンプのように、後から後から溢れ出てきた。

「大体意見は出尽くしたな。結局纏めるとだな、我々にも世間並みの処遇をしてくれということだ。しかし大事なのはここからだぞ。……それを堂々と会社側に要求することだ。そこから労使の緊張感が生まれるんだ。うちの会社にはこの緊張感が欠如《けつじょ》しているんだよ。決して第二組合を作って、戦後のような労働争議をやる時代ではないよ」

宮本は皆を見回し、一呼吸置いて一気に吐き出した。

「だから組合の執行部は経営の傀儡《かいらい》であってはならないのだよ。本当に組合員を代表する者でなくてはならないということだ。その為には、この執行部の選任こそがチャンスじゃないか。我々の内《なか》から執行委員を送り出そうよ。どうだい？」

「賛成！」の声が上がった。

「そうなんだよな。……でも執行委員とか組合の代表者とかやれるかな」

一人が不安そうに周りの顔を見回した。

「できるさあ。崎山だって十年以上もやってきたのだから。難しい実務の問題よりも、大事なことは如何に皆の意見を纏めて経営側にぶつけるかだよ」

宮本はそれだけ言うと立ち上がり、皆をもう一度見回した。

「今回の評議員会の結論。……今回の組合執行委員の改選にあたり、製造現場から三人の立候補者を立てる事。当選の後、五人の執行委員の中から執行委員長を指名する事。当然の結果として執行委員長は現場から選ばれた者がなる事。今後、労働協約の改定、春闘ベア・アップ、ボーナスの交渉はこの新執行部体制の下で行うこと。以上を現執行委員と会社側に申し入れる。

……こんなところかな」

宮本は言い終えると椅子に座った。

「分かったんだけども、肝心の三人は如何して選ぶんだ？」

年配の組長が分別らしく言った。

「そうだな、誰かこの中でやりたい者はいないかな」

「宮本さん、あんたは如何なんだよ？」

組長がすかさず訊いた。

「清水さん、あんたも分かっているでしょうが。私がこの会社で如何扱われてきたか。公安にマークされるような要注意人物なんですよ。私には全く納得いかない事ですが、今更言う心算はありませんがね。……その私がなったら、組合に色がついたと見られて、会社側は猛烈に反対してくるでしょうね。皆も言ったじゃないですか、厭でもこの会社と付き合って行かなくちゃならないんだって」

「宮本さん、分かった。でもこの中で自分がやりたいと手を上げる者はいるかね」

清水という組長が心許《こころもと》なさそうな声で言った。

「時間が無いので私が推薦します。宜しいですか」

皆は固唾《かたず》を呑んで宮本の口元を見つめていた。

「執行委員長は清水組長、執行委員は山田さんと中村さんでお願いします」

宮本の低いがきっぱりとして、異論を挿む余地のない声だった。

「えっ、私が委員長！」

「そうだ、清水さん、ここはやっぱり年配者がいいよ。適任！」

「賛成！」

拍手が鳴った。

清水組長は納得いかない面持ちだったが、最後は男らしく立ち上がり、

「分かった。そうまで言うなら私が引き受けましょう。しかしその為には皆の支えが必要です。特に宮本さんお願いしますよ。じゃあ、山田君も中村君もいいね。やる以上は現場の組合員の全員の支持を得たいので、職場に帰って今日のことよく説明し、納得してもらってください。お願いします」

翌日の昼休みだった。俊也の所に清水組長と山田・中村の三人が訪ねてきた。

「佐々木さん、内密な話があるんですがいいですか」

「ええ、あーどうぞ」

俊也は急いで会議室へ案内した。

「実は昨夜、現場の評議員会がありましてね、組合に関する我々の方針を決めたのですわ。その事を正式に勤労課に申し入れる前に、是非貴方に聞いてもらいたくて来たのです」

清水は昨夜の結論を簡単に説明してくれた。俊也には、シナリオが宮本の作であることはす

ぐに分かったが、素知らぬ顔で聞いていた。

「分かりました。私には理屈にかなった結論だと思います。何時正式に勤労課長に申し入れしますか。その前に私から話をしておきますが、宜しいですか？」

「いやあ、是非そうして下さい。むしろ何時が良いのか教えて欲しいのですよ」

三人はほっとした顔をして職場へ戻って行った。

その日の午後、会議室に課長の島田と、主任の中島と俊也がいた。

「昼休みに、現場の組合員を代表して、清水組長と山田、中村の三人が僕の所に来ました」

「清水組長が？　そうか来たか。で、話は何だって？」

島田は身を乗り出し、先を急かせるように言った。

「結論は、彼らも組合の分裂は望まないが、その代わり組合員の数に比例した執行部体制にしろということです。彼ら三人が今度の執行委員立候補者だそうです」

「それだけか。まあ、清水組長ならこちらの話も分かるだろう。で、他の要注意人物や党員は出て来ないのか？」

「現場内では話は付いているみたいですね。正式には課長の方に申し入れをしに来るということですが、何時が宜しいですか？」

「早い方がいいだろう。明日にでも来てくれと言っといてくれ。……ああ、ついでに今夜、崎山達にも話しておいた方がいいだろう。手配してくれたまえ」

「分かりました。何時もの所で六時で宜しいですね？」

「ああ、それでいい。ともかく、第二組合なんてことにならなくて良かったよ。組合てえのはな、そもそも我々が干渉すべき事ではないしな。自薦・他薦の中から選ばれるべきものなんだ。……問題は崎山達の処遇だなあ」

島田課長の顔が一瞬曇ったように見えた。

何時もの小料理屋の離れには、島田課長達三人と崎山達の三人が座っていた。

「何か現場の連中から情報が入りましたかね。こちらは色々切り崩し工作をやっているのですがね、今回ばかりはガードが固くて。如何なっているのだろうなあ」

崎山が開口一番、不安そうな顔をして身体を揺すりながら言った。

「現場では、彼ら独自の執行委員候補者を三人立てるそうだよ」

「えー勝手に彼らが！　俺の許しも無く。……で、誰かね？」

「清水組長、中村、山田の三人だね」

「清水、あいつがか。あの野郎！　……島田課長、それで如何するんですか、これから」

崎山の顔は、怒りの為か真っ赤だった
「如何するって崎山さん、如何するんですか？　これが本来の組合の姿じゃないですか。経営側がごちゃごちゃ口出しするのは、不当労働行為そのものでしょうが」

「そんなことは分かっているよ。現場には、幹部になんかなれる人間がいないって言うから、俺達が仕切って来たんじゃないか。それを、あいつらに勝手にさせていいのかよ？　……ちっ」

崎山は自分の言葉に自己矛盾を感じて舌打ちをした。

「経営側が口出ししないんじゃあ、組合員の数からいってこちらの負けだな。僕は今回は降りるよ。君は？」

「そうですね、考えさせてもらいますわ」

崎山の同席者二人が申し合わせたように言った。

しばしの沈黙の中で、崎山は己の敗北を感じたのであろうか。

「島田課長、私は端《はな》からこれで辞める心算でいたし、この二人が出ないって言うんならそれでも構わないですがね。ところで例の市会議員の件と、私の処遇はお願いしますね。宜しく」

お終いには、鬣《たてがみ》を振り乱したライオンだったはずが、猫なで声に変わっていた。

「ああ、それは人事マターですのでね。ここでは何とも申し上げられませんなあ」

課長の島田が見下すような言い方をした。

その夜の会議は短い時間で終わった。

新執行委員候補者は現場の三人と、現執行委員の一人が立候補する意思を示していた。しかし、残り一人が現れなかった。

事務所の人間にとって、新執行部に入るメリットは感じられなかった。これまでのように、有利な人事評価や昇格という飴《あめ》が期待できない以上当然であった。

時間は迫っていた。

清水組長と現執行委員の二人が俊也の所にやって来た。

「佐々木さん、困っているんですよ。誰か事務所の若手推薦してくださいよ。お願いします」

「そうですね。僕が動くのも変な話なのですがね、二、三心当たりを当たってみますよ」

俊也には心当たりがあった。高卒同期入社でラグビーを一緒にやって来た林だった。


七月、台東機械霞ヶ浦工場労働組合・新執行部が正式に発足した。執行委員長には清水、副執行委員長には事務所出身者が就いた。執行委員には中村、山田と林がなった。

崎山の威勢はもはや何処にもなかった。土浦市の市議会議員出馬に意欲を燃やしていたが、組合員五百人とその家族の後押しがなければ土台無理であった。

出馬を断念せざるを得なかった。

勤労課の会議での事であった。

「前執行委員長の崎山の事なんだがね、工場長とかうちの部長に直談判してるみたいなんだ。要するにこれまでの貢献に対してそれなりのポストをくれって事さ。閑職の管理職ポストを与えるしかしょうがないのかな。如何かね？」

過去に密約でもあったのだろうか、課長の島田が困り果てた顔で言った。

「無理でしょうね。管理職人事は本社の人事担当役員マターですからねえ。ポスト増設のどういう理由がありますか？　人事考課から言ってもクエスチョンですね。それよりも若手抜擢じゃないですか、今は。必要なら私から工場長に話してもいいですけど」

人事主任の鍋島は鮸《にべ》もなく言い放った。その言い方が俊也には小気味よかった。

「否、いいよ。自分で行くから。そうだよな、これは本社マターだったな」

何だか言い訳が見つかったとでも言いたげな顔になった。

それから暫くして、俊也が製造部の事務所に行くと、壁際の陽の当たらない隅の机にぽつんと座っている崎山を見かけた。目を合わせないように下を向いたまま急いで通り過ぎた。

2

年が明けて、二月になると春闘が始まった。

組合執行部は労働協約の改定と賃金ベースアップに意欲的だった。

これまで、あまりにも世の中の流れとかけ離れていた労働条件を、少しでも追い付かせたかった。

幸いに、会社の業績は好調だった。勿論、日本全体の景気が上向きだったこともあるが、やはり、アップ・サーティ運動が貢献したことは紛れもない事実であった。

労使交渉において、周辺環境が組合側に有利なのは明らかだったが、問題は組合側にそれだけの戦う根性と粘りがあるかどうかだった。長い間の負け犬根性を払拭《ふっしょく》出来るかどうかであった。

昼休みや定時後、現場・事務所を問わず、あちこちで職場集会が開かれていたし、各職場代表の評議委員会でも活発な議論が交わされていた。

三月になって組合側の要求が纏められ、会社側に提示された。

その主な内容は、給与水準の大幅な引き上げと、労働条件の中でも超過勤務手当の割増率の改定であった。勿論、付帯事項として、職場環境の改善と福利厚生の充実が挙げられた。

何れも、過去十数年間、組合員の要求を無視し続けた付けであった。

第一回目の労使交渉が工場内の会議室で行われた。

テーブルを挟んで、清水執行委員長以下の執行委員と工場長、総務部長、勤労課長以下、労務係が対峙した形で座っていた。後ろには数名の組合員が傍聴者として座っていた。

会議室には緊張感が漂っていた。

これまでの労使交渉は、お互い竹光《たけみつ》を振りかざし、殺陣師の振り付けに従った田舎芝居に過ぎなかったが、今は違っていた。真剣での立会であり、お互いにその剣の重さや、鋭さを知って今更に恐れ慄《おのの》いていたのである。

冒頭、清水執行委員長から、組合側の要求趣意書が読み上げられた。

「これまで長い間、我々組合員は会社の為に献身的な努力をして来た。特にここ数年の業績の大幅な改善は、日夜血の滲《にじ》むような製造現場組合員の頑張りによるものである。この三Kと言われている職場に働く若者達の将来の為にも、せめて他社に見劣りのしない労働条件の改善を要求するものである。……」

今日の清水は、現場の草臥れた作業服の組長の姿ではなかった。五百人の組合代表として堂々とした冒頭演説であった。

交渉は難航していた。要求が過大であるのは誰もが分かっていたが、何処で纏めるかが問題であった。抜き放った刃を早く鞘に納めなければ、血を見る事になるのを恐れていた。

何回かの交渉の後、組合側がぎりぎりの妥協案を出してきた。

第一が、給与水準の是正であった。同業他社との間にある三割もの格差を、一挙に縮めるのは不可能であった。台東機械の財務体質から考えてその半分、十五パーセントを五年間で解消するというものであった。

これに、全国金属労連の統一ベアを上乗せするのであるから、もし獲得出来たら、組合員にとってはこれまでにない給与のアップを実感出来るはずであった。

第二は、超過勤務手当、残業手当の改訂であった。長時間残業と休日出勤手当について、法定を超えた四割増しにすることであった。

これは画期的であり、大手の一流企業でしか導入されていない事であった。

この妥協案の後ろには宮本の姿がちらついていた。

今度は会社側が応える番であった。勤労課と経理課で調整会議が行われた。

「今日は組合側が提示してきた要求に如何応えるかを議論したい。多分これが最後だと思う。次はストを打ってくると思う。如何だろう」

勤労課長の島田が言った。

「まあ、ベアは売価に転嫁出来るなら仕方がないけどねえ、年率三パーセントを五年間は大きいんじゃないのかな。それと、休日出勤を四割増しにするのは反対だな。更に残業が増えるんじゃないの」

最初に、人事係主任の鍋島が明らかに否定的な答えを出した。

「そうですか、僕はリーズナブルな妥協案だと思いますがねえ。今、本社で考えているのは、売上高を五年後には五割増しにするプランですよね。それには、人材を如何手当するかですよ。実際、今だって若年層のターンノーバー（退職率）は大きいじゃないですか。給与を上げなくちゃあ、現場の若い従業員を確保できないのじゃないですか」

経理の斉藤主任が、何時もはコストアップに厳しいはずが、組合側に立った発言をした。

俊也は思わず斉藤の顔を見てしまった。斉藤は、北海道の国立大学を出て工場の経理部に配属になった、確か俊也とは同じ年齢のはずであった。

「ほほう、経理の斉藤さんがそう仰るのですか。それなら良いですけどね。その代わり、生産性は上げてもらわなくちゃあね。それと、残業代だね」

鍋島は、明らかに斉藤に対し対抗意識を持っていた。

「生産性ですがねえ、工場の生産から得られる付加価値を現場の従業員の人件費総額で割ったのが正しい尺度ですよね。これだと、過去五年間で同業他社と比較しても良い数字が出ています。特に、この二年間はさらに改善しています。これは、勿論、設備投資などの労働装備率は勘案しない数値ですからね、実際はもっと良いということです」

俊也は、昨夜遅くまで掛かって作っておいた資料を見せながら説明していた。

「それに、残業について申し上げますと、今は増産に対応できなくて外部の人間を増やしていますけど、結局最後は従業員に皺寄せが来ています。それが長時間残業や休日出勤の原因です。彼らは皆疲れ果てています。集中力を欠くと効率が落ちますし、重大事故の原因にもなりますからね。やはり、必要な人員は増やしていただかないと無理です。製造部の人達にも、残業は高くつくのだから、安易に休日出勤や長時間労働をしないような計画を作ってもらわなくちゃあいけないと思います」

「僕は佐々木さんの言う通りだと思います。数値的にも全くそうです。季節工や外来って安くないですね。従業員比率を高めないといけないでしょうね。そうしないとコスト低減や改善のアイデアは出て来ませんよ」

斉藤がすかさずフォローしてくれた。

「そうだなあ、この辺で纏めないとストにでも突入されたら大事だしな。如何かね、鍋島君は」

課長の島田の問いかけに、

「否、これは労務マターですから。それに経理サイドもOKならいいんじゃないですか」

鍋島は形勢不利とみてするりと身を躱《かわ》した。

四月に入って、最後の労使交渉の席で、労働協約の改訂と春闘ベースアップを妥結することができた。

3

昭和五十三年三月、勤労課の人事異動が発表された。

俊也が庶務課庶務係主任へ昇格、鍋島が本社人事部の人事係主任への転勤であった。

俊也は三十一になっていたが、高卒としては早い主任昇格であった。

鍋島の本社人事係主任はエリートコースそのものであった。この後、人事課長、人事部長への階段を着実に歩むであろうことを、誰もが容易に想像できたのである。

勤労課の送別会が駅の近くのレストランで行われていた。主賓の席には、鍋島と俊也が座っていた。

島田課長の挨拶のあと、何故か赤ワインで乾杯となった。どうやら、洋風レストランも鍋島の趣味のようであった。

俊也は、ナイフとフォークの洋食もワインも苦手であった。

勤労課内の宴会とあってすぐに打ち解け、酒も進めば話も盛り上がっていた。

「ところで、鍋島君は東京に帰ったら杉並の実家から通うのかい？」

「ええそうですね。家には親父とお袋しかいませんから、部屋も空いているし。久しぶりに親孝行も良いでしょう」

「杉並の家って豪邸なんだってな。鍋島家のご令息だからなあ、無理もないか。君は兄弟は？」

「豪邸って言ったたって、古臭いだけで大したことないですよ。最近は土地成金の御殿がいっぱい建っていますよ、周りに。……兄弟って、歳の離れた姉が二人いますけど、二人とも甥や姪がいますね」

「じゃあ、家に帰れば、嫁さん貰えって言われるだろう。で、如何なんだい、あては？」

「課長、ここには女性もいますので、プライバシーは勘弁してくださいよ」

鍋島は笑いで質問をはぐらかした。

「君のお父さんは今でも、うちの会社が世話になっている、産業機械協会の理事さんをやっているのかい？」

「ええ今はね。でも今度辞めるって言っていましたね。何せ、碌に働いていないんですから、穀潰《ごくつぶ》しですよ」

「否、そういう人も必要なんだよ。運輸省の本庁ばっかりだったのかい、親父さんの勤務は？」

「そんなこともないですよ。どさ回りも経験していますよ。僕だって名古屋にいた記憶がありますし、九州も、若い時は樺太にもいた事があるってお袋が言っていたなあ」

「あれ、佐々木君の家も確か樺太じゃなかったかい？」

課長の島田は、俊也の面接試験の事を思い出したのであろうか。

「ええっ、私は北海道の山奥の育ちですよ。鍋島さんと一緒にしないでください。何せ、本籍が番外地ですから」

「そうだったなあ、僕も番外地って書いてある本籍を見たのは初めてだったよ。そうか、あれから随分経ったなあ」

二時間ほどでレストランでの送別会は終わった。二次会に流れる者もいたが、俊也は何時ものように、家へ帰る支度をしていた。すると、鍋島が戻って来て、

「佐々木さん、楽しかったですね。また、機会があったら一緒に仕事をしましょうや。じゃあー」

俊也に返事をする時間も与えず、それだけ言うと、手を上げて先を行く皆の後を追って行った。

庶務課庶務係主任の仕事は慣れているだけに、少なくとも気は楽であった。

「佐々木です。今日から宜しく」

朝一番、俊也は庶務課の机が並んでいる島の皆に挨拶をした。

机の上には新しい主任の名刺もゴム印も、きちんと並べられていた。

「佐々木主任、他に必要なものはありませんか？」

羽成女史であった。彼女は幾つになるのか、俊也が新入社員の時、世話になって以来であった。

「ああ、羽成さん。またお世話になりますね」

「佐々木君、じゃなかった、主任。もう私が教える事なんてないわよ。でも工場内の噂話なら何でも訊いて。年増の地獄耳だから、知らない事ないから」

「その節はお願いしますよ」

俊也は笑いながら応じた。

課長の畑中が俊也を呼んだ。

「佐々木君、おめでとう。待っていたんだ頼むよな。僕もあと少しで定年だからなあ、本当は君にそのまま引き継いでもらいたいよ」

「いえいえ、僕は課長の仕事をするには十年早いですよ。こちらこそ色々教わらなくては。宜しくお願いします」

「うん。今、二、三問題を抱えているんだ。追々、君にも話すよ」

深刻な問題だと見えて、話しているうちに畑中の顔が憂鬱《ゆううつ》そうに曇っていった。

俊也が主任になって初めての給料日が来た。早めに切り上げて帰ろうと正門へ向かうと、守衛所の前に泉が立っていた。

泉が敬礼をして、「佐々木主任、ご苦労様です！」大きな声を出した。

俊也の慌てる姿を見て、追い打ちを掛けるように続けた。

「佐々木君、今日は早く帰んだな。奥さんに給料渡すんか。奥さん孝行だなあ。そう言えば子供まだだっぺか。しみじみやってるのかよ、夜のお勤め」

泉の大きな声が門を通る人々に聞こえそうで、俊也は恥ずかしかった。手を上げて急いでその場を離れた。

裕子と結婚して三年が過ぎていたが、子供は出来なかった。

社宅に帰ると、給料を袋ごと裕子に渡した。それは結婚して以来ずっと変わらない習慣であった。

「今月から給料増えたよ、主任になったおかげで。お前ももうパート辞めたら。もう少しお母さんの所へ手伝いに行ってもいいんだぞ。遠慮しないで」

「ううん、増えた分は貯金しましょうよ。そしてねえ、家を買いましょう」

「家！　俺の給料で家が建てられるのかねえ」

「だからお金貯めるのよ。私は、二階建てがいいなあ。一階には広い居間があって、二階は三部屋、私達の寝室と子供部屋。庭も欲しいな、子供たちが遊べる」

裕子の顔が生き生きしてきた。

「私ね、古臭い屋敷みたいな家で育ったから、モダンな家に憧《あこが》れるの。貴方は如何かしら」

「俺かい、俺の育った家から見ればこの社宅だって天国みたいなものさ。正直、自分の家が持てるなんて思ってもいなかったよ。それより、今度の休み、お宅の実家に行こうか？」

「そうね。久しぶりに二人で行くとお母さん喜ぶわね」

日曜日、二人は自転車に乗って裕子の実家に出かけた。俊也にとって久し振りであった。

「ああ、俊也さんいらっしゃい。今度偉くなられたんですってね。おめでとうさんです」

「いやあ、主任ですから、まだまだ下っ端ですよ」

義母は野菜畑を耕すのに忙しかった。俊也も久しぶりに鍬を手に汗を掻くのが気持ち良かった。

帰る頃になって、家の中で、義母と裕子が言い争っている様子だった。時折聞こえてくる会話は子供の事のようだった。

俊也には、義母が二人の間に子供が出来るのを待ちわびているのは、聞かないでも十分過ぎる程分かっていた。

二人は若かったし、夜寝床を共にする回数も多かった。しかし、不思議と子供は出来なかった。

俊也はそれほど深刻には考えていなかった。そのうち自然にできるだろうと。

第七章　アウトロー

1

　俊也は畑中に別室に呼ばれた。

「そろそろ君に、今問題になっていることを話しておこうと思ってな。何か聞いているかい？」

「いえ特に。ただ庶務課の範疇《はんちゅう》ですと、環境問題で少し煙が出ているようですが……」

「流石鋭いなあ、相変わらず。その通りさ。工場の裏にある農家知っているだろう？　君も昔会ったことがあったな、あそこの親父さんに。……久保澤だよ」

「ああ、覚えています。でも、確か昨年に亡くなりましたよね」

「それさ、問題は。長男が跡を継いだんだよ。知っているかい？　この男」

「否、いるっていうのは聞いていましたが、会ったことはありません」

「そのうち、すぐに会えるよ。嫌でもな」

　畑中の顔が急に、苦虫でも噛み潰したように変わった。

「こいつは放蕩《ほうとう》息子でな、親父さんから勘当されていたんだよ。何でもこれだって話だ」

自分の頰を人差し指で切る仕草をした。

「その久保澤の息子が、環境問題を騒いでいるというわけですか？」

「その通りさ。困ったことに。……うちの製造部も悪いんだよな、前から言われていただろう、汚染水の問題。排油の処理能力が足りないものだから、雨が降るとすぐに溢れだして外に流れるんだよ。それがそのまま裏の田圃に流れ込んだらしいんだ。そりゃあ、今までだってあったさ。その時は、見舞金包んで親父さんの所に謝りに行けば済んだんだよ」

「ええ、そうでしたね。僕も課長に付いて行った事がありましたね」

「実はこれだけではないみたいなんだ。これはマル秘だけどな、うちの工場からトルエンが外部へ漏れているようなんだ。塗装工程で使っているんだ。これがどうやら近隣の井戸水から出たらしいんだ……」

畑中は一段と声を潜め、身を乗り出して俊也の耳元に囁《ささや》いた。

「それを息子が嗅《か》ぎつけたと言うのですか？」

釣られて俊也もひそひそ声になっていた。

「どうやらな。それで自分家の田圃の除染費用、五千万寄越せって言うんだ。……まったくどうしようもない奴だよ」

「これから如何するんですか？　会社としては」

「うん、今度の金曜日に息子が僕のところに来るんだわ。それでな、君に同席して欲しいんだよ。後々の事があるから、頼むわ」

「分かりました。会見場所はここですね」


金曜日の午後、久保澤の息子が現れた。

四十前後の、どこから見ても堅気《かたぎ》の仕事をしている人間には見えない男だった。

右手首には金ピカのローレックス紛いの腕時計、左手の薬指にはやたらに太い金色の指輪、おまけに前歯まで金色だった。

「おや、今日は初顔が同席ですかい。自己紹介しなくっちゃな」

息子は財布から仰々しい名刺を取り出し、俊也にくれた。

「ああ、紹介が遅れましたが、庶務課の佐々木主任です」

畑中が俊也を紹介した。

「久保澤さん、今日は如何いったご用件でしょうか？」

「課長さんも人が悪いですなぁ。そんな他人行儀《たにんぎょうぎ》な言い方をして。……どうもねえ、よく調べてみたら、排油の汚染水は農業用水路を通って、家の後ろの農家にも影響していますな。ひょっとすると、そのまま霞ヶ浦にも垂れ流されているんじゃないですか」

「私たちの調べではそんな事実はありませんよ。……お宅様の田圃が汚されたと言うのであれば、除去する費用は出させてもらいます。ですから、その見積もりを取ってくださいとお願いしているわけです」

畑中のもの言いは飽く迄丁寧だった。

「だから前も言ったでしょう。五千万円だって。油を除去出来たらいいってもんじゃないでしょうが。その間の機会損失はあるし、将来だって風評被害があるんだから。それと、転売したくっても価値が大幅に下がってしまうじゃないですか。それに精神的苦痛まで入れたら五千万は安い方ですよ。ねえ佐々木主任さん、そうは思いませんかね」

俊也には、久保澤の粘着質な話し方も、薄ら笑いをした時に覗《のぞ》かせる金歯も、虫唾《むしず》が走る思いであった。

それでも、そんな思いを顔には出さず、

「私どもは、上場企業ですので、理屈の付かないお金を出すわけにはいきませんですね。お聞きした範囲では、五千万はどう見ても法外です。失礼ですが、ちゃんとした見積もりを御取りになりましたでしょうか。私どもで良ければ、何時でも第三者機関に見積もってもらいますが、……」

俊也の話が終わらないうちに、久保澤の態度は一変した。眉を吊り上げ、肩を怒らせ、椅子の肘掛に拳《こぶし》を叩き付け、

「俺はそんな青臭い御託《ごたく》を聞きに来たんじゃないわい。話はこれだけじゃあないんだからな。他にも有害物質を垂れ流しているのを、俺は知っているんだよ。台東機械は環境機械を売って

いるんだろう。環境に優しい会社だって？　新聞社に持ち込めば喜んで食いついてくるよ。株主総会も近いことだしな」

本性を露《あら》わにして一気にまくし立てた。その筋の人間が使う、恫喝《どうかつ》そのものであった。

畑中も、俊也も怯《ひる》んだ様子を見せなかった。

「私どもにそのような事実は御座いません。ですから、新聞社に持ち込んで頂いても構いませんですけど。なるべく早いうちに、お宅様の田圃の除染費用の見積もりを取って、改めてご連絡いたします。ですからもうお出で頂かなくて結構です」

畑中は抑揚《よくよう》のない低い声でこれだけ告げると、立ち上がってドアを開いた。

「舐《な》めんなよ！　お前ら、俺を甘く見ると、後で泣きを見るぞ」

久保澤は捨て台詞《ぜりふ》を残し、足音を響かせ出て行った。

畑中がふうっと大きな溜息をつくのを聞きながら、俊也は久保澤が灰皿に投げ捨てていった煙草の火を消していた。


月曜日の朝、工場の正門前の車道に大型の街宣車が停まっていて、辺り一帯、大音量の軍歌が響き渡っていた。

正門を入る従業員も道行く人々も、何事が起こったのかと不安げに眺めていた。

軍歌が止むと、マイクロフォンを通して野太いがなり声が聞こえてきた。

「台東機械は社会の敵だ！　環境破壊の元凶《げんきょう》だ！　汚染の垂れ流しを止めろ！」

シュプレヒコールのように、何度も同じフレーズが繰り返されていた。

街宣車は二十分程で引き揚げて行った。

この街宣車による示威《じい》行動は、翌日も翌々日も、一週間続いた。

総務部長と畑中が工場長に呼びつけられていた。

「おい君達、何とかならんのかね。周辺の住民からいっぱい苦情が来ているんだよ。新聞沙汰《ざた》にでもなったら如何するのかね。もうすぐ株主総会だぞ。……で警察には相談したのか？」

「はい、警察には電話したのですが、なかなか動いてくれないものですから……」

畑中の厳つい顔は下を向いたままであった。

「そんな担当者相手では駄目だよ。僕が署長に電話しておくからすぐに行きたまえ」

その日の午後、畑中と俊也は連れ立って土浦警察署を訪れた。

予《あらかじ》め署長から指示があったのか、応対に出た男は、三課の刑事だと言って二人に名刺をくれた。

「台東機械さんですね。どんな様子ですか。相手の名前は？」

「うちの工場の裏に住んでいる、久保澤の長男です」

「久保澤、彼奴ですか。彼奴、またこの辺に戻って来たんだ」

畑中は今までの経緯を丁寧に説明した。勿論、トルエンが工場から漏れ出ている話はカットされていた。

「成程、大体の手口は分かりました。久保澤の長男は我々もマークしていたことがあるんですよ。実際、前科もありますしね。詐欺《さぎ》と恐喝《きょうかつ》ですね。ただ特定の組の構成員ではないですね。まあ、何れにしろこの世界の人間ですよ」

「何とかなるものでしょうか？」

「そうですね、街宣車は止める事ができますがね、騒音防止条例で。でも罰金払えば済んじゃうし、業務妨害で訴えるにしてもねえ、正直難しいですね。恐喝の方は、もっと難しいですな。実際に工場から排油が流れ出ているのであれば、これは民事ですね。民事不介入が原則ですから、警察は」

俊也には、この刑事の気ののらない態度が不満だった。明らかに、面白くもない仕事を上から命令されたという、やる気の無さが表れていた。もっとも、彼らにとって、この手の話は掃《は》いて捨てるほどあるのであろうが。

「まずは、弁護士さんを立てて示談交渉でしょうかね。それでも埒《らち》が明かないようでしたら何時でも来てください。なにせ、台東機械さんは有力な交通安全協会の後援者ですので、宜しく」

警察署で、刑事から営業をされるのでは世話はなかった。

警察署からの帰り道は遠かった。二人はとぼとぼと歩いていた。

「警察では本当に埒が明かないなあ……」

畑中は俯《うつむ》いたまま、独り言のように呟いた。ひどく落ち込んで見えて、俊也は返事をすることが躊躇《ためら》われた。

翌日だった。

「佐々木さん、守衛所から電話です」

羽成女史が受話器を俊也に渡してくれた。

「佐々木君、泉だけど、課長いないんだってか。じゃあ、しゃああんめい、君だな。こっちに常陽新聞の記者さんが来ているんだ。急いで来てくれないかい」

俊也は、引き出しから名刺を取り出し、「急いで課長捜して。それと応接用意しておいて」と羽成女史に声を掛け、守衛所へと急いだ。

「お待たせしました。庶務課の佐々木です。どうぞこちらへ」

先に立って応接へ導き入れたその時、畑中もやって来た。

男は常陽新聞の記者であった。

「庶務課長の畑中ですが、今日は如何いったお話でしょうか？」

「ご存知の通り、台東機械さんはうちの新聞広告のお得意様でしてね。本社の営業からも言われているのですよ」

「はあ、そうですね。いや、こちらこそお世話になっています。それで？」

「実は、最近ある情報が入りましてね。御社のこの工場に関しましてね。まあそういう事でちょっとお話を伺いに来たわけでして……」

記者の話し方は、何だか歯切れが悪かった。

「どんな情報でしょうか？」

畑中は身を乗り出した。

「情報源は申し上げられないのですがね。ここの工場から、有害物質が外部に垂れ流されているると言うのですわ。物質の中にはトルエンが含まれていましてね、近所の地下水に相当影響しているると。それだけじゃなく、霞ヶ浦の環境破壊に大きく影響していると言うんですわ」

「そんなの、全くのガセネタですよ。そのような事実は絶対にありませんですから。何とか止めて頂けませんですか」

畑中の声が上ずって聞こえた。

「いや、その通りだと思うのですがね。うちでは、記事にしたくないのですが、黙っていると、多分、他社に持ち込む恐れがあるのですよ。ですから心当たりがあれば、早く対応された方がいいと思って来たんですがね」

記者の口ぶりは、確証を摑《つか》んでいることを暗示しているようだった。

「分かりました。心当たりを当たってみます」

「じゃあ、これからも広告宣伝の方、宜しくお願いします」

新聞記者は帰って行った。

残された畑中と俊也は応接に座ったままだった。畑中は胸の前で腕を組み、眉根をよせて天井を睨んでいた。

俊也にはこれといって解決の糸口は無かった。ただ、久保澤の卑劣《ひれつ》なやり方を絶対に許すことは出来なかった。沈黙がつづいた。

口を開いたのは畑中だった。

「佐々木君、ここは示談に応じるしかないなあ。明日、本社に行って相談してくるわ。常陽新聞の広告の事もあるし、株主総会も近いからな」

「えっ、示談に応じるのですか？　五千万円の。それはないでしょう」

「ああ、五千万は出せないよ。しかしゼロというわけにはいかないよ。今更」

「しかしですね、課長。示談と言うのでしたら、あの程度の汚染の復元費用なんて、百万か高くて二百万ですよ。それ以上出す論理的必然性が無いじゃないですか。僕は反対ですね」

「うん、分かっている。ともかく、明日本社へ行ってくる」

畑中は、俊也の同行を断って、一人で東京の本社へ出かけていった。

本社総務部長と担当役員を訪れ、委細《いさい》を説明し、久保澤との早期和解を命令された。示談金の上限は、外部に対して説明がつく範囲の厳守が条件であった。

本社の役員たちは、誰も手を汚したがらなかった。その癖、株主総会でやり玉に挙げられるのを只管《ひたすら》恐れていた。

その日、畑中は工場には戻らなかった。

夕方、手帳に書いてあった住所を頼りに、上野界隈《かいわい》を歩いていた。不忍《しのばず》公園を回ってかなり行くと坂道が続いていた。本郷三丁目だった。

畑中は、しゃれた門構えの、ちょっとした屋敷風の家の前で足を止め、表札を見た。『田丸』と書かれてあった。

呼び鈴を押すと、暫くして女の声がし玄関の扉が開いた。

「私、先程電話を差し上げました畑中と申しますが、田丸先生は御在宅でしょうか？」

「畑中さんですね。伺っております。どうぞ中へ」

中年の女に従って中へ入ると、畳の部屋へ案内された。そこで暫く待たされた。

足音がして、人の気配がすると、入って来たのは痩《や》せた背の高い老人だった。テーブルを挟んで、畑中の前に座った男の眼光は鋭かった。人を射すくめるような目であった。

「田丸参謀殿、御元気でありますか。畑中であります」

「参謀は止めよう。畑中君、久し振りだが元気そうじゃないか。今でも台東機械にいるのかね」

男のしわがれ声は優しそうだったが、目は相変わらず笑っていなかった。

「はい、今もお世話になっております。それも田丸先生のご紹介のお蔭でございます」

「うん、戦前はな、台東機械は戦車や大砲の運搬車両を作っていたのだよ。それで知り合いが何人かおってな、君を紹介したってわけだ。君にはビルマで助けてもらったからな、ほんの恩返しの真似事程度だったな」

先ほどの女が料理と酒を運んできた。

「まあ一杯やってくれたまえ」

男は畑中にビールを勧めながら、自分でもコップをゆっくりと口元に運んだ。

「ところで今日の要件は何かね。困っている顔つきだな、畑中中尉」

口元に笑いを浮かべながら、鋭い目で畑中を見詰めた。

「はい、田丸参謀殿にお願いがあって参りました」

畑中は思わず背筋を伸ばし、軍隊調に頭を下げた。

「で、話は何だね？」

「実は会社で困っていることがありまして……」

畑中は、久保澤の一件を掻《か》い摘《つま》んで話した。

「自分も、もう少しで定年であります。何とか大過《たいか》なく過ごせると思っていたところでありま
す。自分の責任でこの件を処理したいのですが、お力添えをお願いできませんでしょうか」

「ふうん、よくある話だな。で、君の会社では金は出す心算があるかね。君の身銭じゃないぞ」

「はい、その点は確認してあります。外部の目を誤魔化《ごまか》せる程度であれば……」

「表向きは示談金だろうからな。それで、幾らかね？　出せるのは」

畑中は右手の指を五本広げて目の前に突き出した。

「五百万だな。……まあいいだろう」

男が部屋の隅にある電話を掛け、何やら話しているのが聞こえてきた。

「辰巳か。今空いているか。じゃあすぐに来てくれ。急いでな」

男は電話を切ると、「話は分かったから酒でも飲んでくれ」といって畑中に酒を勧めた。

「しかし、ビルマの戦争は酷かったな……。随分仲間が死んだよ。君に助けてもらわなかったら俺も死んでいたかもな」

「いやあ、助けたなんて。自分の方こそ、参謀殿のお蔭で無事日本に帰って来れたのです」

「あの時、君は何であの野戦病院にいたのかね。元々君は歩兵将校だよな」

「はあ、そうであります。自分は幹候上がりの歩兵中尉でしたが、軍の輸送部隊におりまして、野戦病院の患者担送を命じられておりました。そこで、たまたま戦傷を負われました、参謀殿にお目に掛かったわけであります」

「ああそういう事だったのか。しかし、あれは大変だったよな。ミイトキーナからマンダレー、メイクテーラー、ラングーン、千キロ近くをよく運んでくれたものだよ。もう少し遅かったなら、生きては帰れなかっただろうよ」

「いや、自分の方こそ助かりました。戦死した者には悪いですが、あのまま残っていたら、間違いなく全滅していましたから」

「そうだなあ、人間の運命なんて紙一重《ひとえ》だからな。生きるも死ぬもな。生きて帰れたのは、お互い運が良かったということだ。まあ、残りの人生大事に生きることだな」

二人で飲み始めてから三十分もして、襖の向こうから、女の声がした。

「辰巳さんがお出でです」

「ああ、入れ」

背の高い、がっしりした男が入って来た。

「遅くなりました」

「ご苦労だったな。こちらはわしの古い仲間で畑中君だ。こいつは辰巳だ」

田丸は畑中に男を紹介した。男は四十過ぎであろうか、背広にネクタイ姿であったが、何処か普通のサラリーマンとは違っていた。姿そのものから、言い知れぬ威圧感が伝わって来た。否むしろ、得体の知れぬ恐怖感といったほうが正しかった。

「辰巳、こちらの畑中君の仕事を手伝ってくれ。難しい仕事じゃない。土浦に久保澤というチンピラがいる。こいつと畑中君が揉《も》めている案件を五百万で示談にしてくれ。仲介手数料はこの五百万の取り分からもらえ。分かったな。飽くまでも合法的にだぞ」

「はい、了解いたしました」

畏《かしこ》まって座った男は、田丸に頭を下げたままで応えた。二人の間には、厳然とした上下関係が存在するようだった。三十年前の軍隊を見るようであった。

「失礼ですが、名刺をいただけませんか」

男は向きを変え、畑中に言った。

受け取った名刺の住所を見ながら、「じゃあ後日、段取りが出来ましたら電話しますから、宜しく」と言って、席を辞して行った。

時計を見ると十時を廻っていた。常磐線の土浦行き最終は十一時であった。

畑中が田丸の屋敷を出たのは十時半であった。


その日から一週間して、畑中に辰巳から電話が掛かって来た。

「畑中課長さん、例の件、明日夕方までに五百万、現金で用意できますかね」

「ええ、出来ると思います」

「じゃあ、その現金を持って土浦ホテルの私の部屋まで来てくれませんかね。時間は七時。部屋は辰巳の名前で取ってあります」

「分かりました。こちらは部下を一人連れて行くかもしれませんが宜しいですか」

「ああ、構わないよ。全て合法的な仲介交渉ですからな」

それだけ言うと辰巳は、電話を一方的に切った。

畑中と俊也が会議室で話し合っていた。

「佐々木君、久保澤の件は示談で解決することにしたからな」

「示談ですか？　具体的には如何されるのですか。課長、まさか法外な金を払うのではないでしょうね」

「五百万でけりを付ける。本社にも経理にも話を付けてあるから心配するなよ」

「いや、私には社内処理の問題ではないのです。何故あんな非道な奴に五百万もの大金を払うのかです。悪を許せないのです！」

怒りの為に、俊也の語気が荒くなっていた。

「佐々木君、もう決めた事だ。すべては俺独りの責任だ。だから君はもういいよ。この件から外れてくれ」

「課長、そうはいきませんよ。合法的な示談だと仰るなら、最後まで付き合いますよ。さもないと第三者の証人がいないじゃないですか。何時何処で示談を成立させるのですか。教えてください」

畑中は暫く天井を見ていたが、意を決したように言った。

「分かった。明日の夜七時、土浦ホテルだ。じゃあ示談書を作っておいてくれ」

二人が土浦ホテルの辰巳の部屋に着いたのは七時丁度だった。

ノックをすると、暫くして辰巳がドアを開け、顎《あご》で中へ入れという仕草をした。

部屋の真ん中に、正座をして首をうなだれている男の後ろ姿があった。見た事のある派手な背広は久保澤だった。

辰巳は自分だけは椅子に座り、二人にもカーペットの上に座れという仕草をした。

「さて、この案件の両当事者が揃《そろ》ったので早速取り掛かろう。畑中課長さんは現金と示談書をお持ちですかな」

民事訴訟の裁判官の言い草だった。畑中は俊也が作った示談書を辰巳に手渡した。

「当事者の名前、金額は五百万、今後クレームしない。うん、いいだろう」

辰巳は示談書を俯《うつむ》いたままの久保澤に突き付け、

「さあ、これに署名して印鑑を押してもらおうか」

はらわたに響くようなドスの利いた声であった。俊也でさえ、鳥肌が立つ程の恐怖を感じた。

久保澤は、壊れたぜんまい仕掛けのおもちゃのように飛び上がり、そして、慌ててポケットから印鑑を取り出し、署名・捺印をした。

辰巳はそれを取り上げると、一枚を畑中に返してよこした。

「じゃあ、畑中さん五百万頂けますか」

畑中が俊也から渡された五百万円の札束を、そのまま辰巳に差し出した。

辰巳は一万円札で百枚の束五つをぱらぱら捲《めく》って、「結構でしょう」と言って、その一つを無造作に久保澤の膝の前に放って寄越した。

「後は仲介手数料として俺がもらうからな。異存はないな！」

「はい、結構です」

久保澤の蚊の鳴くような声であったが、手には確りと百万円が握られていた。

「じゃあこれで一件落着ですな。皆さんご苦労様でした。どうぞお引き取り下さい」

二人はホテルを出て並んで歩いていた。

「これで終わったな。……酒でも飲んで帰るか？」

「いや、そういう気分でもないでしょう」

俊也はやりきれない思いだった。しかし、これ以外の解決策があるかといえば、やはりなかったのだ。何とも言えない、後味の悪さを感じた。

その日以降、工場の周りは静かになった。

辰巳が如何いう筋の男なのか、久保澤が如何してあんなにもすんなりと示談に応じたのかも、俊也には分からなかった。畑中に敢えて訊く気にもなれなかった。

2

開け放った窓から、牛が鳴くような食用ガエルの声が聞こえてきた。霞ヶ浦が近い所為なのか、生暖かい湿った空気が流れ込んでいた。庶務課全員が、工場近くの食堂の二階に集まっていた。

畑中課長の退職慰労会であった。六月末日で満六十歳の定年を迎えるのである。

幹事が乾杯の後、畑中に退任の挨拶を求めた。

「ええ皆さん。台東機械に入りまして三十数余年、今月末をもちまして退職することになりました。これまで大過なく勤めて参りましたのも、皆さんのご支援の賜物《たまもの》でありまして……」

畑中の挨拶は延々と続いた。工場の庶務課一筋に勤めた思いを、短時間では語りつくせなかったのであろう。

「……私にはこれと言った趣味も生きがいもありません。幸い、近くに孫が三人おります。愚妻と孫を相手に生きていくつもりです。長い間有難うございました」

大きな拍手が鳴っていた。

「課長、奥さんに逃げられないようにしてくださいよ」

誰かの声に、本人も周りも笑った。

宴の最後は俊也が締めた。畑中は酔っていた。

「課長、帰りましょう。僕が送って行きますから」

畑中は俊也の肩につかまって歩いていたが、人影が無くなる小路に入ると、嘘のようにしゃきっとして歩き出した。

「佐々木君、世話になったなあ。君と一緒に仕事が出来て嬉しかったよ。本当は、君にすぐ課長の席を譲りたいんだけどな。辛抱《しんぼう》してくれよ」

「お世話だなんて、とんでもありませんよ。僕がこうしていられるのも畑中課長のお陰です。僕の方こそお礼を言います」

「君は優秀なんだよな。鍋島や経理の斉藤にだって負けないくらいに。でもなあ、学歴社会なんだ、我社は……階級社会と言った方がいいか」

「いいえ、あの人達と比べないでください。それに、僕自身が選んだ道ですから……」

「そうか、そう思うか。……佐々木、お前に一つ言っておきたいんだがな、ラグビーではトライした者が偉《えら》いのか？　違うだろう。皆の力の結果だろう。プロップなんて絶対陽が当たらないよな。でも誰かがやらなくちゃいけないいんだ……」

俊也には畑中が何を言いたいのか分かっていたが、黙って聞いていた。

「会社だって同じさ。誰かが縁の下で支えてなくちゃあ潰れちまうんだ。汚い事もあるよ。汚れ役も必要なんだ。俺はお前にそれをやれと言っているんじゃないんだぞ。でもなあ、そういう役もあるってことは忘れるな」

「はい……」

畑中は家の近くまで来ると、

「もういいよ、この辺で。佐々木、有難うな。辛いこともあるかもしれないけど、負けるなよ。じゃあな！」

俊也の手を両手で握り、そしてゆっくりと歩きだしていった。

畑中の退職した後任には本社から課長が転勤して来た。

俊也を始め、課員は何事も無かったように今まで通り仕事を続けるのであった。

第八章　芳江からの知らせ

1

金曜日の夕方、俊也はめずらしく早く家に帰って来た。

「お帰んなさい。早かったのね。今日何の日か知っている？」

「えー、給料日じゃあないしな。……そうか結婚記念日か」

二人が結婚してから九年が過ぎていた。

「そうよ。だから早く帰って来たんじゃなかったの。なーんだ、でもいいか。御馳走作ったんだから、一緒に食べましょう」

俊也は三十七歳に、裕子は三十三歳になっていたが、子供はいなかった。

裕子が俊也の布団にもぐり込んで来た。

「ねえ、私実はね、産婦人科に行って来たの。調べてもらいに」

「えっ、ああそう。で、結果は如何だった」

「調べた限りでは何でもないみたい。お医者さんが言うにはね、旦那さんも調べてみなくては分からないって言うの」

「えー、俺もかい」

「ねえいいでしょう。私に付き合ってよ。お願い」

「分かった、付き合うよ。その前にもう一度試そう」

俊也はそれだけ言うと、裕子の身体を抱き寄せた。


俊也と裕子が連れ立って、総合病院の産婦人科を訪れていた。俊也にとってはこれで二回目であった。一週間前に、泌尿器科で精液を採取されていた。

俊也には、産婦人科の待合室にいるのが、如何にも気恥ずかしかった。人と目を合わせないように下を向いていた。

「佐々木さん」と呼ぶ声にやっと救われた思いがして、診察室に入っていった。

中年の男性医師が二人を前の椅子に座るように促した。

「佐々木さん、ご主人の精子の検査結果が出ました。結論から言いますとですね、普通の成人男性に比べて数が少ないです。勿論、数が少なくても受精することもありますが、確率は低いです」

そこまで言うと、カルテに目を落とし、

「特に、奥様ですが、三十三歳ですね。そろそろ高齢出産も心配しなければなりませんですしね。お二人がお子さんを望むのであれば、二つの方法が考えられます」

俊也が裕子と顔を見合わせ、

「具体的にはどんな方法でしょうか?」

「一つは、ご主人の精子を取り出して、一番条件の良い環境で人工授精をすることですね。これは夫婦間では一番無難な方法なのですが、妊娠の確率は低いです」

「二つ目は?」

「二つ目はですね、所謂《いわゆる》人工授精です。完全に第三者の健康的な精子を使って人工的に授精させることです。言うまでもない事ですが、第三者を絶対に特定できないようになっています。ただこれだと、ご主人が納得しない場合がありますよね」

ここまで言って、中年の医師は俊也の方に顔を向けた。

俊也は黙ったままであった。

「それでですね、一つの解決策があります。第一案の御主人の精子と、第二案の第三者の精子とを混ぜて人工授精に使う方法です。確率から言いますと、二対八か、三対七でご主人の精子が受精することになります。実際それは神のみぞ知るですね。お二人の子供だと信じて育てることが大事ですよ」

「その子の父親がどちらなのかは、分からないものなのでしょうか?」

「今の医学では分かりません。勿論、その前提として、血液型の同じ男性の精子が使われることですがね。……ただ将来のことは何とも言えません」

中年の医師は、何かレポートのコピーを取り出して二人の前に広げた。

「最近開かれた学会の論文ですが、遺伝子、染色体を使って個人とその係累《けいるい》をトレース出来るようになるだろうと書いてあります。DNAと言うのですが、将来、二十年ぐらい先でしょうが、そのお子さんのDNAとご主人のDNAを調べれば、本当の親子か分かるでしょうね」

「二十年後ですか」

「そうです。……まあ、こう言っては何ですが、お子さんも青年になっているでしょうから、たとえ分かったとして何なのですか。だから、大事なのは飽くまでも、自分たちの子供だと信じて育てる事ですよ。……それは普通の夫婦の間にできた子供だって同じですよ。お分かりでしょう？　生まれてきた子供の父親が誰かなんて、疑って如何するのですか」

それまでは、淡々と事務的に話していた医師の言葉が、そこだけは感情のこもった、やけに人間臭い声に聞こえた。

「お話はよく分かりました。……後は二人でよく相談してみます」

「そうですね。お二人にとって大事な事ですから十分話し合ってください。やると決めたら、医学的処置は簡単ですから、何時でも出来ます。ただ、最初に申しました通り、奥様の出産年齢がありますので、一、二年以内に結論を出されるべきですね」

二人は礼を言って診察室を出た。待合室には大勢の女性患者がいたが、俊也の目にはもう何も映っていなかった。

病院からの帰り道、

「ねえ、如何思う？」

沈黙に耐えきれなくて、裕子が口を開いた。

「うん、そうだなー」

俊也の口から出たのはそれっきりだった。

何かを深く考える時の癖で、頭を少し右に傾けながら前を向いて歩いていた。

裕子には、俊也の心の内に扉があるのを知っていた。一緒になって九年が過ぎても、その心の中に忍び込むことは決して出来なかった。

裕子は俊也の心の扉の開くのを待つしかなかった。

二人にそれ以上の会話は無かった。

2

俊也は目を覚ました。不思議な夢だった。

それは、幼い頃の情景だった。家で飼っていた子牛の『はなこ』が涙を流して鳴いていた。

（モゥーー、モゥーー）何時までも鳴きやまなかった。寺田のじっちゃんが死んだのを悲しんでいたのだ。はなこの鼻の頭を、首筋を優しく撫でさすっている男がいた。よく見ると父隆三だった。本当は、じっちゃんの葬式に行っていて、そこにはいないはずの父の姿だった。

「とうさん。……とうさん！」

俊也が呼ぶと、父が振り返りにっこり笑ってくれた。

裕子を起こさないように、トイレに立った。窓の外はまだ暗かったが、夜明けが近い証拠に、

（モー、モー）遠くから牛の鳴くような声が聞こえてきた。食用ガエルの鳴き声であった。

それから十日が過ぎ、会社から帰ると手紙が届いていた。姉の芳江からだった。


――俊也さん、お元気。裕子さんと仲良くやっている。

今日はね、貴方に知らせなくちゃいけない事があるの。

一週間まえに、父さんが亡くなったの。貴方にすぐに知らせようか迷ったんだけど、
多分葬儀には来ないだろうから止めました。

今日が初七日。お墓はね、今住んでいる美唄のお寺に建てることに決めました。

父さんが死ぬちょっと前、病院に行ったらお母さんもいなくて一人だったの。その時
に、父さんが昔の開拓時代の話をしてね、あなたの事を言うのよ。

（自分の子として育てたかった、でも結局俊也は離れて行った。やっぱり俺の心にそれを拒む何かがあったのだろうな。すまないと思っている。元気で生きていってほしい）

母さんは元気よ。でも母さんは貴方の事を一言も言わないわ。強い女なのよね。何時かその気になったら、父さんのお墓参りに来てね。母さんも喜ぶわ。無理だろうけどね。

裕子さんに宜しく。

昭和六十年×月×日　　　　　　　　　　　　芳江より――

「お姉さんから。何か変わった事でも？」

裕子が俊也の顔を不安げに見詰めながら訊いた。

「ああ、親父が死んだんだ。十日まえに。葬式はもう終わってしまったからな……」

それだけ言うと、何時ものように、貝になった。

俊也は、父隆三が別れに来てくれたのだと思った。

俊也は悩んでいた。

裕子が子供を欲しがっていることも、義母との約束も、十分過ぎるほど分かっていた。

人口授精によって子供が出来たとして、本当に自分の子供として育てていけるであろうか。

確率として、二割は自分の本当の子供かもしれないが、残りの八割は全くの他人ではないか。

そう思うと、百パーセント割り切れるであろうか。否、出来ないと思った。結局は自分も、育ての親隆三のようになるのだろうと。

俊也は子供の頃、何時だったかは思い出せないが、隆三の目の中に何かを発見してしまったのだ。それから、二度と心を開くことが出来なくなったのだから。

「ねえ、あなた」

「うん、なんだ？」

「そっちに行ってもいい」

「ああいいよ」

俊也が身体をずらしたスペースに裕子が滑り込んできた。

裕子は上半身ごともたれ掛かるように、頭を俊也の胸に預けていた。

「ねえ、子供の事はもういいの。私こうしていれば幸せ。でもこれからも可能性はゼロじゃないって言っていたわよね。だから、お願い」

「そうだな、頑張るか」

俊也は優しく裕子の背中を抱いた。そして、その手を下にずらし、パジャマと下着を掻い潜って、裸のお尻を撫でていた。柔らかく弾力がありすべすべしていた。

父隆三が亡くなってから二年程して、母の澄江が亡くなったという知らせが姉の芳江から届いた。

手紙には、母の七十年の人生で、美唄で暮らした十数年が一番平穏で幸せだった事、そして俊也の事は一言も言わずに死んでいった事が書かれてあった。

手紙には、セピア色した一枚の写真が添えられていた。誰か素人が写したものか、掌《てのひら》に隠れるほどの小さな写真であった。そこには、生後五、六カ月の俊也が、母の澄江に抱かれて写っていた。多分、樺太から酒田に引き揚げたばかりのころであろうか。作り笑顔なのか、母の顔が寂しそうに写っていた。

俊也にはこの写真を見た記憶がなかった。芳江の手紙に、写真のことは触れられていなかったが、母の遺品の中から見つけ出したものであろうか。母が、父隆三に気兼《きが》ねをしてこっそり隠し持っていたに違いなかった。

十八で逃げるように家を出てから、一度も顔を見る事もなく二人は死んでいった。血の繋がりを切ることは出来ない、母親はどんなにしても母親だった。今ここに、生きている自分の存在が何よりの証拠だった。

俊也は、母の罪を許すことの出来なかった自分に、今更ながら後ろめたさを感じた。もう二度と「とうさん」「かあさん」と呼ぶことが出来ない、寂しさを感じた。

涙が出そうで思わず外へ飛び出した。裕子にも涙は見せたくなかった。

第九章　都会の喧騒《けんそう》

1

昭和天皇が崩御され、平成の世になって十年が過ぎていた。

バブルの崩壊や、その後の何回かの不況を乗り越えて、台東機械は生き延びていた。

「佐々木課長、部長がお呼びでしたよ」

「ああ、有難う。ちょっと席外すね」

俊也は総務部長の部屋へ入って行った。

「佐々木さん、ちょっと話がありましてね。まあ、座ってください」

総務部長は俊也より年下だった。

「佐々木さん、庶務課長になられて何年ですか。結構長いですよね」

「はあ、十年が過ぎました。私ももう五十一ですから」

「そうですよね。実は、本社のある役員から、佐々木さんを本社の部長にという話がありましてね。それに、工場の管理職も若返りを要求されていましてね、本社の人事から……」

話し方は丁寧だったが言外に、断ればポストが無いぞ、あっても子会社か系列会社への出向を示唆《しさ》していた。

「本社の部長ですか？　そのような大役、私に務まりますかね」

「大丈夫ですよ。総務部の渉外担当部長なんですがね、来月で定年なんですよ。その後任というわけです」

「渉外担当ですか？」

「ええ、佐々木さんは工場であれだけ実績を積まれた方だ。出来ない事なんかないでしょう」

「私を使ってくださると言うのなら、お受けいたします。まあ、残りの会社人生を、本社勤めも悪くないでしょうから」

「じゃあ決まりで宜しいですね。佐々木さんは工場に知り合いも多いし、送別会は盛大になりますね」

七月一日までの一カ月間は、毎日どこかで送別会が開かれていた。

無理もなかった。俊也が十八で入社して以来、三十三年間、工場一筋で過ごして来たのだ。

ほとほと疲れ果てる頃に、本社勤務の第一日目がやってきた。

新調したばかりの背広にネクタイを締め、黒い革靴を履くと、何だか新入社員になった気がした。

毎日を作業着と安全靴で通してきた俊也には、碌《ろく》な背広も靴も無かったのだ。

「じゃあ、行ってくるよ」

「貴方の背広姿、とっても似合うわ。気を付けて行ってらっしゃいね」

本社は神田にあった。家を出てから二時間、電車に揺られて立ちっぱなしはきつかった。

前任の渉外担当部長に連れられて、各部への挨拶回りをした。人事部長は鍋島だった。

「いやあ、佐々木さん、久し振りですなあ。これから宜しく頼みますわ」

「こちらこそ宜しくお願いします」

鍋島は相変わらず態度が大きかった。人事部長では仕方がないか、と俊也は思った。

次は隣にある経理部だった。

「今度総務部に赴任してきました佐々木です。宜しくお願いします」

「佐々木さん、待っていました。やっとまた一緒に仕事が出来ますね。こちらこそ宜しくお願いします」

経理部長の斉藤だった。相変わらず腰の低い男であった。

俊也の席は、総務部の一角にあった。横に嘱託《しょくたく》となった前任者の畠山が座り、目の前には三十過ぎの主任秋山と女性の松野が座っているだけの、小さな所帯であった。

渉外係の仕事は、日常の対外的な折衝《せっしょう》の他に、一番大きなものは株主総会であった。

上場会社にとって、一年の中で一番のイベントは株主総会である。何処の会社も、如何にスムーズに終わらせるかに汲々《きゅうきゅう》としていた。言い換えれば、如何に早く、自分たちの都合のいいように収めるかであった。それは須《すべから》く、渉外担当者の手腕にかかっていたのである。

株主総会には総会屋が付き物であった。総会屋も、ピンからキリまで、有象無象《うぞうむぞう》を合わせれば掃いて捨てるほどの数であった。つまり、当時の世の中には、それだけの数の総会屋達を養っていけるだけの金が動いていたという事である。

幸い、その年の株主総会が終わったばかりであり、彼らの活動もそれほど活発ではない時期であった。

前任者の畠山からの引き継ぎは、総会屋に関するレクチャーから始まった。

「佐々木君、総会屋と一口に言うけれどね、色々いるんだよ。総会をうまく乗り切るためにはね、必要悪さ。先ずは、彼らの実力を見極めてね、与党と野党に区分けすることだな」

「そうですか。野党は何となくわかりますが、与党とはどうやって関係を保つんですか。そこのところが難しそうですね」

「君、それなんだよ。僕はね、それを十数年一人で築き上げてきたんだよ。その大変さが分かるかね」

うなずく俊也に、畠山は延々と自慢話を続けるのだった。

「……まあ、そういうわけだから、追々君にも与党と野党との付き合い方を教えるよ。雑魚《ざこ》は、今でもちょくちょく来るからね。これのあしらい方もな」

その後もレクチャーは何回か続いた。畠山が平然と話す中には、俊也の倫理観とは馴染まないものもあった。それは明らかに裏社会との付き合いであった。畠山の過去には何があるのだろうか。

俊也には、頭が禿げあがり、少し猫背で冴えない初老の男の背中に暗い影が貼り付いているような気がしてならなかった。

俊也も少し本社の勤めに慣れてきた頃であった。

「部長、受付にA＆A経済開発協会の方がお見えですが。お会いしますか？」

電話を取った松野が俊也に訊いた。

俊也が如何したものか迷っているうちに、畠山がその電話を取って応えていた。

「ああいいよ。応接に通しておいて。僕と佐々木部長が行くから」

電話を切ると、「昔、一度会った事がある奴だよ。僕に任せておいて」と言いながら、自分から先に立って歩き始めた。

応接には、背広を着ているがどことなく胡散臭《うさんくさ》い男が一人で座っていた。俊也は型通りその男と名刺の交換をしたが、畠山は面識があるらしかった。

「いやあ、畠山さん、暫くですね。定年なんですって。残念だなあ、これから親しくお付き合い頂けると思っていたのに。でも去年のお約束はお願いしますよ」

男は座るなり、親しげな口をきいてきた。

「約束、何でしたっけね？」

「また、恍《とぼ》けないでくださいよ。うちの月刊誌今年から契約するって言ったじゃないですか。うちと付き合っておくと便利ですよ」

「いやあ、そうだっけね。お宅は政界だとどっちの筋に強いのかな？」

「もちろん、与党の最高実力者ですよ。特にね、鎌倉の人にコネがあるんだからなあ、睨《にら》みが利くんですよ」

「ふうん、そうかい。で、鎌倉の人って元気なのかい。何だか元気ないっていう話も聞くけどね」

畠山はぺらぺらとよく喋る男だった。一頻り喋った後で、

「いや、僕の権限じゃないから、佐々木部長どうですか？」

急に俊也に振ってきた。

「折角ですが、経費の削減は社長命令ですのでね。新規の契約は出来ない事になっていますので、悪しからず。必要になったらこちらから連絡します。お引き取り下さい」

俊也は、男の顔を正面から見据えながら淡々と言った。

「そうですか、佐々木部長さん。まあ、よく考えておいてくださいよ。味方にすると得ですよ。また来ますからな」

男は凄《すご》みを利かせた心算か、肩を怒らせながら席を立った。

男が去った後で、畠山は俊也に向かって言うのだった。

「まあ、あの手の小物はあんな具合かな。要するに、話を聞かないで断ることだな」

定時近くになって、今日は早く帰れると思っていた時、営業と経理の人間が俊也の所に駆け込んで来た。

「佐々木さん、急いでお願いできますか？　客筋なんですが、相手が特殊地域の人間なんですよ」

「特殊地域！　お客さんかい。債権回収かい？」

「そうなんですよ。新車の代金払わないから機械引き揚げたんですよ。そうしたら、怒っちゃって」

応接には五十がらみの土建屋風の男がいた。

「何だ、人を待たせておいて。あんたが責任者か。俺は社長を呼べって言っているんだ」

廊下まで響き渡る声であった。

「社長は不在ですので私が代わりに承ります。どのようなご用件でしょうか？」

俊也は名刺を差し出して言った。

「ふん、部長か。おい、俺の機械を何で勝手に引き揚げるんだ。お前らは泥棒かよ」

「ですから、何度も説明しましたように、分割払い契約には、所有権留保条項が記載されておりますので、法律上正当な行為でございます。それに引き揚げの際には、奥様にご通告申し上げておりますので、はい」

営業の人間は汗を拭きながら応えた。

「馬鹿野郎！　そんなことは知っているよ。たかが二カ月や三カ月支払いが遅れたからって何だ。払わないなんて言っていないだろうが。俺を特殊地域の人間だと思って馬鹿にしているのか。お前ら！」

男は凄んでいた。

「失礼ですが、修理代も頂いていないのですけど」

経理の主任がすかさず追い打ちを掛けた。

「なに、俺を誰だと思っているんだ。お前ら、俺を馬鹿にしたな。不当差別だ。この窓からビラを撒《ま》くぞ。いいのか？」

立ち上がって叫ぶ声に、二人は竦《すく》み上がったが俊也は冷静だった。

「どうぞ、ビラでも何でもばら撒いてください。こちらは一向に構いませんが。ただしこれ以上叫んだりすると、威力業務妨害ですね。ここには安全上監視カメラがあるのは常識ですよね。もし契約上不服があるのでしたら、どうぞ裁判に訴えて頂いても結構です。今日はこれでお帰り頂けますか」

俊也はそれだけ言うと立ち上がり、ドアを開けて男を促した。

男がお決まりの捨て台詞《ぜりふ》を残して帰った後で、営業の人間が俊也に、

「助かりました。しかし、佐々木部長はすごいですね。手際良さには感心しました」

「いやー、僕だって怖かったよ。ただこちらに理があるからね、理がある限りは負けないのだよ」

俊也は自分に言い聞かせるように言った。


俊也が渉外係として、有象無象の対応にも慣れてきた頃、警視庁の刑事が訪ねてきた。

男は、警視庁第三課の三上と名乗った。

「今日は如何いったご用件でしょうか？」

「いや、定期的に管轄内の上場会社さんを廻っているのですが、お宅は確か畠山部長さんでしたよね。渉外担当は」

「はい、その通りですが、定年でして、私が後任の佐々木です」

「そうですか。突然で驚かれたでしょうが、私は、総会屋を主に担当していましてね。時々こうして会社さんのご担当の方と情報交換させてもらっているのですよ。何か変わった事はありませんか？」

「はあ、私も来たばっかりでこの種の話に不慣れなものですから、むしろ、是非教えて頂きたいのですよ」

俊也の遜《へりくだ》った物言いに気を良くしたのか、刑事は身振りを交えて話し出した。

「総会屋と言いましても色々でしてね。先ず、右翼と称している連中、これは大体が所謂反社会的勢力がバックにいますね。次が、大物の株屋、これはやはりバックに右翼だとか政治家だとかが付いていますね。後は独立系のピンキリですか。最近は議決権が千株単位に引き上げられましたのでね、資金が無い連中はこの世界から消えていきましたがね。その代わり、別な手口で企業に刺さり込んできますから、よけい性質が悪いですわ。何かあります、お宅でも」

「はあ、それらしいのが来ますが、何とか撃退しています。今のところ」

「そうですか、ともかく、奴らの話を聞かない事ですね。聞くと嵌《は》まっちゃうのですよ」

「でもまあ、普通のサラリーマンにはやっぱり怖いですからね。つい、相手の話を聞きたくなっちゃいますよ」

「そこですよ。あいつ等も馬鹿じゃないから、暴対法も、無償利益供与も威力妨害もよく知っていますよ。初犯でなければすぐ実刑で刑務所行きなのもね。だから本当は怖がる必要なんかないのですよ」

「しかし株主総会では、やっぱり妨害されるのを恐れるでしょうね。何処の会社も」

「だから総会屋という商売が蔓延《はびこ》るのですよ」

「でもねえ刑事さん、総会の壇上で社長が窮しちゃう事を考えるとね。私等もサラリーマンですから……」

「担当の方は皆さんそう言うのですよ。それが、駄目だと言うんです。要は会社のトップが毅《き》然《ぜん》としないからですよ。株主総会なんか、何時間かかったっていいじゃないですか。どうせ奴らの千株なんかでは、反対し切れないのですから」

三上の話は次第に熱を帯びてきて、喋り方に東北地方の訛《なま》りが感じられた。

一人で喋りすぎたと思ったのか、お茶を飲むと話題を俊也の方に向けてきた。

「ところで、佐々木部長の出身はどちらですか？」

突然の質問に「え、ああ、私は北海道です」と答えた後で、前職を訊かれたのだと気が付いた。

「ああ、北海道ですか。学校は？」

「ええ、地元北海道の田舎の高校ですよ」

「いやー、私も田舎の生まれですよ。青森県の五所川原で、そこの高校を卒業して警視庁に入ったんですわ。柔道をやっていましてね、これでも県ではいいとこ行ったんですがね、全国大会じゃ、二回戦で負けました。大学行く金なくて、警察入れば柔道できると思ってなあ……単純な発想だすべ」

三上が笑うと、何処にでもいる普通のおじさんの顔になった。

「佐々木さんも何か運動していたのでしょう。高校時代は」

「ええ、ラグビーを。でも全国大会は行けませんでした。まあ、私もラグビーでこの会社に入ったようなものですね」

何だか二人とも、お互いを身近な存在に感じた。

「そうなんだよなあ、何処の会社もこの種の仕事は高卒の人が多いな。失礼だけどね。皆、縁の下で支えているんだ。そういう私も同じだけどな。このまま、万年警部補で定年だべな」

三上刑事は、流石《さすが》に長居をし過ぎたと思ったのか、立ち上がって、

「佐々木さん、ともかく、何か困ったことが有ったら電話ください。力になりますから」

三上は帰って行った。

2

金曜日、夕方の神楽坂は、サラリーマンと学生で溢れていた。そこは都会の喧騒そのものだった。

俊也は松野と総務部の女性二人とイタリアン・レストランにいた。店内は満席だった。禁煙席を予約した所為か、周りは女性が多かった。

「松野さんにはいつもお世話になっているのにね、本社に来て随分経つのだけど、一度もお誘いしなくてごめんね。で、こちらのお二人とも初めてですよね、お話しするの」

「あら、部長、忘れたのですか。この間お話ししたじゃあないですか」

「えー、そうだっけ。ごめんごめん」

「部長は本社ではもてるんですからね。注目の的ですよ」

「そうかなあ、僕のような田舎者が。ともかく、宜しく。……乾杯！」

三人ともアラサーであろうか。よく食べ、よく飲んで、よく喋った。

「でも部長ってダンディよね。それに優しいし、本社の中では一番だわ」

「いやに持ち上げるねえ。他にも沢山いるじゃないの。若い人だって」

「若い人！　全然だめよ。末成《うらな》り瓢箪《ひょうたん》か、もやしね」

「そうね、私も中年の魅力がいいな」

「貴女だれよ。ひょっとして人事の鍋島部長」

「冗談じゃないわよ」

「でも彼もダンディよね。貴族趣味が鼻につくけど。そう言えばちょっと佐々木部長に似ているわね」

「止めてよ！　そんな話聞くだけで嫌だわ。佐々木部長と一緒にしないでよ」

松野がひどく怒って言った。

「あら、今日子ちゃん本気で怒ったの。ごめんね」

松野は女性たちの間では今日子と呼ばれていた。

最初に頼んだ白ワインはすぐに空になり、赤ワインをボトルで追加して飲んでいた。俊也も少し酔っていた。

「部長の趣味は何ですか」

「僕の、趣味ねえ。情けないけど無いな」

「でも部長ってスマートだし、スポーツは？」

「若いころは、ラグビー選手だったなあ。でも昔のことだよ」

「やっぱりね。恰好良かったのでしょうね」

「僕は北海道で育ったから、高校時代から都会に憧《あこが》れたなあ。それでよく映画を観たよ。今でも、映画は好きだね」

「私も昔の映画好きだわ。フランスやイタリア映画ね」

「そう、渋いんだね。六十年代、七十年代は良い映画があったなあ」

俊也にとって、都会の真ん中で、若い女性とお酒を飲み語り合うなんて初めてであった。少年時代、外国の映画でしか見た事のない、都会への憧れかもしれない。その雰囲気が楽しかった。

「今日は僕が驕《おご》るよ」

伝票を持って入り口にある会計に向かった。

「ご馳走様でした」

「また誘ってください」

女性たちは口々に礼を言って、地下鉄の入り口へと消えて行った。

腕時計を見ると、十時半だった。

3

三月に入ると、俊也達が所属する総務部は、株主総会対策で忙しくなっていた。会場も開催日時も既に一年前から決められていたが、会場設営や開催通知書の印刷等、総務部の仕事は山ほどあった。

中でも、特殊株主対策がもっとも神経の使う仕事であり、如何に大過なく総会を終わらせられるかが問題であった。

そういう意味では、投資家としての一般株主の立場など、端から眼中に無かった。経営陣にとっては、会社の資本金は自己資本であり、株主の資本だなどとは思ってもいなかったのである。

総務部長の瀬川と嘱託の畠山が何かひそひそと話をしていた。

「佐々木君、今夜、例の先生達と会食だ。空けておいてくれ」

瀬川が俊也を手招きし、声を低くして言った。

その夜は瀬川と畠山が一緒だった。着いたのは銀座にある有名な料亭だった。

暫くして、二人の男が現れた。一人は、白髪を肩まで伸ばし、羽織袴の老人だった。顔からして全体に鶴を思わせる男だった。その後ろには、大きめの背広を着た中年の男が従っていた。

「先生、ご無沙汰しております。お見かけしたところお元気そうで結構ですね」

瀬川が余所《よそ》行きの声で言った。

「うん、君も元気そうだな。今日は常務と一緒じゃないのかね」

先生と呼ばれた老人は、脇息《きょうそく》に身体を凭《もた》せながら鷹揚《おうよう》な素振りで言った。

「先生、年度末は大変なんですよ。貧乏暇なしで。先生には宜しくお伝えくださいということで、ええ、特別にここの料亭を選ばせて頂きました」

「そうか。まあしかし、お宅業績は良いのだろう。ボーナスもいっぱい出るんだろう。少しこっちにも廻してくれよな。お宅の会社も有名になってきたから、他の奴らが株付けしたいと言って煩《うるさ》くて敵わんよ。特に新顔が入り込んでいるのじゃ。こいつ等は素性の知れない連中でな、このままじゃ、儂の力でも抑えきれんよ」

「いや、先生、そこのところを先生のお力でなんとか。この世界では一番の顔でいらっしゃいますから、何とかお願いしますよ」

「分かっておる。だからこそ、少し軍資金を増やしてもらえんかと言うておるのじゃ」

「いやー、もう無理ですよ。商法が改定になってから、監査も厳しいですし、今が限度ですわ」

「ふうん、今回は約束だし二本で仕方がないか。しかしなあ、この次は上げてもらわなくちゃあな。よく常務にも言っておいてくれよ」

　老人は未練気であった。

「部長さん、まだ五百万程足りてませんですがね。株主総会までには頂けるんでしょうな。残りは現金でお願いしますよ」

　連れの男が口を挿んだ。

「ええ、何とかしますから、ともかく宜しくお願いしますよ」

　瀬川が俊也と畠山に目配せをした後で、老人に向かって頭を下げた。

「難しい話はこのくらいで、芸者を呼んでぱーっとやりましょうや」

　瀬川の言葉に、俊也が立ち上がろうとする前に畠山が襖を開けて出て行くと、すぐに芸者たちが入って来て賑やかな声を上げた。

　俊也もその席で、二人に紹介された。富山と名乗る中年の男と盃を交わすうちに、左手の小指が無いことに気が付いた。

　二時間ほどで彼らは帰って行った。

「五百万、何とかせにゃあならんな……。頭痛いな！」

　瀬川が俊也と畠山の方を見て、頭を振りながら呟いた。

　翌日、瀬川と俊也は管掌常務の所へ報告に行った。

「……ですから、五百万現金で渡さなくてはいけないんですわ。常務、ここは社長に話して、経理に工面してもらいませんと、株主総会乗り切れませんよ。このままじゃあ……」

瀬川は強い調子で常務に迫った。

「うん、仕方がないなあ。じゃあ僕から社長と経理部長に話すよ。株主総会まで時間も無いしな……」

ひと月ほどして、俊也は瀬川に、例の富山と密会する手筈を命じられた。

俊也と瀬川は、赤坂にある大きなホテルのロビーで富山を待っていた。

二人が、入り口の方を見張っていると、その後ろからぬーっと現れ、前のソファーに黙って座った。

「持ってきましたか？」

富山が右手の指を五本広げて、低い声で言うのに、瀬川は黙ったままで頷いた。

俊也が膝の間に挟んでいた有名デパートの紙袋を、そっと富山の膝の方に押しやった。それでお終いだった。

三人は何事も無かったようにその場を立ち去った。

俊也は、漸く株主総会対策の全容が分かってきた。裏金の作り方も、誰が指示しているのかも、それは全てが暗い闇の中での出来事であり、決して表からは目につかないものであった。少なくとも、当人たちはそう思っていた。

六月末の株主総会は筋書通り、何とか三十分足らずで終わらせることが出来た。それでも昨年に比べて、明らかにプロと思しき特殊株主の姿が増えているようであった。

ともかく、俊也達総務部の人間にとっては一段落であった。

4

青山にあるフレンチ・レストランに、俊也と松野今日子が向かい合わせに座っていた。

今までも今日子と食事に来たことはあったが、いつも誰かと一緒だった。

「嬉しいわ。二人だけの食事なんて」

「何時も今日子ちゃんに助けてもらっているしね。迷惑じゃやなかった」

「とんでもないわ。私なんか何もお手伝いできなくて。それに二人でレストランなんて、久し振りだなあ」

「彼氏とかい？」

「ううん。お母さんと来たの」

言いながら今日子が笑い、つられて俊也も笑った。

「そう、仲が良いんだ。ご両親と一緒かい？」

「父はだいぶ前に亡くなったわ。今は母と二人で暮らしているの」

俊也は妻の裕子と結婚して以来、若い女性と二人で向かい合って話すなど、経験した事がなかった。

　でも、今日子とは何の蟠《わだかま》りもなく話すことが出来た。傍から見れば、恋人同士のように見えたかもしれない。

「私、佐々木さんの事何も知らないの。ねえ教えて」

「僕かい。自慢するようなこと何もないねえ。女房が一人、子供なし、親もなし。北海道の田舎で育ちました。以上、かな」

「北海道なんだ。いいなあ、行ってみたいなあ。私何処にも行ったことがないの」

「今日子ちゃんは若いんだから、何処へだって行けるじゃない。相手がいればもっといいんだろうけどね」

「……私、お母さんを置いては何処にも行けないわ。お母さん病気なの」

　俯きかげんに話す今日子の言葉が、周りのざわめきでよく聞き取れなかった。

「病気なの？　……そう、今日子ちゃんって偉いんだ。でもね、今日子ちゃんも幸せにならなくちゃあ、若いんだから。その方がお母さんも喜ぶと思うよ」

「でも私、お母さんの面倒見るの全然辛くないの。だって私、お母さんのこと大好きなんだもの」

「羨ましいことだね。……僕は、とうとう親に何もしてあげないでしまったなあ」

　俊也の顔は寂しげだった。

今日子はそんな俊也の影のある顔が、堪らなく好きだった。

「でも私幸せ。こうして佐々木さんとお話しできるから。また誘ってくださいね」

今日子が俊也の目をじっと見つめて言った。

二人は夜の青山を駅に向かって歩いていた。街路灯に照らし出された足下に、銀杏の黄色い落葉が敷き詰められていた。

二人の後ろから、かさかさと鳴る足音だけがついてきた。手も握らず、腕も組まずに歩いていても、心が通じ合う気がしていた。

ＪＲの駅で右と左に二人は別れた。

第十章　顔の見えない男

1

総務部の電話が鳴っていた。

「人事からですが、鍋島取締役のお父さんが亡くなったそうです」

電話を取った者が部長に聞こえるように言っているのが、俊也にも聞こえていた。

「そうか、亡くなったか。……佐々木部長、役員の親の葬式は渉外係の仕事だ、頼むよ」

総務部長の瀬川は、前もって話を聞いていたのか、迷うことなく俊也に命じた。

俊也は、部下の主任に向かって、

「君、経験あるかい。あったら教えてくれる？」

「ええ、三年前に一度。ともかく、自宅に連絡して、日取りと場所を確認しましょう」

「そうだね。じゃあ早速自宅に行ってみるかい」

二人は住所を頼りに、タクシーで出かけることにした。

「杉並区、この住所までお願いします」

運転手に住所の書いたメモを渡した。帰宅時間に当たり、道路は混んでいて、四十分くらい掛かって、タクシーが停まった。

「この辺りですね。ここでいいですか」

辺りは夕闇が迫っていて薄暗かった。二人は一軒一軒、表札を覗いて歩いたが中々見つからなかった。

少し引っ込んだ所の古い屋敷に『鍋島』の大きな表札が掛かっていた。中に人が居るのか、灯りがついていた。

呼び鈴を押すと、インターホンから女の声がした。

「すみませんが、鍋島さんのお宅でしょうか。私、台東機械の総務の者ですが」

暫くして、玄関の鍵を外す音がして、中から老女が顔をだした。

「正也の会社の方ですか？　……どうもご苦労様です。直に戻ると思いますからどうぞ中へ」

鍋島正也の母親であった。

「はあ、じゃあ待たせてもらいます」

二人は応接間に通された。

お茶を運んできた母親に、俊也が名刺を差し出してお悔やみを述べた。母親は八十歳くらいであろうか、髪が白く痩せているが、背筋の伸びた立ち居振る舞いにはどことなく品があった。

「佐々木さんと仰いますか。何時も息子がお世話になりまして、有難うございます」

女は名刺の名前と俊也の顔を見比べながら言った。その後も、暫し、何かを思い巡らすように、俊也の顔を見詰めていた。

「あのう、鍋島さんは今どちらにお出ででしょうか？」

俊也が訊いた。

「えっ！　ああ、葬儀屋さんと打ち合わせに斎場に出かけております。でも間もなく戻ると思いますので、どうぞこちらでお待ちくださいませ」

我に返ったように、それだけ言うとドアを閉めて出て行った。

鍋島は家族と少し離れたマンションに住んでいると聞いていたが、この屋敷には母親の他に誰もいないのか、静まり返っていた。

応接間の調度も壁にかかった額縁の絵も、高級なのだろうが、古臭く陰気くさかった。

暫くして、外に車の止まる音がすると、鍋島が帰って来た。

「やあ、ご苦労さん。佐々木さんが面倒見てくれるの。ありがたいですね。一応、斎場と日取りは決めて来たから、当日の人の手配頼みますね」

鍋島はメモを差し出した。

「ああ、それから親父の仕事関係の連絡も頼むね。僕は身内の連絡を今からするから。家は古臭い家で親類縁者がいっぱいいるんだわ。じゃあ宜しく」

それだけ聞くと、俊也達はその家を出て急いで会社に戻った。

鍋島の台東機械の関係者と、父親の関係者を合わせると、数百人に連絡しなければならなかった。

メール・アドレスがある者には、その日のうちに発信することが出来た。その他の者は電話で知らせるしかなかった。

翌日朝から、総務部の手の空いている全員が、受話器に齧《かじ》りついていた。

父親の連絡先は役所関係が多かった。中でも運輸省ＯＢが特に目立った。

通夜、告別式は青山の斎場で行われた。

台東機械からは総務部を中心にその他の部署の応援も含め、二十人からの社員が駆り出されていた。葬儀場の中に詰める者、香典の受付、駐車場の整理、そして自宅の留守番であった。

会葬者は多かった。特に告別式は広い斎場が溢れるほどだった。

俊也も、焼香の列の最後尾に付いていた。

祭壇には大きな遺影が飾られていた。何時の写真なのか、年齢の割には若作りであった。全体として威厳があり、眉、目、鼻、口とそれぞれが特徴のある顔立ちだった。

俊也には何処かで見たような顔だったが、何時・何処でだったかは思い出せなかった。

告別式が終わると、受付の者だけを残して皆を帰すことにした。

「皆、ご苦労さん。昼飯もまだだよな。これで飯食ってから本社に帰ってよ」

俊也は一万円札を二枚ポケットから出し、年嵩の男に渡した。

皆は俊也と受付の男性を残して帰って行った。二人は、香典の束を大きな紙袋に入れ、タクシーで杉並の自宅へ向かった。

日が暮れる頃、鍋島と母親やその親族が火葬場から戻って来た。

和室に骨壺と遺影が置かれていて、その前で線香が燻《くすぶ》っていた。

俊也は帰る前に、跪き線香をあげた。その時近くから見た遺影の顔は、やはりどこかで見た気がした。勿論、鍋島にはよく似ていたが彼ではなかった。

二人が帰る時に、母親が門の所まで送ってくれた。

「佐々木さん、大変お世話様でした。葬儀も無事終わりまして、主人も喜んでいると思います。これからも、どうぞ正也の事宜しくお願いします」

と言って、丁寧に頭を下げるのであった。

2

それから一カ月が過ぎ、会葬者に対する四十九日法要の香典返しが待っていた。

総務部では手分けして、発送の準備をしなければならなかった。社内の人間に送るのは簡単だった。しかし、鍋島個人の関係者や父親の関係者は大変だった。いちいち、名前と住所を確認しなければならないのだ。

　俊也の近くの男性が、分厚い辞書のような物を開いて見比べていた。その背表紙を見ると、K大学同窓会名簿と書かれてあった。

「君は何をしているの？」

「ああ、これですか。鍋島取締役はK大出ですから、卒業生はこれに住所が載っていますのでね、チェックしていたんですよ」

　俊也ははっと閃《ひらめ》くものがあった。

「ああそうか。で、この種の出版物ってどこの大学でもあるのかい、国立の大学でも。例えば昔の帝大でも？」

「ええ、でも最近は個人情報が煩《うるさ》くなりましたからね。全員とはいかないかもしれませんね」

「ふうん、じゃあ昔は自由だったのかい？」

「昔は何処の大学だって、当たり前に全員記載された名簿がありましたよ。今でも昔の同窓会名簿は古本屋にあるんじゃないですか」

「そういうものなんだ。いや、僕には縁のない話だけどね」

　曖昧に答えてその場を離れた。

「ちょっと調べ物があるんで、本屋に行ってくるからね」

俊也は、松野に言って会社を出た。

神保町を抜けた界隈《かいわい》に、古本屋が軒を並べていた。その中の一番大きそうな店に入って行った。

奥に店番の老人が座っていた。

「あのう、帝大の同窓会名簿を置いていませんかね。それも、昭和三十年代ごろに出版されたの」

俊也はおずおずと老人に訊ねた。

「ありますよ。もっとも大学によりますがね。何処の大学ですか？」

「東北大なのですがね」

「あるかもしれませんが、ちょっと探してみましょう」

老人は中に声を掛け、店番を代わると、奥の方へ消えていった。

十分以上が過ぎたであろうか、老人が如何にも古そうな分厚い書物を持って現れた。

「東北大ですね。昭和三十五年出版ですけど、これでいいんですか？」

老人ははたきで本の埃を落としながら訊いた。

「ええ、結構です。御幾らでしょうか？」

「五千円、と言いたいところですが、汚れていますから、三千円ですね」

「じゃあ頂きます」

ずっしりと重たい本を受け取ると、大事そうに小脇に抱え会社に戻ってきた。すぐにでも開いてみたい誘惑を抑え、袋に仕舞ったまま、その日は家に持ち帰った。

最初の日曜日が来た。

俊也は、裕子にも見られないように、自分の部屋に籠《こ》もっていた。

分厚い出版物を開いてみた。卒業年度ごとに、各学部別に名前の順に並んでいた。姓名、(改姓名)、現住所、勤め先等が記載されていた。古い年度には物故者も沢山いた。

顔の見えない男、浅見純也は大正二、三年生まれのはずであるから、大学の卒業年度は昭和十三年か十四年のはずであった。

浪人や留年も考えて、昭和十四年度から始めた。医学部を除いて、理系、文系の全ての学部を先頭の名前から調べていった。

浅見の名前は大体先頭にあるはずだった。一人ひとり順に目で追っていった。(あった)と思ったが、『浅見』の苗字は同じでも名前は違っていた。最後の学部にも無かった。ふっと、吐息をついた。心の何処かで期待していただけに、ちょっとがっかりだった。

気を取り直して、次に昭和十三年度を捲った。

やはり見つからなかった。浅見の苗字すら無かった。

今度は、何だか不安になってきた。東北大学に無いとすると、東大か、京大か、九大なのか、ひょっとすると帝国大学の卒業生ではないのかもしれなかった。

自分のやっていることが何だか無意味に思えてきた。

台所から裕子の昼食を告げる声が聞こえてきたのを機に、中断することにして、部屋を出た。昼ご飯を食べて、ソファーに座ってテレビを見ていると、眠くなってきた。俊也は何時の間にか眠っていた。

何かの音で目を覚ました。一時間も眠っていたようだった。気怠《けだる》さの中で、顔の見えない男を追いかける虚しさを感じていた。しかし、その一方で、心のどこかに諦め切れない何かがあった。

ぼんやりした頭で、もう一度数え直してみた。

(尋常小学校が六年、中学校が五年、旧制高校が三年、そして大学が四年) 間違っていないと思った。

(うん、待てよ。旧制中学校から高校へ入るのは、必ずしも五年ではないはずだ。優秀な生徒は飛び級で受験できたのだ) それを思い出した。

(そうだ、昭和十二年度卒業だ!) 俊也は急いで部屋に戻り、もどかしくページを捲っていった。

先頭の工学部には該当者はいなかった。次の理学部も農学部もいなかった。文系の最初は文学部だった。やはり見つからなかった。

法学部のページの一番先頭に目をやった。

――相田××、秋田××、浅田××、浅見――

「あった。浅見純也！」

俊也は思わず大きな声を上げた。長い間捜し求めてきた男の名前がそこに書かれていたのだ。拡大レンズを使って、もう一度見てみたが、間違いなかった。

その横の改姓名を見て再び「あっ」と驚きの、声にならない声をあげた。全身の血が一遍に凍り付いてゆくようで、握っていた拡大レンズが自然に手から滑り落ちていた。震える手で拡大レンズを拾い、再度覗いてみた。

そこには『鍋島純也』と書かれてあった。

何という運命の巡り会わせであろうか。こんなことがあっていいのだろうか。浅見純也はあろうことか、鍋島正也の父親だったのである。

俊也が、鍋島純也の遺影の中に見つけたのは他の誰でもない、自分自身の面影だったのである。

俊也は放心したように座っていた。どのくらいの間そのままの姿でいたのだろうか。実際には数瞬かもしれない。時間とともに、凍り付いた脳細胞に少しずつ血液が流れていくのが自分でも分かった。

（自分はこれまで、本当の父親捜しに何を期待していたのであろうか？）

戦後のどさくさに、母の肉体を弄《もてあそ》び、生まれた子供の父親としての義務を捨て去り、のうのうと生きてきたことに対する恨みを晴らす為か。それとも、少年時代に傷ついた心を癒やす何かを求めたのだろうか。否、やはり心のどこかで、本当の父と子の絆を探し求めていたのだ。

それが今、俊也がこれまで、自分なりに思い描いてきた父親像とは全く違った形で目の前に現れたのである。長い間、胸の奥深くに仕舞い込んであった、顔の見えない男が、現実の顔や名前や、家庭を持った人間臭い男として現れたのである。

しかし、男はすでに死んでしまっていた。鍋島家の当主として、妻や子供を残して。

俊也にとって、今更血の繋がりなど、鍋島家の兄弟・姉妹などなんの意味もなかった。豪邸に住み、社会的地位や名声があり、そして金があることなど、羨ましいとは全く思わなかった。むしろ嫌悪の対象でしかなかった。

俊也は、何かを期待した自分自身に対する憤《いきどお》りと、どうしようもない虚しさを感じていた。知ってしまった事実を消し去るように頭を振ってみた。すると、何故だか父隆三の顔が思い出された。

俊也は仕舞ってあった旅行鞄の中から、芳江に貰った黄ばんだ封筒を取り出した。認知証明書の入った、浅見純也からの手紙であった。

開けてみる事もなく、ずたずたに引き裂いて屑篭に捨ててしまった。

俊也にはもう不要な物だった。これでこの忌《い》まわしい事実を知る者は、この世の中に誰もいないはずだった。早く全てを忘れてしまいたかった。

裕子が部屋のドアを叩いていた。

「あなた、晩御飯よ」

「ああ、今いく」

「如何かしたの？　さっき、叫び声がしたけど」

「何でもない。……」

俊也は晴れ晴れとした顔で食卓についていた。

「裕子、久し振りにワインでも飲むか？」

「あら、いいわね。私は赤ワインがいいな。ポリフェノールがあるから」

「困るんだよなあ。君がこれ以上若くなると、俺との差が付きすぎるよ」

「あらそう……」

「はぁははは━……」

俊也は腹の底から声を出して笑った。何だか本当に愉快だった。

第十一章　闇の中へ

1

俊也が本社に来て四度目の株主総会が近づいていた。

総務部長の瀬川と鍋島常務の部屋に呼ばれていた。鍋島は前の年、最年少の若さで常務に抜《ばっ》擢《てき》されていた。

「瀬川部長と佐々木部長。株主総会だけどね、準備は進んでいるかね。社長が大変心配されているからな」

「ええ、例年通り進めております。今のところ変わった動きはありません」

「瀬川部長、総会屋の事だが、僕のところにはね、今年は相当荒れるって情報が入っているんだよ。知っているだろう、ＴＯＢの件」

「はあ、ＴＯＢですか？」

「君、知らんのかね。佐々木部長は？」

「はい、証券会社の筋から、ＴＯＢの件は聞いています。大株主の日本製造が我社の株を公開買い付けする噂は、かなり広まっています。それに乗じて、新たな総会屋が三月末でかなり株付けしたようです。まだ実態は分かっていません」

「そうだろう。……実はなあ、その件で例の人から僕のところに電話があったんだよ。要するに、野党に対抗するには傘下の与党を増やさにゃあ、乗り切れんぞということさ。何とかしてくれよ。株主総会で社長が立ち往生でもするようなら、僕の責任問題になるのだからな」

「はい、早速、例の事務所の方に連絡して、今後の対応を相談します。結果を報告いたします
常務の立場としては当然かもしれないが、その言い方が如何にも尊大で腹立たしかった。

ので、少しお時間を」

瀬川はそれだけ言うと俊也を促して常務の部屋を出た。

「あーあ、頭痛いなあ。奴さん、社長の手前、張り切っているからな。ともかく、別な所で対策会議だな」

二人は普段使われない小さな会議室に閉じこもっていた。

「ここなら、誰にも聞かれないだろう。……また金だよ。気楽に言ってくれるよなあ、まったく。自分でやってみろって言うんだ……。実際、今如何なっているんだったかな。例のところへの支払いは？」

「うちから出ている金は二千五百万です。一つは、テレビの広告代理店を使ったルートと、もう一つは銀座のバーの請求を連中の商事会社を使って払う方法ですね。最後は五百万の現金で

すよ。これは、総務が使っているビルの清掃会社からのキックバックですよ」

俊也は全てを諳《そら》んじていた。メモは残さない事にしていたのだ。

「そうだったなあ、これ以上は無理だよな。……何か手はあるかい？」

「いや、無理ですね。裏金って言ったって、昔みたいに海外拠点で捻出も出来ませんよ。外為《がいため》法《ほう》が厳しいですからリスクが大きすぎてね……。ともかく、先方に当たってみませんか」

「分かった、じゃあ君、例の富山にアポ取ってくれたまえ。一緒に行こう……」

言っておいて、大きな溜息をついた。


神楽坂の奥まった路地にある小料理屋に瀬川と俊也が座っていた。向かい側には総会屋の富山が一人で座っていた。

「瀬川さんと佐々木さん、いよいよ押し迫ってきましたなあ。これは脅《おど》しじゃなく言いますがね、今年の総会は荒れますよ。間違いなくね。我々でも抑えが利かんでしょうな……」

「富山さんにそう言われても困るんですよ。お宅の先生のご威光でお願いしますよ。僕等も商法改正になってから危ない橋を渡っているんですから。お分かりでしょう？」

「いやあ、我々だって睨みを利かせて抑え込んでいるんですよ。しかしね、今お宅の株注目されているんだわ、その筋でね。最近になって相当荒っぽい奴等が二、三人、株付けしたって情報が入っているんだ。これを抑えるにはなあ、金が要るんだよ。別口でな」

「別口ったって、今だって危ないのにもう無理ですよ。私等だって二人とも、定年まであと何年も無いのですから。今更刑務所には行きたくないですよ」

「まあそう言わないでよ。あんた達がサラリーマンなのはよく分かっているさ。だからもっと安全な方法を考えているから心配ないって。ともかく、うちの先生がお宅の常務さんと一席持ちたいって言うから、その時に話すよ。それでいいだろう？」

瀬川が俊也の方を向いて、（いいのかな）という顔をした。俊也は黙って頷き返した。

「分かりましたよ。じゃあ、日程を調整して常務に出席願いましょう」

「そうですよ。何せ、お宅の常務さんは将来の社長ですからな。うちの先生も期待していますよ。……ああ、それから、現金で五百万その時忘れないでくださいよ。約束の分ね」

話はそれで終わりだった。

「瀬川さん、佐々木さん、折角ですから銀座の例のバー、皆で行きましょうや。請求書ばっかり廻したのでは悪いですからな。ははは！」

三人は、それからタクシーで銀座に出かけた。

その店は、数寄屋橋の近くのビルの地下にあった。俊也も何度か来たことがあったが、自分から進んでくる気はしなかった。

ママと呼ばれる中年の女の他に数人の若い女がいた。そのうちの一人は中国人なのか、日本語が怪しかった。

俊也にとって、別に楽しいわけでもなかった。女たちが勧める酒を飲み、聞きたくもない他人のカラオケを聞かされて、時間を潰しているだけであった。

帰る頃には、終電の時間がとっくに過ぎていた。彼らにタクシー券を渡し、自分もタクシーを拾って家まで帰った。

家に着いたのは一時半だった。そっと玄関のドアを開けた心算だったが、裕子が起きてきた。

「お帰りなさい。遅かったわね。お風呂入る？」

「ああ、もういいよ。寝るから」

翌朝は何時も通り、六時に起きて七時には家を出た。こんな毎日が続くのだった。

2

「佐々木君、例の件、常務のＯＫが取れたよ。金曜の七時、神楽坂の料亭だ。それまでに清掃会社からあれ貰っておいてくれよね」

総務部長の瀬川が常務室から戻ると、俊也の耳元で囁《ささや》いた。

俊也は早速電話を掛けた。

「あ、社長さん、台東機械の佐々木ですけど。例の奴、金曜日の午後に伺いますけど如何ですか。……じゃあ、宜しくお願いします」

金曜日の午後、俊也は独りで浅草にある古いビルを訪ねて行った。

エレベーターを三階で降りると、ドアのガラス窓に『ＫＫビル清掃』の会社名が貼られてあった。

「社長さんはいますか？　台東機械の佐々木ですが」

近くの女性に声を掛けると、社長室と書かれた部屋から、六十過ぎの男が出てきた。

「ああ、佐々木さん。どうぞ中へ」

「社長、何時もお世話になります」

男は、俊也に座るように言ってから、外へ出て誰かと話をし、戻るなり内側から鍵を掛けた。

「五百万ですよね」と言って、金庫から札束を取り出し、俊也の前のテーブルに置いた。

俊也は一束ずつ手にとり、ぱらぱらと捲ってみて、「確かに受け取りました」と言って、紙袋に入れ鞄に詰めた。

「佐々木さん、台東機械さんにはお世話になっていますから、言いたくはないのですがね。何時までこういう事続けるんですか。最近は税務署も煩《うるさ》いし、これってやっぱりまずいですよね」

俯きかげんの社長の目は、どこを見ているのか、きょろきょろして落ち着きがなかった。

ここは非情にならねばならなかった。

「まあ、うまくやって下さいよ。中小企業の交際費の非課税限度枠を使うなりしてね」

「そうですか……。じゃあ次の契約更改では単価見直しお願いしますよ。最近は人が集まらなくてね。このままじゃあ廃業するしかないですよ」

清掃会社の社長も強《したた》かであった。人の足下を見るのが、生き残る術《すべ》であった。

俊也は鞄を小脇に抱えてビルを出た。

七時少し前、鍋島常務の車に乗った三人は神楽坂の奥まった料亭に着いた。座敷に通されたがまだ彼らは来ていなかった。

鍋島常務を真ん中に、三人は下座に座って待っていた。暫くして、先生と呼ばれる老人と富山が現れた。

「やあ、待たせましたかな。おう、鍋島常務さん暫くだね、すっかり貫禄が付きましたなあ。お宅の親父さんとは結構懇意にしていましてな」

「大鷹先生、まあともかくご一献」

鍋島常務は面識があるのか、老人を大鷹先生と呼んだ。鷹と言うよりは鶴が羽織を着たようだった。

「先生が我社の与党であれば鬼に金棒ですよ。今年もお願いしますよ。シャンシャンで」

鍋島が酒を注ぎながら言った。

「うむ、任せておけと言いたいのだがなあ、今年は難しいな。最近の奴らは仁義も何もないいんだよ。煩《うるさ》いのが二人、お宅の株付けをしたな。こいつらのバックは大きな組織だからな」

鍋島が俊也の方を見て（本当か）という顔をした。

「ええ、株主名簿からそれらしいのを二人確認しました。それに、もう既に二、三人新顔がこちらにコンタクトして来ていますが、断っています」

「うん、それでいい。会う必要はないぞ」

老人は俊也の方を鷹のような目でじろりと見た。

「だからじゃよ。あいつらを抑えるにはうちも与党の数を増やさにゃあならんのだよ。それで総会を乗り切るしかないだろうよ」

「で、勝算はあるんでしょうな？」

「勿論だよ。それには少しこれが要るぞ。分かるな？」

老人は、痩せ細った親指と人差し指で丸を作った。

「金ですか。困りましたなあ、今は商法改正で、無償利益供与は捕まったら実刑ですからね。特に役員は罪が重いですからなあ……」

「分かっておる。だから君たちが捕まらない方法を考えてある。富山君、説明したまえ」

富山が何かを鞄から取り出し、鍋島の前に置いた。パンフレットだった。

「お宅は子会社を含めると関東一円に、従業員は二千人以上いますね。家族を入れると五千人以上ですよ。つまり福利厚生ですよ、従業員の。今年の夏も暑くなりますよ。どうです、ひと夏、使い放題の海の家は。パンフレットにあるように鎌倉の海岸、良い所でしょうが」

「海の家か……。考えたものだな」

鍋島はパンレットを手に取り眺めていた。富山が瀬川に顔を向け、

「福利厚生に最適でしょう。お宅にだってそういった予算はあるでしょうが」

「それはまあ……。で、幾らなんですか、契約料は？」

痺《しび》れを切らせて瀬川が訊いた。

「二本です。二千万、安いものでしょう」

富山は人差し指と中指を、じゃんけんのチョキのように突きだした。

鍋島は瀬川の顔を見、そして二人は揃って俊也の方を見た。

「はあ、福利厚生の予算は有るには有りますけど。如何遣り繰りしても一千万が限度ですよ」

「そうだよな、二千万は無理だな」

瀬川がすかさず追随した。

富山が老人の顔を見て、最初から示し合わせていたとみえて、意外とすんなり、

「じゃあ今年は一千万ということにしておきましょう」

「よし分かった、一千万ね。予算が足りなければ他のを流用しよう。これで約束してくれますね。総会の方は」

鍋島が老人に向かって言った。

「うむ、任せておきたまえ」

「じゃあ、後でパンフレットと契約書を持った人間が行きますので宜しく。梅雨が明けるとす

ぐですからね、早くお願いしますよ。……それと、例の残り五百万頂けますか」

俊也は紙袋ごと、富山に渡した。富山は紙袋から札束を引っ張り出すと、ぱらぱらと指ではじいて見て、「確かに」とだけ言って、また袋に仕舞った。それでお終いだった。

「さあ、後は飲みましょうや。神楽坂芸者も悪くないですから」

瀬川が手を叩くと、待っていたのか芸者たちがどっと座敷に雪崩《なだ》れ込んできた。

三味線、太鼓で踊りが始まった。その中、老人が鶴のように首を振りながら小唄を謡いだした。何か意味があるのだろうが、俊也にはさっぱり分からなかった。

九時半になって、鍋島が退席すると言うのを潮《しお》に老人も席を立った。

俊也は急いで富山に近づき「富山さん、さっきの海の家の件、もう少し聞きたいのでこのままお付き合い頂けませんか」と耳元で囁《ささや》いた。

結果として、三人が鍋島と大鷹老人を玄関で見送るかたちとなった。

「瀬川部長もお願いしますよ」

三人はまた元の座敷に座り込んでいた。

「佐々木さん、聞きたい事って何ですか？」

富山は落ち着かない様子だった。

「このパンフレット信用できますよね。実際に使えるんでしょうな」

「勿論だよ。実は去年から他の会社が使っているのでね。大丈夫だよ。ただこの写真は古いけどな」

「他の会社でも使っているのですか。じゃあ、満席で使えないこともあるのですか？」

俊也は富山のグラスにビールを注ぎながら訊いた。

「ああ、それはないね。今時、海の家は流行らないから、心配ないよ。ともかく、今週中に説明に行かせるよ。もういいだろう。何しろ危ない物を持っているからな。酔わないうちに帰らないとな……」

言いながら富山は、大事そうに現金の入った袋を抱えて席を立って行った。

座敷には瀬川と俊也だけが残っていた。

「佐々木君、海の家の件は君が稟議書《りんぎしょ》を起案してくれ。総務部の予算で何とかするから」

「分かりました。……しかしこんな事、何時まで続けるんですかね。何処かで断ち切らないと、どんどん深みに嵌《は》まっていきますよ」

「そうだな。俺ももう少しで定年だから、後釜は佐々木君、君だからな。後は宜しく頼むよ。……しかしなあ、鍋島は次期社長を狙っているからな、難しいぞ、変えるのは」

二人は、残った酒を手酌で飲んでいた。瀬川はかなり酔っている様子だった。

「部長、お腹すきませんか。僕等、碌に食べていませんからね」

「そうだな、彼奴らの相手をすると、気ばかり疲れるだけだよな。お茶漬けでも食べようか」

俊也が備え付けの電話で茶漬け二つと稲庭うどんを一つ頼んだ。

食べ終わって、時計を見ると十時半だった。

「部長、そろそろ帰りましょうか。僕が精算しますから、先に帰ってください」

俊也はコーポレート・カードで支払いを済ますと料亭を出て、急ぎ足で歩いていた。上野発の最終電車に間に合いそうだった。

常磐線の土浦行き最終電車は、満席で、通路や入り口の近くに立っている人もいた。座っている者は一様に疲れた顔で眠っていた。車内には、酒と烏賊の燻製とトイレの臭いが立ち込めていた。

俊也は疲れた身体をボックス席の硬い背もたれに預けていたが、頭が冴えて眠れなかった。ぼんやりと窓の外に目を向けると、そこには都会の煌《きら》めきがあった。しかし、その奥には真っ暗な闇が広がっていた。

窓ガラスに映っていたのは、この都会の闇にどっぷりと浸かって抜け出せないでいる、己の歪《ゆが》んだ顔であった。

(自分は何をしているのか。自分が抱いていた正義感は何処へ行ってしまったのか?) 罪の意識はとっくに擦り切れてしまっていた。闇の仕事を何の抵抗もなく受け入れていく自分自身に、虚しさを通り越して嫌悪すら感じるのだった。

数日後、シーサイド・レジャーＤＰと名乗る男が総務部を訪れた。総務部長はすぐに俊也に廻してきた。海の家の話であった。

俊也は『福利厚生の一環として、海の家利用契約の件』と題する稟議書を作成し、総務部長、鍋島常務の決裁を得た。

その日のうちに、経理部長の承認を得ると、シーサイド・レジャーＤＰなる会社に一千万円を振り込んだ。

3

台東機械の定時株主総会が開かれていた。

ホテルの大宴会場を使った会場には、五百人からの株主が詰めかけていた。演壇に近い最前列には、社員株主が二重、三重にガード・ラインを敷いていた。その後ろに、一際目立つ羽織袴の老人が座っていた。その他にも、見るからに特殊株主だと分かる男達が数人座っていた。

如何したことか、開会が宣言される時間になっても、心配していた野党総会屋は現れなかった。

総会は例年のように、「異議なし」「議事進行」の絶叫と、割れんばかりの拍手に支えられて、二十五分で終わった。

会場の出口に立っていた、瀬川と俊也に、羽織姿の老人は鷹揚に「いや、ご苦労」と一言だけ言うと、仲間の特殊株主たちに囲まれて足早に去って行った。多分、次の株主総会に向かうのであろう。

瀬川と俊也はお互いに顔を見合わせ頷くのであった。

翌日、瀬川と俊也が鍋島常務に呼ばれた。

「ご苦労さん。今年の株主総会はうまくいったな。相当荒れるだろうって評判だったけどなあ。社長も喜んでいたよ」

鍋島は上機嫌だった。

「これも、常務の顔と素早い決断のお陰ですね」

瀬川が御追従を言った。

「いやー、あの大鷹老人とは面識があるんだよ、前から。まあ、来年もよろしく頼むよ。社長には来年もう一期やってもらわないとな」

鍋島が得意げに言った。

二人が常務室を出ると、瀬川は、辺りを見回し低い声で、

「ふん、奴さん、その次を狙っているんだ。……来年も大変だな。君、頼むよな」

今年の株主総会は無事に終わった。


俊也の机の引き出しは請求書でいっぱいだった。

特に、大鷹老人の資金源である銀座のバーからの請求書は、毎月確実に百万を超えていた。

勿論、俊也や瀬川たちが実際使った分もあるが、大半は彼らからの架空請求だった。

その他にも外部との会食や、タクシー券まで含めると、渉外係の交際費は月に百数十万円となっていた。

俊也はそれらの請求書とタクシーの利用明細書を今日子に渡した。

「今日子ちゃん、何時も悪いね。これ伝票処理お願い」

今日子がにっこりして受け取ってくれるのを、俊也は内心、すまないと思った。

俊也は、今日子が他所の部署から責められているのを知っていた。本当は怪しげな伝票を扱うのは嫌なはずだった。

俊也も、飲み屋や、通勤電車の中で何度か自分に対する陰口を聞かされた。

「しかしなんだよな。この経費節減の折に、一カ月で百万も交際費使うなんて信じられないよ。渉外係って絶対おかしいよ」

他の部署からは、そう見られても仕方がなかった。

俊也は、他人に聞かれないように今日子の耳元に囁いた。

「総会が終わって一段落したから、今晩如何？　久しぶりに食事でも」

今日子は、伝票を手に持ったまま、黙って頷いた。

二人は、一度皆で来た事がある、六本木のイタリアン・レストランの窓辺の席に座っていた。窓の外は梅雨に入ったのか、雨が降っていた。スクランブル交差点には幾つもの透明なビニール傘が、くらげのように揺れていた。

店内は静かだった。二人の話し声しか聞こえてこなかった。係の女性が持ってきたメニューを見ても、俊也にはよく分からなかった。目を上げると今日子と目が合った。

「何にする？」

「そうね、私も本格的なイタリア料理って分からないの」

「じゃあコース・メニューを頼もうか」

俊也は手を上げて係の女性を呼んだ。

「今日のおすすめコースは何ですか？」

女性がすすめる三つの内から、魚と肉とパスタの一番無難そうなコースを選んだ。

ロゼ・ワインで乾杯した。今日子の唇に傾けられたグラスの中で、半透明のピンク色をしたワインが揺れていた。俊也は美しいと思った。

成熟した女の魅力を感じた。

二人の話は尽きなかった。普段、会社では物静かな今日子が、今は話に夢中だった。俊也の事を知りたがっていた。

「佐々木さんのご両親はお亡くなりになって、いないんだ。じゃあご兄弟は？」

「うん、姉が二人いるけれどね」

今日子は、俊也が家族の事に触れたがらないのは、以前から感じていた。

「今日子ちゃんは。兄弟はいないの？」

俊也が訊く番だった。

「母だけよ。父は死んで十年かな。でも私、母がいるから寂しくないの」

「そうか、お母さん病気だったね。でもいいなあ、お母さんの事、そんなに愛しているんだ。羨ましいよ」

俊也は話しながら、目だけは、何時ものように遠くを見つめていた。

「佐々木さんは、愛していなかったの。親の愛情感じなかったの？」

「えっ、……難しい質問だね。正直言ってよく分からなかった」

「それって、不幸なことだし、何か理由があるんでしょうね」

「ああ、まあね……」

俊也は笑おうとしたが、唇が歪んだだけであった。

今日子は、俊也がこれ以上話したくないのは分かっていた。

「私、お父さんは嫌いだった。小さい時から。でも亡くなってから、父の事も少し理解できるようになったの」

「でも、娘が父親を嫌うのはよくある事じゃないのかな」

二人は話に夢中で、目の前に置かれたコーヒーが冷たくなってしまっていた。時間が経って、店内がざわついていた。

今日子の頬は、ワインの所為か桜色に染まっていた。少し酔っていたのかもしれないし、目も潤んでいた。

「私、誰にも言った事はないんだけど……。私のお母さん、本当のお母さんじゃないの。でも私にとっては、たった一人の大事な大事なお母さん……」

今日子は、ハンカチを取り出し、目元を拭いた。

「父が、他所の女の人に産ませた子供なの。それを母が自分の子供として育ててくれたの」

最後は泣き声になっていた。周りから見れば、意味ありげな、スキャンダラスな男と女に違いなかった。

俊也は、茫然として言うべき言葉が見つからなかった。ただ、今日子が落ち着くのを待つしかなかった。

「御免なさいね、こんな話をして。迷惑だったでしょう。折角のお誘いなのに」

少し落ち着いたのか、グラスの水を飲んで言った。

「否、構わないよ。良い話を聞かせてもらったなあ。親子って、血の繋がりなんか関係ないんだ。お互いの愛情なんだね……」

俊也は父隆三の事を思い出していた。

「僕にはその愛情が無かったんだよな。理解できなかったのかも……、否、理解しようとしなかったんだ」

俊也は下を向いて独り言のように呟いた。近くのテーブルからは、楽しげな笑い声が響いていた。

二人がレストランを出た時には雨は上がっていた。

歩道には所々、街路樹が作る影があった。俊也が伸ばした左腕に、今日子は手を絡ませてきた。街路灯の当たる下では少し恥ずかし気だった。

「今日子ちゃんに良い話を聞かせてもらったね。今日は僕がお父さんだ。親娘で手を繋いで歩くのは不自然かな」

「ううん。お父さんじゃ嫌。こいびと！」

今日子の腕に力が入り、身を寄せてきた。

俊也は、厭でも、今日子の柔らかな肉体の感触を感じさせられていた。抱きしめてあげたいと思った。

「じゃあまたね。気を付けて帰るんだよ」

「佐々木さんも。御馳走様でした」

二人は別れた。

歩きながら背広の上着を脱ぐと、今日子の残り香が微かに漂ってきた。

俊也は、聖人でも君子でもない、ただの男だった。妻がある身であれば、不倫に違いない欲望にも、背を向けることが出来なかった。目の前にある、赤く熟した桃の皮を剝き、滴る蜜ごとその真っ白な実を食べてみたい誘惑にかられていた。

4

また、桜の季節がやって来た。

四月の声を聞くと、都内では一斉にソメイヨシノが花開いた。それも日を追って、北へ北へと移動してゆくのが、通勤電車の窓から見えていた。

十日程遅れて、俊也の住む霞ヶ浦も、桜の花が満開になった。

俊也は仕事の事を思うと憂鬱《ゆううつ》だった。

受付に警視庁の三上刑事が来ていた。

「やあ、三上さん、お久し振りです」

「佐々木さんも元気そうですね。今日はちょっと、様子を伺いに来たんですけどね」

二人は応接室で向かい合っていた。

「お宅は、昨年はTOBの話があるとかで、結構賑わっていたようですね。今年は如何ですか？」

「いえ、特に新しい動きはありませんね」

三月に入ってから、既に三つの総会屋から株付けの話が寄せられていたが、敢えて言わなかった。

「最近、また動きが活発になっていますからね。特に、反社会的な団体をバックにした連中がね、気を付けてくださいよ」

「はあ、有難うございます。今のところは問題ないですね」

「ところで佐々木さん、お宅はまだ総会屋に頼っているのですか。もしそうなら、そろそろ手を切った方がいいですね……」

三上の話し方は何時ものように丁寧であったが、その顔はなんでも知っているぞ、と言いたげだった。

「前にも言いましたが、株主総会なんて、何も恐れることはないじゃないですか。社長さんの腹次第です。それでもし何かあったら、捕まるのは皆さんのような方ばかりですからね。……馬鹿を見るのは何時も下の者と決まっているのですよ。この世の中は！」

俊也には返事のしようがなかった。

「佐々木さん、私も来年で定年ですわ。如何ですか、私をお宅で雇ってくれませんか」

三上が笑いながら、本気とも冗談ともとれる言い方をした。

「そうですか。考えてみましょう」

「まあ、ともかく注意してください。総会屋にも、地検にもね。何かあったらいつでも連絡してください」

三上は帰って行ったが、彼が残した最後の言葉『地検』が気になった。

俊也が、総務の瀬川部長に三上の件を話していた。

「部長、さっき警視庁の三上刑事が訪ねて来たんですがね……」

「ふうん、それで何だって？」

「総会屋の新しい動きがあるって事と、地検って言うから、東京地検でしょうね、気を付けろって言っていましたね。何か動きがあるらしいですよ」

「そうか。うちも気を付けなくちゃなあ。もうやばいことは無しにしような」

瀬川は今年の十一月で定年だった。その顔や言い草からは、明らかにリスクは避けたいという本音が伝わってきた。


総務部が株主総会の準備に忙しくなるにつれ、総会屋の動きも活発になっていた。

新たな総会屋が数人、面会を求めて来た。大抵は電話で応対したが、中には責任者に会わせろと、受付で騒ぐ者まで現れた。その度に、俊也達が対応に迫られていた。

今年の株付けした総会屋は、どうやら本気らしかった。

俊也は、昨年の野党総会屋は、大鷹老人たちが、金を釣り上げる為に打った茶番であろうと疑っていた。そうでなければ、シャンシャン総会になるはずがなかった。

俊也は、彼らの要求を拒み続けていた。もうこれ以上、傷口を広げるわけにはいかなかった。

三上刑事の言葉から何か不吉な予感がしていたのだ。

瀬川と俊也が鍋島常務の部屋にいた。

「総会の準備は進んでいるかね。総会屋の方は如何だい。僕の所にも直接電話が掛かってきているぞ。例の、我社が納入した機械による人身事故だよ、連中のネタは」

「はあ、すいません、お手を煩《わずら》わせまして。秘書にはよく言っておきます、その種の電話はこちらに廻すように」

「それと、今年は明らかに野党総会屋が出てくると思います。ですから、去年のようにシャンシャンは難しいかもしれません」

俊也が言った。

「君、それは困るよ。社長からも言われているんだからな。分かるだろう、これが最後なんだから、うまくやってくれよ。うまくな」

社内では、次期社長は鍋島だという噂が半ば公然と囁かれていたのだ。

「しかし常務、警察や東京地検も相当動いていますからね。これ以上お金を捻出するのは危険ですよ。今までのやり方だって、何時綻《ほころ》びが出るか分かりませんから……」

俊也の反論に、鍋島はちょっとたじろいだふうだった。

「まあ、とにかくだな、昨年もうまくできたんだから、大鷹老人の所にうまく抑え込んでもらえよな。今年は僕は出て行かないけど、君たちでやってくれ。佐々木部長、君の責任で頼んだぞ」

鍋島は、出世レースを生き延びてきた男だけあって、何か身の危険を感じたのであろうか、先手を打ってきた。

神田にある小料理屋の別室で、俊也と瀬川は大鷹老人の配下の富山と一緒だった。

「富山さん、先ず先にこれを渡します」

俊也が五百万円の入った紙袋を差し出すと、富山は何時ものように中身を調べてから自分の鞄に納めた。

「瀬川さん、うちの先生と鍋島常務の会食は如何なっていますかね。今年は無しですか？」

「いや、今年はちょっと日程が取れないのですよ。株主総会の前は無理ですね」

「ふうん、まあいいですけどね。お宅ら知っているよね、今年の状況。間違いなく荒れますよ。いいんですか？」

富山は口元に薄ら笑いを浮かべていた。

俊也は腹が立ってきた。

「いいんですかってね、富山さん。だから、昨年一千万円増やしたじゃないですか。今年もそれでお願いしますよ。野党対策は如何なっているんですか？」

「そう言うけどな、今年の連中は本気だからな。うちの先生でも抑えきれるかだな。まあ、もう少し軍資金が有ればな」

「冗談言わないでくださいよ。昨年は本気でなかったとでも言うのですか。それに、東京地検が動いているのを知っているでしょう。私等も、どうせこれ以上リスクを取るなら、野党の総会屋に払ったほうがましですよ」

俊也の言葉に富山は少し狼狽《うろた》えていた。

「分かったよ。野党の総会屋は何とかするよ。だから、海の家は今年も同じ条件で頼むからな。……しかし、総会は少し荒れるのは覚悟してもらわないとな」

瀬川は何も言わず、俊也と富山のやりとりを聞いていた。

話が終われば長居は無用だった。二人は早々に小料理屋を後にした。


株主総会が都心にあるホテルの大広間を借りて行われていた。六月末の集中日にもかかわらず、用意した五百席は満席となっていた。

何時ものように最前列は社員株主で固められていた。定刻の十分前には大鷹老人とその一派が数人、議長席の近くを陣取った。

眺め渡したところでは、新手の総会屋らしき者は見当たらなかった。

定刻の合図と共に、開会が宣言され、社長が議長席に着き、議事の進行が始まった。

初めの決算報告は、ヤジも無く静かに行われていった。

「では以上に関しまして質問をお受けしたいと思います。ご質問の方はお名前と出席番号をお願いします。ではご質問の方？」

即座に何人かが一斉に手を挙げた。社長が指名したのは、桜だった。

「業績が回復しているのは結構だが、もう少し配当を増やしてくれないか」

脚本通りの質問を、脚本通りに応えるやらせであった。それからも二つやらせが続いた後、

「時間の関係も御座いますので、次の議案に進みたいと思います」と社長がシナリオ通りに宣言すると、間髪を空けず、

「異議なし。議事進行！」

前列の社員株主や与党の総会屋から一斉に叫び声があがった。

その時だった。サラリーマン風の男達数人が立ち上がり「異議あり、質問！」「質問まだ終わってない！」と口々に叫びながらマイクを奪い取った。

「議長、質問を打ち切るのですか。まだ沢山手を挙げているじゃないですか」

「そうだそうだ」

流石に打ち切るわけには行かなかった。

「では簡潔にお願いします」

「決算書を見ると、役員報酬が昨年より二割も増えている。配当を増やさないで、自分たちの取り分だけ増やすというのは如何いう事だ。株主を馬鹿にしているのかね」

周りのヤジを打ち消すような大きな声であった。

「えー、お応えします。増えたと仰いますが、昨年までが低すぎたので御座いまして、世間並みでございます。今後も配当は業績に連動しまして……」後は、怒号で聞こえなかった。

「議事進行」の声が前の方から響き渡っていた。

「まだ質問が終わっていない。社長！　……」

マイクが切られたのか、男の声は聞こえていなかった。

「議事進行！」

一斉に拍手が起きた。

「それでは次の議案、取締役の選任に移りたいと思います……」社長が必死にマイクに向かって叫んでいた。

「ふざけるな！」

「社長退陣！」
二、三人の男達が議長席に詰め寄り叫んでいた。それを阻止すべく、社員株主たちが議長席を取り囲んでいた。男たちの怒号が乱れ飛んでいた。
「異議なし」「賛成」拍手が沸き起こり騒然となっている中で、「以上で株主総会を終了いたします」社長の声がかろうじて聞こえてきた。

株主総会は終わった。

ドアの傍に立つ俊也達を、新手の総会屋たちが睨み付けるようにして出て行った。大鷹老人一派は振り向きもせず「次だ次！」と言いながらエレベーターに向かうのだった。

俊也と瀬川が鍋島に呼びつけられていた。

「君らは何をやっていたんだね。社長に申し訳ないと思わんかね。僕は恥ずかしくて合わせる顔がないよ。佐々木部長、来年はしっかりやってもらわなくちゃあ困る。……ああそれから、社長にはよく謝っておいてくれたまえ」

二人はただ頭を下げるだけであった。

その足で社長の部屋へ向かった。

秘書に「空いてる？」と訊ねると、「ええ、少しならどうぞ」と中へ入れてくれた。

「大変申し訳ありませんでした」

二人は頭を下げた。

「ああ、君たちか。大変だったよ、実際如何なることかと思ったよ。でもまあ、君たちの方こそご苦労さん。あんな連中と付き合わなくちゃあならないんだものな……」

「いいえ、私たちの不手際です。ご迷惑をお掛けしました」

「君たちが色々工作してくれているのは知っているよ。危ない橋を渡ってな。何時か止めなくちゃあなあ、こういう事は。考えてみるよ」

秘書が時間を告げに来たので、二人は退室した。

5

株主総会の前から、国税庁の税務監査が入っていた。

経理部だけでなく営業やその他の部署も対応に追われていた。総務部関連だけは、株主総会が終わるまでお預けとなっていたのだ。

経理の税務担当の者から俊也に呼び出しがあった。

「佐々木部長。監査官が渉外係の人に訊きたいそうですが、どうしますか？」

「ああ、僕が応対するよ」

指定された会議室に行くと、若い監査官が一人だった。

俊也は名刺を交換して、その男の前に座った。

「お忙しいところ、恐縮です」

言葉遣いは丁寧だった。

「早速ですが、渉外係のお仕事について訊きたいのですが、宜しいですか」

「はあ、どうぞ」

「渉外と言いますと、やはり外部の人間とのコンタクトが多いのでしょうね。渉外係の交際費は年間一千万を超えていますね。特に多いのが銀座のバーからの請求書ですか。月平均で百万ですよね。こんなに使うものですか？」

「はあ、外部と言いましても対象は広いですから。たとえば報道関係、同業他社、証券会社、お役所までありますからね。それに最近は銀座も高くて、数人で行きますと一晩で十万は下りませんから」

「そうですか。よく身体が持ちますね」

監査官の口元には薄笑いが浮かんでいた。

「まあ、仕事ですから」

俊也はたんたんと応えていた。それ以外、言いようのないのも事実であった。

「これは総務の範疇《はんちゅう》でしょうが、ＫＫビル清掃との契約ですけど、四年前から突然二千万から二千五百万円に年間の契約額がアップしていますよね。ご存じですか？」

「さあて、私が契約したのではありませんのでね。確か、産廃ゴミの廃棄も任せたんじゃないですかね」

「そうですか。御存じないですか。じゃあ結構です。また、お訊ねするかもしれませんので宜しくお願いします」

監査官は飽く迄慇懃《いんぎん》だった。

俊也は、彼らの狙いが何かは、はっきりとは分からなかったが、少なくとも交際費は税務上適正に処理されているし、五百万円のキックバックもうまく逃れられると思っていた。

席に戻ると、総務部では広告宣伝の担当者と、瀬川がひそひそ話をしているところだった。

「ああ、佐々木部長、ちょっと」

瀬川が手招きをした。

「実はな、彼が国税に呼ばれて訊かれたんだ。例の公告代理店を通しているの。実体のない会社だろうって。奴等、裏を取っているみたいだから、やばいな」

「こうなったら、飽くまでも白を切るしかないでしょう。私等テレビ業界には疎《うと》いから、十年も前からお願いしているんだとね」

「そうだな。おい君、その線で頑張れよな」

瀬川は、不安そうな顔をして、部下の担当者に言った。

数日が経って、再び経理部の税務担当者から俊也に呼び出しが掛かった。

「佐々木部長、またお呼びです、お願いします」

「うん分かった。で、如何なんだ。税務監査の進み具合は。彼奴ら何時までいる心算なんだ？」

「いや、もう最終段階です。何件か指摘されていますがね。もうこれ以上大きいのは無いと思います」

俊也が会議室に入ると、前回の若い監査官の他にもう一人年嵩の男がいた。名刺には主査と書かれてあった。

「佐々木部長、早速お聞きします。お宅が使っている、広告代理店のK社は如何いう会社かご存知ですか？」

「いや、私は知りません。でも十年も前から使っていると聞いていますが、何か怪しいですかね」

「本当にご存じないのですか？　あの会社は、ある総会屋のダミー会社ですね。実体がないトンネルですね。私等は裏を取ってありますから。お宅らは昨年だけでもここに千数百万円落としましたね」

俊也が何か反論を考えているうちに、監査官が畳み掛けてきた。

「部長がご存じないと言っても、担当者の方は認めていますからね。実体のないのを。これは使途不明金、百パーセント損金不算入です。悪質な脱税行為ですな」

「そうですか。私にはその経理処理が妥当なのかどうか分かりません。それに、私は広告宣伝の業務とは一切関係ありませんですから」

俊也が応えると、主査が別な書類を取り出し、若い監査官に渡して、次を促した。

「もう一件有るのですが、これは佐々木部長が担当されていますね。昨年六月の海の家の稟議書です。これは如何いう経緯で提案されたのですか？」

「ああ、海の家ですか。これは総務部全体で計画していた従業員の福利厚生の一環ですよ。毎年予算は取るんですがね、中々良いのが無くて、延び延びになっていたんですがね。色々当たった結果、海水浴がいいってことになりましてね、決めたんですよ」

来るかもしれないと密かに心配していた胸の内を、ぐさりと突き刺された感じだった。内心の動揺を覚《さと》られなければいいがと思った。

「今年も契約されましたね。このシーサイド・レジャーDPも全くのペーパーですね。しかもこの会社も同じ総会屋のダミーですね。総会屋対策は部長の仕事ですよね。如何なんですか?」

言い方が、高飛車だった。

「いや、そう言われましても。飽くまでも福利厚生の一環ですから」

「でも、昨年ひと夏で、誰も使っていないじゃないですか。使っていると仰るのですか。なるほど、海開きの日に二人行った事になっていますね。でもこれも嘘ですね。この二人は年休もとっていないし、旅費の精算もしていませんからね」

「そう仰られても、私はただ、皆が楽しんでくれると思って提案しただけですので。はい」

俊也は内心で、追い詰められ、逃げ場のない事を覚悟していた。

「これは、さっきの公告代理店の件も含めて、皆で共謀してやった、無償利益供与の仮装隠蔽、悪質な脱税行為ですから重加算税の対象ですな。……お宅が、飽くまでも実体があると仰るなら、こちらにも覚悟がありますよ。法人税法違反で告発して裁判で争ってもいいんですがね」

主査が勝ち誇ったように言った。

「私どもにはそのような心算はありませんので、よく経理や税理士さんと相談させてもらいます」

俊也はそれだけ言うと部屋を出た。これ以上事を荒立てて、東京地検に知られるのが怖かった。

結局、台東機械は過去に遡り、重加算税を含め二億数千万円の追徴課税を飲まざるを得なかった。


受付から、俊也に電話が掛かってきた。

「今、こちらに日日新聞の社会部の記者さんがお見えですが、部長で宜しいですか」

「え、社会部の記者？　応接に通しておいて。今行くから」

何時も来る経済部の記者ではなかった。

「如何いったご用件ですか？」

「いや、実は国税の事でお伺いしたいのですが」

「国税って、税務監査の事ですか？　でしたら担当部署を呼びますけど」

「否、部長に訊きたいのですが。お宅が仮装隠蔽により重加算税を食らった、という事を明日の朝刊に載せますけど、宜しいですかということです」

「そりゃあ困りますよ。うちはお宅に新聞広告載せているじゃないですか。何とかなりませんか。高々一億か二億の修正申告なんて、どこにでもある話じゃないですか」

「営業上、お宅が大事なお客様なのは知っているのですがね。何しろ、国税から圧力が掛かるのですよ。うちが載せなければ、もう情報は流さないぞってね。もっとも、うちが書かなくても他紙に書かせるんですよ。国税は、役所ですからね」

社会部記者はちょっとすまなそうに言った。

「じゃあ、私等は如何したらいいんですか。今更」

「そうですね。明後日には、定番の文句でお宅様の、『見解の相違です』ってやつを載せますよ。ですからその準備をお願いします」

何とも納得できない事であったが仕方がなかった。

翌日の朝刊の社会面に載っていた。


――台東機械、仮装隠蔽により脱税、ペナルティ重加算税を含む二億円の追徴を受けた模様――


俊也達は、この情報が東京地検に渡るのを恐れていた。

税務監査が終わって数週間が経っても、特に周りに変化はなかった。しかし、目に見えないところで何かが動いているような気がして仕方がなかったのだが、これと言って手の打ちようもなかった。

それも、時間とともに危険に対する感覚が薄れていくのか、何時しか、心の片隅に追いやってしまっていた。忘れたいという願望が勝っていたのかもしれない。

6

俊也と松野今日子が夜の池袋を歩いていた。

これまで何度も、二人だけで会っていた。会うたびに二人の間隔が縮まっていき、お互いを求め合うのは必然であった。成熟した男と女にとって、愛することは相手を求めることなのだから。

今日まで、肉体の一線を越えなかったのは、ほんの少しの理性と躊躇《ためら》いだけであった。

それも時間の問題であった。

九月に入っても、残暑は厳しかった。腕を組んで歩く二人の肌は汗ばんでいた。俊也は、薄物の生地を通して、今日子の肌の温もりから女体を感じ取っていた。

まだ十時を過ぎたばかりであった。

「久しぶりにカラオケなんかどう？」

「うん、いいわね」

目の前にある、カラオケボックスの店に入った。空いていたのは数人用の狭い部屋だった。

「そう言えば、今日子ちゃんとは一度きりだね。カラオケは」

「ねえ、佐々木さんは上手なんでしょう。一緒に歌いましょうよ」

二人はデュエット曲を探して歌った。身体を寄せ合い、一つのマイクに頬を寄せ合って歌った。

そこは二人だけの空間だった。手を握り、見つめ合えば心が一つになれた。お互いの体の中で蠢《うごめ》く抑えがたい何かを感じていた。

今日子の頬は熱《ほて》って桜色に染まり、艶めいた赤い唇が俊也を呼んでいるようだった。

カラオケを出て、昼のように明るい池袋の街を、二人は彷徨《さまよ》っていた。俊也が、腕を組み身体を寄せ合って歩く足先を、狭い路地に向けた。

言葉は不要だった。黙っていても、お互いの心の内は分かっていた。

行く手に、赤いネオンが場違いなように、暗闇の中で煌めいていた。二人は下を向いたまま通り過ぎていた。

その先にも、ホテルのネオンサインが光って見えた。

俊也には躊躇いがあった。それはやはり人間としての理性であった。

その前もゆっくりと通り過ぎてしまった。何時の間にか、広い通りに出ていた。歩道沿いにタクシーが一台停まっていた。

俊也が合図をすると、客席用のドアが開いた。

「さあ乗って」

今日子を先に乗せると、俊也は運転手に窓から「町田まで彼女を送って。支払いはこれでね」と言ってタクシー券を運転手に渡した。

戸惑う今日子に、窓ガラス越しに、「じゃあまたね」と唇だけで伝えると手を振った。タクシーは今日子を乗せて走り去って行った。

腕時計を見ると十二時をとっくに過ぎていた。

俊也は空車のタクシーに手を上げた。

「神田のビジネスホテル。空いていそうな所だったら何処でも構わないのですがね。お願いできますか」

俊也はビジネスホテルの狭いベッドに身を投げ出していた。風呂に入るのも億劫《おっくう》だった。喉が渇いて缶ビールを飲んでみた。

目を瞑《つむ》ると、見た事がないはずの今日子の白い豊満な肉体が現れた。掌や腕には柔らかな感触が残っていた。

頭を振ってそれらを打ち消そうとした。（これで良かったのだ。この方が今日子は幸せになれる）と俊也は思いたかった。

無理にでも、妻の裕子のことを思い出そうとしたが無駄だった。今日子の事が頭から離れなかった。

しかし、欲望と理性の葛藤も睡魔には勝てず、何時か眠りに落ちていた。

第十二章　暗闘《あんとう》の果て

1

涼しくなった朝の空気が心地よかった。

俊也は何時ものように家を出て、常磐線の駅に向かった。上野行きの始発電車に乗れば座ることが出来た。ボックス席の窓側に座って、折り畳んだ新聞を読んでいた。一面から順に読み始め、スポーツ欄、最後が社会面だった。

何時もなら、そこで眠くなるのが普通だったが、その見出しに目をとめた。

――東西日本銀行、東京地検が強制捜査――

東京に本社を置く、中堅銀行が総会屋に対する利益供与の疑いで、検察庁の強制捜査を受けた記事が書かれてあった。

総会屋の名前も、詳しい手口も報じられていなかったが、俊也にはショックだった。警視庁の三上刑事の話は嘘でもはったりでもなかったのだ。

会社に着くと、部長の瀬川も自分の席で新聞を広げていた。

「部長、銀行が地検のガサ入れを受けましたね」

「うん、読んだよ。総会屋の名前が書いていないけど、先生達は大丈夫かな？」

「先生達は、金融機関には強くないって聞きましたから、関係ないと思いますが……」

「まあとにかく注意してくれ。頼むよ！　俺もあと少しで定年なんだから……」

弱々しい声であった。大きなため息をついて、

「君は子供がいなかったよな。……下の息子は大学三年なんだ。もう少し働かなくちゃあいけないんだよ……」

瀬川は十一月で定年だった。その後は、子会社の役員ポストが用意されるはずだった。誰が約束したのか、少なくとも本人はそう決め込んでいた。もう難しい事には関わりたくないという口ぶりだった。

その後は特に目立った動きもなく、一週間が過ぎた。

朝の通勤時、駅のキヨスクに並べられた新聞の、どの一面見出しにも大きく報じられていた。

――ＤＮＫ化学、利益供与で強制捜査　大物総会屋逮捕か？――

業界トップの大企業が利益供与で東京地検の強制捜査を受けたこと。それに関連して、大物総会屋である大鷹グループが参考人として呼ばれ、この後逮捕に踏み切る模様と書かれてあった。

事態は切迫していた。大鷹老人一派が捕まれば、台東機械にも累が及ぶことが十分考えられた。

朝一番、俊也と瀬川が鍋島常務の部屋にいた。

「大鷹が捕まったって本当か。やばいじゃないか。捜査の手は何処まで来ているんだ？　君たち、如何なんだよ！」

鍋島が苛立った声を上げた。明らかに不安そうであった。

「新聞が書いているのですから、逮捕は間違いないでしょう。しかし今は下手に動くと墓穴を掘りますから、じたばたしない事ですね」

俊也は努めて冷静に言った。

「そんなこと言って君、如何するのかね。強制捜査が入ったって、俺は関係ないからな。君たち二人で抑えてくれよ。俺は一切知らないからな。いいな！」

鍋島の甲高い声だけがやたらに響いていた。

その時、部屋の外で大きな声がした。秘書が誰かと言い争っている声がすると、いきなり、常務室のドアを開けて男達が入って来た。いや、乱入して来たと言った方が正しかった。先頭

に立った男が、

「鍋島常務ですね。東京地検ですが、強制捜査です。総会屋への利益供与の疑いで、裁判所の令状です」

三人とも固唾を呑んで立ち尽くすだけであった。

「貴方達も自分の部署に戻ってください。捜査を開始しますので」

捜査官の口調は有無を言わさぬ命令であった。

部屋に戻ると、捜査は始まっていた。俊也も、ポケットの中身を全部出すように言われ、スケジュールが書いてある手帳を取り上げられた。

捜査官は、総務部内の全ての書類やパソコンをダンボールに詰めていた。電話も、メールも出来なかった。ただ、眺めているだけであった。

三時間ほどで彼らは引き揚げて行った。その後、誰もが仕事に手が付かなかった。

恐れていたことがとうとう現実となってしまった。ここまで手を染めてしまった以上、もう逃げられないのではないかと、俊也には思えてならなかった。

(無償利益供与罪、三年以下の懲役、実刑)

裕子は如何して暮らしていくのだろうか。そして、今日子の事が俊也の脳裏を過っていった。

台東機械の東京地検による強制捜査の記事は、その日の夕刊に大きく報じられていた。

俊也が家に帰ると、裕子が心配そうな顔で待っていた。

「あなた、テレビでも放送されていたわ。大丈夫なの？」

「ああ、心配するな。大した事じゃないからな」

俊也は無理に笑顔を作るのだったが、裕子には分かっていた。

裕子の母はとっくに亡くなっていた。頼る術も行く当ても無かった。何があっても夫の事を信じて付いていくしかなかったのだ。


翌日、朝から瀬川と俊也が顧問弁護士と今後の対応を相談しているところへ、電話が掛かってきた。

「瀬川部長、佐々木部長、鍋島常務の秘書から至急の呼び出しです。お出でになりますか？」

「分かった。今行く」

瀬川と俊也が常務室に入ると、鍋島は苛立たしそうに自分の机の前を歩きまわっていた。

「来たか、座れよ。……今後の対策は顧問弁護士に相談したのか？」

鍋島は何時になく、髪は乱れ、自慢のブランド物のネクタイが曲がっていた。

「はい、今丁度弁護士さんと相談していたところですが……」

「で、何だって。何って言っているのだ？」

「強制捜査の次は参考人の呼び出しだろうと、……その次が容疑者の逮捕かと」

「容疑者の逮捕だと。如何するんだ？　……ともかくだな、この件には俺は関係ないからな。

いいな！」

鍋島の声は上ずり、顔が引き攣《つ》っていた。

「常務、全く関係ないというのは無理ですね。持って行かれた書類の中に、常務の車の運行日誌もありますからね」

「何、運行日誌だと。それ如何いう意味だ？」

「行った先が分かるという事ですよ。……ですから、去年の六月に、神楽坂の料亭で先生方と会食された事実は否定できないでしょうね」

「本当か！　じゃあ、俺は如何すればいいんだよ？」

今にも泣き出しそうな声だった。

「そうですね、もしこの点を突かれたら、『相手は誰だったか覚えていない。確か我社の大株主さんだった』、くらいに応えるのですね」

俊也は冷静だった。

「それと、常務は表敬が目的だったので、『途中で退席して帰った』ですかね」

俊也は、瀬川に同意を求めるように顔を見ながら言った。

「そうだ！　佐々木部長、僕は途中で帰ったからその後の事は何も知らないのだ。瀬川部長、そうだよな。そうだろう？」

「はぁ……？」

鍋島の問いかけにも、瀬川は虚《うつ》ろな表情をするばかりであった。

「いやぁー佐々木部長、君の言う通りだ。僕は何も知らないんだ！」

得心したのか、今まで蒼ざめていた鍋島の顔が急に赤みを帯びてきた。

「そうなんだよ……。否、しかしだね、僕は何も自分の責任から逃げる心算じゃないからね。もし僕が逮捕されるような事があったら、社長にまで累が及ぶだろう。そうなったら、会社はお終いじゃないか。この会社を何としても守らなければいけないのだよ。それが我々皆の使命なのだよ。分かるよね」

唇も滑らかになっていた。

「瀬川部長、佐々木部長、ここは二人で頼むよ。何としてもね。……その代わり、お二人の将来の事は任せてください。退職金の事も、その後の子会社の役員ポストもね。私が百パーセント保証します。分かるね！」

俊也は、常務室を退出する時の瀬川の姿に、何だかひどく不安を感じるのだった。

2

俊也と瀬川に東京地検より参考人として呼び出しが来た。弁護士と、相談する暇もなく、二人は出頭しなければならなかった。

瀬川はすっかり老け込んで元気がなかった。

「部長、元気だしてくださいよ」

「……」

俊也の呼びかけに無言で頷くだけであった。

俊也が通されたのは、三階にある狭く暗い部屋であった。高いところにある窓には、鉄格子が塡《は》められていた。

テーブルを挟んで向かい合ったのは、体の大きな若い検事であった。名刺には『宇坪』と書かれてあった。

「台東機械の佐々木部長さんですね。今日は参考人としてお呼びしました。その心算でご協力願います」

言葉遣いが丁寧なだけに、かえって気味が悪かった。

俊也も心のうちで身構えながら、頭を下げ「宜しくお願いします」と応えた。

「さて、佐々木さんの入社以来の経歴を簡単にご紹介頂けますか」

「はあ、経歴ですか。昭和四十年四月、北海道立本橋高校を卒業後、台東機械霞ヶ浦工場に入社、庶務課に配属……」

入社以来、今日までの経歴を簡単に話した。

「ということは、本社の総務部に来たのは五年前ですか。正確には五年半になるのかな。前任の方のお名前は？」

「畠山です」

「佐々木さんは、総務部の中で渉外を担当しておられる。そうすると職制の上では瀬川部長が上司ですかな」

「まあ、そういう事ですね。担当部長には決裁権限はありませんから」

俊也には彼らの狙いは大方見当がついていた。しかし、中々核心を突いて来なかった。まるで、年増女の手練手管《てれんてくだ》のようであった。

「渉外のお仕事も大変でしょうね。やっぱり一番大変なのは、株主総会ですか」

「まあ、会社ですから、色々な方が訪ねてきたり、苦情の電話があったりしますからね。その対応で一日潰れますね。それに比べれば、株主総会は大変だと言っても年一回ですからね」

「その一回が大変なんじゃないですか」

「大変と言えばそうですが、株主あっての上場会社ですからね……」

参考人としての質問は昼食を挟んで延々と続いていた。

「特殊株主との付き合いは如何ですか？」

「特殊株主の定義は知りませんけど、千株でも、百万円からしますからね、立派な投資家ですよ。そういう投資家さんが訪ねてきたら、そりゃあ無下にも出来ませんからね。お会いすることもありますよ」

「お宅の与党総会屋は大鷹グループですね」

「与党かどうかは知りませんが、昔からご愛顧《あいこ》頂いている投資家さんですね」

「大鷹が投資家だって？」

「はい……」

俊也の応えに、宇坪検事は次第に苛々を顔に表し始めていた。

「佐々木さん、はっきり言いましょう。今日来てもらったのはね、商法違反の無償利益供与の件なのですよ。総会屋に対するね。……我々は裏も取ってあるんだ。だから、協力してもらわないとな！」

最後のところは、声の調子が変わって、耳に突き刺さるようであった。

壁の時計は九時を指していた。

「私に、何を言わせたいのですか。私は参考人でしょう。十二時間も拘束する権利がどこにあるのですか。いい加減にしてくださいよ」

俊也は疲れていたし、腹が立って、つい声が大きくなってしまった。

宇坪検事は、席を立って部屋から出ていくと、暫くしてまた戻って来た。

「佐々木さん、今日は泊まっていただきますから。これ逮捕状。裁判所が十日間の勾留《こうりゅう》を認めたのでね。今日はこれまでだ。ああ、それから、お宅の会社の顧問弁護士には連絡したからな」

目の前に、勾留通知が突き付けられていた。この瞬間から、会社法第百二十条に規定する『無償利益供与罪』の容疑者、被疑者となったのであった。

夜遅く、留置所の独房に入れられた。ネクタイもベルトも腕時計も、身に着ける物は一切取り上げられてしまっていた。

房内は暗く、ベッドは硬くて眠れなかった。今日一日を振り返って、手錠を掛けられた瞬間を、罪人としての屈辱を忘れる事が出来なかった。ある程度は予想していたものの、当日、そのまま逮捕・勾留されるとは思いもしていなかった。心の整理が付かなかった。

(くそ、負けるものか)と思う一方で、(この先どうなるんだ?)という不安が時間とともに、頭の中を黒雲のように膨れ上がってゆくのだった。

翌日から、被疑者としての取り調べが始まった。

担当検事は昨日と同じ宇坪だった。彼から、瀬川部長も逮捕・勾留されたことを聞かされた。俊也には何の情報も与えられなかった。彼らがどれだけ事実を摑んでいるのか分からないだけに、全く不利な状況であった。

「さて、佐々木さん、正直に話してもらいますか。言っておきますがね、我々に協力してくれるかどうかでね、量刑が決まるんですよ。場合によっては不起訴ということも有り得るんですから。宜しいですね」

予想外に、宇坪の話し方は丁寧だった。

「はい……」

「先ずですね、大鷹グループとは何時からの付き合いですか？」

「さーて、私は五年前に本社に来たのでね。それ以前の事は知りませんね」

「じゃあ、貴方が来たときにはもう付き合いがあったわけね。総会屋としてね」

「いや、総会屋かどうかは知りませんが、我社の株を持っている投資家として紹介されましたね」

「貴方は、その時から彼らと付き合ってきたわけだ。株主総会を乗り切るために。……だって、株主総会は大事な仕事なのでしょう。渉外担当部長としては」

「そりゃあそうですが、株主総会には色々な株主の方がお出でになりますからね。彼らだけが特別でもないですから、広く株主の皆様には、議事進行がスムーズに進むようお願いしております」

「ふん、そんな想定質問の答えみたいに言ったって、要は、彼ら総会屋に便宜を図ったのだろうよ。金を渡したんだろう？」

宇坪は、鉛筆の後ろで苛立たしげに机を叩きながら言った。

「さあ、私は知りません」

「あんた、彼らと銀座のバーや、料亭に何回も行っているじゃないか。何のために彼らと付き合っているんだよ。えっ、大鷹の爺がお宅の与党総会屋なのだろう。奴らはそれで飯を食っているのだからな」

耳に突き刺さる声であった。

「私どもは、飽くまで投資家さん、株主さんとしてしかお付き合いが御座いませんので、他の事は知りません」

議論はかみ合うはずもなかった。

宇坪が、ポケットからハイライトの箱を出して、俊也に勧めたが、頭を振って断ると、流石に自分だけ吸うことに躊躇いを感じたのか、ライターを重ねて置いた。それでも、指先だけは未だ未練気に蠢いていた。

「まあこの件はこれくらいにしておくか。……今日は少し具体的な話を聞かせてもらうからね」

宇坪の捲る分厚いファイルは、俊也の側からはその中身までは見えないようになっていた。

「佐々木さん、お宅の会社が使っている、広告代理店のK社が如何いう会社かは知っているでしょうな」

「はあ、うちのテレビ広告を扱っているという事は。でも管掌が違いますから中身までは知りませんし、会ったこともありませんですがね」

「ここへの発注者は誰ですか？」

「それは、宣伝部でしょうね」

「そうですかね。私の調べでは総務部長の権限になっているのですがね」

「そうですか。じゃあそうなのでしょう。ちょっと前まで、宣伝部は総務部の中にありましたからね」

俊也には宇坪の質問の意図が分かっていた。

「K社って実体があるのですか。貴方はこの会社の実質的な所有者をご存知ですか？」

「さあ、知りませんですね」

「佐々木さん、本当に知らないと言うのですか？　……まあいいさ。これは瀬川部長に訊けばすぐに分かることだからな。その後であんたにもう一度訊ねよう」

昼食は、ケータリングなのか弁当だった。俊也の腰には何時も縄が結ばれていた。椅子に座っている時も、トイレに立つ時も、解放されることはなかった。

鉄格子の塡まった窓からは青い空だけが覗いていた。

午後一番、宇坪が視線をファイルから俊也に移し、

「佐々木さんは北海道の出身ですか。本籍が十勝郡本橋町S番外地、……これって開拓地ですかね？」

「そうです。戦後の開拓地です」

「で、出生地が旧樺太庁真岡町、しかも、昭和二十二年二月。ということは、引揚者ですね」

「まあ、そういう事です」

「そうですか。それじゃあ、子供の頃は苦労されたでしょうね」

宇坪の声音が変わっていた。

「検事さんはお若いからご存じないでしょうが、私だけという事でもないでしょう。日本は戦争に負けたのですよ。焼け野原になってね。しかも、何百万もの引揚者がどっとこの狭い日本に帰って来たのですから、分かりますよね。日本中が貧しかったはずですよ。一部の人間以外はね」

俊也は相手が撒いた餌をちょっとだけ齧《かじ》ってみせた。

「いやあ、私なんかも団塊の世代の先輩によく苦労話を聞かされますよ。まあ、何時の世も、一部の人間だけがいい思いをするのですよ。一生懸命生きている人達が報われなくてね。違いますか？」

宇坪が更に畳み掛けてきた。

「佐々木さんも、もう少しで定年ですね。瀬川部長さんは来月で終わりじゃないですか。皆さんは一生懸命会社の為に働いて来られて、しかも、陽の当たらない縁の下でね。一部の人間だけがいい思いをする、理不尽だとは思いませんか？」

「理不尽ですか？　……しかしね検事さん、誰もが主演をやるわけにはいかないでしょう。端役も、小道具の裏方だって立派な映画人じゃないですか。私等も、これでも会社人の心算ですよ。給料をもらっている以上、誰だって、何がしかの役に立ちたいと思うのは当たり前じゃないでしょうか」

俊也の方が、どうやら一枚上手であった。今日の撒き餌は無駄のようであった。

留置所では弁護士以外、家族でも接見禁止となっていた。裕子が届けてくれたのであろう、着替えと少しの書籍はありがたかった。

俊也は結婚してからこれまで、外泊した事はなかった。あっても、ビジネスホテルに数日泊まるのが精々だった。何時も裕子と一緒だった。

今頃、一人で家に居て、自分の帰りを待っている裕子の事を思うと、不憫《ふびん》でならなかった。洗いざらい暴露して、一刻も早く解放されたい誘惑に駆られるのだった。

俊也が勾留されてから一週間後、身柄を留置所から拘置所に移された。

朝、拘置所を出て護送車に乗せられ、東京地検の建物へと送られた。車窓に張られた金網越しに街の景色を眺めることが、唯一の楽しみだった。

「佐々木さん、大鷹グループの番頭の富山を知っていますね？」

宇坪検事が口元に薄ら笑いを浮かべ、知らないぞとは言わさないという顔であった。

「はい、何度か会っています」

「何度かですか？　結構頻繁《ひんぱん》に会っているんじゃないですか」

「……」

相手の手の内が分からない以上黙るしかなかった。

「去年が四回、三月、五月、六月、十二月ですね。日にちも言いましょうか。今年も同じペースですね、……三回か」

「日にちまでは記憶にありませんが、そんなところでしょうね」

「認めますね。で、目的は何ですか？」

「動向調査ですよ。情報収集ですよ。何処の業界でも同じでしょう？」

「情報料は只じゃないですよね。まさか」

「それはそうですね。検察庁にだって機密費はあるじゃないですか。それも情報収集でしょう。まさか、上司の接待に使うわけではないでしょう、機密費は」

「そんな事、知らんよ。俺は！」

宇坪の銅鑼《どら》声が響いた。

「そうですか。それはどうも失礼しました」

「……ともかくだなあ、こちらは、この富山の動きは全て捕まえているということだ。知らないと言ったたって駄目なんだよ」

宇坪が勝ち誇ったように言った。

「この男、番頭だけあって几帳面なのだな。金の受け入れも全部記帳しているんだよ。例えばだな、昨年一年間の台東機械から広告代理店のK社に入った金の合計は千三百二十五万円だとさ。如何ですかね、佐々木さん」

「……」

「何とか言ってくださいよ。……じゃあ、次だ。数寄屋橋にある銀座のバー、O商事。これは佐々木さんが支払っていますなあ。昨年の支払いが一千二十九万円ですか」

「そんなものですかね。正確には覚えていません」

宇坪は、ガタンと音を立ててやおら椅子から立ち上がり、

「要はですね、佐々木さん。我々は大鷹グループと台東機械の関係は全部掌握しているということですよ。どうです、もう少し協力して頂けませんか」

大きな身体を折り曲げ、両手をテーブルについて覗き込むようにして言った。

俊也は心の動揺を覚られまいと、必要以上にゆったりと、

「協力と言いましても、何処の会社にも交際費はありますからね。現に、政府与党も選挙の度に、大企業の交際費の非課税化を喧伝しているじゃないですか。そもそも、私は銀座のバーと大鷹グループの関係が如何かなんて知りませんよ。昔から馴染みだっていうから使っているだけですよ」

口先で躱《かわ》しながら、相手の手の内を必死で考えていた。

（大鷹や番頭の富山は、無償利益要求罪が適用されれば、初犯でない限り、執行猶予なしの懲役五年は確実だ。従って、幾ら物証があろうと、絶対に自分達から事実を認める事はないだろ

う）と俊也は確信していた。

「まあいいさ。時間の問題だ。今日はここまでにしますか」

案の定、宇坪はそれ以上追及しては来なかった。

帰りの護送車でも、拘置所でも瀬川部長の姿を見掛ける事はなかった。

（瀬川はこの環境に耐えられるであろうか？　否、無理であろう）と俊也は思った。

多分もう既に事実を認めているだろう。検事に協力することにより、早期の保釈も許されるし、何より罪が軽くなることが考えられるのだから。瀬川の定年は来月に迫っていたのだ。

翌日からの取り調べにも、目立った進展はなかった。

俊也の返答は、相変わらずのらりくらりであり、何故か宇坪も核心を突いて来なかったのである。

そうしているうちにも、最初の勾留期限が到来し、当然のように延長された。

俊也は狭く硬いベッドの上で眠れずにいた。頭に浮かぶのは、明日からの取り調べの事だった。

この数日間、宇坪の追及が緩んだのには訳があるはずだった。それは、彼が何かを待っていたからではないか。

（その待っていた結果は多分、第一は、瀬川の全面降伏であり、第二は、大鷹と富山の全面否定であろう。そして、第三は、鍋島常務の参考人聴取からは得るものがなかった）、これが俊也の出した推測であり結論であった。

これから宇坪が、形振《なりふ》り構わず俊也を責めてくることは、容易に想像できた。東京地検の狙いは、飽く迄、台東機械のトップまで一網打尽にすることであり、彼らの描くシナリオにとって、キーマンは俊也に違いなかった。

瀬川が自白したとするならば、KKビル清掃からの裏金五百万円の受け渡しの件から、逃げられないのは覚悟しなければならなかった。

瀬川の自白が明らかな以上、俊也にとって、それを如何認めるかが問題であった。

第一の答えは、瀬川のように、全てを正直に話す。当然その時、共同謀議の首謀者は鍋島常務である。実行者の主犯は瀬川であり、俊也は共犯者の立場に過ぎないことになる。

二番目は、鍋島常務を埒外《らちがい》に置く事である。そうした時、全ての責任が瀬川に伸しかかって来る事であった。

俊也は、明日の為にも早く眠りに就きたかった。目を瞑ると、瀬川の丸くなった背中が思い出されてしかたがなかった。

翌日から、宇坪の追及は想像した以上に厳しくなった。

「佐々木さん、最初に言っておきますけど、瀬川部長は供述調書にサインをしましたから、今日中にも保釈されるでしょう。こちらは全てを握っているということを知ったうえで、今からの質問に応えてもらいたい。いいですな。貴方が如何いう状況に置かれているのかをよく考えた上でな」

宇坪の言い方は、最初から威圧的であった。

「先ずは最初だが、昨年の六月十日の午後、貴方はＫＫビル清掃の本社を訪ね、社長の大崎から現金五百万円をキックバックの裏金として受け取りましたな。認めるよな？」

「……受け取りました。認めます」

検察が裏証言を取っている以上、躊躇うまでもなかった。

「次だ。同日、貴方はその現金を持って、神楽坂にある料亭Ａに於いて、富山に袋ごと渡した。これも認めるな」

「認めます」

「うん。この金が、その月末に開催される株主総会対策以外には有り得ない以上、会社法第百二十条の無償利益供与・受供与罪に当たることも認めるな。如何だ？」

「そういう事になるのでしょうね。法律の解釈では」

俊也が淡々と認めた事にほっとしたのか、宇坪は冷めてしまったお茶を旨そうに飲み干した。

「佐々木さん、認めるのだったらもっと早くしてくださいよ。そうすれば、貴方だってすぐに帰れたのに。どう見たって、貴方が首謀者や主犯ではないのですから。貴方の応え方によっては、起訴されても罪は軽いですからね。まあ、そういう心算で答えてくださいよ、これからも」

宇坪は話し方さえ丁寧になった。

トイレの為の休息を挟んで尋問が続いていた。

「次は海の家ですね。これは、貴方が瀬川総務部長の代わりに稟議書を作成し、鍋島常務の決済を貰った。この件は、先の国税の税務監査に於いて実体が無い取引であり、大鷹グループとの間に密約が有ったと見做《みな》し得る以上商法違反です。これも認めますね」

俊也は頷いた。

「この件は、現金受け渡しの件と同じように、神楽坂にある料亭Aに於いて話し合われた。宜しいですね」

「大筋認めます」

俊也は逃げるつもりは最早なかった。責任を取る事は覚悟していた。

宇坪は、書類を纏めると、隅にいる記録係に引き揚げる合図を送った。

「佐々木さん。明日は纏めに入りましょう。供述調書ですね。これが終われば保釈ですよ。宜しく」

宇坪の大きな体から出る声とは思えない、猫なで声とはよくいったものである。

翌日、宇坪はテーブルに着くなり、書類をクリアファイルから取り出し俊也の前に置いた。

「佐々木さん、供述調書です。読んで宜しければ署名してください。それで全てお終いですからね」

俊也自身の供述調書であり、ワープロで打たれた紙が三枚あった。
宇坪の見つめる前で、俊也は手に取って、先頭行から順番に読み進めて行った。が、途中のある行で視線が止まった。

――平成十四年六月十日、神楽坂にある料亭Aに於いて、夜十九時より密会がもたれた。出席者は大鷹、富山、鍋島常務、瀬川総務部長と佐々木（供述者）の五人であった。密会の目的は、六月末に開かれる定時株主総会の総会屋対策であった。

その席上、出席者全員の眼前にて、自分（供述者）が持参した現金五百万円を袋ごと富山に手渡した。当現金五百万円は、予め同日、台東区浅草××丁目のＫＫビル清掃より裏金として自分が受け取ったものである。

富山は、それをその場で袋より取り出し改めて受領した旨を口頭で述べた。

次に、大鷹より鍋島常務に野党総会屋対策として追加の一千万円の要求があり、富山から海の家利用料の前払金の名目で、台東機械側が支払うことの説明を受けた。台東機械を代表して、自分が後日社内の稟議書を書いて契約することを申し述べた……――

俊也はゆっくりと、供述書を宇坪の方に向きを変えて置き、問題の行を指で示しながら言った。

「検事さん、ここは認められませんですね」

「何がだね。瀬川部長は全部この通り認めているのだよ。佐々木さん、いい加減にしましょうや」

宇坪の眉間に皺が刻まれて、こめかみのあたりが細かく痙攣しているのが分かった。

「何がって、現金の受け渡しも、海の家の話も、全員のいる前ではしなかったからですよ」

俊也は冷静だった。少なくとも表面上はそう見えた。

「あんた、嘘をつくんじゃないよ。じゃあその時、鍋島常務が便所に入っていたとでも言うのか？　えーおい！」

俊也が冷静に見えるだけに、宇坪は益々猛り狂って、終にはテーブルを叩いていた。

「馬鹿かお前は！　……そんな子供騙しを信じる人間がいるか」

宇坪の睨み付ける目を、俊也は何時もの人の心を透かし見る目で、見つめ返していた。

「瀬川部長の勘違いか、そうでなければ記憶違いでしょうね。最近部長はよく物忘れをしますし、あの時もかなり酔っておられましたのでね」

「じゃあお前は、鍋島常務がこの件を目撃していなかったとでも言うのか。おい！」

「ただ私は、その時はいなかったと言っているのです。検事さん、鍋島常務にお訊きになったのでしょう。大鷹にも訊ねたのでしょう。応えはノーでしょうね。だってその場にはいなかったのは、事実ですからね」

「ふん、そんな話があるかよ。じゃあ、何時だ。言って見ろよ。俺が納得するように……」

宇坪は、言えるはずがないとでも言いたげに、唇を歪めて小ばかにしたように鼻で笑った。

「それはですね、現金の受け渡しも、海の家の話も、鍋島常務と大鷹老人が帰った後の事だからですよ。どうせ、そちらには常務の車の運行日誌があるのでしょうから、調べてください。なるほど往きは私等三人一緒ですよ。でも帰りは、常務お一人で、確か九時半ですね、料亭を出られたのは。その時に、大鷹老人も自分の車で帰りましたね」

「ふん、だから何だって言うのだ」

「その後からですよ。金の授受も、海の家の話も、富山と瀬川部長と私との三人で、同じ座敷でね。だから先に帰ったお二人は知らないのですよ」

「証拠は？」

「話の終わった後、三人で酒を飲んで、確か最後に茶漬けと稲庭うどんを注文して食べましたね。料亭を出たのは十時半くらいだったと思いますよ。私はその足でＪＲの飯田橋から上野駅に行き、十一時二十五分発の最終電車で家に帰りましたから……。証拠ですか？　……そうだ、支払いはコーポレート・カードですから、確か、会社の伝票処理の時に請求書と一緒にカードの使用控えが添付されているはずですよ。それを見れば、何時何分に支払われたか分かりますよ。まあ、念のために言っておきますが、そちらで紛失したと言っても、クレジット会社に訊いても分かりますがね」

俊也の話を聞くうちに、宇坪の顔が朱に染まり、終いには真っ青になっていた。

「ふざけんな！」

叫ぶなり、宇坪は立ちあがってドアに向かって突進して行った。

(勝った）と俊也は思った。

案の定、その日はそのまま終わりとなった。

翌日は中々呼び出しが掛からなかった。

俊也は落ち着かないまま、差し入れられた本を読むことで時間を潰していた。裕子が弁護士に頼んで差し入れてくれたのであろうか。今年の直木賞の新刊本だった。

活字に目が馴染まなかったのが、読み進むうちに落ち着いて、内容も少しは楽しめるようになった。

午後から取り調べが始まった。

宇坪の顔は比較的穏やかだった。

「佐々木さん、調べましたよ。貴方の言う通りでした。……さて、ここからですね、本題は。貴方がこの件を如何思っているのか、本音を聞かせてください」

「本音と申しますと？」

宇坪の質問の意味を計りかねていた。

「私は、貴方は潔《いさぎよ》い方だと思っています。実際、自分の事は全て認めましたし、多分、たとえこれ以上不利な事実が出てきても貴方は認めるでしょうね。違いますか？」

「別に潔いわけでもありませんが、自分のしたことはしょうがありませんよね」

「しょうがないですか。それで自分を納得できますか。お話を聞いていて、貴方は大変頭も良い、有能な方だと分かりましたね。会社では、仲間内からの信頼も厚い。今のポジションに満足していますか？　……私にはそうは思えないのですがねえ」

「満足ですか？　そうですねえ、考えた事もありませんね……」

「私は、貴方の工場時代の事も調べてみました。総務部では大変活躍されていますね。同じ頃に、鍋島常務とラップしていますね。彼の方が二つ年下ですか。それが、一方は次期社長候補の常務、片や名前ばかりの担当部長、失礼。……理不尽だとは思いませんか？」

「理不尽？　いえ、別に」

　俊也が穏やかに応えた。

「私の言いたい事はですね、佐々木さん。何故、鍋島常務を庇《かば》うのですか？　自分を犠牲にしてまでもね」

「……」

「教えてくださいよ。その理由を」

「別に庇ってはいません。事実を申し上げているだけです」

「それは偽証罪です、と言っても無駄ですか。そんなことは先刻承知でしょうからね。ともかく、私等が押さえている真実を貴方に述べて頂かなくては、帰すわけにはいかないのですよ」

俊也は黙ったままであった。

「佐々木さん、時間はいくらでもありますから、よく考えて下さい。何が正義かをね。言わなくても分かっているでしょうが、論点は一つだけですから。瀬川部長の言ったことが正しいか、貴方の方が正しいのか。……決心がついたら連絡してください。宜しく」

宇坪はそれだけ言うとさっさと引き揚げていた。

それからは何処からの呼び出しも来なかった。

独居房の一日は無性に長く感じられた。時計の針が止まっているようだった。壁に向かっていると、息が苦しくなってきた。閉所恐怖症の前兆だった。

慰みに、差し入れの直木賞小説を読んでいた。これまで文学とは縁の無い俊也にも、それなりに面白かった。

真ん中あたりまで読み進んだ時、ページの余白に鉛筆で書いた跡を消しゴムで消したような汚れが目に付いた。明らかに人間が書いた跡であった。

眼鏡を掛け直してよく見ると、文字が浮かび上がって来た。

――元気出してね　待っています　ＫＭ――

今日子だった。今日子が自分へのメッセージを本に託してくれたのである。

俊也は嬉しかった。愛しいと思った。しかし一方で、自分の愛が、今日子を幸せに出来るであろうか。出来ないならば、それは本当の愛ではない、単なる自分のエゴに過ぎない。幸か不幸か、肉体には手を触れずに来たが、自分の胸の内に少しでもその欲望がある限り、彼女の心を弄《もてあそ》んだことには違いないのだ。

俊也には、これまで自分のしてきたことが、何だか酷く汚《けが》らわしく思えてきて、自己嫌悪に陥るのだった。


勾留期限が迫っていた。

久しぶりに宇坪からの呼び出しがあった。

「佐々木さん、これを読んで署名してください」

宇坪は、座るといきなり書類を取り出し、俊也の目の前に置いた。供述調書だった。

宇坪の態度は身構えるふうでもなかった。俊也は、ワープロで打たれた一枚一枚に目を通していった。内容は前回と変わっていて、俊也の申し立ての通りと言ってよかった。

「結構です。ここに名前を書けばいいのですか？」

ボールペンを借りて署名し、拇印を押した。

宇坪は、それをファイル入れに挟むと「煙草吸っていいですか？」と俊也に訊いた。

俊也が頷くと、ポケットから煙草を取り出し、ライターで火を点け、大きく吸い込み煙を吐き出した。

「これで終わりましたから、手続きが済み次第保釈されるでしょう。弁護士さんには私から連絡しますがね。多分、裁判は来年早々に終わるでしょう」

家に帰れるのは嬉しかったが、如何応えてよいのか思いつかないでいた。宇坪が煙草を灰皿で揉み消すと、お茶を一口啜《すす》った。

「佐々木さん。如何してもよく分からないのですが、貴方の事。もう終わりましたが、もう一度訊きますけど、本当に不条理だとは思わないのですか。個人的に聞きたい」

宇坪の口元が、少し笑っているようにも見えた。何の笑いであろうか。

「そうですね、検事さん。……努力しても変えられない事もありますから。否、むしろ思い通りに行かない方が多いですよね。その人の持って生まれた運命でしょうかね。……私は田舎の高校を卒業してすぐにこの会社に入りました。十八歳の人間にとって、会社が全てでしたよ。つまり、私にとって会社が人生そのものだったわけですよね。批判はあっても、人生そのものを否定しては生きていけないじゃないですか。それ以上でも、それ以下でもないですよ」

「佐々木さんは、ラグビー選手でしたね。私もそうなのですがね。ワンフォーオールですか。貴方を見ていると、落城寸前の城に居残る古武士のように見えますね。それが貴方の矜持《きょうじ》ですか？」

「いえいえ、私にはそんな矜持なんて大それたものはありませんよ。ただ、自分の運命のままに生きてきただけです。多分、これからもそうでしょうね」

「運命ですか……」

宇坪は頭を振って立ちあがると「じゃあこれで。次は裁判ですね」と言い置いて出て行った。

翌日、保釈手続きを済ませ、拘置所を出ると外は暗く寒かった。街は何処もクリスマスのイルミネーションが輝き眩しかったが、気のせいか、行きかう人々の顔は何か悲しそうに見えた。

俊也が家に着いたのは七時を廻っていた。三週間振りの我が家だった。

「お帰りなさい」

裕子の声が少し震えて聞こえ、涙ぐんでいるのが分かった。

「うん、世話を掛けたな。お土産、洗濯物だけどね」

洗濯物の詰まったバッグを渡した。

3

翌年二月に開かれた裁判で、俊也には有罪、懲役二年執行猶予三年の刑が言い渡された。

担当してくれたのは鈴木弁護士だった。

「佐々木さん、ちょっと量刑は厳しいですね。上告しますか？」

「先生、もういいでしょう。上告しなくて結構です」

「そうですか。まあ、何れにしても手続きがありますので、私の事務所までお願いします」

タクシーで六本木にある鈴木弁護士の事務所に向かった。

鈴木弁護士が受付の女性に「もう来ているかい？」と訊ね、応接に入って行った。

「佐々木さん、貴方にお客様です。どうぞ中へお入りください」

俊也と入れ違いに鈴木弁護士は応接を出て行った。

入り口に背を向けて座っていた女性が立ちあがると、俊也に深々と頭を下げた。真っ白な髪の毛だけが目に付いた。

「長い間大変ご苦労様でした」

頭をあげた女性の顔を見た瞬間、俊也は相手が誰であるか気が付いた。鍋島正也の母親だった。否、鍋島純也の妻であった。もっと言えば、浅見純也の妻であった。

俊也は突然の事に戸惑ったが、気を取り直して、

「まあ、ともかくお座りください」

言いながら自分も真向かいの椅子に座った。

「佐々木さん、驚かれたでしょうね。もっと、早くお会いしたかったのですが、公判前はまずかろうと弁護士さんに止められまして、今日裁判の後の時間を頂きました……。息子の正也をお守り下さいまして、本当に有難う御座いました」

鍋島夫人は再び真っ白な頭を深々と下げた。

「いや、誤解なさらないで下さい。私は決してお宅のご子息の為にやったわけではありませんのでね……」

俊也の声はどこか冷ややかだった。夫人は分かっているというふうに頷いていた。

「佐々木さんとは主人の葬儀の時に初めてお目に掛かりました。本当はもっと早くお目に掛かるべきでした。でも、色々あってできませんでした。……失礼ですけど、実は以前、貴方の事を調べさせてもらいましたの」

夫人はそれだけ言うと、ハンドバッグから封筒を取り出した。

「実は、亡くなった主人からこれを預かっておりました」

封筒から取り出したのは、黄ばんだ例の認知証明書と同じものであった。二部作ったうちの一部であろうか。

俊也は、テーブルに広げられた紙を見るなり、邪険にも突き返していた。

「ご存じなのですね。この認知証明書の存在を？」

夫人は俊也の顔色を窺《うかが》いながら話を続けた。

「じゃあ、この浅見純也が誰かもご存じなのですね？」

俊也は努めて冷静を装い、

「その認知証明書は、私も同じものを持っていました。そして過去に、私もその人物を捜してみました。この世の中に実在しているかどうかをね。……」

夫人が何か言いかけるのを、俊也が手で制し、話を続けた。

「でも、それは違ったのですよ。私が思い描いていたのとはね。それで、全てを捨てました。……全てをね！」

俊也はきっぱりと言った。

夫人は突き返された認知証明書をもとの封筒に入れ、改めて俊也の目の前に置いた。

「俊也さん、貴方には大変お気の毒だと思っています。主人も何度も貴方の事を思い出していたのです。心から申し訳ないと思っていたのです。でも貴方には、言い訳にしか聞こえないかもしれませんけれどもね。これは主人から預かった物ですの。ともかく受け取ってください」

それだけ言うと、鍋島夫人は、老女とは思えぬ素早さで、さっと身をひるがえすようにドアから出て行った。止める暇もなかった。いや、その姿に抗《あらが》いがたい何かを感じたと言うべきかもしれない。

その場に立ち尽くす俊也の目の前のテーブルには、置かれたままの封筒だけが残っていた。

俊也は、封筒の中身を取り出すと、一目見るなり真ん中から引き裂いてしまった。それは、二千万円の小切手だった。受取人が俊也で振出人は鍋島夫人であった。暫くの間、引き裂かれた小切手を見詰めていたが、汚い物でも触るように、それを再び封筒に戻し入れると背広のポケットに仕舞い込んだ。

「鈴木先生、これで手続きはお終いでしょうか？」

「これで終わりです。佐々木さんご苦労様でした。執行猶予には保護観察が付いていませんから、何処に行くのも自由です。ただ、連絡先だけはお願いします」

俊也は弁護士事務所を出ると、真っ直ぐに上野駅に向かった。

家では裕子が待っていた。

「あなた、長い間ご苦労様。もう何も心配する必要はないのよね」

「ああ、お前には苦労をかけたな。終わったよ、全てが……。いや、明日会社へ行かなくてはならないな」

「あらそうなの。じゃあ明日も早いの」

「ゆっくり行くよ、もう社員じゃないんだ。今日づけで退職しているからね」

俊也は笑いながら言った。

「じゃあ、今晩はゆっくりできるのね。良かった」

二人にとって、久し振りの寛《くつろ》いだ夕食だった。裕子がワインを用意してくれていた。

「裕子、このぶり大根、お前が作ったのか。旨いな！」

俊也は本当に美味しそうに大根を食べていた。

「俺はね、子供の頃、何が嫌いだって大根が一番嫌いだったなあ。でも親父はさあ、晩酌の焼酎をコップで飲みながら、旨そうに大根の煮付けを食っていたなあ。やっと、親父の心境が分かって来たよ」

「あら、あなたが私の手料理褒めるなんて如何したのかしら？　明日は雨じゃなくて、雪が降るかもよ」

裕子も嬉しそうに、ワインを飲んでいた。

「こういうものを旨いと言うのは、まあ、俺も年を取ったと言うべきか……。親父がお袋に飼いならされたように、俺もお前の料理の味に慣らされたということかもな」

俊也は箸をおいて、ゆっくりと口元へワインを運んだ。

「あなた、この後は如何するの？　会社辞めて」

「ああ……」

俊也は、裕子が近所で気まずい思いをしているのを知っていた。今や犯罪者の妻なのだ。そういう俊也だって、近所の人に遇うのが嫌だった。誰も何も言わないが、それ自体が疎ましかった。

「裕子、何処かもう少し田舎で暮らそうか？　……野菜でも作ってさあ、畑仕事も悪くないぜ。如何だい？」

俊也がぽつりと、思いつきのように言った。

「えー、本当に！　素敵じゃない。私は畑仕事平気よ。あなたこそ大丈夫？」

「勿論さ。俺は北海道の開拓部落で育ったんだぜ。やろうと思えば何でもできるよ」

俊也は、何だか元気が出てきた。

「よし、決めたぞ。じゃあ本気で探そう」

「そうしましょう！」

裕子も嬉しそうにはしゃいでいた。

知らないうちに、ワインが一本空になっていた。俊也は自分でも酔った気がしていた。ソファーに寛いでいると、眠たくなってきた。我が家の居間は暖かで居心地が良かった。

4

次の日、俊也は本社に着くと真っ直ぐに人事部に行った。退職届の受理の確認と、退職手続きが必要であった。

自己都合退職扱いとなっていた。俊也の場合、五十歳を過ぎていたので、退職金に定年前退職の割増が付いていた。

これで、年金が出るまでの数年間、暮らしていけると思った。

後は、社員証と定期券を返し、年金手帳を受け取るとお終いだった。

俊也は、鍋島常務の部屋へ向かった。

秘書に、目でＯＫかと尋ねると、手を振って駄目だという仕草をした。

「常務に佐々木が来たと伝えてくれないか」

俊也は、わざと辺りに聞こえるように大きな声をだした。

秘書が慌てて、中に入って行くと、すぐに社内の人間二人が出てきて、俊也の前を伏し目がちに通り抜けて行った。

「やあ、佐々木さん。ご苦労さんでしたね。とにかく座ってください」

鍋島は立ちあがって、俊也に椅子を勧めたが、俊也は動かなかった。

「佐々木さんのお陰で会社は救われましたよ。そう言っては何ですが、退職金には慰労金も割増金も乗せてありますし、四月からは子会社の役員のポストも空けてありますから。また、そちらで、腕を振るってください」

俊也には、鍋島の話し方が空々しく聞こえ、抑えていたはずの怒りが再び込み上げてきて爆発しそうであった。

それでも、何とか冷静を装い、相手の目を見据えたままで、

「常務、私は昨日付でこの会社を辞めましたので、子会社は結構です。今日からは、この会社とは一切関係ありませんのでね」

予想していなかった俊也の言葉に、鼻白《はなじろ》む鍋島の前で、ポケットから封筒を取り出した。

「鍋島さん、今日は個人的な用件で来たんだよ。昨日、これを貴方のお袋さんから預かったんだけど、そっくり返してもらいたい」

親だった。

「お袋にですか……？」

鍋島が差し出された封筒を訝《いぶか》し気《げ》に受け取ると、表書きは俊也宛で、裏を返すと差出人は母親だった。

恐る恐る中身を取り出すと、黄ばんだ四つ折りの認知証明書が出てきた。

「これですか？」

「そうだ。読んでみろよ！」

広げて目を通すうちに鍋島の手が震え、思わず呻《うめ》きにも似た声を出した。

「こ、これは本当ですか。まさか、信じられん！」

鍋島の目は飛び出しそうに見開かれたままであった。

「信じるかどうかはあんたの勝手だ。だから返すと言うのだ」

俊也の声は氷のように冷たく、そしてささくれ立って聞こえた。

「それと、もう一つ入っているだろう。出してみろ！」

鍋島が操り人形のように封筒を逆さにすると、滑り落ちたのは、二つに引き裂かれた小切手だった。ひらひらと舞って、別々に床に落ちた。

「小切手だ。それもお袋さんに返してくれ。俺には何の関係もない」

言われるままに、鍋島はそれを拾うと、呆けたように眺めたままであった。

「鍋島。いや、正也。お前の親父が浅見純也だってことは前から知っていたよ。従って、お前が俺の弟だってこともな。だがな、だからと言って俺がお前の事を何も喋らなかったわけではないぞ。俺は会社の事を思って黙って耐えたのだからな。……俺はみんな捨ててしまったよ。だから、お前とも、お前の親父や家族とも何の関係もないんだ。これまでも、これからもな。……それだけだ」

相手の反応を待つまでもなく、踵《きびす》を返し、部屋を出た。鍋島は、封筒を持ったまま立ち尽くしていた。虚ろな目で俊也の出て行く姿を追っていた。

部屋の外では、何事かと聞き耳を立てていたが、俊也が出てくるのを見ると、慌てて目を逸らすのだった。

総務部には、瀬川部長の席に別な男が座っていた。俊也を見て、立ち上がり掛けたのを途中で止めたのか、中腰の妙な格好で頭を軽く下げた。俊也はそんな目線も無視し、自分のもとの机で私物を探した。引き出しの中は空っぽだった。

「佐々木さん！」

耳元に懐かしい声がした。

「今日子ちゃん！」

「私物はロッカーに仕舞ってあるの」

今日子が先に立って、部屋の隅にあるロッカーに案内してくれた。開けると、紙袋に納められていた。

「今日子ちゃん、有難う。お世話になったね」

俊也は皆に向かってちょっとだけ頭を下げ、エレベーター・ホールへ歩き出すと、その後を今日子が付いてきた。

「佐々木さん、本当に行ってしまうのね」

今日子が俊也の顔を思い詰めた目で見つめながら言った。

「今日子ちゃん、幸せになるんだよ！」

俊也が思いついた言葉はそれだけであった。もっと何か気の利いた言葉を言いたかった。

エレベーターが止まって、俊也は独りで乗り込んだ。

今日子の目には涙が滲んでいた。その唇が何か言おうとして開きかけた時、その残像だけを映して扉は閉まった。

ビルを出て三十メートル程歩いた処で、俊也は立ち止まり、振り向いてみた。

机があった、六階の窓辺のあたりを見上げてみたが、冬の傾いた陽射しが窓ガラスに当たってハレーションを起こし、真っ白に見えるだけであった。

俊也は、ネクタイを外しコートのポケットに押し込むと、前を向いて歩き始めた。

再び立ち止まることも、振り返ることもなかった。

第十三章　山裾《やますそ》での暮らし

1

関東平野では二月も末になると、梅の蕾《つぼみ》も綻《ほころ》び始め、時々、調子外れの鶯の声が聞こえてくる。

筑波山の裏側に位置するY村に、古い農家があった。

俊也と裕子がその古い家屋に居た。俊也は、頭にタオルを巻き、腕まくりをして、お風呂場の掃除をしていた。

何年間か使ったことがないと見えて、埃《ほこり》にまみれていた。風呂は懐かしい五右衛門風呂《ごえもんぶろ》だった。土間があり、焚口があり、それに洗い場が付いていた。

赤い錆の浮いていた風呂釜も、一日がかりで金束子《かねたわし》で擦り、漸くきれいになった。後は、煙突を直せばお終いだった。

中の台所で掃除をしていた今日子が、大きな声で俊也を呼んだ。

「あなた、お昼にしない」

「うん、今行く」

開け放たれた縁側に二人は座って、おにぎりを食べていた。南に向いていて、陽が差し込んで暖かだった。遠くから、牛ののんびりした鳴き声が聞こえてきた。

ここは、筑波山の裏側で、しかも山裾にある所為か、梅の蕾は硬かったし、雑木林の木々も冬枯れのままだった。

それでも、見下ろした景色の中にある畑も田圃も霞がかって、春の訪れを告げている様子だった。

今年になって、探していた空き家が見つかった。農家だったが、数年前に田圃も畑も近所に売り、古い家屋と、その周辺の空き地と雑木林の山が残っていたのを、俊也が譲り受けたのである。

二十数年間暮らした、霞ヶ浦近くの家は既に売却が決まっていた。後は、来週ここへ引っ越して来るだけであった。

この家の周りに住む人達は、自分たちの事を知らないはずであった。俊也も裕子も、縦《よし》んば知られても構わないと思っていた。また一からやり直せば良いだけの話だった。失う物は何も残っていなかったのだから。

「如何だ、台所は。きれいになったかな」

「もう大丈夫よ。水道も電気も使えるし、ＬＰガスさえ揃えば何時でもＯＫよ。お風呂は如何なの？」

「ああ、全然問題ないね。今すぐにでも焚いてみせるよ。それにしても、今頃、五右衛門風呂《ごえもんぶろ》とは懐かしいね」

「あなた、薪でお風呂沸かせるものなの、本当に」

「当たり前だよ。昔は皆そうさ。俺は風呂焚きの名人だったんだからな。まあ、来週の引っ越しを楽しみにしていてくれ」

山裾は陽が陰るのも早かった。三時を過ぎると西日が筑波山の陰になり、急に肌寒く感じられて来た。

「そろそろ帰ろうか」

二人は乗用車に乗って、緩やかな坂道を下って行った。


東京では、四月に入ると判で押したように毎年桜が咲いたが、この山裾の地では、二週から三週間遅れて桜が咲いた。それから少し遅れて、八重桜も濃い色の花を咲かせるのだ。

俊也と裕子が引っ越してきてから、二カ月が過ぎていた。

俊也は、家の周りにある、三百坪ばかりの土地の開墾から始めた。何年も人の手が入っていなかった所為か、枯草に覆われていた。

鎌で刈り、熊手で掻き集めると、下から赤茶けた土が現れてきた。ここを耕せば何とか野菜ぐらいは作れそうだった。

「裕子、今年は何を植える。このくらいの広さだったら、なんでも作れるぞ」

「そうねえ、大根、ニンジン、茄子に胡瓜《きゅうり》、トマトにピーマンかなあ」

「俺は、ジャガ芋、南瓜、それと唐黍《とうきび》だな。大豆に小豆もいいかもしれないな」

「何だか考えただけでわくわくしちゃうわね。でも大丈夫。そんなに畑耕せる?」

「それもそうだな」

俊也は笑いながら、自分の掌を見てみた。大きかったが、柔らかく鍬を持つ手には見えなかった。

「いいじゃないか、出来るだけで。売りに出すわけじゃないしな。採れ過ぎても始末に困るだけだよ」

二人の俄か百姓が始まった。

俊也は鍬を使って、畑を耕すのだったが、中々先に進めないでいた。子供の頃、母の澄江を手伝って一反《いったんぶ》歩程の野菜畑を一人で耕したことがあった。

しかし今は、鍬を持つ手に豆が出来、腰も痛くなった。それでも、耕された後の柔らかな土を見ると嬉しくなるのである。

お風呂を沸かすのも一苦労だった。先ず、枯れた枝や倒れた木から薪を作らねばならなかった。その薪を更に、燃えやすいように細く割らねばならないのだ。

鉞《まさかり》を振り上げるのは何十年ぶりの事だった。腰がふらついて、うまく当たらなかった。風呂釜に火を点けると、ちょろちょろと赤い炎が見え、そのうちに真っ赤になって燃え上がった。薪のはじける音を聞き、白い煙を見ていると、子供の頃の風呂焚きが懐かしかった。煙突が短い所為か、風が吹き込むと煙で目が痛くなった。


俊也が、縁側で新聞を広げていた。

経済新聞はとうの昔に止めていたし、テレビを見ることもめったに無かった。俊也にとって、昼近くに配達される新聞だけが、世の中との唯一の接点であった。

会社の事には興味が無いはずだったが、長い間の習い性か、つい経済紙面に目がいってしまった。

年度決算と会社の人事発表の時期であった。

俊也は、多くの会社の発表の中に台東機械を見つけた。

斉藤常務の社長昇格と鍋島常務の退任が発表されていた。

(自分にはもう関係の無いことだ)と思っていたはずが、やっぱり忘れる事は出来ないでいた。

(大株主の日本製造に乗っ取られなくて良かった。斉藤常務ならうまくやっていくだろう。これで会社は安心だ)俊也にとって、これまでやってきたことが少しは報われた気がした。それがせめてもの救いであった。

俊也は鍋島正也の事を考えていた。

初対面の時から肌の合わない人間だった。しかしそれも、二人の育った環境を考えれば、仕方のない事であった。彼は、生まれた時から、由緒ある鍋島家の跡取り息子としての宿命を背負わされていたのだから。彼の母親がそうであったように。

常務を辞めさせられて、この後如何するのか。何れにせよ、鍋島家の体面を保つ為に生きていかねばならないのだろうが。

正也に対して、最早、恨《うら》みも妬《ねた》みも感じなくなっていた。むしろ、正也の事が何だか憐れに思えてならなかった。

風薫る五月。近所の家々にもこいのぼりが風にはためいていた。

見よう見まねで蒔いた種が芽をだし、おっかなびっくり植えた苗も根付いてきた。

近所の人達は皆親切だった。山里での暮らしを教えてくれた。最初に収穫が出来たのは二十日大根だった。二人には、野菜サラダが急に新鮮に思えた。

俊也が何処からか、鶏の雛を十数羽手に入れて来た。卵からかえって間もない黄色い雛だった。

俊也は子供の頃、母が雛を育てていたのを思い出していた。飼育箱を造り、赤色灯に黒い覆いを被せ熱源とし、保温を工夫した。餌は、ペットショップで、ことりの餌を買ってきて与えた。

雛たちは日に日に、目に見えて大きくなっていった。次に、大きな鶏小屋を作らねばならなかった。

夏になる頃には成鳥になり、家の周りを、餌を探して歩き回るようになった。もうすぐ、卵を産むはずだった。

こうして、夏も過ぎ秋が来た。二人にとって初めての実りの季節だった。

初めてにしては、収穫も上々だった。

2

十月の土曜日に、今日子達がこの山里を訪れることになっていた。

俊也が今日子に会うのは、本社で別れて以来であった。

当日、彼女達は最寄りの駅からタクシーで相乗りをしてきた。今日子の同僚女性二人と、男性だった。男性は、法務課の青年で、俊也も何度か話をしたことがあった。

「やあ、皆いらっしゃい。ここまで遠かっただろう。ちょっとした旅行気分かな」

俊也の言葉に皆は笑顔で応えた。今日子の笑顔が、俊也には眩しかった。

今日子が代表して裕子に挨拶をする形になった。

「松野です。お言葉に甘えて皆で押しかけてきました。宜しくお願いします」

「主人が大変お世話になりまして有難う御座いました。見た通りの田舎ですけど、ゆっくりして行ってください」

裕子が今日子の顔を見詰めていた。女の勘で何かを感じたのかもしれなかった。

「佐々木さん、ご無沙汰しています。しかし、ここまで来るのは遠いですね。僕は小学校の遠足で筑波山に来て以来ですよ」

法務課の青年が俊也に話し掛けてきた。

「まあ物は考えようでね、僕と家内は毎日遠足気分さ。それも悪くないだろう」

「違いない。何時も別荘に居るようなものですね」

「別荘か。まあ、どちらかと言うと開拓部落の方が似合うかな」

俊也は、青年が蟠《わだかま》りなく話し掛けてくれるのが嬉しかった。

皆も手伝って、食事の準備を始めた。畑で採れたばかりの食材を使った手料理だった。

鶏たちも、毎日二、三個の卵を産んでくれていた。黄身の盛り上がった立派な卵だった。

俊也は、昨夜から小豆を煮てあんこを作り、ジャガイモを潰してイモ団子汁を作ろうとしていた。

茹でたジャガイモをすり鉢に入れて潰し、片栗粉を少し加えて餅状にしたのを手で丸めるのだ。

火に掛けた鍋には汁粉《しるこ》が湯気を立てていた。皆、面白がって団子つくりを手伝ってくれた。出来たのから、鍋に入れていくと、たちまちイモ団子汁粉が出来上がった。

「さあ皆さん、席についてくださいな。何もありませんが始めましょう」

庭先に設《しつら》えた即席のテーブルを囲んで食事会が始まった。

「佐々木さん、このお汁粉は絶品ですね。何処で覚えたんですか、この作り方を」

「まあねえ、僕は北海道の山の中で育ったからね。でも、ここでもジャガイモや小豆も採れたんだよ。嬉しかったな」

皆、美味しそうに食べ、ワインの瓶も次々に空になっていった。

「でも良かった。佐々木さんが元気に暮らしているのを見て。ここがお二人の終《つい》の住家なら、素敵よね。羨ましいわ」

今日子が誰にともなく言った。

「今日子ちゃん、僕等のような若い者には無理だよ。三日と持たないと思うな。退屈で」

青年が笑いながら言った。

日が落ちると辺りは急に暗くなってきた。

四人は、帰りもタクシーで最寄りの駅まで行くことになっていた。

去り際に、今日子が裕子のいる前で俊也に言った。

「佐々木さん、奥様も御元気で。私、幸せになります！」

タクシーが走り出した。今日子は去って行った。

「あなた、松野さん、しっかりした女性ね。似合いのカップルになるわね。あの青年と」

「えっ。あーそうだな。似合いだな。……きっと幸せになるよ……」

俊也も相槌を打ったが、終いの方は聞き取れないほど小さな声だった。

3

「あなたー電話よー」

裕子の呼ぶ声がした。

「おおー、今行く」

俊也は裏で薪を割っているところであった。

「もしもし、佐々木ですが……」

「ああ、佐々木さん。弁護士の鈴木です。お変わりありませんか？」

「ええ、お蔭様で。で、何か？」

「今日で、丸三年が過ぎました。執行猶予期間が過ぎましたよ。これで天下御免、何処へでも行けますからね」

「ああ、そうでしたか。正直、忘れていました。先生にはお世話になりました。有難うございます」

「公民権も回復しましたから、村役場の村長選挙にでも出られてはどうですか？」

「先生、冗談は無しですよ。そうだ、先生はゴルフでこちらにお出でになるとか。家に寄ってください。美味しい野菜をさし上げますから」

「そうですか。じゃあそのうちに」

電話は切れた。俊也には全てが遠い過去の事であった。

「弁護士さん。何だって？」

裕子が心配そうな顔をした。

「執行猶予が切れたって。これで本当に終わったな」

「ううん、終わりじゃなくて、始まりよ。ねえ、そうでしょう？」

俊也の顔を覗き込むようにして言った。

二人は、陽の当たる縁側に腰を下ろしていた。ぽかぽかと暖かだった。

「裕子、お前犬が欲しいって言っていたよな。飼おうか」

「えっ、本当に。……私は柴犬かな。あなたは何が良いの？」

「おれかい。そうだなあ、秋田犬かな……。何でも良いよ。お前の好きな犬で」

「じゃあ、本当に飼うわよ。良いのね。……でもなんで？」

「何でってかい。犬はさあ、大きくなっても反抗期も無いしな。それに雌でも、お嫁にやらなくていいからな。ずっと一緒だものな……」

俊也は遠くを眺めていた。ここから見下ろす景色に、山影は何処にも無かった。広い平野が太平洋まで続いていた。空に浮かんだ真っ白な雲がゆっくりと動いていた。雪のように白かった。

「執行猶予が切れたから、旅行でもしようか。北海道に行ってみるかい？」

「うわー、嬉しい。私、北海道に行ったことがないのよね。是非行きましょう。あなたのお姉さんにもお会いしたいし」

「よし決まりだ。来年早々だな」

「ねえ、あなたのご両親のお墓参りもした方がいいわよ」

「そうだな。親父とお袋に会いに行くか」

俊也は、子供の頃、肩車をしてくれた父隆三の広い背中や、一緒に添寝をしてくれた母澄江の温もりを思い出していた。

(自分は、父や母に何を求めたのだろうか。何故許すことが出来なかったのだろうか。この世に、究極の愛などあるはずがない。たとえ本当の親子であろうとも。求めすぎる愛は、我欲に過ぎない。愛は与えるものなのだ)

二人の懐かしい笑顔が蘇《よみがえ》ってくると、何だか涙が出そうになってきた。

裕子に気付かれないように、そっと立ち上がると畑の方に歩き出していた。

人は誰もがその背に重い罪を背負って生きているのだ。何時の日か、その重荷を降ろす朝《あした》が来ることを願いながら。

完

あとがき

青函連絡船が廃止されたのは何時のことであろうか。嘗《かつ》て学生のころ、といっても、もう半世紀近くも前の話であるが、帰省の度に利用したのを思い出す。国鉄の青森駅に着くと、そこから長い通路を渡り待合室を抜け連絡船に乗り込むのだが、その度に乗船名簿を書かされた。普通船室には絨毯《じゅうたん》が敷かれ、ブリキ製の煙草盆と一緒に、木製の枕が置かれてあったのを覚えている。寝転ぶと、仮眠するにはちょうど良い四時間の船旅であった。

今は、青森から函館に渡るには、青函トンネルを通って行くしかない。海峡を渡るのに特別の思いがある者にとって、何だかこれでは、内地から北海道に渡ったという感激が湧《わ》いてこない。

昔は三月になっても、北海道では大雪になることがよくあった。春休み、札幌行きの急行列車が雪で立ち往生し、何時間も車内に缶詰めにされ、随分とひもじい思いをした経験がある。温暖化した今でも、時々爆弾低気圧のせいなのか吹雪になることがある。先週がそうであった。

天候の回復を見計らって、稚内に行ってみることにした。

函館を朝の八時過ぎに出て札幌まで行き、宗谷線に乗り換えるのだが、特急を使っても稚内駅に着くのは夕方の六時。十時間ほどの列車の旅である。札幌を出て岩見沢、旭川を過ぎると天塩川沿いを宗谷本線で北上するのだが、周りは何もない荒涼とした北海道の景色だけが目に付く。

稚内は、市のホームページを見ると、人口三万七千人と書かれているが、正直言って天気のせいもあり寂しい街に思えた。北海道の何処にでもある普通の街である。ちょっと違ったのは、道路標識や店の看板にロシア語が併記されていることである。それだけ、ロシア人の来訪があるということであろうか。少し前までこの地が、半世紀に亘って東西冷戦の下、ソ連に対する日米防衛ラインの最前線、凍りついた海峡であったことを思えば隔世《かくせい》の感がする。

こう言っては、地元の人に大変失礼かもしれないが、大部分の日本人にとって、稚内は最果《さいは》ての街のイメージでしかない。しかし、一部の人々にとっては、いまだに忘れる事の出来ない思い出の街である。それは、樺太引揚者と呼ばれる人たちである。

嘗《かつ》て、この稚内の港から定期航路の船に乗って宗谷海峡を越え樺太に渡った人々の誰もが求めたものは、豊かさに他ならない。彼らの多くは、津軽海峡を渡り、函館から長時間列車に揺られ、やっとの思いで稚内に辿《たど》り着いたに違いない。乗船前の一時、彼らはどんな思いでこの海を見つめたのであろうか。それは希望であろうか、それとも不安であろうか。今、私の目の前にあるのは、暗く凍てついた海だけである。

昭和二十年の敗戦からすでに七十年が過ぎ、存命《ぞんめい》の方も年々少なくなってゆく中で、樺太の存在さえも世の中から忘れ去られようとしている。無理もない。戦前の樺太の繁栄を知る人達は、優に九十歳を超えているはずである。

最近の事であるが、私に偶々《たまたま》、そんな樺太引揚者の方からその体験談を聞かせていただく機会があった。現在、札幌にお住まいの白寿《はくじゅ》を迎える女性と、そのご令嬢である。ご本人達の希望により実名は伏せさせて頂くが、誌上を借りて心からお礼を申し上げたい。

これはその話をヒントに、昭和を生き延びた女性と、数奇《すうき》な運命を背負った男の子の人生を、長編小説として書き上げたものである。勿論この小説が、体験談を聞かせていただいた方々とは関係の無い、完全なフィクションであることを改めてお断りしておく。

明治の開国以来、日本がとった政策は富国強兵であり、如何に欧米列強からの植民地化を免《まぬが》れるかであった。それが、日露戦争により、朝鮮半島の権益と南樺太を手に入れて以来、逆に列強に伍《ご》して植民地化を進めて行ったのは歴史の流れである。労働人口の大半を一次産業に委《ゆだ》ねなければならない日本にとって、内地の国土だけでは狭すぎたのだ。加えて、明治・大正時代に許されたアメリカ大陸への移民も、排斥《はいせき》運動にあい、行く先がなかったのである。

昭和に入って、多くの人々が樺太、朝鮮、満州へと向かった。その結果、終戦時、それらの外地に居た民間人は三百万人以上に膨《ふく》れ上がっていた。その人々が敗戦で引き揚げに際し、多くの困難に直面されたのは幾多の手記にある通りである。特に、男手の無い婦女子が遭遇《そうぐう》した苦難は、筆舌《ひつぜつ》に尽《つ》くしがたいものがあったであろうと思う。悲しむべきは、今もって、少なからぬ数の残留孤児たちがかの地にあり、そして忘れ去られようとしている事である。もっとも内地でも、戦災孤児や戦争未亡人とその子供達は、戦後を生き抜いてゆく上で、似たような境遇だったのかもしれない。

戦後、北海道には多くの外地からの引揚者が、開拓者として入植している。それはまさに食わんが為、生きんが為であった。

数年前、そんな開拓地を車で訪ねてみたことがある。北海道の道路はどこもよく整備されている。もっとも、巷間揶揄《こうかんやゆ》されているとおり、ほとんど車に出会わない。熊と鹿に注意の看板だけが目立った。

何処に行っても、廃線と廃校と廃屋が目に付く、過疎化《かそか》である。これは日本中のどこでも見られる現象かもしれない。戦前叫ばれていた過剰人口は何処へ行ってしまったのだろうか。それは、都会である。高度経済成長が地方の人口を吸収したのである。昭和三十年代、四十年代、それを支えていたのは中卒・高卒の若者である。今もって、日本の工業技術力の高さを誇れるのは彼らの努力の賜物《たまもの》に他ならない。

日本は、戦後の一時を除いて階級社会である。言い過ぎだというならば、階層社会である。それが証拠に、政治家や経営者に二世・三世が多いのを見れば明らかである。今日、貧富の格差が益々大きくなり、貧困の連鎖《れんさ》が危惧《きぐ》されている。貧しい家庭の子供は、教育の機会さえ奪われている。

戦後、財閥解体、公職追放、農地解放等により格差が縮まった時期があったのは事実である。否むしろ、日本中が貧しかったと言うべきかもしれない。そんな中、貧しい家庭の子供でも、向学心があれば高等教育を受ける事ができた。例えば、昭和三十年から四十年代、国立大学の授業料は月額千円であった。これは当時の公立高校の授業料と同じか、ＰＴＡ会費等を勘案すればむしろ安かったとも言える。それに、育英会の奨学金が八千円で、しかも五千円は返済不要であった。大学の寮に入って、ちょっとアルバイトをすれば、家族からの仕送り無しでも大学生活を送ることができたのである。

それがいつの頃からか、授業料は私大並みに値上げされ、給付型の奨学金は廃止となり、最早金持ち以外は大学に行けない環境となってしまっている。よしんば、奨学金という名のローンを借りられたとしても、後々何年にも亘ってその返済に苦しむのだ。これでは、人生のスタート・ラインに立つ前から、大きなハンディを背負っているとしか言いようがない。憂《うれ》うべきことである。


もう一つの日本の特徴は、村社会である。

嘗て何処にでも存在した、地縁・血縁の村落共同体は過疎化により消えようとしている。しかし、それは今、別な形に姿を変えて人間の組織の中に生きているのだ。人間が群れ集まるところ、株式会社であれ、霞が関の役所であれ、大学や大病院、何処にだって存在する。敢えてここに挙げるまでもないが、原子力村はその典型である。村社会の特色は、今更言うまでもないが、秘密主義、無責任、排他的《はいたてき》、それでいて、年長者や目上の者の顔色を窺《うかが》い、その意を忖度《そんたく》して行動する。村内の掟《おきて》に反したものは、徹底的に排除される社会である。

昨今、ガバナンス、コンプライアンス、インターナル・コントロール、J－SOX、リスク・コントロール等、やたらと横文字を耳にする。耳にするだけでなく、現実に日々格闘されている方も沢山いるであろう。これらの言葉は、主に米国の大企業を律する為の行動規範として作られたものである。人間組織の中で発生する不正、誤謬《ごびゅう》、事故を防ぐ為のものである。

果たして、日本の組織でも有効なのだろうか。否である。

最近起きた事件を振り返ってみても、日本を代表するような大手電機メーカーや、光学機械メーカーの絶対にあってはならないはずの巨額な粉飾決算。有名な自動車部品メーカーやラバーメーカーの品質不良事故。大手土木・建設会社の手抜き工事。大学・研究機関、大病院の医療事故。役所の裏帳簿による不正支出等、信じられないような不正が長い間組織ぐるみで隠《いん》蔽《ぺい》されてきたのである。

これらの不正の発覚が、内部からの通報であったことを考えれば、氷山の一角であるのは疑うまでもない。何となれば、外部に秘密を漏らすということは、村社会において最も許されざる裏切り行為なのだから。日本では、人間の集まる組織において、村社会の掟が機能している限り、どんなに欧米の優れた管理システムを導入しても、所詮上辺《しょせんうわべ》だけのものにすぎない。

それは悲しいことに、どんな組織でも起こりうることである。その結果として、この小説の主人公の俊也のように、常に底辺の者が犠牲となるのである。

今日現在、霞が関界隈《かいわい》には、鋼鉄の壁で守られた村社会が幾つも存在する。これまで、強力なドリルでこれらの既得権益をぶち壊し、行革、規制緩和を断行すると公約した政権が幾つあったことか。成功したためしがない。

最も自由で公正であるべき政治の世界もまた然《しか》りである。昨今の、マスコミ報道ではないが、政治家としての資質を疑いたくなる。

残念ながら、政治家が叫んでいる限り、民主主義も、立憲主義も空しい言葉にしか聞こえてこないのは、私だけであろうか。

二〇一六年三月十日　北海道新幹線の開通を前にして

菊池次郎

主な参考文献（順不同）

三木理史『国境の植民地・樺太』　塙書房
井戸田博子『想い出の樺太』　文芸社
高橋是清『絵で見る樺太史』　太陽出版
エレーナ・サヴェーリエヴァ著／小山内道子訳
『日本領樺太・千島から連鎖サハリン州へ一九四五年―一九四七年』　成文社

菊池　次郎（きくち　じろう）

1949年１月北海道に生まれる。1972年３月弘前大学人文学部を卒業。40年間にわたるサラリーマン生活を経て、現在執筆活動に専従する。

【著書】
『サンセット・ボーイズ』（東京図書出版）
『ツイスト・ア・ロープ　糾える縄の如くに』（東京図書出版）

群青の朚

2016年９月16日　初版発行

著　者　菊 池 次 郎
発行者　中 田 典 昭
発行所　東京図書出版
発売元　株式会社 リフレ出版
〒113-0021　東京都文京区本駒込 3-10-4
電話 (03)3823-9171　FAX 0120-41-8080
印　刷　株式会社 ブレイン

ISBN978-4-86223-988-4 C0093
Printed in Japan 2016
落丁・乱丁はお取替えいたします。

ご意見、ご感想をお寄せ下さい。

［宛先］〒113-0021　東京都文京区本駒込 3-10-4
東京図書出版